国家社科基金
后期资助项目
GUOJIA SHEKE JIJIN HOUQI ZIZHU XIANGMU

杜诗诗体学研究

A Study of Prosody of Du Fu

韩成武　等著

九州出版社
JIUZHOUPRESS | 全国百佳图书出版单位

图书在版编目（CIP）数据

杜诗诗体学研究 / 韩成武等著. -- 北京 ：九州出
版社，2021.11
　　ISBN 978-7-5225-0626-5

　　Ⅰ．①杜… Ⅱ．①韩… Ⅲ．①杜诗－诗歌研究 Ⅳ.
①I207.227.423

中国版本图书馆CIP数据核字（2021）第224727号

杜诗诗体学研究

作　　者	韩成武　等著	
责任编辑	陈文龙	
出版发行	九州出版社	
地　　址	北京市西城区阜外大街甲 35 号（100037）	
发行电话	(010)68992190/3/5/6	
网　　址	www.jiuzhoupress.com	
印　　刷	三河市国新印装有限公司	
开　　本	787 毫米×1092 毫米　16 开	
印　　张	21.5	
字　　数	363 千字	
版　　次	2022 年 2 月第 1 版	
印　　次	2022 年 2 月第 1 次印刷	
书　　号	ISBN 978-7-5225-0626-5	
定　　价	98.00 元	

国家社科基金后期资助项目
出版说明

后期资助项目是国家社科基金设立的一类重要项目，旨在鼓励广大社科研究者潜心治学，支持基础研究多出优秀成果。它是经过严格评审，从接近完成的科研成果中遴选立项的。为扩大后期资助项目的影响，更好地推动学术发展，促进成果转化，全国哲学社会科学工作办公室按照"统一设计、统一标识、统一版式、形成系列"的总体要求，组织出版国家社科基金后期资助项目成果。

全国哲学社会科学工作办公室

目　录

绪论　诗体学视野下的杜诗研究

　　文章辨体，其实是中国文学研究中开展较早的科目，也是文学研究中非常重要的课题。

　　辨体工作，始于曹丕文体"四科"说。曹丕《典论·论文》言："夫文本同而末异，盖奏议宜雅，书论宜理，铭诔尚实，诗赋欲丽。此四科不同，故能之者偏也；唯通才能备其体。"①其后，陆机有文章"十体"说："诗缘情而绮靡，赋体物而浏亮。碑披文以相质，诔缠绵而凄怆。铭博约而温润，箴顿挫而清壮。颂优游以彬蔚，论精微而朗畅。奏平彻以闲雅，说炜晔而谲诳。"②之后，挚虞《文章流别论》的文章辨体更为细致，把文体类分成30种。所可惜者，《文章流别论》已经散轶，我们无法知悉其30体的具体科目，只能在《北堂书钞》《艺文类聚》《太平御览》等类书中见到零散评议。魏晋南北朝文章辨体的集大成著作当属《文心雕龙》，书中有21篇文体论，分别是《辨骚》第五、《明诗》第六、《乐府》第七、《诠赋》第八、《颂赞》第九、《祝盟》第十、《铭箴》第十一、《诔碑》第十二、《哀吊》第十三、《杂文》第十四、《谐隐》第十五、《史传》第十六、《诸子》第十七、《论说》第十八、《诏策》第十九、《檄移》第二十、《封禅》第二十一、《章表》第二十二、《奏启》第二十三、《议对》第二十四、《书记》第二十五。与《文心雕龙》基本同时的《文选》，是明确以文体进行编选的文集，编选者言："凡次文之体，各以汇聚。诗赋体既不一，又以类分。类分之中，各以时代相次。"③萧统把文章分为37类，即：赋、诗、骚、七、诏、册、令、教、策、文、表、上书、启、弹事、笺、奏记、书、檄、对问、设论、辞、序、赞、符命、史论、史述赞、论、连珠、箴、铭、诔、哀、碑文、墓志、行状、吊文、祭文。每类下又分若干小类，如诗又分为23小类。《文选》在论述文体方面用力不多，但在文体

---

① ［梁］萧统编，［唐］李善注：《文选》卷五二，上海古籍出版社，1986年，第2271页。
② ［梁］萧统编，［唐］李善注：《文选》卷一七，第766页。
③ ［梁］萧统：《文选序》，［梁］萧统编，［唐］李善注：《文选》，第3页。

分类方面非常细致。

由以上材料可知，魏晋南北朝时期的文章辨体水平已经达到了相当高的程度，这是当时文学理论发达的结果。

但这种以辨体为主要目标的工作，到唐代以后有很长的消歇期。直到宋元之际和明清时期，特别是明代后期至清初，辨体工作才又逐渐引起人们的重视，方回、吴讷、胡应麟、许学夷、胡震亨、徐师曾、李畯、钱良择等，都对文章辨体做了专门的研究，明清时期的其他学者也有很多极有价值的见地。这为我们今天从事文体研究提供了很多切入门径和思考问题的方法。

唐人重视创作，而在辨体方面著作寥寥，故此，我们很难从唐人的文论著作中获得辨体的资料，以至在唐代真正成熟起来并为中国文人所喜欢的各种诗体，在文体概念上都是模糊不清的。比如，今人依然喜欢的创作样式"律诗"，我们很难根据目前留存的唐代诗格著作或理论著作中的论述详细总结并解说"律诗"这种诗歌体式的独特的写作规范，而只能根据他们的创作实践，结合诗格著作等，一点点爬罗剔抉，刮垢磨光，进行我们的理解式总结。今天的各种以"诗歌格律"命名的著作，大多都是以唐人创作为基础，结合诗格著作的例子总结归纳而成，并不是唐人留给我们的现成规范。

唐代最发达的就是诗歌，唐诗研究也是目前我们中国古代文学界最值得骄傲的一个小分支。唐诗研究涉及的领域可以说是无所不包，成果斐然，但与唐诗的诗体创作成就相比，其在诗体学研究方面受关注的程度确实还存在较大差距。可以说，中国古代的诗体形态至唐代已经完备，唐代之后，中国古典诗歌似乎没有再生发出新的诗体形态。胡震亨《唐音癸签》卷一《体凡》曰：

> 诗自风、雅、颂以降，一变有离骚，再变为西汉五言诗，三变有歌行杂体，四变为唐之律诗。诗至唐，体大备矣。今考唐人集录，所标体名，凡效汉、魏以下诗，声律未叶者，名往体；其所变诗体，则声律之叶者，不论长句、绝句，概名为律诗、为近体；而七言古诗，于往体外另为一目，又或名歌行。举其大凡，不过此三者为之区分而已。至宋、元编录唐人总集，始于古、律二体中备析五七等言为次。于是流委秩然，可得具论：一曰四言古诗（有古章句及韦孟长篇二体，唐作者不多），一曰五言古诗（唐初体沿六朝，陈子昂始尽革之，复汉魏旧），一曰七言古诗，一曰长短句（全篇七字，始魏文。间杂长

句，始鲍明远。唐人承之，体变尤为不一。当与后歌行诸类互参），一曰五言律诗（唐人因梁陈互言四韵之偶对者而变），一曰五言排律（因梁陈五言长篇而变），一曰七言律诗（又因梁陈七言四韵而变者也。唐一代诗之盛，尤以此诸律体云），一曰七言排律（唐作者亦不多，聊备一体），一曰五言绝句，一曰七言绝句（绝句即六朝人所名断句也。五言绝始汉人小诗，而盛于齐梁。七言绝起自齐梁间，至唐初四杰后始成调。又唐人多以绝句为乐曲。详后《乐通》内）。外，古体有三字诗（李贺《邺城童子谣》），六字诗（《牧护歌》），三五七言诗（始郑世翼，李白继作），一字至七字诗（张南史及元、白等集有之，以题为韵，偶对成联。又鲍防、严维多至九字）；骚体杂言诗（此种本当入骚，如李之《鸣皋歌》，杜之《桃竹杖引》，相沿入诗，例难芟漏）；律体有五言小律、七言小律（严沧浪以唐人六句诗合律者称三韵律诗，昭代王弇州始名之为小律云），又六言律诗（刘长卿集有之），及六言绝句（王维集有）。而诸诗内又有诗与乐府之别，乐府内又有往题、新题之别。往题者，汉、魏以下，陈、隋以上乐府古题，唐人所拟作也（诸家概有，而李白所拟为多，皆仍乐府旧名。李贺拟古乐府，多别为之名，而变其旧）；新题者，古乐府所无，唐人新制为乐府题者也（始于杜甫，盛于元、白、张籍、王建诸家。元微之尝有云，后人沿袭古题，唱和重复，不如寓意古题，刺美见事，为得诗人讽兴之义者，此也。详后《乐通》为）。其题或名歌，亦或名行，或兼名歌行（歌，曲之总名。衍其事而歌之曰行。歌最古，行与歌行皆始汉，唐人因之）。又有曰引者，曰曲者，曰谣者，曰辞者，曰篇者（抽其意为引，导其情为曲，合乎俗曰谣，进乎文为辞，又衍而盛焉为篇，皆以其词为名者也）。有曰咏者，曰吟者，曰叹者，曰唱者，曰弄者（咏以永其言，吟以呻其郁，叹以抒其伤，唱则吐于喉吻，弄则被诸丝管。此皆以其声为名者也）。复有曰思者，曰怨者，曰悲若哀者，曰乐者（如李白之《静夜思》，王翰之《蛾眉怨》，杜甫之《悲陈陶》《哀江头》《哀王孙》，乐则如杜审言之《大酺乐》、白居易之《太平乐》、张祜之《千秋乐》，又皆以情为其名者也）。凡此多属之乐府，然非必尽谱之于乐。谱之乐者，自有大乐、郊庙之乐章，梨园教坊所歌之绝句、所变之长短填词，以及琴操、琵琶、筝笛、胡笳、拍弹等曲，其体不一。而民间之歌谣，又不在其数（并详《乐通》）。唐诗体名，庶尽乎此矣。①

当今的学术界，文学文体学的研究已经出现蓬勃之势，出现了很多文

---

① [明] 胡震亨:《唐音癸签》卷一，上海古籍出版社，1981年，第1页。

体学翻译著作和研究著作。仅以国内研究著作而论，许嘉璐编著《古代文体常识》、郭绍虞《提倡一些文体分类学》、褚斌杰《中国古代文体概论》、是较早的探索之作，王珂《诗体学散论——中外诗体生成流变研究》，杨仲义、梁葆莉《汉语诗体学》，刘世生、朱瑞青编著《文体学概论》，侯维瑞《文学文体学》等，都是非常不错的成果。古代文学的文体学研究也日新月异，刘明华《丛生的文体——唐宋文学五大文体的繁荣》、郭英德《中国古代文体学论稿》、姚爱斌《中国古代文体论思辨》、曾枣庄《中国古代文体学》、吴承学《中国古代文体形态研究》、吴作奎等《古代文体研究论稿》代表了目前中国古代文体学理论研究的最高成就。更加细致的分体研究也有不少成就，仅以唐代文学文体学研究而论，相关专著有罗根泽《乐府文学史》、葛晓音《先秦汉魏六朝诗歌体式研究》、薛天纬《唐代歌行论》、沈文凡《唐代韵文研究》、杜晓勤《六朝声律与唐诗体格》、徐毅与陈俐合著《盛唐七律研究》、张煜《新乐府歌辞研究》、崔炼农《乐府歌辞论述》等，优秀论文有房日晰《论李白的五言律诗》、陆平《王维：盛唐律诗第一高手》、葛晓音《论初盛唐绝句的发展——兼论绝句的起源和形成》《论杜甫的新题乐府》《新乐府的缘起和界定》《初盛唐七言歌行的发展——兼论歌行的形成及其与七古的分野》《陈子昂与初唐五言诗古、律体调的界分——兼论明清诗论中的"唐无五古"说》《论杜甫七律"变格"的原理和意义——从明诗论的七言律取向之争说起》《从五排的铺陈节奏看杜甫长律的转型》《杜甫五律的"独造"和"胜场"》《杜甫长篇七言"歌""行"诗的抒情节奏与辨体》《中古七言体式的转型——兼论"杂古"归入"七古"类的原因》《刘长卿七律的诗史定位及其诗学依据》《从五七古短篇看杜诗"宪章汉魏"的创变》、陈铁民《论律诗定型于初唐诸学士》、薛天纬《歌行诗体论》《李杜歌行论》、沈文凡《百韵五言长律嬗变考述》、杜晓勤《五言诗律化进程与唐诗体式研究的思考与探索》《齐梁诗歌向盛唐诗歌的嬗变》、辛晓娟《杜甫歌行体诗的艺术成就》、周非非《杜甫排律研究》、付成波《唐太宗及其近臣诗声律研究》、张英《论杜甫的正体七律及其声律特色》、廖继莉《唐诗声律研究》、张玉翠《论李峤诗声律研究》、赵纪贞《声律论和平仄律的比较研究》、牛振《唐代近体诗歌的声律特征与情感表达的关系》、王次梅《杜甫七古声调分析》、李祥鹏《杜甫"行诗"研究》、申东城《李白、杜甫诗体与唐诗嬗变》等。这些学者取得的成果是令人欣慰的，尤其是葛晓音先生在唐诗诗体研究方面更是独树一帜，成就突出。尽管如此，在诗体学视野下的唐诗研究领域，更加符合唐诗声韵的文本分析方面尚存研究余地，对集大成的杜甫诗歌的诗体学视野的研究尚未形成系统性的研究著作，这给我们的研究提供了空间。

曾枣庄在《论古代文体学研究的基础和对象》中说："文体的'体'，包括文体之体（各种文本的体裁）、体格之体（各种文本的风格）、体类之体（各种文本体裁、题材或内容的类别）三个方面……体类是文体分类的基础，体裁是文体的形式和载体，体格则是文体的灵魂和精神风貌，三者关系密不可分，具有层次性。"① 可见，诗体学的研究内容是极其丰富的。杨仲义在《汉语诗体学》中说："诗体学是一门介于语言学和文学之间的学科。它既不同于诗歌艺术论，也不是单纯的'诗律论''流变论'，而是要在弄清诗歌这种特殊语言的文体学特质的前提下，对诗歌体裁进行兼顾内部与外部、语言与情志、体式与风貌、分体与总体、作者与读者的全方位研究。"② 杨仲义也主张诗体学的研究要兼顾多个层面，这都是值得我们思考的研究方向。王珂在《诗体学散论——中外诗体生成流变研究》的绪论里说："诗是最讲究形式的语言艺术，诗体是诗讲究形式规范的具体体现，是判定一件语言作品是不是诗的重要标准，即使是抒情性作品也只有具备了'诗的形式'才是抒情诗。""诗体类似威勒克的'美学惯例'，是诗的语言'秩序的法则'。……诗体，即是对诗的形式属性及文体属性的制度化的具体呈现。""诗是最高的语言艺术，诗体不仅是呈现诗的艺术性的重要内容，还为诗人提供了作诗法，使诗在文体形式上有别于散文、小说等其他文体。因为诗体至少应该具体为两大内容：诗的音乐的常规形式和诗的形状的常规体式。"③ 而我们要接着王珂的话说的是：诗这种讲究形式和形状的语言艺术的更为细致的诗体形态的划分，为作诗的人提供了不同诗体形态的体式，研究古人的诗体形态的体式特征，对今人的创作有重要的帮助。

而我们目前的唐诗诗体学研究，关注文化背景、关注诗体内容、关注诗体流变、关注诗体风格等大方向的多，关注语言形态本身的少，仅有葛晓音、薛天纬、卢盛江、蒋寅、莫砺锋、杜晓勤、张培阳、梁小玲等少数学者在诗节、语言节点、语言结构方式、格律等方面对诗体进行研究。旅美学者冯胜利在《论韵律文体学的基本原理》一文中说，我们的中国语言文学研究领域有一种很奇怪的现象："文学离不开语言。然而，文学的研究如果不管语言而只以社会、思想为对象，那么它就成了社会或思想的研

---

① 曾枣庄：《论古代文体学研究的基础和对象》，《清华大学学报（哲学社会科学版）》2012年第6期，第79页。

② 杨仲义、梁葆莉：《汉语诗体学》自序，学苑出版社，2000年，第2页。

③ 王珂：《诗体学散论——中外诗体生成流变研究》，上海三联书店，2008年，第9、11、13页。

究，其自身的意义就成了问题。同理，语言学也存在类似的偏颇。""研究文学的人不研究'语言的文学'，研究语言的人不研究'文学的语言'，两个领域出现了大片荒地无人问津。"① 这就点示我们：学界在韵律文体学方面，对语言本身的关注还是很少，诗体研究的语言学方面还有很多值得我们去做的工作。而这，正是本课题确立的初衷。

杜甫诗歌是中国古典诗歌的顶峰，除了更早的《诗经》体诗和骚体诗外，中国古典诗歌中在唐代发展并成熟起来的各类诗歌都在杜甫手中达到极致，元稹在《唐检校工部员外郎杜君墓系铭并序》中说："至于杜子美，盖所谓上薄风骚，下该沈宋，言夺苏李，气吞曹刘，掩颜谢之孤高，杂徐庾之流丽，尽得古今之体势，而兼人人之所独专矣。"② 这只是评价杜甫对先唐文学的继承。其实，杜甫的诗何止是对先唐文学的继承，他对他之前的唐代文学也是尽可能地学习并发扬光大，他对祖父杜审言的尊重和学习，他对四杰的肯定和认同，他对陈子昂的尊崇，他对李白的赞美、推重和惺惺相惜，都含有学习和继承的深意。可以这样说，杜甫继承并发扬了他之前的文学家的所有的优长，才真正成为集大成的一人。他在古典诗体学方面的贡献，前无古人，也很难后有来者。就目前的中国文学史而言，古代所拥有的各种诗歌体式，在杜甫所在的时代里成熟，甚至可以说是在杜甫手里成熟。而这些诗歌体式，基本上就是后来中国诗歌史上的主要体式，无论五言古诗、五律、七律、五绝、七绝、七言歌行、乐府体诗，杜甫都有非常成功的作品，它们是后人模仿效法的主要对象。王兆鹏先生有《唐诗排行榜》，通过"古代选本入选次数""现代选本入选次数"等指标，测评出唐代以来最有影响力、最受关注的前一百名唐诗，其中诗歌入选数量前十的诗人是：杜甫（17首）、王维（10首）、李白（9首）、李商隐（6首）、杜牧（6首）、孟浩然（5首）、王昌龄（5首）、刘禹锡（4首）、岑参（3首）、白居易（3首）。由此可见，杜甫诗歌的影响力和经典价值不言而喻。我们还应注意的是，在杜甫之后，中国古典诗歌的体式基本就没有什么新的变化了。尽管有不少人进行过诸多的尝试，但最终也并未取得真正的突破。

杜甫诗歌的典范意义在于，无论哪一种诗歌体式，都有不朽作品传世，都有可供人们学习仿效的范本。正是在这个意义上，我们选择以"杜甫诗歌的诗体学研究"为目标，希望在杜诗诗体学的经典价值方面取得一定的收获。需要说明的是：本书杜诗篇目依据的是仇兆鳌《杜诗详注》，

---

① 冯胜利：《论韵律文体学的基本原理》，《当代修辞学》2010年第1期，第25页。
② ［后晋］刘昫等：《旧唐书》卷一九〇下《杜甫传》，中华书局，1975年，第5056页。

仇本在目录统计诗歌篇目处给出的数字是 1439 首，经逐首反复确认，仇本所录杜甫诗歌实际是 1458 首。我们以此为研究对象，最终目标是为杜甫诗歌的诗体学研究形成一部系统性的论著，以彰显杜甫在中国古典诗体方面的突出贡献。

第一章　杜甫五言律诗体制研究

近体诗是唐代新出现的诗体形式，是从四声律向二声律的进步。五言律诗是杜甫诗歌的重要组成部分，以大量的精品之作被后世奉为经典。其题材内容较之前代做出最大限度的开拓，无事不可写，无意不可入；其风格以沉郁顿挫为主，呈现多种风貌；在章法、句法、字法等方面具有开创性，为后代诗人开启了作诗的门径；在声律上，于四种正格律句之外，确立了三种变格律句，为抒情言志打开了方便之门；韵律上严格使用平水韵，使用宽韵，韵部广泛；对仗上呈现出规则严密化、数量富态化、种类多样化的特点。本章以数字统计作为立论的支撑，以便全面、清晰地展示杜甫五律的体类特征。

第一节　唐人五律的发展路径

律诗之称名始见于中唐元稹《唐检校工部员外郎杜君墓系铭并序》："唐兴，学官大振，历世之文，能者互出，而又沈宋之流，研练精切，稳顺声势，谓之为律诗。"[①]

诗歌写作注重声律始自南朝。南朝齐永明年间，周颙、沈约等人发现了汉语的四声，并据此创制了永明声律说。沈约提出"欲使宫徵相变，低昂舛节，若前有浮声，则后须切响。一简之内，音韵尽殊；两句之中，轻重悉异"[②]的声律要求，并将"四声八病"度入诗歌创作。"四声八病"之说在我国现存的文献资料里已经没有完整的记载，所幸日僧空海曾在中国游学，其所著《文镜秘府论》对此有详细记录：

---

① [唐]元稹：《唐检校工部员外郎杜君墓系铭并序》，见[清]仇兆鳌注：《杜诗详注》附编，中华书局，1979年，第2235页。

② [日]遍照金刚撰，卢盛江校考：《文镜秘府论汇校汇考》（修订本），中华书局，2015年，第146页。

一曰平头，二曰上尾，三曰蜂腰，四曰鹤膝，五曰大韵，六曰小韵，七曰旁纽，八曰正纽。

平头诗者，五言诗第一字不得与第六字同声，第二字不得与第七字同声。同声者，不得同平上去入四声，犯者名为犯平头。平头诗曰："芳时淑气清，提壶台上倾。"又诗曰："山方翻类矩，波圆更若规。树表看猿挂，林侧望熊驰。"又诗曰："朝云晦初景，丹池晚飞雪。飘枝聚还散，吹杨凝且灭。"

上尾诗者，五言诗中，第五字不得与第十字同声，名为上尾。诗曰："西北有高楼，上与浮云齐。"又曰："可怜双飞凫，俱来下建章。一个今依是，拂翮独先翔。"又曰："荡子别倡楼，秋庭夜月华。桂叶侵云长，轻光逐汉斜。"

蜂腰诗者，五言诗一句之中，第二字不得与第五字同声。言两头粗，中央细，似蜂腰也。诗曰："青轩明月时，紫殿秋风日。瞳眬引夕照，晻暧映容质。"又曰："闻君爱我甘，窃独自雕饰。"又曰："徐步金门出，言寻上苑春。"

鹤膝诗者，五言诗第五字不得与第十五字同声。言两头细，中央粗，似鹤膝也，以其诗中央有病。诗曰："拨棹金陵渚，遵流背城阙。浪蹙飞船影，山挂垂轮月。"又云："陟野看阳春，登楼望初节。绿池始沾裳，弱兰未央结。"

大韵诗者，五言诗若以"新"为韵，上九字中，更不得安"人""津""邻""身""珠"等字，既同其类，名犯大韵。诗曰："紫翮拂花树，黄鹂闲绿枝。思君一叹息，啼泪应言垂。"又曰："游鱼牵细藻，鸣禽呼好音。谁知迟暮节，悲吟伤寸心。"

小韵诗，除韵以外，而有迭相犯者，名为犯小韵病也。诗曰："搴帘出户望，霜花明潋日。晨莺傍杼飞，早燕挑轩出。"又曰："夜中无与悟，独寤抚躬叹。唯惭一片月，流彩照南端。"

傍纽诗者，五言诗一句之中有"月"字，更不得安"鱼""元""阮""愿"等之字，此即双声，双声即犯傍纽。亦曰，五字中犯最急，十字中犯稍宽。如此之类，是其病。诗曰："鱼游见风月，兽走畏伤蹄。"……又曰：'元生爱晧月，阮氏愿清风。取乐情无已，赏玩未能同。"又曰:"云生遮丽月,波动乱游鱼。凉风便入体,寒气渐钻肤。"

正纽者,五言诗"壬""衽""任""人",四字为一纽;一句之中,已有"壬"字,更不得安"衽""任""人"等字。如此之类,名为犯正纽之病也。诗曰:"抚琴起和曲,叠管泛鸣驱。停轩未忍去,白日小踟蹰。"又曰:"心中肝如割,腹里气便燋。逢风回无信,早雁转成遥。"("肝""割"同纽,深为不便)①

《文镜秘府论》所言声病,即是永明体诗歌也即新体诗所主张的声律规范。这些声律规范,因为讲究太多,很难把握,故而对写作束缚很大,以至连提出这些主张的沈约也很难做到兼顾声律与情韵,永明体诗的作者都较少有特别成功的作品,"竟陵八友"中,也只有谢朓可以算是能够兼顾声律和情韵的诗人。

永明声律说对诗人创作的限制,导致了诗歌阅读的非自然感觉,故而,文学史上虽然有其地位,却没有多少传世经典。但永明声律说在诗歌格律方面的探索确实是唐前中国古典诗歌格律发展的重要阶段,可以这样说,没有永明声律说,也就没有近体诗格律。

近体诗格律是在永明声律说的基础上发展而来,其中的一些声律原则也是近体诗格律遵循的原则。而最大的变化则是近体诗声律将永明体的四声律演变为二声律,也即平仄律,最终促使了近体律诗声律的定型,至初唐后期五律体式定型。

我们现在的文学史一般都说,五言律诗在沈佺期、宋之问手中定型。但因为很难找到完整的理论著作说明这两人的贡献,我们还是从实际的创作和现存的唐人诗格来确定五言律诗的定型。韩成武、陈菁怡《杜审言与五律、五排声律的定型——兼述初唐五律、五排声律的定型过程》考察了初唐时期五律写作的三代作家:第一代,虞世南、王绩、褚亮、李百药、李世民;第二代,上官仪;第三代,四杰、刘希夷、陈子昂、文章四友、沈佺期、宋之问、崔湜。将这些诗人所创作的五言体诗(对式律、粘对混合式律、粘式律)悉数调查的结果(以粘式律审视)是:第一代,虞世南的五律、五排合律度为0%;王绩的五律、五排合律度为27%;褚亮的五律、五排合律度为10%;李百药的五律、五排合律度为11%;李世民的五律、五排合律度为11%。第二代,上官仪的五律、五排合律度为0%,只

---

① [日]遍照金刚撰,卢盛江校考:《文镜秘府论汇校汇考》(修订本),第860、866、884、902、925、950—951、958、964—965、987页。

是对仗艺术掌握得很好。第三代，王勃的五律、五排合律度为 28%；骆宾王的五律、五排合律度为 32%；卢照邻的五律、五排合律度为 23%；杨炯的五律、五排合律度为 71%；刘希夷的五律、五排合律度为 67%；苏味道的五律、五排合律度为 53%；崔融的五律、五排合律度为 70%；沈佺期的五律、五排合律度为 85%；宋之问的五律、五排合律度为 83%；崔湜的五律、五排合律度为 91%；李峤的五律、五排合律度为 85%；杜审言的五律、五排合律度为 94%。①

初唐五言律诗写作的这一调查结果说明：初唐诗人五律、五排的声律合律度是逐渐提升的，杜审言在五律、五排的声律建设上的成就是高于他人的，94% 的合律度超越沈佺期的 85% 和宋之问的 83% 的平均值约 10 个百分点。沈佺期、宋之问对律诗的定型确实起到了很重要的作用，而杜审言成就更高。对于杜审言的这一功绩，陈振孙看得比较清楚："唐初沈宋以来，律诗始盛行，然未以平侧失眼为忌。审言诗虽不多，句律极严，无一失粘者。"② 这一说法虽然有点夸张，但也确实道出了杜审言在唐代五言律诗进程中的作用。若从诗人生卒年角度考虑，则是杜审言之后，五言律诗、排律创作的合律度才真正达到很高的高度，宋之问、崔湜、李峤、沈佺期，皆在 83% 以上。五言律诗定型于初唐后期这一观点是成立的。

盛唐早期，比杜甫较早和同时的诗人主要有张九龄、王翰、孟浩然、李颀、王湾、王昌龄、王维、李白、崔颢、高适、岑参、祖咏、裴迪等。现调查他们的五言律诗、排律的合律度，统计原则如下：五言八句平韵诗（仄韵诗除外），符合律诗声律、韵律、对仗规则者；《全唐诗》放入乐府歌辞和古诗中，使用粘对规则、用韵规则、中间两联对仗或至少第三联对仗者，也计入律诗。结果发现：张九龄 84 首，合律度 83%；王翰仅 1 首，合律度 100%；孟浩然创作数量最多，137 首（剔除《题梧州陈司马山斋》，此诗当为宋之问诗），合律度 90%；李颀 17 首（《全唐诗》放入古诗的《留别王卢二拾遗》计算入内，此诗五仄调有救，出现一次三平调，其余皆合粘对规则），合律度 58%；李白 110 首，合律度 84.5%；王维近体五言的创作数量为 106 首，合律度 93%；王昌龄 29 首，合律度 72%；高适 46 首（《全唐诗》放入古诗的《酬马八效古见赠》《三君咏·魏郑公》《自淇涉黄河途中作十三首》之四都有非律句、三平调等问题，但只有一

---

① 韩成武、陈菁怡：《杜审言与五律、五排声律的定型——兼述初唐五律、五排声律的定型过程》，《深圳大学学报（人文社会科学版）》2003 年第 1 期，第 108—113 页。

② [宋] 陈振孙：《直斋书录解题》卷一九，徐小蛮、顾美华点校，上海古籍出版社，1987年，第 557 页。

两处，且各自有两联对仗，使用粘对规则，故此纳入律诗），合律度为83%（不计《全唐诗》纳入古诗的 3 首，则合律度 88%）；裴迪 3 首，合律度 100%；岑参 169 首，合律度为 89%。也就是说，尽管盛唐早期有些诗人创作的律诗不多，但就整体来看，盛唐时期的五言律诗的合律度绝大多数在 90% 左右。可见唐代的五言律诗创作确实是从初唐到盛唐逐渐走向成熟，而在开元天宝年间基本成熟。

初唐诗歌社会信息量小，内容狭窄，但四杰地位卑微，宋之问、杜审言发配蛮荒，陈子昂仕途坎坷，他们纷纷将胸中之气发而为诗，从而开拓了初唐诗歌的世界，初唐诗人在内容上引导着唐诗向更有价值的方向发展。而到盛唐孟浩然、王维、李白等人手里，五言律诗内容丰富，形式更加稳定，风格多样，在开元天宝年间达到相当高的水平，正如殷璠所言，开元天宝年间，"声律风骨始备"。

天宝之前杜甫的近体诗仅 10 多首而已，但杜甫越到后期律诗创作越多。其一生共有五言律诗 625 首，总数超越盛唐之前诗人五言律诗的总和，在他自己的诗歌中五律也占全集的 43%，可见杜甫对五言律诗的重视。杜甫的五言律诗内容涵盖面广，大大拓宽了五言律诗的写作范围。他的五言律诗除了主体风格"沉郁顿挫"外，还有很多其他风格，使得唐人五言律诗的风格更加多样化。他的五言律诗里，具有文学史意义的名篇非常多，如《登兖州城楼》《房兵曹胡马》《画鹰》《春望》《春日忆李白》《天末怀李白》《不见》《得舍弟消息》《为农》《宿江边阁》《奉济驿重送严公四韵》《月夜忆舍弟》《旅夜书怀》《登岳阳楼》等，都是极其有名的五言律诗佳作。杜甫对唐代五言律诗的发展作出了重要贡献，其声律之严格达到极致。

第二节　杜甫五律的体类特征

杜甫五律共计 495 题 625 首。此外，还有几首仄韵五律。由于学界对仄韵五律的声律尚无定论，故本书将其排除在外，仅以其平韵作品作为研究对象。清人浦起龙《读杜心解》是杜诗分体注本，收录五律 627 首（按浦起龙《读杜心解》目录统计五律篇数有误，所言 630 首，实为 627 首）。该书在分辨诗体上稍嫌宽泛，将《寄赠王十将军承俊》《北风》二诗也归为五律，前诗云："将军胆气雄，臂悬两角弓。缠结青骢马，出入锦城中。时危未授钺，势屈难为功。宾客满堂上，何人高义同。"此诗首联两句声调失对，颔联两句声调失对，颔联与首联失粘，颈联与颔联失粘。仇兆鳌也把此诗排除在外，说"此似齐梁律诗，故上四未协平仄"。[①]后诗云："北风破南极，朱凤日威垂。洞庭秋欲雪，鸿雁将安归。十年杀气盛，六合人烟稀。吾慕汉初老，时清犹茹芝。"此诗颔联与首联失粘，颈联与颔联失粘，而且存在两句"三平调"，押韵也存在问题，垂、芝二字属于平水韵四支韵，归、稀二字属于平水韵五微韵。对五律声律、韵律精熟的杜甫来说，是不会出现如此严重错误的。笔者认为，这是杜甫有意为之，他是没想把这诗写成五律。虽说前诗中间两联也构成了词性上的对仗关系，后诗颈联也大体构成了对仗，但声律、韵律是近体诗格律的核心内容，如果一首诗的声律、韵律出现严重失调，便可以断定其不是近体诗。关于这两首诗的体格，古代杜诗学者也有关注。杨伦《杜诗镜铨》认为《寄赠王十将军承俊》是"以古为律"[②]，边连宝《杜律启蒙》认为此诗"体格在古、近之间"[③]。胡应麟《诗薮》注释《北风》时说："杜甫《北风》，首尾俱用四支韵，而中两用五微，盖古体通用，非出韵也。今诸选多作五言律，误矣。"[④]他明确认定此诗是古体，而非出韵之近体。有鉴于此，故将这两首诗剔除于五律之列。

杜甫五律篇数占全集 43%，内容浩繁深厚，艺术精致，格律严谨，垂范后世。本文将对其体制（包括声律、韵律、对仗等方面）进行研究。研究方法采用数字统计法，通过逐篇逐句逐字的查实，得出相关数据，以数字为依据，展示其声律、韵律、对仗等方面的具体情况。这种方法虽说显得笨拙，却能揭示杜甫五律的实际面貌。

由于《唐韵》仅存残卷，无法据之对杜诗字声和韵字作出判定，而北宋《广韵》《集韵》只是在《唐韵》的基础上增加韵字和释文，并无质的改变，因此可以将其作为判定杜诗字声和韵字的依据。清人吴乔在所著《围炉诗话》中说道："名《广韵》者，因《唐韵》而广之者也，即此可以知《唐韵》矣。"[⑤]南宋《壬子新刊礼部韵略》（即《平水韵》）将《广韵》中"同用"之韵目合一，形成 106 韵体系，直接反映唐宋两代诗人作诗押韵的实际情况，此书虽已失传，但此后历代韵书均遵循 106 韵体系，如清代《佩文韵府》《诗韵合璧》二书，编撰虽有缺陷，但也可将其作为判定杜诗字声和韵字的依据。

---

① ［清］仇兆鳌注：《杜诗详注》卷九，第 783—784 页。
② ［清］杨伦笺注：《杜诗镜铨》卷八，上海古籍出版社，1998 年，第 340 页。
③ ［清］边连宝：《杜律启蒙》五言卷四，韩成武等点校，齐鲁书社，2005 年，第 124 页。
④ ［明］胡应麟：《诗薮·外编》卷三，上海古籍出版社，1979 年，第 183 页。
⑤ ［清］吴乔：《围炉诗话》卷一，见郭绍虞编选《清诗话续编》第一册，富寿荪校点，上海古籍出版社，1983 年，第 484 页。

一、杜甫五律的声律规范

声律是律诗格律的第一要素，是造成律诗音乐美的必要条件之一。自南朝齐永明年间开始，沈约等人将汉字四声引入五言诗的创作，号"永明体"，主张"一简之内，音韵尽殊；两句之中，轻重悉异"，即一句诗中"若前有浮声，则后须切响"，一联之中上下两句要做到轻音与重音对应相反。所谓"浮声""切响""轻""重"，相当于后人所用的"平仄"概念。但"永明体"只解决了一句诗和一联诗的声律问题，而且在声律的规定上（即"八病"之说）过于严苛，束缚了诗歌创作。进入唐代，诗人们将四声二元化（平声为平，上去入为仄），并且进而确定了邻联相粘的关系，到初唐后期，在杜审言、崔湜、李峤、沈佺期、宋之问等诗人的共同努力下，五言律诗的声律、韵律、对仗格局已然确定。[①]

杜甫对祖父杜审言是十分崇拜的，他说"吾祖诗冠古"，主要是称颂杜审言在五律定型上的贡献。他又说"诗是吾家事"，把继承祖先创立的律诗规格看作家族事业，并以卓越的五律诗歌创作完善了五律体制，对后世产生深远影响。其声律体制如下。

（一）声律严整

杜甫所作 625 首五律，严守声律三项规定：诗句使用正格律句或变格律句（经过拗救而后形成的律句），一联中两句声调对立，邻联声调相粘。

1. 正格律句

杜甫五律诗句使用的四种正格律句为：仄仄平平仄；平平平仄仄；仄仄仄平平；平平仄仄平。例如《登兖州城楼》："东郡趋庭日，南楼纵目初。浮云连海岱，平野入青徐。孤嶂秦碑在，荒城鲁殿馀。从来多古意，临眺独踌躇。"[②]杜诗五律完全由正格律句组成者共计 283 首，占总数的 45%，也就是说，还有一半多的五律是由正格律句与变格律句共同组成的。

2. 变格律句

杜甫五律中的变格律句则有以下几种。

（1）平平仄平仄。这种变格律句由正格律句"平平平仄仄"变化而来。如"何时一樽酒，重与细论文"（《春日忆李白》）、"无家问消息，作客信乾坤"（《刘稻了咏怀》）等。这种变格律句共计 183 例。这种句式大

---

① 参见韩成武：《杜甫新论》，河北大学出版社，2007 年，第 248—258 页。
② ［清］仇兆鳌注：《杜诗详注》卷一，第 5 页。本书所用杜诗文本皆此版本，以后不再出注。

多出现在尾联的出句，共计 133 例，占总数的 73%。

王力先生在《汉语诗律学》和《古代汉语》两书中，论及拗救问题时指出：五言近体诗的正格律句"平平平仄仄"可以变为"平平仄平仄"，第三字拗，第四字救。同时特别提醒人们"注意"：这样拗救的句子，"第一个字必须是平声"①。笔者排查杜甫五律，发现一部分"仄平仄平仄"的句式，抄录如下："野亭逼湖水""暂游阻词伯"（《暂如临邑至鹄山湖亭奉怀李员外率尔成兴》）、"老夫怕驱走"（《官定后戏赠》）、"故人得佳句"（《奉答岑参补阙见赠》）、"束薪已零落"（《除架》）、"老夫有如此"（《秦州杂诗二十首》其九）、"故人亦流落"（《送裴五赴东川》）、"客居愧迁次"（《入宅三首》其一）、"壮年学书剑"（《暮春题瀼西新赁草屋五首》其四）、"自从失辞伯"（《怀旧》）、"未能割妻子"（《谒真谛寺禅师》）、"昔闻洞庭水"（《登岳阳楼》）、'壮心久零落'（《有叹》），这种句式共计 13 例。

（2）平平仄仄仄。这种变格律句由正格律句"平平平仄仄"变化而来。如"晨朝降白露"（《与任城许主簿游南池》）、"尘中老尽力"（《病马》）等。这种句式共出现 120 例。由此可见"三仄尾"不是声病。

此外，还出现少量的"仄平仄仄仄"句式。如"亦知去不返"（《捣衣》）、"故巢倘未毁"（《归燕》）、"幸因腐草出"（《萤火》）、"世人共卤莽"（《空囊》）、"物微意不浅"（《病马》）、"别离已昨日"（《送远》）、"往还二十载"（《赠韦赞善别》）、"十年可解甲"（《热三首》其三）、"故园不可见"（《江梅》）、"使君自有妇"（《数陪李梓州泛江有女乐在诸舫戏为艳曲二首赠李》）、"济时敢爱死"（《岁暮》）、"欲陈济世策"（《暮春题瀼西新赁草屋五首》其五）、"老人冚酒病"（《季秋苏五弟缨江楼夜宴崔十三评事韦少府侄三首》其一），共计 13 例。

（3）仄仄仄平仄，平平平仄平。这种变格由正格律句"仄仄平平仄，平平仄仄平"变化而来。出句第三字拗，对句第三字救。如"枕簟入林僻，茶瓜留客迟"（《巳上人茅斋》）、"树蜜早蜂乱，江泥轻燕斜"（《入乔口》）等，共计 99 例。

只有下面几例拗而未救："老去一杯足，谁怜屡舞长"（《台上》）；"群盗至今日，先朝恐从臣"（《巴西闻收京阙送班司马入京二首》其二），从字，属于《广韵》去声三用韵，即用切；"通籍恨多病，为郎恐薄游"（《夜雨》）；"平地一川稳，高山四面同"（《自瀼西荆扉且移居东屯茅屋四首》其一）。

---

① 王力主编：《古代汉语》（校订重排本）第四册，中华书局，1999 年，第 1530 页。

（4）仄仄平仄仄，平平平仄平。这种变格由正格律句"仄仄平平仄，平平仄仄平"变化而来，出句第四字拗，对句第三字救。如"暮景巴蜀僻，春风江汉清"（《送李卿晔》）、"江敛洲渚出，天虚风物清"（《独坐》）等，共计 12 例。

（5）仄仄仄仄仄，平平平仄平。这种变格由正格律句"仄仄平平仄，平平仄仄平"变化而来，出句第三、四字拗，对句第三字救。如"乘尔亦已久，天寒关塞深"（《病马》）、"致此自僻远，又非珠玉装"（《蕃剑》）等，共计 18 例。

（6）平平仄仄平，变为"平平平仄平"。这种变格律句是独立使用的，并非对出句的拗救。如"华馆春风起，高城烟雾开"（《李监宅二首》其二）、"摇落巫山暮，寒江东北流"（《摇落》）等，共计 29 例。

3. 借用字的异声以谐调平仄

汉字有同义而平仄两读者，有异义而平仄异读者。杜诗时有借用字的异声以谐调平仄的做法。如《王竟携酒高亦同过》："卧病荒郊远，通行小径难。故人能领客，携酒重相看。自愧无鲑菜，空烦卸马鞍。移樽劝山简，头白恐风寒。"又如《奉济驿重送严公四韵》："远送从此别，青山空复情。几时杯重把，昨夜月同行。列郡讴歌惜，三朝出入荣。江村独归处，寂寞养残生。"前诗"携酒重相看"，重，仇兆鳌注曰："义从平声，读用去声。"① 意思是说，这个字从表意上看是平声（重复之重），而诵读的时候要读成去声（重量之重），如此，才能谐调这句"仄仄仄平平"的声律。重字，既属于《广韵》上平三钟韵，直容切；又属于《广韵》去声三宋韵，柱用切。后诗"几时杯重把"，重，仇兆鳌注曰："义从平声，读从去声。"② 如此，才能谐调这句"平平平仄仄"的声律。又如《喜达行在所三首》其三："死去凭谁报，归来始自怜。犹瞻太白雪，喜遇武功天。影静千官里，心苏七校前。今朝汉社稷，新数中兴年。"结句"新数中兴年"，中字，既属《广韵》上平一东韵，陟弓切；又属于《广韵》去声一送韵，陟仲切。这里，义从平声，读从去声，否则即犯"三平调"的错误。再如《晴二首》其二："啼乌争引子，鸣鹤不归林。下食遭泥去，高飞恨久阴。雨声冲塞尽，日气射江深。回首周南客，驱驰魏阙心。"颔联"泥"字意思是"滞陷"，属于《广韵》去声十二霁韵，奴计切。此处读从平声，《广韵》上平十二齐韵，奴低切。还有，只字，既属于《广韵》上

---

① ［清］仇兆鳌注：《杜诗详注》卷一〇，第 864 页。
② ［清］仇兆鳌注：《杜诗详注》卷一一，第 916 页。

平五支韵，又属于《广韵》上声四纸韵，以下各句皆义从上声，读从平声："只应踏初雪，骑马发荆州"（《更题》）、"漂泊南庭老，只应学水仙"（《舟中》）、"只应尽客泪，复作掩荆扉"（《赠韦赞善别》）、"只应与儿子，飘转任浮生"（《入宅三首》其三）。

借用字的异声以谐调平仄，既是对声律的坚守，也是对汉字异声的巧妙运用。

4. 因使用地名、人名、节令名等专用名词而出现声调通融

由于专用名词不可随意变更字面，在这种情况下，声调通融可以被人认可。杜甫五律有以下几例这种情况。使用人名者："宋公旧池馆，零落首阳阿"（《过宋员外之问旧庄》）、"贾生骨已朽，凄恻近长沙"（《入乔口》）。使用地名者："如何关塞阻，转作潇湘游"（《去蜀》）、"郑南伏毒寺，潇洒到江心"（《忆郑南》）、"洛阳昔陷没，胡马犯潼关"（《洛阳》）。使用地名和人名者："渥洼汗血种，天上麒麟儿"（《和江陵宋大少府暮春雨后同诸公及舍弟宴书斋》）。使用节令名者："元日到人日，未有不阴时"（《人日二首》其一）。

5. 几处声调之误

（1）唯一的孤平句。杜甫五律 625 首，仅出现了一个孤平句，出现在《玩月呈汉中王》这首诗中。

> 夜深露气清，江月满江城。
> 浮客转危坐，归舟应独行。
> 关山同一照，乌鹊自多惊。
> 欲得淮王术，风吹晕已生。

首句"夜深露气清"（仄平仄仄平）即是犯了孤平。孤平是指五言律句"平平仄仄平"第一字变平为仄，除了韵脚的平声以外，全句仅有一个平声字。经查阅历代杜诗注本，首句皆为"夜深露气清"，且"夜"字下无异文。

王力先生在《古代汉语》一书中，也说杜甫近体诗仅有一句犯孤平，但不是这首，而是《寄赠王十将军承俊》。[1] 本节开头已对这首诗的体格做了辨析，它不属于五律，故不再赘述。至于有人把杜甫《散愁二首》其二中的"尚书训士齐"、《玉腕骝》中的"尚书玉腕骝"也说成是孤平句[2]，

---

① 王力主编：《古代汉语》（校订重排本）第四册，第 1530 页。
② 兰小云：《杜甫律诗孤平例不只一首》，《榆林学院学报》2005 年 2 期，第 69 页。

则是因为作者不知道"尚"字在古代是平仄两读字，它在《广韵》既属于下平声十阳韵（尚字下释文曰："尚书，官名。"①），又属于去声四十一漾韵（尚字下释文曰："庶几，亦高尚，亦饰也、曾也、加也、佐也。《韵略》云：'凡天子之物皆曰尚，尚医、尚食等是也。又姓，后汉高士尚子平。又汉复姓，有尚方氏。'"②）从以上两条释文来看，尚书的"尚"在当时是读为平声的，我们切不可以今天的声调作为依据。

（2）几处"三平调"之误。所谓三平调，是指近体诗句末连续出现三个平声字。三平调是古体诗的句式特征，故为诗家所忌。杜甫五律出现以下几处三平调："野亭逼湖水，歇马高林间""暂游阻词伯，却望怀青关"（《暂如临邑至㟊山湖亭奉怀李员外率尔成兴》）、"仳离放红蕊，想像颦青蛾"（《一百五日夜对月》）、"萧萧古塞冷，漠漠秋云低"（《秦州杂诗二十首》其十一）、"不成向南国，复作游西川"（《自阆州领妻子却赴蜀山行三首》其一）。

（二）使用四种平仄格式

杜甫五律使用"首句仄起仄收式""首句平起仄收式""首句仄起平收式""首句平起平收式"，以"首句仄起仄收式"为主要格式。这四种平仄格式的使用率依次为73.3%（458首）、20.6%（129首）、4.5%（28首）、1.6%（10首）。这种做法，使初唐后期定型的五律以首句不入韵为常用格式得到进一步确定。

杜甫五律之声律具有典范意义，对后世影响重大。宋人郑卬在所著《杜少陵诗音义》序文中说道："国家追复祖宗成宪，学者以声律相饰，少陵矩范，尤为时尚。"③可见时人是以杜诗声律为法度的。明人吴讷亦称："对偶音律，亦文辞之不可废者，故学之者当以子美为宗。"④

二、杜甫五律的韵律

押韵是汉语诗歌与生俱来的质性特征。相对而言，古体诗押韵比较宽松，近体诗押韵则十分严格。韵律是律诗格律的第二要素，也是造成律诗音乐美的必要条件。杜甫五律的韵律体制主要表现为以下几个方面。

（一）押韵严格

一首诗中无重复使用韵字情况。至于出韵情况，所作625首五律仅

---

① 余迺永校注：《新校互注宋本广韵》卷二，上海辞书出版社，2000年，第176页。
② 余迺永校注：《新校互注宋本广韵》卷四，第425—426页。
③ 张忠纲等编著：《杜集叙录》，齐鲁书社，2008年，第51页。
④ ［明］吴讷：《文章辨体序说》，于北山校点，人民文学出版社，1962年，第56页。

《雨晴》一诗有一个字出韵，诗云："天水秋云薄，从西万里风。今朝好晴景，久雨不妨农。塞柳行疏翠，山梨结小红。胡笳楼上发，一雁入高空。"风、红、空三字，属《诗韵合璧》上平声一东韵；农字，属《诗韵合璧》上平声二冬韵。这是偶然失于检点所致。其用韵失误率仅为 0.16%，是微乎其微的。

　　另外，杜甫五律中因传抄失误造成的出韵情况应予注意。如《司马弟出郭相访兼遗营茅屋赀》诗云：

　　　　客里何迁次，江边正寂寥。
　　　　肯来寻一老，愁破是今朝。
　　　　忧我营茅栋，携钱过野桥。
　　　　他乡唯表弟，还往莫辞遥。

结句"还往莫辞遥"，林继中《杜诗赵次公先后解辑校》、郭知达《九家集注杜诗》、朱鹤龄《杜工部诗集辑注》、钱谦益《钱注杜诗》、杨伦《杜诗镜铨》、边连宝《杜律启蒙》等书中此句末字皆作"遥"，唯浦起龙《读杜心解》作"还往莫辞劳"，仇兆鳌《杜诗详注》于"还往莫辞劳"句下注曰："劳一作遥。"孰是孰非？经查韵书，寥、朝、桥、遥，属《诗韵合璧》下平声二萧韵，而劳字属于下平声四豪韵，故应以遥字为是。由此可知，古代注家如浦起龙、仇兆鳌等，于韵字归属未必皆能熟练把握。

（二）首句使用邻韵

　　首句入韵时使用邻韵，这种作法中唐以后较为常见，到宋代几乎成为惯例。这是因为在古人心目中，押韵应该在偶数句末，首句的音韵是无关紧要的。杜甫五律中首句使用邻韵者，仅有两首。《军中醉饮寄沈八刘叟》诗云：

　　　　酒渴爱江清，馀甘漱晚汀。
　　　　软沙欹坐稳，冷石醉眠醒。
　　　　野膳随行帐，华音发从伶。
　　　　数杯君不见，醉已遣沉冥。

清，属《诗韵合璧》八庚韵；汀、醒、伶、冥，属《诗韵合璧》九青韵。《秋野五首》其一：

秋野日疏芜，寒江动碧虚。

系舟蛮井络，卜宅楚村墟。

枣熟从人打，葵荒欲自锄。

盘餐老夫食，分减及溪鱼。

芜，属《诗韵合璧》七虞韵；虚、墟、锄、鱼，属《诗韵合璧》六鱼韵。

（三）使用韵部广泛，而以宽韵为主

平水韵平声韵部有 30 个，杜甫五律共计使用 2538 个韵字，覆盖了 28 个韵部，仅上平声九佳韵、下平声十五咸韵没有使用。这是由于该韵是窄韵，韵字很少。上平声三江韵也是窄韵，这个韵部杜甫只使用一次，即《季秋苏五弟缨江楼夜宴崔十三评事韦少府侄三首》其二："对月那无酒，登楼况有江。听歌惊白鬓，笑舞拓秋窗。尊蚁添相续，沙鸥并一双。尽怜君醉倒，更觉片心降。"杜甫对于宽韵则多次使用。笔者对其所用 28 个韵部的频次作了统计，按篇数多少排序如下：下平声一先韵 49 首、下平声十一尤韵 48 首、上平声四支韵 47 首、下平声八庚韵 45 首、下平声七阳韵 40 首、上平声十一真韵 39 首、上平声十灰韵 32 首、上平声一东韵 31 首、上平声五微韵 29 首、下平声十二侵韵 29 首、下平声五歌韵 25 首、上平声十三元韵 25 首、上平声十二文韵 23 首、下平声六麻韵 22 首、上平声十五删韵 21 首、上平声六鱼韵 17 首、上平声十四寒韵 17 首、上平声八齐韵 16 首、下平声九青韵 15 首、上平声七虞韵 14 首、下平声二萧韵 13 首、下平声四豪韵 10 首、上平声二冬韵 5 首、下平声十四盐韵 5 首、下平声十蒸韵 3 首、下平声十三覃韵 3 首、上平声三江韵 1 首、下平声三肴韵 1 首。平水韵上平声四支韵、十一真韵、下平声一先韵、七阳韵、八庚韵、十一尤韵，皆为宽韵，是韵字最多的几个韵部，选字押韵较为容易，故作品使用率较高。可见，杜甫择韵是以便于表意抒情为要，与某些诗人在押韵上争奇斗险的做法完全不同。

三、杜甫五律的对仗

对仗是律诗格律的第三要素，是造成律诗匀齐美的必要条件。杜甫五律的对仗体制如下。

（一）对仗规则的严密化

初唐后期业已形成的对仗规则——上下两句关键字位声调对应相反、

词性对应相同，避免合掌，中二联实行对仗，上下两句不得重复用字等，杜甫五律予以严格遵守。对于杜甫五律中出现的少量重复用字情况，自需予以辨明。经详查，杜甫五律一共出现4组对仗重复用字：

得舍弟消息

乱后谁归得，他乡胜故乡。
直为心厄苦，久念与存亡。
汝书犹在壁，汝妾已辞房。
旧犬知愁恨，垂头傍我床。

不离西阁二首（其一）

江柳非时发，江花冷色频。
地偏应有瘴，腊近已含春。
失学从愚子，无家住老身。
不知西阁意，肯别定留人。

江　梅

梅蕊腊前破，梅花年后多。
绝知春意好，最奈客愁何。
雪树元同色，江风亦自波。
故园不可见，巫岫郁嵯峨。

江边星月二首（其二）

江月辞风缆，江星别雾船。
鸡鸣还曙色，鹭浴自清川。
历历竟谁种，悠悠何处圆。
客愁殊未已，他夕始相鲜。

对仗的两句之所以不得重复用字，是为了避免复述同类事物，以利精简文字，避免合掌。而上面四组对仗虽然出现了相同的字，但所写对象并不雷同，"汝书"不同于"汝妾"，"江柳"不同于"江花"，"梅蕊"不同于"梅花"，"江月"不同于"江星"，行文并无赘述之嫌。仇兆鳌《杜诗详注》评曰："汝书、汝妾并提，律中带古，此杜公纵笔。"① 谓其为"纵笔"，不如说是为了强调物是人非的悲哀。

细加观察，可以发现杜甫在重复用字上是颇有用心的。这些重复的字皆出现在对应的位置上，而且都在句首。除了第一组对仗出现在颈联，其余三组对仗皆在首联，而首联并非对仗的必要位置。

（二）对仗数量的富态化

对仗是近体诗区别于古体诗的明显标志，也是考验诗人语言能力高下的试金石。杜甫五律对仗呈现富态化，三联对仗较多（首联加中二联，或中二联加尾联），甚至有不少诗作四联皆呈对仗。前三联对仗的共计 318 首，如《旅夜书怀》："细草微风岸，危樯独夜舟。星垂平野阔，月涌大江流。名岂文章著，官应老病休。飘飘何所似，天地一沙鸥。"后三联对仗的共计 16 首，如《望牛头寺》："牛头见鹤林，梯径绕幽深。春色浮山外，天河宿殿阴。传灯无白日，布地有黄金。休作狂歌老，回看不住心。"四联皆为对仗的有 45 首，如《宿江边阁》："暝色延山径，高斋次水门。薄云岩际宿，孤月浪中翻。鹳鹤追飞静，豺狼得食喧。不眠忧战伐，无力正乾坤。"以上这些超过对仗规定数量的诗共计 379 首，占杜甫五律总数的 61%。杜甫五律中仅颈联对仗的只有 5 首。

（三）对仗种类的多样化

杜甫五律对仗呈多种样式，有宽对、工对、邻对、方位对、人名对、地名对、联绵对（含双声对、叠韵对、双声叠韵对、非双声叠韵对）、同义连用字对、反义连用字对、叠字对、当句对、借对、流水对。除了没有干支对，常见对仗样式均有涉及。

1. 宽对

宽对是较为宽松的对仗，只要词性相同的字出现在对应的位置上即可。如"筑场怜穴蚁，拾穗许村童"（《暂往白帝复还东屯》）、"宿桨依农事，邮签报水程"（《宿青草湖》）。杜甫追求对仗工整，较少使用宽对。

应须注意的是"无"与"不"相对。二者词性不同，但都具有否定意义，故能构成对仗。它们的后续词虽词性不同，也须看成对仗。如："不爨井晨冻，无衣床夜寒"（《空囊》）、"绝荤终不改，劝酒欲无辞"（《随章留后新亭会送诸君》）、"不眠忧战伐，无力正乾坤"（《宿江边阁》）。

---

① ［清］仇兆鳌注：《杜诗详注》卷六，第 510 页。

2. 工对

工整的对仗，主要由以下三种方式构成。

（1）同一小类名词（天文类、地理类、时令类、宫室类、器物类、衣饰类、饮食类、动物类、植物类、文具类、文学类、身体类、人事类、人伦类）出现在对应位置上。杜诗此类工对颇多，今依次各举一例："星垂平野阔，月涌大江流"（《旅夜书怀》）、"江通神女馆，地隔望乡台"（《遣愁》）、"渭北春天树，江东日暮云"（《春日忆李白》）、"田舍清江曲，柴门古道旁"（《田舍》）、"检书烧烛短，看剑引杯长"（《夜宴左氏庄》）、"过懒从衣结，频游任履穿"（《春日江村五首》其二）、"鲜鲫银丝脍，香芹碧涧羹"（《陪郑广文游何将军山林十首》其二）、"仰蜂粘落絮，行蚁上枯梨"（《独酌》）、"圆荷浮小叶，细麦落轻花"（《为农》）、"笔架沾窗雨，书签映隙曛"（《题柏大兄弟山居屋壁二首》其二）、"次第寻书札，呼儿检赠诗"（《哭李常侍峄二首》其二）、"眼复几时暗，耳从前月聋"（《耳聋》）、"却思翻玉羽，随意点春苗"（《鸥》）、"晒药安垂老，应门试小童"（《独坐二首》其二）。

有些名词虽不属于同一小类，但由于经常连用，对起来也显得工整。如"天地""诗酒""花鸟"等，各举二例："天寒邵伯树，地阔望仙台"（《巴山》）、"他皆任厚地，尔独近高天"（《白盐山》）；"去远留诗别，愁多任酒醺"（《留别贾严二阁老两院补阙》）、"宽心应是酒，遣兴莫过诗"（《可惜》）；"感时花溅泪，恨别鸟惊心"（《春望》）、"花亚欲移竹，鸟窥新卷帘"（《入宅三首》其一）。

（2）颜色对。颜色词出现在对应位置上，如"红入桃花嫩，青归柳叶新"（《奉酬李都督表丈早春作》）、"伊昔黄花酒，如今白发翁"（《九日登梓州城》）、"紫燕时翻翼，黄鹂不露身"（《柳边》）。

（3）数目对。数目词（包括含有数目意义的形容词、动词）出现在对应位置上，如"烽火连三月，家书抵万金"（《春望》）、"汩汩避群盗，悠悠经十年"（《自阆州领妻子却赴蜀山行二首》其一）、"亲朋无一字，老病有孤舟"（《登岳阳楼》）。

3. 邻对

邻对是一种工整度介乎宽对与工对之间的对仗。14 小类名词有些是关系邻近的，如天文与地理、天文与时令、器物与文具、地理与宫室、动物与植物等，由这些关系邻近的名词构成对仗，亦较为工整。杜甫五律这种对仗较多，如"塞上传光小，云边落点残"（《夕烽》）、"纵被微云掩，终能永夜清"(《天河》)、"傍架齐书帙，看题检药囊"(《西郊》)、"江山有巴蜀，栋宇自齐梁"(《上兜率寺》)、"故园花自发，春日鸟还飞"(《忆弟二首》其二)。

4. 方位对

如"帝乡愁绪外，春色泪痕边"(《泛江送魏十八仓曹还京因寄岑中允参范郎中季明》)、"烟火军中幕，牛羊岭上村"(《秦州杂诗二十首》其十)、"老病巫山里，稽留楚客中"(《老病》)。

5. 人名对

如"清新庾开府，俊逸鲍参军"(《春日忆李白》)、"黄绮终辞汉，巢由不见尧"(《朝雨》)、"贾傅才未有，褚公书绝伦"(《发潭州》)。

6. 地名对

如"伏枕云安县，迁居白帝城"(《移居夔州》)、"夜醉长沙酒，晓行湘水春"(《发潭州》)、"绵谷元通汉，沱江不向秦"(《赠别何邕》)。

7. 联绵对

大多数联绵字呈现为双声或叠韵状态，这种对仗读来具有音乐美。用联绵字对仗，杜甫五律较多，有以下四种情况。

（1）双声对。双声对双声，如"色借潇湘阔，声驱滟滪深"(《长江二首》其二)，"潇湘""滟滪"皆为双声字；"客愁连蟋蟀，亭古带兼葭"(《官亭夕坐戏简颜十少府》)，"蟋蟀""兼葭"皆为双声字；"漂泊犹杯酒，踌躇此驿亭"(《巴西驿亭观江涨，呈窦使君二首》其二)，"漂泊""踌躇"皆为双声字。

（2）叠韵对。叠韵对叠韵，如"翡翠鸣衣桁，蜻蜓立钓丝"(《重过何氏五首》其四)，"翡翠""蜻蜓"皆为叠韵字；"魍魉移深树，虾蟆动半轮"(《月三首》其一)，"魍魉""虾蟆"皆为叠韵字。

（3）双声叠韵对。双声对叠韵，如"迢递来三蜀，蹉跎有六年"(《春日江村五首》其二)，"迢递"为双声字，"蹉跎"为叠韵字；"种竹交加翠，栽桃烂漫红"(《春日江村五首》其三)，"交加"为双声字，"烂漫"为叠韵字；"牢落新烧栈，苍茫旧筑坛"(《王命》)，"牢落"为双声字，"苍茫"为叠韵字。

（4）非双声叠韵对。有一部分联绵字既非双声也非叠韵，如"鸬鹚窥浅井，蚯蚓上深堂"(《秦州杂诗二十首》其十七)、"醉客沾鹦鹉，佳人指凤凰"(《陪柏中丞观宴将士二首》其一)、"敏捷诗千首，飘零酒一杯"(《不见》)。

8. 连用字对

连用字对包括同义连用字相对、反义连用字相对。王力先生在《汉语诗律学》一书中，把同义连用字（大致相似之义亦包含在内）相对、反义连用字相对归为对仗的一个种类。这种对仗，相对的连用字词性既可以相同，也可以不同。[1]杜诗五律常见这种形式。

（1）同义连用字相对。如"别离终不久，宗族忍相遗"（《奉使崔都水翁下峡》），"别离""宗族"皆为同义连用字；"故国犹兵马，他乡亦鼓鼙"（《出郭》），"兵马""鼓鼙"皆为同义连用字。

（2）反义连用字相对。如"行色递隐见，人烟时有无"（《自阆州领妻子却赴蜀山行三首》其三），"隐见""有无"皆为反义连用字；"必验升沉体，如知进退情"（《月三首》其二），"升沉""进退"皆为反义连用字。

（3）同义连用字与反义连用字相对。这一情况王力先生未曾提及，杜甫五律多有这类对仗。如"塞云多断续，边日少光辉"（《秦州杂诗二十首》其十八），"断续"对"光辉"；"重露成涓滴，稀星乍有无"（《倦夜》），"涓滴"对"有无"；"那因丧乱后，更作死生分"（《怀旧》），"丧乱"对"死生"；"不知云雨散，虚费短长吟"（《渝州候严六侍御不到先下峡》），"云雨"对"短长"；"老耻妻孥笑，贫嗟出入劳"（《赴青城县出成都寄陶王二少尹》），"妻孥"对"出入"；"列郡讴歌惜，三朝出入荣"（《奉济驿重送严公四韵》），"讴歌"对"出入"；"所向无空阔，真堪托死生"（《房兵曹胡马》），"空阔"对"死生"。

9. 叠字对

如"盈盈当雪杏，艳艳待春梅"（《早花》）、"汀烟轻冉冉，竹日静晖晖"（《寒食》）、"村鼓时时急，渔舟个个轻"（《屏迹三首》其二）。

10. 当句对

当句对是指上下两句已成对仗的同时，每句中还自行对仗。与上面说的那种连用字对仗的不同之处是，句中自行对仗的是两个字与另外两个字相对，且无同义连用或反义连用的关系。当句对有广义、狭义之分，广义当句对如"细草微风岸，危樯独夜舟"（《旅夜书怀》），"细草"对"微风"，"危樯"对"独夜"；"寒鱼依密藻，宿雁聚圆沙"（《草堂即事》），"寒鱼"对"密藻"，"宿雁"对"圆沙"；"圆荷浮小叶，细麦落轻花"（《为农》），"圆荷"对"小叶"，"细麦"对"轻花"；"野船明细火，宿鹭起圆沙"（《遣意二首》其二），"野船"对"细火"，"宿鹭"对"圆沙"；

---

[1]　参见王力：《汉语诗律学》，上海教育出版社，2002 年，第 169—170 页。

"白狗黄牛峡，朝云暮雨祠"（《奉送崔都水翁下峡》），"白狗"对"黄牛"，"朝云"对"暮雨"；"寒花隐乱草，宿鸟探深枝"（《薄暮》），"寒花"对"乱草"，"宿鸟"对"深枝"，等等。狭义当句对是指句中自行对仗的两个字须有一个字重复，这种对仗多见于杜甫七律，杜甫五律仅有一例，即"旧日重阳日，传杯不放杯"（《九日五首》其二）。

11. 借对

借对又称假对，是一种特殊形式的对仗，包括借义和借音两种。

（1）借义对。汉语词汇大多具有多种意义，从表意上看是使用某个词的甲义，同时又借用这个词的乙义来与对应的词构成对仗。例如"荒村建子月，独树老夫家"（《草堂即事》），建子月，指夏历十一月，建子是以夏历十一月为岁首的历法，子是指地支。这里借用"子"的另一意义（子孙）与"夫"字构成人伦类的工对。"蚁浮仍腊味，鸥泛已春声"（《正月三日归溪上有作简院内诸公》），"蚁浮"是指未经过滤的酒液面上漂浮的细渣，这里借用"蚁"的另一意义（虫蚁）与"鸥"构成动物类的工对。

（2）借音对。采用谐音的方式来构成对仗。王力先生认为："借音多见于颜色对；至于其他的对仗，就不大显明了。"[①] 杜甫五律的借音对，见于颜色类者较多，见于其他类者也不少。如"白榜千家邑，清秋万估船"（《白盐山》），"清"与"青"谐音，构成颜色对；"骥子春犹隔，莺歌暖正繁"（《忆幼子》），"歌"与"哥"谐音，构成人伦对；"次第寻书札，呼儿检赠诗"（《哭李常侍峄二首》其二），"第"与"弟"谐音，构成人伦对；"枸杞因吾有，鸡栖奈汝何"（《恶树》），"枸"与"狗"谐音，构成动物对；"生理何颜面，忧端且岁时"（《得弟消息二首》其二），"理"与"里"谐音，构成方位对。

12. 流水对

这是一种特殊的对仗。从内容上看是上下两句合起来才能表达一个完整的意思。明人胡震亨《唐音癸签》解释这种对仗说："谓两句只一意也，盖流水对耳。"[②] 从语法角度看，这两句或为一个单句，或为一个复句的两个分句。杜甫五律大量使用流水对。清人许印芳说："少陵妙手，惯用流水对法，侧卸而下，更不板滞。"[③]

（1）单句流水对。如"遥怜小儿女，未解忆长安"（《月夜》）、"犹闻

---

① 王力：《汉语诗律学》，第169—170页。
② [明]胡震亨：《唐音癸签》卷四，第31页。
③ [元]方回选评，李庆甲集评校点：《瀛奎律髓汇评》卷二五，上海古籍出版社，1986年，第1115页。

蜀父老，不忘舜讴歌"（《怀锦水居止二首》其一）、"忽闻哀痛诏，又下圣明朝"（《收京三首》其二）、"远闻房太尉，归葬陆浑山"（《承闻故房相公灵榇自阆州启殡归葬东都有作二首》其一）。

（2）复句流水对。上下两句有多种关系，其顺承关系者，如"一秋常苦雨，今日始无云"（《留别贾严二阁老两院补阙》）；因果关系者，如"皇天无老眼，空谷滞斯人"（《送惠二归故居》）；递进关系者，如"对月那无酒？登楼况有江"（《季秋苏五弟缨江楼夜宴崔十三评事韦少府侄三首》其三）；假设关系者，如"若无青嶂月，愁杀白头人"（《月三首》其一）；转折关系者，如"碧涧虽多雨，秋沙亦少泥"（《到村》）。

杜诗多用流水对，有效地表达出作者流离动荡的生活、复杂多变的时局以及个人对社会人生的看法。从诗歌美学的角度来看，杜诗流水对有力地克服了"并列对"的刻板、凝滞之缺陷，使诗歌具有动态美。

第三节　杜甫五律的题材内容

杜甫的五律用以抒情、言志、议事，题材广阔，内容丰富深厚，可谓无事不可写，无意不可入，继承了初唐以来的五律传统而发扬光大之。概而言之，杜甫五律之内容主要有以下十个方面。

一、心系战乱，忧叹终生

杜甫后半生遭逢安史之乱、吐蕃入侵以及藩镇混战，记其所历、反映战乱时局、心忧国事是其五律最为鲜明的题材内容。五律篇幅短小，不能像古体诗那样展开铺叙，杜甫采用艺术概括的手段，以惊悚的意象反映战争的惨烈，如"战哭多新鬼，愁吟独老翁"（《对雪》）、"血战乾坤赤，氛迷日月黄"（《送灵州李判官》）、"天地日流血，朝廷谁请缨"（《岁暮》）、"血埋诸将甲，骨断使臣鞍"（《王命》）、"十室几人在？青山空复多"（《征夫》）、"烟尘犯雪岭，鼓角动江城"（《岁暮》）、"戎马关山北，凭轩涕泗流"（《登岳阳楼》）。从第一首反映安史之乱的《避地》，至最后一首反映广东冯崇道叛乱的《衡州送李大夫七丈勉赴广州》，杜甫14年间所作五律思及战乱者，多达95首。"不眠忧战伐，无力正乾坤"（《宿江边阁》）是这些作品的情感主线。在中国诗歌史上，五律作品表现忧国情怀之凝重深长，以杜甫为极致。

二、身居草野，壮志未泯

杜甫所作 625 首五律，有 557 首是辞去华州官任、走向山野之后写的。其后虽获检校工部员外郎之任，却是虚职，未能赴朝，未得朝俸，生活所需，全凭自理，故时常以"野老"自称。难得的是他虽身居草野，贫病交加，却仍怀济世之心，常思救国之策。客居秦州期间，他批评肃宗朝军事调防失策："那堪往来戍，恨解邺城围"（《秦州杂诗二十首》其六）；批评肃宗的和亲政策："闻道花门破，和亲事却非"（《即事》）。客居成都草堂期间，杜甫作诗回顾玄宗君臣生活腐化，导致安史之乱："朝野欢娱后，乾坤震荡中"（《寄贺兰铦》）。客居阆州期间，杜甫得知长安被吐蕃攻陷，作《遣忧》诗，批评代宗拒绝纳谏，致使狼狈出逃："受谏无今日，临危忆古人"。又作《有感五首》，集中批评朝政之失：第一首刺藩镇不能御寇；第二首刺镇将拥兵自重，朝廷不能自强；第三首反对迁都洛阳；第四首建议朝廷分封宗藩以抑制不臣之藩镇；第五首批评朝廷礼重镇将而轻视郡守。客居夔州期间，作《洞房》《宿昔》《能画》《斗鸡》《历历》《洛阳》《骊山》《提封》八首五律，王嗣奭《杜臆》云："八首皆追忆长安之往事，语兼讽刺，以警当时君臣，图善后之策也。"[1] 大体说来，是讽刺玄宗君臣荒淫误国，提倡厉行俭德以归民心，"借问悬车守，何如俭德临"（《提封》）是其主调。

杜甫身居草野多作夜间诗，题目中含有夜、宵、月、星、宿者即多达 34 首。这些五律多写忧思国策，长夜难眠。例如《江上》："江上日多雨，萧萧荆楚秋。高风下木叶，永夜揽貂裘。勋业频看镜，行藏独倚楼。时危思报主，衰谢不能休。"不在其位，亦谋其政，杜甫在这个方面确实颠覆了儒家的故训。直到生命将息，他还在说"落日心犹壮，秋风病欲苏。古来存老马，不必取长途"（《江汉》），仍以识途老马自比，希望贡献济世良方。身处江湖之远，心存报国之志，这种情怀在杜甫五律中表现得淋漓尽致。

三、亲属之情，温柔敦厚

杜甫的亲属之情，主要表现在描写儿女、妻子、弟妹生活状况的众多篇什中。他以慈父的目光关注艰难岁月里儿女的成长。在被叛军俘获拘押长安的日子里，他思念远在羌村的儿女，"遥怜小儿女，未解忆长安"（《月夜》）；听到黄莺鸣叫也会想起小儿的学语声，"骥子春犹隔，莺歌暖

正繁"(《忆幼子》)。客居秦州时期，他自得地言道"应门幸有儿"(《秦州杂诗二十首》其二十)。客居成都草堂期间，有客来访，"呼儿正葛巾"(《客至》)；江水上涨，"儿童报急流"(《江涨》)。客居夔州期间，孩子已经能够书写诗句，"爱竹遣儿书"(《秋清》)；诗友亡故，"呼儿检赠诗"(《哭李常侍峄二首》其二)。对于结发妻子，杜甫也一往情深，"何日干戈尽，飘飘愧老妻"(《自阆州领妻子却赴蜀山行三首》其三)。拜谒禅师时，他明确表示自己"未能割妻子"(《谒真谛寺禅师》)，不能遁迹佛门，要尽到子父妻夫的责任。对于在战乱中失散的弟妹，悬念生死、渴望重逢之情，常见于诗篇："丧乱闻吾弟，饥寒傍济州"(《忆弟二首》其一)、"近有平阴信，遥怜舍弟存"(《得舍弟消息二首》其一)、"中原有兄弟，万里正含情"(《村夜》)、"干戈犹未定，弟妹各何之"(《遣兴》)、"渐惜容颜老，无由弟妹来"(《遣愁》)、"团圆思弟妹，行坐白头吟"(《又示两儿》)。这些作品写得温情脉脉，在有盲一代的诗人作品中独具一格。

四、故土之思，魂牵梦绕

杜甫为避战乱走向草野之后，时刻涌动着故土之思，是为其五律一大主题。处在战火中的故园境况如何，何时才能回归？他在漂泊的岁月里时时念及。客居秦州时，他写出"月是故乡明"(《月夜忆舍弟》)的动人诗句。"地僻秋将尽，山高客未归"(《秦州杂诗二十首》其十八)，节气的变换每每引发有家难回的感慨。客居巴蜀，思乡情怀表现得更是频繁，如"故乡归不得，地入亚夫营"(《春远》)、"故林归未得，排闷强裁诗"(《江亭》)、"故园不可见，巫岫郁嵯峨"(《江梅》)、"天畔登楼眼，随春入故园"(《春日梓州登楼二首》其二)。尤其是末一句，写登楼远望之际，竟觉得眼珠都离开眼眶飞向了故园，这种肢体位移的写法令人想到梵高的绘画，他那急于一看故乡的情感表达得何等强烈！而每逢遇到别人返回故乡，他就顾影自怜，"扶病送君发，自怜犹不归"(《赠韦赞善别》)。然而杜甫终究没有实现这份心愿，死于归乡途中。国人依恋故土，是农耕文化影响的结果，农耕经济导致了人们的乡土情结。杜甫的故乡巩洛是农耕文化的发祥地。

五、漂泊之录，穷途之叹

杜甫后半生辗转漂泊，从华州到秦州，其后南下成都，东下云安、夔州，南入潇湘，凡所行止，皆有记录，穷途之叹，每见于诗，这些五律具有"传记体"的特征和功能。前往秦州，则曰"满目悲生事，因人作远游。……西征问烽火，心折此淹留"（《秦州杂诗二十首》其一）。客居成都，则曰"锦里烟尘外，江村八九家。……卜宅从兹老，为农去国赊"（《为农》）。离开蜀地，乘舟东进，则曰"五载客蜀郡，一年居梓州。如何关塞阻，转作潇湘游"（《去蜀》）。卧病云安，继下夔州，则曰"伏枕云安县，迁居白帝城"（《移居夔州作》）。杜甫离开夔州，沿江东下，经巫山县、峡州、宜都、江陵、公安至岳州，而后南下，辗转于湖南潭州、衡州等地，行止皆记于诗。"年年非故物，处处是穷途。……平生心已折，行路日荒芜"（《地隅》），是他对漂泊生活的总结。这些记录行止和感受的作法，扩展了唐人五律的表现领域，为杜诗的纪实性增添了佐证，在有唐一代独树一帜。宋人林亦之说"杜陵诗卷作图经"（《奉寄云安安抚宝文少卿林黄中》），称杜诗为地图，抓住了杜诗这一特征。今人莫砺锋先生还据此绘制出《杜甫行踪示意图》，化抽象文字为直观地图，使杜甫平生行止，清晰在目。

六、交游之作，情感各异

杜甫五律存有为数众多的怀念和酬赠诗友、送别留别、友朋宴集以及官场应酬等交游之作，总计160余篇。其中以怀念李白最为情深意切，"寂寞书斋里，终朝独尔思"（《冬日有怀李白》）。他高度赞美李白诗才："白也诗无敌，飘然思不群。……何时一樽酒，重与细论文"（《春日忆李白》），为李白遭贬而忧心："凉风起天末，君子意如何"（《天末怀李白》）。漂泊蜀地时仍在思念李白："敏捷诗千首，飘零酒一杯"（《不见》），十个字可作李白平生定论，崇敬之情，愤懑之意，溢于言表。王嗣奭曰："世俗之交，我胜则骄，胜我则妒，即对面无一衷论，有如公之笃友谊者哉？"[1] 此言颇中肯綮。杜甫亦向高适讨教句法："美名人不及，佳句法如何"（《寄高三十五书记》），酬谢岑参赠诗："故人得佳句，独赠白头翁"（《奉答岑参补阙见赠》），向严武索求新作："新诗句句好，应任老夫传"，还写诗为王维、郑虔政治问题作辩护。上述这些诗作内容丰富，包括珍重友情、赞美诗才、感慨岁月等内涵，是交游诗的上品。杜甫后半生流落江湖，家无生活之资，所到之处，每每凭借当地官长援助，故参加宴集，送往迎来，应酬之作在所难免，这类作品应景写事，流于一般。

七、咏物言志，托物寄慨

杜甫五律诗歌中，有很多写物的作品，却不是单纯咏物，而是借物

---

[1] [明] 王嗣奭：《杜臆》卷一，第6页。

抒情，寄托感慨。如《画鹰》《房兵曹胡马》以雄鹰、骏马之勇寓自己早年风云之志，而《病马》则用以自况品格和身世遭际，诚如申涵光所说："杜公每遇废弃之物，便说得性情相关。如《病马》《除架》是也。"① 此言得之。杜甫由左拾遗贬为华州司功参军，实为被肃宗遗弃。其他如《废畦》《苦竹》《花鸭》《严郑公阶下新松》《严郑公宅同咏竹》《鹦鹉》《孤雁》等咏物之作，所咏之物皆可视为作者的艺术化身。清人张谦宜在《𪩘斋诗谈》中说："杜诗咏物，俱有自家意思，所以不可及。如《苦竹》，便画出个孤介人;《除架》，便画出个飘零人。"② 杜甫五律还有一些咏物寄讽之作，如《萤火》《百舌》，借以讽刺官场小人。总之，其咏物之作皆有蕴意，绝非停留于对物的图貌写象。杨伦《杜诗镜铨》评《房兵曹胡马》引用赵汸语曰："前辈言咏物诗戒粘皮带骨，此诗矫健豪纵，飞行万里之势如在目前，区区摹写体贴以为咏物者，何足语此?"③ 强调的就是杜诗咏物而有所寄托。

八、山林之趣，田园之兴

受时代崇道思潮的影响，杜甫年轻时期曾萌生归隐山林的志趣，创作了多首相关题材的五律，如《题张氏隐居二首》其二、《巳上人茅斋》《陪郑广文游何将军山林十首》《重过何氏五首》等，其中游何氏山林两组诗可为其代表。诗中罗列大量的山林生活意象，如绿水、野竹、风潭、香芹、碧涧、清池、碾涡、藤蔓、风磴、瀑泉、野鹤、山精、石林、水府、萝薜、凉月等，创造出幽深的山林氛围，抒发超尘归隐的愿望。"何日沾微禄，归山买薄田。斯游恐不遂，把酒意茫然"是两组诗的结束语，可谓画龙点睛。

杜甫的田园之兴，主要发于蜀地。在客居成都西郊草堂期间，他以农家为邻，以稼穑为事。此时蜀地尚无战事，宁静的田园，淳朴的民风，深深触动了他的诗心，大量的田园诗涌出笔端。如《遣意二首》，其一云："啭枝黄鸟近，泛渚白鸥轻。一径野花落，孤村春水生。衰年催酿黍，细雨更移橙。渐喜交游绝，幽居不用名。"其二云："檐影微微落，津流脉脉斜。野船明细火，宿雁聚圆沙。云掩初弦月，香传小树花。邻人有美酒，稚子夜能赊。"宁静安详，令人神往。其他如《春夜喜雨》《为农》《有客》《田舍》《春水》《江亭》《早起》《落日》《独酌》《徐步》《寒食》《朝雨》《晚晴》

---

① ［清］仇兆鳌注：《杜诗详注》卷八，第 622 页。
② ［清］张谦宜：《𪩘斋诗谈》卷二，见郭绍虞编选《清诗话续编》第二册，第 805 页。
③ ［清］杨伦笺注：《杜诗镜铨》卷一，第 6 页。

（村晚惊风度）等数十首诗篇，均展现出一幅幅田园生活的幽美画卷。

九、异地山川，奇特民俗

杜甫一生游走不定，江左、陇右、巴蜀、湖湘，皆有行迹，加之心性敏感，所到之处，每有异地山川风物气象及奇特民俗之记录。例如，其记陇右景象浑莽："无风云出塞，不夜月临关"（《秦州杂诗二十首》其七）、"关云常带雨，塞水不成河"（《寓目》），记陇右民风强悍："羌女轻烽燧，胡儿掣骆驼"（《寓目》）、"羌妇语还笑，胡儿行且歌"（《日暮》）、"马骄珠汗落，胡舞白题斜"（《秦州杂诗二十首》其三），记云安物候奇特："正月蜂相见，非时鸟共闻"（《南楚》），记夔州山川雄险："众水会涪万，瞿塘争一门"（《长江二首》其一）、"径隐千重石，帆留一片云"（《秋野五首》其五）、"入天犹石色，穿水忽云根"（《瞿唐两崖》）、"地与山根裂，江从月窟来"（《瞿唐怀古》），记夔州天象奇诡："巫峡中宵动，沧江十月雷"（《雷》）、"飞星过水白，落月动沙虚"（《中宵》）、"薄云岩际宿，孤月浪中翻"（《宿江边阁》），记夔州天气炎热："炎赫衣流汗，低垂气不苏"（《热三首》其一）、"峡中都是火，江上只空雷"（《热三首》其二），记夔州民俗怪异："家家养乌鬼，顿顿食黄鱼"（《戏作俳谐体遣闷二首》其一）、"瓦卜传神语，畲田费火声"（《戏作俳谐体遣闷二首》其二）、"塞俗人无井，山田饭有沙"（《溪上》）。这些真实的山川取像和民俗剪影，构成杜诗的一道独特风景线，也为地理学、天文学、民俗学等方面的研究提供了可贵的资料。

十、游寺寻僧，宁心片刻

杜甫五律涉及游寺寻僧之事者共计 15 首。他在贬谪华州期间，曾游伏毒寺，作《忆郑南》，其余 14 首皆为罢官之后所作。客居秦州时，作《山寺》《宿赞公房》；客居巴蜀期间，游新津寺、修觉寺、玄武禅师故居、惠义寺、兜率寺、龙兴寺、真谛寺、始兴寺，皆有诗作。这些作品的内容，主要是描写寺院景物之宁静，如"麝香眠石竹，鹦鹉啄金桃"（《山寺》）、"蝉声集古寺，鸟影度寒塘"（《和裴迪登新津寺寄王侍郎》）、"野寺江天豁，山扉花竹幽"（《游修觉寺》）、"野润烟光薄，沙暄日色迟"（《后游》）、"莺花随世界，楼阁寄山巅"（《陪李梓州王阆州苏遂州李果州四使君登惠义寺》）、"花浓春寺静，竹细野池幽"（《上牛头寺》）、"树密当山径，江深隔寺门"（《望兜率寺》）等，所写之景皆与佛禅的空静观念相吻合。杜甫后半生百忧集身，精神压力很大，来游佛寺是为了缓解压力，求得内心片刻宁静，正如他在《后游》中所说："客愁全为减，舍此复何之"。他向真谛寺禅师诉说心曲："未能割妻子，卜宅近前峰"（《谒真谛寺禅师》），尘缘难以割舍，为求内心安宁，只能临寺而居。

以上归纳杜甫五律十类题材内容，是就其大体而言之，并非全部；他的诗作往往是一首之中汇聚着多类内容，这便呈现出作品内容的丰富与深厚。古代诗论家对于杜诗题材内容之广博多有论及，宋人胡宗愈说："先生以诗鸣于唐，凡出处去就，动息劳佚，悲欢忧乐，忠愤感激，好贤恶恶，一见于诗。读之，可以知其世。"[①] 斯言得之。

第四节　杜甫五律的诗艺成就

本节主要探讨杜甫五律的艺术风格，以及他在五律的章法、句法、字法等层面所取得的成就。

一、风格多样

作品风格由作者胸襟气度和笔触词采构成。杜诗主体风格是沉郁顿挫，又因题材内容不同而呈现多种风格。前人对杜诗风格多样化有所关注。元稹在《唐检校工部员外郎杜君墓系铭并序》中说道："至于子美，盖所谓上薄风雅，下该沈宋，言夺苏李，气吞曹刘，掩颜谢之孤高，杂徐庾之流丽，尽得古今之体势，而兼人人之所独专矣。"[②] 其所言"古今之体势"，即是杜诗兼备的几种风格。宋人孙仅在《读杜工部诗集序》中说道："公之诗，支而为六家，孟郊得其气焰，张籍得其简丽，姚合得其清雅，贾岛得其奇僻，杜牧、薛能得其豪健，陆龟蒙得其赡博。"[③] 孙氏总结出杜诗六种风格对后代诗人的影响。杜甫五律除了主体风格沉郁顿挫外，还兼具雄浑、豪健、清奇、自然等风格。

（一）沉郁顿挫

古今诗论家大多将"沉郁顿挫"视为杜诗的主体风格，杜甫五律作品也以这种风格为主。沉郁和顿挫是两个词语，它们都含有思想感情层面的内容。沉郁是指思想感情的沉厚、深沉、沉雄、沉着、悲慨、浓郁、郁勃、忧郁、郁结等，在杜甫五律作品中有鲜明的表现。杜甫是原始儒学的

---

① [宋]胡宗愈：《成都新刻草堂先生诗碑序》，见[清]仇兆鳌注《杜诗详注》附编，第2243页。
② [清]仇兆鳌注：《杜诗详注》附编，第2235—2236页。
③ [清]仇兆鳌注：《杜诗详注》附编，第2238页。

虔诚信奉者，儒家的忧患意识、人本精神、笃行意志等，使其作品具有深厚、沉雄的性质。加之遭逢战乱，残破的山河、凋敝的民生所激发出的民族意识、民胞物与的情怀，使其作品具有忧郁、郁勃的特征。家世的血族悲剧、幼年丧母的惨痛经历，这些投在其心灵上的阴影也挥之不去地赋予其作品以悲慨、郁结的情愫。本章第三部分论述杜诗题材内容时所举大量诗例已对其沉郁风格予以充分展现，不再赘述，现主要讨论杜甫五律的顿挫风格。顿挫不仅是指杜诗艺术表达上的特点，也含有批判现实的意思。顿挫的本意是"抑折"，这个词最早见于陆机《文赋》："铭博约而温润，箴顿挫而清壮。"唐人张铣注释说："箴所以刺前事之失者，故须抑折前人之心，使文清理壮也。顿挫，犹抑折也。"① "箴"是规劝、告诫性的文字，是用以刺前事之失的，自然要对当事人的心思进行抑折，也就是批评、劝勉。杜甫五律中有不少篇章讽刺皇帝的腐化堕落，如《洞房》《宿昔》《能画》《斗鸡》《历历》《洛阳》《骊山》《提封》等。"死为星辰终不灭，致君尧舜焉肯朽"（《可叹》），他一生都没有放弃对君臣过失的批判，这给他的作品带来思想深度。

就艺术表达层面而言，顿，是停止；挫，是转折，顿挫不是欲说还休，而是指情感抒发回旋曲折。杜甫在写人事之悲时，摄入自然界之丽景；在表现身世孤微时，摄入宇宙之阔境；在写自己宏伟愿望时，摄入衰老境况，如此等等。杜诗每于一句或一联或邻联之中，笔墨发生逆转，前后针锋相对，形成人事与自然对撞，表与里对撞，今与昔对撞，愿望与现实对撞，在对撞中感情波澜陡然汹涌。具体来说，一句之中笔墨对撞的，如："感时花溅泪，恨别鸟惊心"（《春望》），花开鸟鸣，景物欣欣，作者却见而溅泪，听而惊心，则人事不如花鸟之叹由此而生，战乱中的人世悲情更加显著。"身世双蓬鬓，乾坤一草亭"（《暮春题瀼西新赁草屋五首》其三），身世何其重，蓬鬓何其轻；乾坤何其大，草亭何其小，在身世与成果、人事与自然的对撞中强化了身世孤微之叹。"日月笼中鸟，乾坤水上萍"（《衡州送李大夫赴广州》），赵次公解释道："我身于日月之下，如笼中之鸟局而不伸；于天地之中，如水上之萍浮而不定。"② 日月乾坤之大与笼鸟浮萍之微对撞，强化了身世之慨。"落日心犹壮"（《江汉》），日暮身老，境况萧条，但壮心犹存，对撞中见守志之坚定。一联之中两句笔

---

① [梁] 萧统编选，[唐] 李善等注：《六臣注文选》卷一七，浙江古籍出版社，1999 年，第 293 页。

② [宋] 赵次公注，林继中辑校：《杜诗赵次公先后解辑校》己帙卷七，上海古籍出版社，1994 年，第 1503 页。

墨对撞的，如："诗书遂墙壁，奴仆且旌旄"（《避地》），诗书贵重却糊了墙壁，奴仆（指安史叛军）卑贱却掌握军权，对撞之中写出了乱世人生；"汝书犹在壁，汝妾已辞房"（《得舍弟消息》），物是与人非对撞；"不眠忧战伐，无力正乾坤"（《宿江边阁》），心愿与能力对撞；"鬓毛垂领白，花蕊亚枝红"（《上巳日徐司录林园宴集》），人之衰老与花之红艳对撞；"壮年学书剑，他日委泥沙"（《暮春题瀼西新赁草屋五首》其四），今昔境况对撞；"欲陈济世策，已老尚书郎"（《暮春题瀼西新赁草屋五首》其五），宏愿与老迈对撞。又如"伊昔黄花酒，如今白发翁。追欢筋力异，望远岁时同"（《九日登梓州城》），黄花酒，美酒，白发翁，衰年，意思陡转；腿脚筋力已非，而岁时景物依旧，意思又是一转。今昔境况频繁对撞，加深了节日悲情。邻联之间笔墨对撞的，如："故园花自发，春日鸟还飞。断绝人烟久，东西消息稀"（《忆弟二首》其二），前联丽景，后联乱世，景物与人事对撞，更见人事之悲；"星垂平野阔，月涌大江流。名岂文章著，官应老病休"（《旅夜书怀》），前联写乾坤壮景，后联写身世孤微，景物与人事对撞，强化了身世之叹；"吴楚东南坼，乾坤日夜浮。亲朋无一字，老病有孤舟"（《登岳阳楼》）亦然。又如《早花》："西京安稳未？不见一人来。腊日巴江曲，山花已自开。盈盈当雪杏，艳艳待春梅。直苦风尘暗，谁忧鬓发催？"首联写长安沦陷，消息断绝，颔联写山花腊日开放，人事与景物对撞；颈联写早花之美丽，尾联写战尘弥漫，景物与人事对撞。凡此种种，随处可见。这些对撞，造成颠簸动荡的气势，极大地掀动起感情波澜。如果把李白的抒情比喻为长江之水直流而下，那么杜甫的抒情则如黄河壶口的水流，汹涌回旋，漩涡重重，更有力度。

（二）雄浑

明人胡应麟论盛唐诸家五律风格时说道："唯工部诸作，气象巍峨，规模宏远。"[①]明人陆时雍与清人张谦宜、仇兆鳌等也以"雄浑"称许杜诗风格。杜甫五律描写山川风物多具雄浑气象，他用一支如椽巨笔，描写高山、大川、巨浸、莽原、宇宙、日月、星辰、风云，大处落墨，咫尺之间存万里之势，诸如"浮云连海岱，平野入青徐"（《登兖州城楼》）、"无风云出塞，不夜月临关"（《秦州杂诗二十首》其七）、"日出寒山外，江流宿雾中"（《客亭》）、"春色浮山外，天河宿殿阴"（《望牛头寺》）、"遥空秋雁灭，半岭暮云长"（《薄游》）、"天高云去尽，江迥月来迟"（《观作桥成》）、"地卑荒野大，天远暮江迟"（《遣兴》）、"九江春草外，三峡暮帆前"（《游

---

① ［明］胡应麟：《诗薮·内编》卷四，第58页。

子》)、"星垂平野阔,月涌大江流"(《旅夜书怀》)、"未缺空山静,高悬列宿稀"(《月圆》)、"沧海先迎日,银河倒列星"(《不离西阁二首》其二)、"入天犹石色,穿水忽云根"(《瞿唐两崖》)等,可谓囊括天宇,包举六合,在对物象的描写中揭示其神韵。司空图《二十四诗品》将"雄浑"列为第一品,描述此种风格的特征为"具备万物,横绝太空。荒荒油云,寥寥长风。超以象外,得其圜中"①,所言与杜诗正相吻合。杜甫还善于在一个联语中采用时空并驭的手法,用以表现空间的巨大和时间的悠久。例如"江山有巴蜀,栋宇自齐梁"(《上兜率寺》),巴蜀江山,写空间之巨大;齐梁栋宇,见时间之悠久。又如"吴楚东南坼,乾坤日夜浮"(《登岳阳楼》),分吴楚于东南两地,写湖水空间之浩渺;浮乾坤以日日夜夜,见湖水历时之久长。这种时空并驭的构思,比单纯的空间展示,更具有深度和厚度。"这景物既是现实的,又是历史的;既有雄伟的身姿,又有丰厚的阅历。在它们身上,既缠绕着天地间烟云,又披戴着历史的风尘。它们是从古代走来,气势磅礴地出现在人们面前。"②

(三)豪健

杜甫天性刚毅,宁折不屈,这种性格贯注于其所作述志议事诗中,呈现出一种豪健之气。他从青年时代起便许身稷契,立志高远,登临泰山绝顶俯视眼底群山,是对其政治抱负的象征性诉求。他将自己比为横行万里的骏马、搏击凡鸟的雄鹰,发誓为大唐王朝建树功业,"检书烧烛短,看剑引杯长"(《夜宴左氏庄》),表现一副踌躇满志的气概。他敢讽敢怒敢做帝王师,批判玄宗穷兵黩武、腐化堕落,导致安史之乱;批判肃宗自作圣明、拒绝受谏,导致战火绵延:"唐尧真自圣,野老复何知"(《秦州杂诗二十首》其二十)、"受谏无今日,临危忆古人"(《遣忧》);敢于给帝王立俭德之规矩:"不过行俭德,盗贼本王臣"(《有感五首》其三)、"借问悬车守,何如俭德临"(《提封》)。言辞深刻,无所顾忌;笔锋犀利,直指要害,绝不拖泥带水。明人陆时雍针对杜诗这一特征作出精彩的论述:"杜子美之胜人者有二:思人所不能思,道人所不敢道,以意胜也;数百言不觉其繁,三数语不觉其简,所谓'御众如御寡'、'擒贼必擒王',以力胜也。"③意深、力强,自会形成豪健之风。杜甫晚年生活困窘,诸病缠

---

① [唐]司空图:《二十四诗品》,见[清]何文焕辑《历代诗话》上册,中华书局,1981年,第38页。
② 韩成武:《杜诗艺谭》,河北人民出版社,2002年,第45页。
③ [明]陆时雍选评:《唐诗镜》卷二一,《诗镜》,任文京、赵东岚点校,河北大学出版社,2010年,第678页。

身，却能守志如初，"落日心犹壮，秋风病欲苏"（《江汉》）、"留滞才难尽，艰危气益增"（《泊岳阳城下》），可见心气犹盛。"衰颜聊自哂"（《久客》），他经常拿自己的贫病老丑开玩笑，"囊空恐羞涩，留得一钱看"（《空囊》），"登俎黄柑重，支床锦石圆"（《秋季江村》）；"绿樽虽尽日，白发好禁春"（《奉陪郑驸马韦曲二首》其一），说自己的白发生得好，可以禁止春色的撩拨；"眼复几时暗？耳从前月聋"（《耳聋》），病魔不妨接踵而来，我能接纳，绝不低头！这样的诗句，字里行间涌动着一种不可扑灭的气焰。杜甫《戏为六绝句》赞许庾信文章"凌云健笔意纵横"，这也表明了他对豪健风格的审美追求。欧阳修在《子美画像》一诗中称"杜君诗之豪"[①]，看到了杜诗的这一风格。张戒《岁寒堂诗话》论杜甫诗风时说道："苏黄门子由有云：'唐人诗当推韩杜，韩诗豪，杜诗雄，然杜之雄亦可以兼韩之豪也。'此论得之。"[②] 指出杜诗兼具雄、豪两种风格。杜甫五律的豪健风格正为历代论者所推重。

（四）清奇

这种风格集中体现在杜甫表现隐逸之兴的诗作中，作者以清隽奇异的笔触描写隐者朴素而幽邃的生活环境、远离红尘的心态。"雾潭鳣发发，春草鹿呦呦。杜酒偏劳劝，张梨不外求"（《题张氏隐居二首》其二），描绘了一幅世外桃源的生活画面。"枕簟入林僻，茶瓜留客迟。江莲摇白羽，天棘蔓青丝"（《已上人茅斋》），幽僻的居处，简朴的待客，珍奇的草木，读之如沐清风，令人顿消尘念。《陪郑广文游何将军山林十首》《重过何氏五首》两组五律，清奇风格尤其突出。首先是人物清奇，何将军虽然不是隐士，却有隐逸风度。说他清，他清心寡欲，不图享乐，房屋如同"野人居"；说他奇，何氏作为将军却"不好武"。盛唐时期，风气尚武，玄宗大肆开边，武将以追求战功为能事，他却反其道而行之。《重过何氏五首》其四具体描写了他的清奇之处："颇怪朝参懒，应耽野趣长。雨抛金锁甲，苔卧绿沉枪。手自移蒲柳，家才足稻粱。看君用幽意，白日到羲皇。""怪"字总领全诗，何氏虽有官职却懒于上朝，心耽野趣；把兵器丢在屋外，任凭风吹雨打；亲自移栽树木，家资仅够吃饱而已；不求权势，心怀幽意，何其怪哉！正是由于他有隐逸风度，所以题目称其住所为"山林"而不称"园林"。在古代，山林的文化含义与隐逸相关，故称隐逸为

---

① ［清］仇兆鳌注：《杜诗详注》附编，第 2267 页。
② ［宋］张戒：《岁寒堂诗话》卷上，见丁福保辑《历代诗话续编》上册，中华书局，1983年，第 458 页。

"山林之志"。其次，山林环境清奇。清者，景物清幽，甚至寒凉入骨，如"百顷风潭上，千章夏木清。卑枝低结子，接叶暗巢莺"（《陪郑广文游何将军山林十首》其二）、"风磴吹阴雪，云门吼瀑泉。酒醒思卧簟，衣冷欲装绵"（其六）、"棘树寒云色，茵蔯春藕香。脆添生菜美，阴益食单凉"（其七），清、暗、阴、冷、寒、凉，这些词汇有力地渲染了山林环境特征。奇者，山林内生有奇花异草，珍禽怪兽，如"万里戎王子，何年别月支。异花开绝域，滋蔓匝清池"（其三），戎王子，是一种奇异花卉，来自万里之外的月支国。其他如"碾涡深没马，藤蔓曲藏蛇"（其四）、"野鹤清晨出，山精白日藏"（其七）、"花妥莺捎蝶，溪喧獭趁鱼"（《重过何氏五首》其一），亦是写清奇之景。司空图《二十四诗品》列有"清奇"一品："娟娟群松，下有漪流。晴雪满竹，隔溪渔舟。可人如玉，步屧寻幽。载瞻载止，空碧悠悠。神出古异，淡不可收。如月之曙，如气之秋。"① 所述风格特征与杜诗中的清奇之境相合。张戒《岁寒堂诗话》论杜诗风格多样时曾说道："在山林则山林，在廊庙则廊庙，遇巧则巧，遇拙则拙，遇奇则奇，遇俗则俗。"② 也指出杜诗的这一风格。

（五）自然

这种风格集中表现在杜甫居于成都草堂期间所写的田园诗中。杜甫携家躲避战乱，经过艰难的长途流走，来到尚未发生战乱的蜀地，在成都西郊筑茅而居，过上安定的生活，创作了大量的田园诗篇。何谓自然风格？司空图描述道："俯拾即是，不取诸邻。俱道适往，著手成春。如逢花开，如瞻岁新。真与不夺，强得易贫。幽人空山，过雨采苹。薄言情悟，悠悠天钧。"③ 可见，这种风格的作品注重表现事物的客观形态，不加雕琢，不加粉饰，不加渲染，纯任天然，但在事物选择上却有作者的主观意图，并非不分黑白，芜杂入诗，故能以寥寥数语写出意境。且看以下诗例："田舍清江曲，柴门古道旁。草深迷市井，地僻懒衣裳。榉柳枝枝弱，枇杷树树香。鸬鹚西日照，晒翅满鱼梁。"（《田舍》）"寒食江村路，风花高下飞。汀烟轻冉冉，竹日静晖晖。田父要皆去，邻家问不违。地偏相识尽，鸡犬亦忘归。"（《寒食》）"去郭轩楹敞，无村眺望赊。澄江平少岸，幽树晚多花。细雨鱼儿出，微风燕子斜。城中十万户，此地两三家。"（《水槛遣心二首》其一）其他如"啭枝黄鸟近，泛渚白鸥轻。一径野花落，孤村春水

---

① ［唐］司空图：《二十四诗品》，见［清］何文焕辑《历代诗话》上册，第 42 页。
② ［宋］张戒：《岁寒堂诗话》卷上，见丁福保辑《历代诗话续编》上册，第 464 页。
③ ［唐］司空图：《二十四诗品》，见［清］何文焕辑《历代诗话》上册，第 40 页。

生"（《遣意二首》其一）、"野船明细火，宿雁聚圆沙。云掩初弦月，香传小树花"（《遣意二首》其二）. 村舍柴扉，汀烟渔火，草木禽鱼，均处于无加工修饰状态。正是由于这些"原生态"事物，杜甫创造出宁静淳朴的田园诗境，并由此诗境涵容他那历经艰险之后豁然开释的心灵。这种自然风格的形成，端赖于白描手法的运用，鲁迅先生在《作文秘诀》中对白描手法有精辟的解说："有真意，去粉饰，少做作，勿卖弄而已。"[①]

二、章法体制

所谓章法，是指诗歌布局谋篇的法则。具体说来，是指常用的几种笔墨——写景、记事、议论、抒情——在诗中的布局。前人对杜甫近体诗的笔墨布局已经有所省察，胡应麟在《诗薮》中曾说："作诗不过情景二端，如五言律体，前起后结，中四句，二言景，二言情，此通例也。……老杜诸篇，虽中联言景不少，大率以情间之。"[②]清人管世铭在《读雪山房唐诗序例》中说杜诗"句法、字法、章法，无美不备，无奇不臻，横绝古今，莫能两大"[③]。胡应麟和管世铭所论都涉及杜甫律诗的章法，但尚嫌粗糙。诚然，诗无定法，不可以偏概全，现仅针对杜甫五律较为常用的章法进行分析论述。杜甫五律中每联为一个意段的"四节式"章法最为常见，四节分别为点题、写景、言事、结情。且看《登岳阳楼》：

> 昔闻洞庭水，今上岳阳楼。
> 吴楚东南坼，乾坤日夜浮。
> 亲朋无一字，老病有孤舟。
> 戎马关山北，凭轩涕泗流。

首联点题，岳阳楼在洞庭湖边，"昔闻"与"今上"相呼应，写出得偿夙愿的心情。颔联写登楼所见洞庭湖景，景中寄寓情感。前句写湖水空阔无边，意在以空阔之境反衬自己身世孤微，与颈联的内容为表里；后句写湖水动荡之势，意在揭示对国家时局的感受，与尾联所写的"戎马关山北"为表里。可知杜诗笔墨虽异，其相互之间有着紧密的血肉相连关系。颈联转入人事，诉说自己的孤微身世：亲朋音断，老病无依，为颔联的景物描写点睛。尾联身兼二任，"戎马"句为颔联的景物点睛，"凭轩"句以"涕

---

① 鲁迅：《南腔北调集》，《鲁迅全集》第四卷，人民文学出版社，2005年，第162页。
② [明] 胡应麟：《诗薮·内编》卷四，第63页。
③ [清] 管世铭：《读雪山房唐诗序例》，见郭绍虞编选《清诗话续编》第三册，第1553页。

泗流"的细节行为总括一篇情感，为个人身世和动乱时局而伤怀。本诗正采用了"点题—写景—言事—结情"的"四节式"章法。

杜甫还写了不少咏怀之作，这些作品虽无登临之举，却也大多采用"四节式"的章法格局。如他在长安做左拾遗时所写的《春宿左省》：

> 花隐掖垣暮，啾啾栖鸟过。
> 星临万户动，月傍九霄多。
> 不寝听金钥，因风想玉珂。
> 明朝有封事，数问夜如何。

本诗写杜甫春夜在左省（即门下省）值班的勤政精神。首联点题，"花""鸟"暗写"春"字，"暮""栖"暗写"宿"字，"掖垣"即门下省的代称。颔联写值班时所见的夜景，写星则言"临"言"动"，写月则言"傍"言"多"，可见其观察细致，正见其毫无倦意，忠于职守，写景中寓有情在。颈联言事，说自己睡不着觉，静听着开宫门的钥匙声响，风吹铃动，也以为是百官骑马上朝时摇响的玉珂声。尾联揭示出一篇之情感缘由，是由于明日早朝要递上密封的奏章，故而一夜未曾合眼，频频询问夜时几何。此诗的章法也是"点题—写景—言事—结情"。又如他在川北流浪时所写的《客夜》：

> 客睡何曾著？秋天不肯明。
> 入帘残月影，高枕远江声。
> 计拙无衣食，途穷仗友生。
> 老妻书数纸，应悉未归情。

本诗写诗人客中作客的艰辛。首联点题，首句点出"客"字，次句点出"夜"字，而且交代夜不成寐，为下文张本。颔联写景，写残月之光射入门帘，远江之声翻于枕畔，景物中暗含着作者的视觉和听觉活动，见出不眠的情状，可知景中寓有情思。颈联言事，诉说生计艰难，穷途末路，揭示夜不成寐的原因。尾联以"未归情"作结，所谓"未归情"，指的是客中作客的苦情，作者此时流浪川北，而妻子儿女尚在成都草堂，家属生涯，实堪忧虑。可见，此诗章法也是"点题—写景—言事—结情"。又如他在离蜀途中所写的《旅夜书怀》：

细草微风岸，危樯独夜舟。

星垂平野阔，月涌大江流。

名岂文章著？官应老病休。

飘飘何所似？天地一沙鸥。

首联仍是点题，交代书怀的地点——"岸"，书怀的时间——"夜"。颔联便是写景，"平野""大江"，极写空间之阔大，意在反衬自身之孤微，景中深藏感慨。颈联转入人事，慨叹自己文坛无名，仕途寂寞，是以议论的笔墨正面诉说身世的孤微，揭示颔联景物的蕴藏。尾联以天地间一只微小的漂泊不定的沙鸥自喻，来总括一篇的身世之慨。看其章法，也是"点题—写景—言事—结情"，也就是素常说的"起承转合"。清人吴乔在所著《围炉诗话》中说道："五七言律皆须不离古诗气脉，乃不衰弱，而五言尤甚也。五律守起承转合之法……不离古诗气脉者，子美为多。"①

杜甫五律中使用这种章法的有：《题张氏隐居》《对雨书怀走邀许主簿》《夜宴左氏庄》《龙门》《杜位宅守岁》《崔驸马山亭宴集》《白水明府舅宅喜雨》《对雪》《送灵州李判官》《晚行口号》《春宿左省》《月夜忆舍弟》《天末怀李白》《宿赞公房》《寓目》《山寺》《促织》《日暮》《为农》《遣愁》《过南邻朱山人水亭》《和裴迪登新津寺寄王侍郎》《出郭》《村夜》《寄杨五桂州谭》《西郊》《题新津北桥楼》《春水》《独酌》《徐步》《寒食》《朝雨》《晚晴》（村晚惊风度）《野望因过常少仙》《重简王明府》《观作桥成月夜舟中有述还呈李司马》《客夜》《客亭》《花底》《远游》《惠义寺送王少尹赴成都》《泛舟送魏十八仓曹还京》《送何侍御归朝》《泛江送客》《登牛头山亭子》《望牛头寺》《上兜率寺》《望兜率寺》《甘园》《行次盐亭县》《又呈窦使君》《台上》《章梓州水亭》《薄暮》《愁坐》《城上》《游子》《独坐》《初冬》《正月三日归溪上有作简院内诸公》《春远》《旅夜书怀》《将晓二首》《晓望白帝城盐山》《江上》《白盐山》《不寐》《西阁夜》《西阁口号呈元二十一》《庭草》《归》《白露》《夜雨》《十六夜玩月》《暝》《夜》《刈稻了咏怀》《独坐二首》《十月一日》《谒真谛寺禅师》《白帝楼》《泊松滋江亭》《乘雨入行军六弟宅》《宴胡侍御书堂》《归雁》《公安县怀古》《冬深》《泊岳阳城下》《缆船苦风戏题四韵奉简郑十三判官》《登岳阳楼》《发潭州》《发白马潭》《江汉》《对

---

① ［清］吴乔：《围炉诗话》卷二，见郭绍虞编选《清诗话续编》第一册，第537页。

雪》、《送赵十七明府之县》、《江阁对雨有怀行营裴二端公》、《屏迹三首》（其二、其三）、《过故斛斯校书庄二首》（其二）、《秋野五首》（其二、其四）、《夜二首》（其一）、《雨四首》（其二、其三、其四），共计 107 首。

这种"四节式"章法，有三点经验值得注意。一是中间两联，采用写景与言事的笔墨布局，其好处是赋兼比兴，意味隽永。清人冒春荣《葚原诗说》云："中二联或写景，或叙事，或述意，三者以虚实分之，景为实，事意为虚，有前实后虚、前虚后实法。凡作诗不写景而专叙事与述意，是有赋而无比兴，既乏生动之致，意味亦不渊永，结构虽工，未足贵也。"① 二是写景与言事（即颔联与颈联）在情感上要血肉相连，写景是情感的侧面烘托，言事是情感的正面揭示，写景与言事二者在抒情上互为表里。眼前景、心中事，名二而实一。正如金圣叹所说："诗至五六虽转，然遂尽脱三四，唐之律诗无是也。"② 的确如此，五、六两句要沿着三、四两句写景的感情蕴涵来言事。金氏又说："作诗至五六，笑则始尽其乐，哭则始尽其哀。"③ 这就是说，五、六两句言事，要把三、四两句景中的情感正面、直接地显示出来，做到"尽乐""尽哀"。三是尾联多以细节行为结情，如《登岳阳楼》的"凭轩涕泗流"、《登兖州城楼》的"临眺独踌躇"、《春望》的"白头搔更短，浑欲不胜簪"、《春宿左省》的"数问夜如何"等，流涕、踌躇、搔首、问夜，这些细节行为都具有确定的情感指向和丰富的情感蕴藏，能够引人想象，产生言尽而意不尽的效果，比起直言结情要好得多。正如叶羲昂在《唐诗直解·诗法》中所说："……结句亦须矫健而有馀意……杜甫'明朝有封事，数问夜如何'，皆句格天然，而无卑弱之病。"④

"四节式"章法还有一种结构方式，即中间两联笔墨对调，颔联言事，颈联写景，这是由于首联言事，颔联承接言事，颈联转而写景，作为情感之烘托，仍然遵循着起承转合"四节式"的章法。如《送王侍御往东川放生池祖席》："东川诗友合，此赠怯轻为。况复传宗匠，空然惜别离。梅花交近野，草色向平池。倘忆江边卧，归期愿早知。"杜甫部分五律属于这种布局。

杜甫五律除采用"四节式"章法外，还运用了"二节式"章法，这一章法多用于咏物诗。所谓"二节式"，是指以四句为一个意段，把诗分作

---

① [清] 冒春荣：《葚原诗说》卷一，见郭绍虞编选《清诗话续编》第三册，第 1573 页。
② [清] 金雍集：《金圣叹选批唐诗六百首》卷二，施建中、隋淑芬整理校订，北京出版社，1989 年，第 29 页。
③ [清] 金雍集：《金圣叹选批唐诗六百首》卷二，第 29 页。
④ 陈伯海主编：《唐诗汇评》下册，浙江教育出版社，1995 年，第 3314 页。

前后两节，前节的笔墨重在描写物的形态特征，后节的笔墨重在由此及彼的联想，寄托作者的思想志向或审美情趣。如《房兵曹胡马》："胡马大宛名，锋棱瘦骨成。竹批双耳峻，风入四蹄轻。所向无空阔，真堪托死生。骁腾有如此，万里可横行。"刘浚《杜诗集评》引查慎行语曰："前半只说骨相，后半并及性情，何等章法！"①纪昀对后四句的想象之辞大加赞赏："后四句撒手游行，不蹈题，妙！仍是题所应有，如此乃可以咏物。"②"撒手游行"四字，形象地概括了杜甫咏物能超越时空限制之特征。其他如《月》《病马》《花鸭》等咏物诗都采用了这种章法。

此外，部分杜甫五律还采用了中间两联皆为写景或皆为言事的格局，不再详论。

三、句法体制

句法是指一句诗的组织法或结构法。杜甫很注意诗歌句法艺术，因句法得当而形成佳句，是他平生的追求。为此，他曾虚心求教于高适，询问"佳句法如何"。"为人性僻耽佳句，语不惊人死不休"（《江上值水如海势聊短述》），表现了他对句法艺术的苦心孤诣。杜甫五律的句法体制，主要包括句式错综、词语省略、词序倒置三个方面的内容。

（一）句式错综

这里所说的"句式"，是指诗句的意义节奏，说的是诗句的语法结构，与韵律节奏是两个不同的概念。诚如蒋绍愚先生所说："诗歌韵律的节奏和意义的节奏并不总是一致的。"③汉语诗歌的韵律节奏，以两个音节为一个节奏单位，就五言诗来说，是"2—2—1"型的。韵律节奏是指诵读时声音的自然停顿，如此才和谐入耳。当两种节奏一致时，读起来声音和谐入耳，理解诗意上也顺畅无巨。但是由于表意的复杂性，多音节词汇大量出现，很难做到两者一致。杜甫于此付出了巨大的努力，在诗句的意义节奏上进行多方的探索，于五言常式"2—2—1"之外，又创制出多种句式，试述如下。

1. "2—1—2"式

如"浮云连海岱，平野入青徐"（《登兖州城楼》）、"暗水流花径，春星带草堂"（《夜宴左氏庄》）。

① ［清］刘浚辑：《杜诗集评》卷七，台湾大通书局，1974年，第579页。
② ［元］方回选评，李庆甲集评校点：《瀛奎律髓汇评》卷二七，第1152页。
③ 蒋绍愚：《唐诗语言研究》，中州古籍出版社，1990年，第163页。

2."1—1—3"式

如"江通神女馆,地隔望乡台"(《遣愁》)、"犬迎曾宿客,鸦护落巢儿"(《重过何氏五首》其二)。

3."1—3—1"式

如"露从今夜白,月是故乡明"(《月夜忆舍弟》)、"竹覆青城合,江从灌口来"(《野望因过常少仙》)。

4."4—1"式

如"登俎黄柑重,支床锦石圆"(《季秋江村》),"登俎""支床",分别为"黄柑""锦石"的定语;"两行秦树直,万点蜀山尖"(《送张十二参军赴蜀州》)。

5."1—4"式

如"青惜峰峦过,黄知橘柚来"(《放船》),"青""黄",分别指"峰峦""橘柚"的颜色,"惜""知"皆为作者的行为;"寺忆曾游处,桥怜再渡时"(《后游》),"忆""怜"皆为作者的行为。

6."3—2"式

如"把君诗过日,念此别惊神"(《赠别郑炼赴襄阳》)、"金错囊垂罄,银壶酒易赊"(《对雪》)。

以上六种句式中,"1—4"式和"3—2"式这两种在行文上最难处理,它们的意义节奏与韵律节奏冲突较大,很容易造成音与意的隔膜。但我们诵读上述诗例时并未感到隔膜,这就是杜甫的高明之处。上述这些句式,突破了五言常式"2—2—1"韵律节奏的局限,给表意抒情带来极大的便利。

（二）词语省略

诗歌是高度精练的语言艺术,词语省略是凝练诗歌语言的方法之一。杜甫精心探究诗歌语言的省略技巧,做到词略而意明,句简而意丰。归纳其省略之技法,主要有以副代动、无谓语句和省略介词三种。

1.以副代动

诗句中动词被省略,而保留了修饰动词的副词,通过这个副词去显示被省略的动词的意向,同时副词本身又在发挥其表意作用。如"故国犹兵马,他乡亦鼓鼙"(《出郭》),"犹""亦"两个副词,所指示的动词意向是清楚的,同时又具有很强的抒情作用,它们前后呼应,表达出对战乱一波未平、一波又起的浩叹。又如"蚁浮仍腊味,鸥泛已春声"(《正月三日归溪上》），"仍""已"两个副词既指示了动词意向，又表达了时间匆促的感受。

2. 无谓语句

诗句既无动词，也无指示动作意向的副词，全句由若干名词或名词组构成，通过物象之间的意义联系来构成某种境界。这种组句之法，能使所构的物象之间的关系具有很大的张力，故能引发人的想象力。如"渭北春天树，江东日暮云"（《春日忆李白》）、"烟火军中幕，牛羊岭上村"（《秦州杂诗二十首》其十）、"细草微风岸，危樯独夜舟"（《旅夜书怀》）等，物象之间虽无施事与受事的关系，却又不是一盘散沙，而是暗中遵循着作者的表达意图。

3. 省略介词

诗句中只出现介词短语中的名词、名词组或其他语法结构。其中表示时间、处所、方向的介词，在散文中也常被省略，在此不论。值得重视的是以下四种类型的介词省略。一是表示原因的介词被省略，如"群盗无归路，衰颜会远方"（《戏题寄汉中王》），"群盗"是"无归路"的原因，表示原因的介词（因为）被省略。二是表示目的的介词被省略，如"故林归未得，排闷强裁诗"（《江亭》），"排闷"是"强裁诗"的目的。三是表示方式、方法的介词被省略，如"帖石防颓岸，开林出远山"（《早起》）。四是表示叙述范围的介词被省略，如"能画毛延寿，投壶郭舍人"（《能画》）。介词的省略，使诗句高度凝缩，劲健有力。

（三）词序倒置

杜甫五律虽多数是按正常词序来组构诗句，但词序倒置的现象也较为常见。有些倒置是为了协调平仄或对仗稳妥，更多的则是为了加强表达效果。大体说来，主要有以下几种类型。

1. 宾语的定语提到谓语前面

这种情况出现较多，如"和亲知计拙，公主漫无归"（《警急》），前句"和亲"是"计"的定语，把词序顺过来是"知和亲之计拙"，把定语"和亲"提前，是为了醒目，增强批判力量。又如"寒天留远客，碧海挂新图"（《观李固请司马弟山水图三首》其一），后句"碧海"是"新图"的定语，词序提前是为了与"寒天"构成对仗。

2. 宾语的中心词提到谓语前面

如"客情投异县，诗态忆吾曹"（《赴青城县出成都寄陶王二少尹》），后句宾语的中心词"诗态"提到谓语之前,把词序顺过来是"忆吾曹之诗态"。诗态,指吟诗的风度,词序提前是为了与"客情"构成对仗。又如"寺忆曾游处,桥怜再渡时"(《后游》),"寺""桥"两个宾语中心词提到谓语前面,顺过来是"忆曾游处之寺,怜再渡时之桥",将二者提到句首,加强了表达力。

3. 状语移到谓语后面

如"来往皆茅屋,淹留为稻畦"(《自瀼西荆扉且移居东屯茅屋四首》其二),后句词序倒置,顺过来是"为稻畦而淹留",这是出于对仗的考虑。又如"子能渠细石,吾亦沼清泉"(《自瀼西荆扉且移居东屯茅屋四首》其三),渠,这里是动词,意思是砌渠,"渠细石"就是用细石砌渠。沼,这里也是动词,意思是做沼(池塘),"沼清泉"就是用清泉做沼,清泉是状语。两处状语均移到了谓语后面。

4. 主谓倒置

如"盈盈当雪杏,艳艳待春梅"(《早花》),顺过来是"当雪杏盈盈,待春梅艳艳",把谓语提前,突出了花的色泽、姿态。又如"夺马悲公主,登车泣贵嫔"(《伤春五首》其四),"悲公主"应是"公主悲","泣贵嫔"应是"贵嫔泣"。

杜甫五律的句法艺术,实现了表意的灵活性,增强了诗句的劲健美,对于其沉郁顿挫的主体风格的形成有积极作用。

四、字法体制

所谓字法,即作诗锤炼文字之法,向来为人所重。清人王士禛《带经堂诗话》云:"炼字炼句之法,与篇法并重,学者不可不知,于此可悟三昧。"[①] 在炼字艺术上,古代诗论家大多赞许杜甫的工力。宋人孙奕在所著《示儿编》中说:"诗人嘲弄万象,每句必须炼字。子美工巧尤多……"[②] 并列举大量诗句为佐证。叶梦得《石林诗话》云:"诗人以一字为工,世固知之。惟老杜变化开阖,出奇无穷,殆不可以形迹捕。如'江山有巴蜀,栋宇自齐梁',远近数千里,上下数百年,只在'有'与'自'两字间,而吞纳山川之气,俯仰古今之怀,皆见于言外。"[③] 的确如此。杜甫精于炼

---

① [清]王士禛著,[清]张宗柟纂集:《带经堂诗话》卷三,戴鸿森校点,人民文学出版社,1963年,第77页。

② [宋]孙奕:《示儿编》卷一〇,见吴文治主编《宋诗话全编》第六册,江苏古籍出版社,1998年,第6002页。

③ [宋]叶梦得:《石林诗话》卷中,见[清]何文焕辑《历代诗话》上册,第420页。

字，重在锤炼动词、形容词，求真、求浅、求活。

（一）真字当头，揭示神髓

杜诗无论写人写物，力求其真，讲究一字传神。诚如萧涤非先生所说，杜诗特征是"一大二真"。欧阳修《六一诗话》云："陈公时偶得杜集旧本，文多脱误，至《送蔡都尉诗》云：'身轻一鸟'，其下脱一字。陈公因与数客各用一字补之。或云'疾'，或云'落'，或云'起'，或云'下'，莫能定。其后得一善本，乃是'身轻一鸟过'。陈公叹服，以为虽一字，诸君亦不能到也。"[①] "过"字写出蔡将军冲杀之迅疾，如一鸟掠过，可谓精辟传神。写平川夜景则曰"星垂平野阔，月涌大江流"（《旅夜书怀》），星垂天边，方知平野开阔；月光涌动，方知大江奔流，夜景逼真。写洞庭湖则曰"吴楚东南坼，乾坤日夜浮"（《登岳阳楼》），"坼"字、"浮"字，写吴楚因之割裂，乾坤因之浮动，极尽洞庭湖的博大浩渺，可见杜甫炼字何等遒劲！写江水暴涨之势则曰"大声吹地转，高浪蹴天浮"（《江涨》），"蹴"，是用脚踢，生动地写出水浪之高大暴怒，读来令人眼眩。写春雨则曰"随风潜入夜，润物细无声"（《春夜喜雨》），"潜""细"二字，抓住了春雨之特征。写秋蝉则曰"抱叶寒蝉静"（《秦州杂诗二十首》其四），出一"静"字便写出了秋蝉为寒气所侵、无复高鸣的枯寂情状。写竹子则曰"雨洗娟娟净，风吹细细香"（《严郑公宅同咏竹》），竹子香味是幽香，故以"细细"形容之。杨慎评曰："竹亦有香，细嗅乃知之。"[②] 又如"红入桃花嫩，青归柳叶新"（《奉酬李都督表丈早春作》），"嫩"字写出早春桃花的质感，"新"字写出早春柳叶的光泽。上述这些动词、形容词都具有"专任"此物的特征，颇见作者体物之细致，炼字之用心。

（二）浅字状物，大家手笔

杜甫炼字，既不追求华丽，更不追求险怪，善于选择通俗易懂的文字来写景状物，充分表现出吾言大师的过人风采。如"芹泥随燕觜，花蕊上蜂须"（《徐步》），"随"字、"上"字，浅易而精妙；"仰蜂粘落絮，行蚁上枯梨"（《徐步》），"粘"字、"上"字，状物之细微，令人叹为观止。无怪清人杨伦惊叹道："大手笔偏善状此幽微之景！"[③] "细雨鱼儿出，微风燕子斜"（《水槛遣心二首》其一），"出"字写鱼嘴露出水面，"斜"字写出燕子畅意飞翔。"圆荷浮小叶，细麦落轻花"（《为农》），一

---

① [宋]欧阳修：《六一诗话》，见[清]何文焕辑《历代诗话》上册，第266页。
② [明]杨慎：《升庵诗话》卷三，见丁福保辑《历代诗话续编》中册，第697页。
③ [清]杨伦笺注：《杜诗镜铨》卷八，第350页。

"浮"一"落",这些平易的字写出初夏时节之作物特征。宋人范温《潜溪诗眼》云:"好句要须好字。……工部又有所喜用字,如'修竹不受暑','野航恰受两三人','吹面受和风','轻燕受风斜','受'字皆入妙。老坡尤爱'轻燕受风斜',以谓燕迎风低飞,乍前乍却,非'受'字不能形容也。"① 范温所举的诗句,"受"字虽浅易,却能传事物之特征。宋人孙奕在《示儿编》中列举大量诗例,证实杜诗精彩的炼字有"过""破""一""信""生""觉"等,这些字皆为浅显字。② 清人沈德潜《说诗晬语》云:"古人不废炼字法,然以意胜而不以字胜,故能平字见奇,常字见险,陈字见新,朴字见色。近人挟以斗胜者,难字而已。"③ 沈氏提倡锤炼平、常、陈、朴之字,炼字以表意为终极目的,此正可以用来概括杜甫炼字之法则。

(三)活字起死,赋予生机

所谓锤炼活字,是指赋予死物、静物以知感、动感,使之具有生机。清人李调元《雨村诗话》云:"作诗须用活字,使天地人物,一入笔下,俱活泼泼如蠕动,方妙。杜诗'客睡何曾着,秋天不肯明','肯'字是也。"④ 这是将秋天人格化了。"好雨知时节,当春乃发生"(《春夜喜雨》)、"江山如有待,花柳更无私"(《后游》)、"青山意不尽,衮衮上牛头。无复能拘碍,真成浪出游"(《上牛头寺》)等,炼字皆是出于这种意图。"四更山吐月,残夜水明楼"(《月》),不说月升,而说"山吐",情景如画。即便是描写绘画,杜甫也会让它富于动势,写画鹰则曰"素练风霜起""㧐身思狡兔"(《画鹰》),"风霜起"三字有力地表现出鹰的猛挚、肃杀,"㧐"字刻画出雄鹰凌厉的攻击之势;写山水绘画则曰"高浪垂翻屋,崩崖欲压床"(《观李固请司马弟山水图歌三首》其三),如此等等,都能化静为动,让画面形象充满生机。

杜诗炼字之功,开启了后代诗人作诗的门径。韩愈在用字上的争奇斗险,孟郊的"横空盘硬语",李贺的呕心沥血,贾岛的"二句三年得,一吟双泪流"和广为流传的"推敲"故事,宋代江西诗派"点铁成金"之主张等,足以说明其影响的巨大和深远。

---

① [宋]范温:《潜溪诗眼》,见吴文治主编《宋诗话全编》第二册,第1249页。
② [宋]孙奕:《示儿编》卷一〇,见吴文治主编《宋诗话全编》第六册,第6000—6001页。
③ [清]沈德潜:《说诗晬语》卷下,霍松林校注,人民文学出版社,1979年,第241页。
④ [清]李调元:《雨村诗话》卷下,见郭绍虞编选《清诗话续编》第三册,第1528页。

第二章　杜甫七言律诗体制研究

七律起源于唐初，出身于宫廷，是君臣唱和的产物，多为应制、应令、应教之作，内容狭窄而贫薄，作品数量也有限。七律真正成熟在大历时期，杜甫七律代表了唐人七律的最高成就。杜甫七律包括正体七律和拗体七律，以正体七律为主。其题材内容突破了初唐宴饮唱和的藩篱，反映了广阔的社会生活和内心体验，尤其是将感慨时局度入诗篇。杜甫在七律艺术方面也有许多建树，他以沉郁顿挫为主体风格，创制"丁卯句法"，最先将狭义当句对引入七律，以联章组诗的形式抒情表意，在章法、句法方面也为后人提供了可资借鉴的范式。

第一节　唐人七律的发展路径

七言律诗始创于初唐，其发展比五言律诗要缓慢许多，最初的时候并不是简单地以五言律诗为基础，每句增加两个字，而是有很多的不规范。

初唐诗人创作的七律，存在不少非律句、不守粘对规则的情况，而且内容狭窄，主要是应制、唱和。盛唐诗人七律的合律度渐高，题材内容有所拓展。杜甫七律合律度高，在内容题材方面有极大拓展。如果从题材、内容、艺术等多角度衡量，说杜甫是七言律诗的定型者并不过分。但考虑到一种文体的定型需要形式的固定、需要较多的文人共同遵守、需要形成对后世的影响力量等因素，七律的定型当在大历时期。为了更好地说明这一结论，我们认为应以律诗格律的渐趋克服失粘问题为审视标准。

不妨先回顾五律的定型过程。从永明年间开始的对五律声律的探索，一直持续到初唐后期。在这个漫长的历史过程中，"对式律"（只注意一联中的声调对立）逐渐演变为"粘对混合律"，最后形成了"粘式律"（既注意一联中的声调对立，又注意邻联之间声调相粘）。七律的定型过程也大体如此。为了说明问题，我们梳理了初唐初年到大历时期较著名诗人的七律创作和失粘情况。

初唐时期：唐太宗 1 首，失粘；许敬宗 2 首，皆失粘；上官仪 1 首，失对失粘；陈子良 1 首，失对失粘；长孙皇后 1 首，失对失粘；杨师道 1 首，失对失粘；沈叔安 1 首，失对失粘；何仲宣 1 首，失对失粘；武则天 1 首，失粘；苏味道 1 首，粘对无误；崔融 1 首，粘对无误；杜审言 3 首，1 首失粘；郑愔 2 首，粘对无误；刘宪 4 首，4 首失粘；李适 5 首，5 首失粘；宋之问 4 首，2 首失粘；李峤 4 首，粘对无误；徐彦伯 2 首，1 首失粘；沈佺期 15 首，2 首失粘；赵彦昭 3 首，2 首失粘。这一时期七律共计 54 首，21 首失粘，失粘率为 39%。

盛唐时期：李乂 6 首，粘对无误；崔日用 4 首，粘对无误；苏颋 13 首，粘对无误；张说 12 首，2 首失粘；武平一 2 首，粘对无误；崔曙 1 首，粘对无误；孟浩然 4 首，粘对无误；祖咏 1 首，粘对无误；李颀 7 首，粘对无误；崔颢 2 首，粘对无误；张九龄 2 首，1 首失粘；綦毋潜 1 首，粘对无误；王昌龄 2 首，粘对无误；王维 20 首，11 首失粘；孙逖 2 首，粘对无误；卢象 1 首，粘对无误；李白 7 首，5 首失粘；高适 7 首，2 首失粘；岑参 11 首，7 首失粘。这一时期七律共计 105 首，28 首失粘，失粘率为 27%。

杜甫 151 首，12 首失粘，失粘率为 8%。

大历时期：李端 24 首，粘对无误；卢纶 48 首，7 首失粘；韩翃 34 首，1 首失粘；钱起 46 首，粘对无误；司空曙 18 首，粘对无误；苗发 1 首，粘对无误；崔峒 10 首，粘对无误；耿湋 16 首，粘对无误；顾况 4 首，粘对无误；李益 7 首，粘对无误；韦应物 10 首，1 首失粘；刘长卿 63 首，2 首失粘。这一时期七律 281 首，11 首失粘，失粘率为 4%。

由上面统计的数字可以得出以下结论：第一，从初唐到大历，七律的失粘率逐渐减少，以稳步态势走向定型。第二，大历时期"粘式律"作品达到 96%，足以说明到此七律已经定型。第三，杜甫卒于大历五年，作为由盛唐到中唐转折点上的诗人，他在促成七律定型上起到重要作用。

七律的格律是在大历时期定型的，繁荣期则在中晚唐。施子愉先生曾对《全唐诗》存诗一卷以上的诗人所作七律做过统计，结果显示：初盛唐时期的七律仅有 372 首（其中包括杜甫 151 首），中晚唐时期的七律竟多达 5531 首，后者是前者的 15 倍。[①] 杜甫的七律创作处于这样的文学史阶段，其作品自然会带有承继性、过渡性、探索性以及开创性之特征。

---

① 施子愉：《唐代科举制度与五言诗的关系》，《东方杂志》第 40 卷第 8 号，1944 年 4 月，第 39 页。

与其五律相比较，七律在声律上尤其显得复杂，为数较多的拗句的出现，以及拗救之后所形成的变格律句的出现，尤其是大量的拗体七律的出现，使其七律声律体制比五律声律体制更加复杂。清人浦起龙《读杜心解》、边连宝《杜律启蒙》录入杜甫七律皆为 151 首，其中 35 首即属于拗体，所占比率较大。因而区分其七律正体与拗体，归纳拗体的具体型态，分析各种拗体型态的成因，是十分必要的。此外，杜甫七律的韵律体制、对仗体制，以及题材内容和诗艺，也与其五律存有或多或少的差异。

第二节　杜甫七律的体类特征

杜甫的七言律诗，在语言形式层面与其五律存在差异，本节拟从声律、韵律、对仗、章句等角度探讨杜甫七律的体类特征。

一、杜甫七律的声律体制

杜甫七律的声律体制在其整个七律体制中占有主要的地位，是本书研究的重点之一，主要包括杜甫七律正格律句和变格律句的种类、首创"丁卯句法"的认定、正体七律和拗体七律的类型、所用四种平仄格式之主次等四个方面。

（一）杜甫七律正格律句和变格律句

1. 正格律句

杜甫七律正格律句有四种句式：

A 式：仄仄平平平仄仄；

B 式：平平仄仄平平仄；

C 式：平平仄仄仄平平；

D 式：仄仄平平仄仄平。

2. 变格律句

杜甫七律变格律句有三种句式。

A 式：仄仄平平仄平仄。这种变格律句由正格律句"仄仄平平平仄仄"变化而成，第五、六字拗，第三字救，称为"当句救"。杜甫七律使用 A 式变格律句共计 24 例，其中 16 例出现在第七句位置上，它们是：《曲江二首》其二之"传语风光共流转"、《题郑县亭子》之"更欲题诗满青竹"、《恨别》之"闻道河阳近乘胜"、《王十七侍御抡许携酒至草堂奉寄此诗便请邀高三十五使君同到》之"戏假霜威促山简"、《奉酬严公寄题野亭之作》之"枉沐旌麾出城府"、《又送》之"直到绵州始分首"、《将赴荆南寄别李剑州》之"戎马相逢更何日"、《奉寄章十侍御》之"朝觐从容问幽仄"、《宿府》之"已忍伶俜十年事"、《诸将五首》其一之"多少材官守泾渭"、《咏怀古迹五首》其一之"庾信平生最萧瑟"、《咏怀古迹五首》其三之"千载琵琶作胡语"、《滟滪》之"寄语舟航恶年少"、《九日四首》其一之"弟妹萧条各何在"、《留别公安太易沙门》之"先踏炉峰置兰若"、《小寒食舟中作》之"云白山青万馀里"。其余8例散布在其他位置上。王力《古代汉语》云:"诗人们最喜欢把这种拗句用在尾联的出句,即第七句。"① 杜甫的创作实践为其提供了有力的佐证。

此外,又有一种与A式相关的变格律句"(仄)仄平平仄仄仄",杜甫七律中出现这种句式共7例,它们是:《南邻》之"秋水才深四五尺"、《送韩十四江东省觐》之"此别应须各努力"、《寄杜位》之"逐客虽皆万里去"、《咏怀古迹五首》其二之"怅望千秋一洒泪"、《见王监兵马使说近山有白黑二鹰罗者久取竟未能得……请余赋诗二首》其二之"万里寒空只一日"、《七月一日题终明府水楼二首》其二之"宓子弹琴邑宰日"、《公安送韦二少府匡赞》之"念我能书数字至"。这种句式,近来有人称之为"三仄尾",认为是声病,今以杜诗观之,此论不当。杜甫五律中三仄尾句式更多。

B式:平平(仄)仄仄平仄,(仄)仄(平)平平仄平。这种变格律句是由正格律句"(平)平(仄)仄平平仄,(仄)仄平平仄仄平"变化而成,出句第五字应平而仄,是为拗句,对句第五字由仄变平,用来补救,称为"对句救"。这样一来,一联中保证有足够的平声字,使诗句的音乐美不被破坏。杜甫七律使用B式变格律句共计18例,它们是:《卜居》颔联"已知出郭少尘事,更有澄江销客愁"、《蜀相》颔联"映阶碧草自春色,隔叶黄鹂空好音"、《所思》颈联"可怜怀抱向人尽,欲问平安无使来"、《将赴成都草堂途中有作先寄严郑公五首》其五颈联"侧身天地更怀古,回首风尘甘息机"、《九日》颔联"苦遭白发不相放,羞见黄花无数新"、《九日》尾联"酒阑却忆十年事,肠断骊山清路尘"、《至后》颔联"青袍白马有何意,金谷铜驼非故乡"、《十二月一日三首》其二颔联"负盐出井此溪女,打鼓发船何郡郎"、《白帝城最高楼》尾联"杖藜叹世者谁子,泣血迸空回白头"、《赤甲》颈联"荆州郑薛寄书近,蜀客郗岑非我邻"、《江雨有怀郑典设》颈联"宠光蕙叶与多碧,点注桃花舒小红"、《滟滪》颔联"江天漠漠鸟双去,

---

① 王力主编:《古代汉语》(校订重排本)第四册,第1529页。

风雨时时龙一吟"、《七月一日题终明府水楼二首》其二颈联"可怜宾客尽倾盖，何处老翁来赋诗"、《七月一日题终明府水楼二首》其二尾联"楚江巫峡半云雨，清簟疏帘看弈棋"、《覃山人隐居》颔联"征君已去独松菊，哀壑无光留户庭"、《覃山人隐居》尾联"高车驷马带倾覆，怅望秋天虚翠屏"、《即事》尾联"未闻细柳散金甲，肠断秦川流浊泾"、《晓发公安》尾联"出门转眄已陈迹，药饵扶吾随所之"。

方回在所编《瀛奎律髓》中说道："今'江湖'学诗者，喜许浑诗'水声东去市朝变，山势北来宫殿高'、'湘潭云尽暮山出，巴蜀雪消春水来'，以为丁卯句法。殊不知始于老杜，如'负盐出井此溪女，打鼓发船何郡郎'、'宠光蕙叶与多碧，点注桃花舒小红'之类是也。"①《丁卯集》是晚唐诗人许浑的诗集，方回所说的"丁卯句法"，指的是许浑在其诗集中喜用的一种平仄句式，即"平平仄仄仄平仄，仄仄平平平仄平"。也就是上面所说的杜甫七律的 B 式变格律句。方回说这种句法"始于老杜"，立论是否正确呢？笔者调查了《全唐诗》所录唐初至杜甫之前存诗一卷以上的初盛唐诗人的七律作品，以时间顺序，统计情况如下：陈子良 1 首、杨师道 1 首、李世民 1 首、上官仪 1 首、许敬宗 2 首、沈淑安 1 首、何仲宣 1 首、武则天 1 首、苏味道 1 首、崔融 1 首、杜审言 3 首、郑愔 2 首、刘宪 4 首、李适 5 首、宋之问 4 首、李峤 4 首、徐彦伯 2 首、沈佺期 14 首、赵彦昭 3 首、李乂 6 首、崔日用 4 首、苏颋 12 首、张说 12 首、武平一 2 首、崔曙 1 首、张九龄 2 首、孟浩然 4 首、祖咏 1 首、李颀 7 首、崔颢 2 首、綦毋潜 1 首、王昌龄 2 首、孙逖 2 首、王维 20 首、李白 7 首、卢象 1 首、高适 7 首、岑参 11 首。共计诗人 38 位，诗 160 首，其中只有 3 首诗中出现了这种平仄句式，它们是刘宪《奉和幸安乐公主山庄应制》颈联"庭莎作荐舞行出，浦树相将歌棹回"、王维《辋川别业》颔联"雨中草色绿堪染，水上桃花红欲然"、高适《重阳》颔联"百年将半仕三已，五亩就荒天一涯"。也就是说，刘宪、王维、高适三人各有一例，根据"孤证不能定说"的朴学治学原则，不能论定他们首创了这种句法，只能认为是偶合。杜甫则不然，18 个例证足以证实他是有意于这种句法的探索，说他是这种句法的首创者证据确凿。而且，这 18 个例证绝大多数出现在其晚年寓居夔州时所作诗中。杜甫寓居夔州期间作《遣闷戏呈路十九曹长》，诗中说道"晚节渐于诗律细"，所谓"诗律细"，应包括对这种句法的探索与实践。

此外，还有一种与 B 式相关的变格律句："平平仄仄平仄仄，仄仄平

---

① 　[元] 方回选评，李庆甲集评校点：《瀛奎律髓汇评》卷二五，第 1107 页。

平平仄平。这种变格律句出现 6 例:《章梓州橘亭饯成都窦少尹》颔联"主人送客何所作,行酒赋诗殊未央"、《十二月一日三首》其一尾联"明光起草人所羡,肺病几时朝日边"、《雨不绝》颔联"阶前短草泥不乱,院里长条风乍稀"、《七月一日题终明府水楼二首》其二颔联"承家节操尚不泯,为政风流今在兹"、《暮归》尾联"年过半百不称意,明日看云还杖藜"、《即事》颔联"一双白鱼不受钓,三寸黄甘犹自青"("白鱼"为专用名词,平仄声调可以通融)。这种变格律句对后人亦有影响,如晚唐诗人李郢《暮春山行》:"雨湿菰蒲斜日明,茅厨煮茧掉车声。青蛇上竹一种色,黄蝶隔溪无限情。何处樵渔将远饷,故园田土忆春耕。千峰万濑水潺潺,羸马此中愁独行。"颔联和尾联皆用这种句式。

C 式:(仄)仄(平)平平仄平。这种变格律句是由正格律句"(仄)仄平平仄仄平"变化而成。这种变格律句的身份是独立的,不同于 B 式变格的对句,B 式变格的对句是为了补救出句之拗而存在的,而这种变格律句可以独立使用,即便它的出句是正格律句,也是可以使用的,如"风尘荏苒音书绝,关塞萧条行路难"(《宿府》)。这种句式经常用于首句,如《蜀相》首句"丞相祠堂何处寻"、《南邻》首句"锦里先生乌角巾"、《野老》首句"野老篱边江岸回"、《登楼》首句"花近高楼伤客心"、《白帝》首句"白帝城中云出门"、《秋兴八首》其一首句"玉露凋伤枫树林"、《登高》首句"风急天高猿啸哀",等等。杜甫七律使用这种变格律句共计 48 例,约占其七律作品的三分之一,覆盖面是相当大的。

(二)杜甫七律的正体和拗体

杜甫七律的声律模式可以分为正体七律和拗体七律两大类型,具体情况如下。

1. 正体七律

杜甫的正体七律包括以下三种类型。

(1)完全由正格律句构成,且全诗粘对合律。这种类型共计 63 首。如《赠田九判官梁丘》:

> 崆峒使节上青霄,河陇降王款圣朝。
> 宛马总肥秦苜蓿,将军只数汉嫖姚。
> 陈留阮瑀谁争长,京兆田郎早见招。
> 麾下赖君才并入,独能无意向渔樵。

（2）由正格律句和变格律句构成，且全诗粘对合律。这种类型共计48首。如《蜀相》：

> 丞相祠堂何处寻，锦官城外柏森森。
> 映阶碧草自春色，隔叶黄鹂空好音。
> 三顾频烦天下计，两朝开济老臣心。
> 出师未捷身先死，长使英雄泪满襟。

此诗首句使用C式变格律句，颔联使用B式变格律句，其他为正格律句。

（3）个别之处因使用人名、地名、物名等专用名词而出律，全诗粘对合律。这种类型共计5首：《送王十五判官扶侍还黔中》首联"大姑东征逐子回，风生洲渚锦帆开"，"姑"字应仄而平；《题郑县亭子》首联"郑县亭子涧之滨，户牖凭高发兴新"，"县"字应平而仄；《白帝》首联"白帝城中云出门，白帝城下雨翻盆"，后句"帝"字应平而仄；《黄草》首联"黄草峡西船不归，赤甲山下行人稀"，"甲"字应平而仄，"行"字平仄两读，此处义从平声，音从去声；《即事》颔联"一双白鱼不受钓，三寸黄甘犹自青"，"鱼"字应仄而平。

以上三类皆为正体七律，共计116首，占总数（151首）的77%，可见其正体七律仍居主流。

2. 拗体七律

杜甫七律中有相当一部分属于拗体，为古代诗论家所关注，称之为"拗体七律"。赵翼《陔余丛考》云："拗体七律……杜少陵集中最多，乃专用古体，不谐平仄。"[①]古人对拗体七律界定不一，有的过于宽泛，把使用变格律句的七律也称为拗体，例如，赵翼把使用"丁卯句法"的七律一概看作拗体，这显然是错误的，因为变格律句是经过拗救之后形成的，它已经不再拗口，故不可视为拗体。笔者经过权衡，认为杜甫七律中有35首为拗体七律，这些拗体七律又可分为四种类型。

（1）全诗使用正格律句和变格律句，但有失粘之处。如《城西陂泛舟》：

> 青蛾皓齿在楼船，横笛短箫悲远天。

---

① [清]赵翼：《陔余丛考》卷二三，栾保群、吕宗力校点，河北人民出版社，1990年，第377页。

春风自信牙樯动，迟日徐看锦缆牵。

鱼吹细浪摇歌扇，燕蹴飞花落舞筵。

不有小舟能荡桨，百壶那送酒如泉？

此诗第二句用 C 式变格律句，其余皆正格律句，颔联失粘，颈联失粘。其他还有《宣政殿退朝晚出左掖》、《所思》、《严公仲夏枉驾草堂兼携酒馔》、《奉寄章十侍御》、《拨闷》、《季夏送乡弟韶陪黄门从叔朝谒》、《题柏学士茅屋》、《将赴成都草堂途中有作先寄严郑公五首》（其五）、《即事》（暮春三月）、《七月一日题终明府水楼二首》（其二）、《咏怀古迹五首》（其二）等，共计 12 首。

　　杜甫这类拗体七律受到了初唐拗体七律的影响。初唐时期，七律始创，声律未严，联与联之间每每失粘。施补华在所著《岘佣说诗》中说道："唐初七律有平仄一顺者，至摩诘、少陵犹未改。……少陵'天门日射'一首，第三联'云近蓬莱'平仄一顺，此类甚多，要是当时初创此体，格调未严，今人不必学也。"① 施补华所举的诗例是《宣政殿退朝晚出左掖》，全诗为：

天门日射黄金榜，春殿晴熏赤羽旗。

宫草微微承委佩，炉烟细细驻游丝。

云近蓬莱常好色，雪残鸤鹊亦多时。

侍臣缓步归青琐，退食从容出每迟。

他所说的"平仄一顺"是指第三联完全重复了第二联的平仄声调。根据后来确定的粘对规则，所谓邻联相粘，是指下联的出句与上联的对句平仄相粘，"平仄一顺"也就属于失粘。初唐时期，杜甫祖父杜审言《春日京中有怀》就是一首失粘的七律，诗云：

今年游寓独游秦，愁思看春不当春。

上林苑里花徒发，细柳营前叶漫新。

公子南桥应尽兴，将军西第几留宾。

寄语洛城风日道，明年春色倍还人。

① ［清］施补华：《岘佣说诗》，见王夫之等撰《清诗话》，上海古籍出版社，1999 年，第 990 页。

此诗颔联、尾联皆失粘。杜崔一向尊崇其祖，效法之心可以体谅，但很显然他并没有对这种失粘的问题予以细心体察和纠正。

（2）仅首联或首句非律句，其余各联各句声律无误。如《覃山人隐居》：

> 南极老人自有星，北山移文谁勒铭。
> 征君已去独松菊，哀壑无光留户庭。
> 予见乱离不得已，子知出处必须经。
> 高车驷马带倾覆，怅望秋天虚翠屏。

此诗首联平仄为"平仄仄平又仄平，仄平平平平仄平"，显然都不是律句。又如《见萤火》：

> 巫山秋夜萤火飞，帘疏巧入坐人衣。
> 忽惊屋里琴书冷，复乱檐边星宿稀。
> 却绕井阑添个个，偶经花蕊弄辉辉。
> 沧江白发愁看汝，来岁如今归未归。

此诗首句平仄为"平平平仄平仄平"，非律句。杜甫七律首联或首句非律句者还有《简吴郎司法》《滟滪》《卜居》，这种情况的七律共计5首。

首联或首句使用非律句，不独杜甫如此，随手举出几例，五律如孟浩然《临洞庭湖赠张丞相》首联"八月湖水平，涵虚混太清"、元稹《遣行十首》其三首联"徙倚檐宇下，思量去住情"，七律如崔颢《黄鹤楼》首联"昔人已乘黄鹤去，此地空馀黄鹤楼"、李白《赠郭将军》首联"将军少年出武威，入掌银台护紫微"、刘禹锡《乐天见示》首联"吟君叹逝双绝句，使我伤怀奏短歌"、白居易《二月五日花下作》首联"二月五日花如雪，五十二人头似霜"、白居易《十二月二十三日作兼呈晦叔》首联"案头历日虽未尽，向后唯残六七行"、白居易《蓝田刘明府携酌相过与皇甫郎中卯时同饮醉后赠之》首联"腊月九日暖寒客，卯时十分空腹杯"、白居易《八月十五日夜湓亭望月》首联"昔年八月十五夜，曲江池畔杏园边"、白居易《游小洞庭》首联"湖山上头别有湖，芰荷香气占仙都"、贯休《野居偶作》首联"高谈清虚即是家，何须尽占好烟霞"、李群玉《规公业在净名得甚深义仆近获顾长康月宫真影……以屈瞻礼》首联"五浊之世尘冥冥，达观栖心于此经"、韩偓《村居》首联"二月三月雨晴初，舍南舍北唯平芜"、齐己《寄无愿上人》首联"六十八去七十岁,与师年鬓不争多"、吕岩《七言》首联"醍醐一盏诗一篇,暮醉朝吟不记年"、曹松《送曾德迈归宁宜春》首联"湘东山川有清辉,袁水词人得意归"等,首句或首联皆非律句,而其他各联均为律句,而且粘对无误。这是出于一种什么动机,有待进一步研究。清人许印芳评杜甫《黄草》诗说:"首句拗调,次句古调,盛唐律诗每有此格,老杜尤多。"①他已发现了唐人律诗首联出现非律句的现象,至于是否皆为"首句拗调,次句古调",那倒不一定,而且也不限于盛唐。

(3)一联中出句与对句虽非律句,却在词性上对应相同、声调上对应相反。如《九日》:

> 去年登高郓县北,今日重在涪江滨。
> 苦遭白发不相放,羞见黄花无数新。
> 世乱郁郁久为客,路难悠悠常傍人。
> 酒阑却忆十年事,肠断骊山清路尘。

首联、颈联即是如此。首联两句节奏点(即二、四、六字位)声调为"平平仄,仄仄平",颈联两句节奏点声调为"仄仄平,平平仄"。又有《至后》颈联"梅花欲开不自觉,棣萼一别永相望",两句节奏点声调为"平平仄,仄仄平";《白帝城最高楼》颈联"扶桑西枝对断石,弱水东影随长流",两句节奏点声调为"平平仄,仄仄平";《暮春》颈联"沙上草阁柳新暗,城边野池莲欲红",两句节奏点声调为"仄仄平,平平仄";《赤甲》颔联"炙背可以献天子,美芹由来知野人",两句节奏点声调为"仄仄平,平平仄";《暮归》颈联"南渡桂水阙舟楫,北归秦川多鼓鼙",两句节奏点声调为"仄仄平,平平仄"。这种情况共计6例,皆声调对应相反,词性对应相同。这种对仗法可以看作杜甫的新尝试。从最后七律定型的角度来看,杜甫的这种对仗法没有被取用。

(4)全诗多非律句,也不符合粘对规则,仅保留中间两联对仗形式(多为词性上的对仗,声调往往不成对立)。如《愁》:

> 江草日日唤愁生,巫峡泠泠非世情。
> 盘涡鹭浴底心性,独树花发自分明。

---

① [元]方回选评,李庆甲集评校点:《瀛奎律髓汇评》卷一二,第452页。

　　　　十年戎马暗万国，异域宾客老孤城。

　　　　渭水秦山得见否，人今罢病虎纵横。

　　第 1、3、4、5、6 句皆非律句，声调失对、失粘情况多有存在，仅中间两联出句与对句在词性上形成对仗。杜甫在这首诗的题目下注曰"强戏为吴体"，表明其不是按律体写的。什么是吴体？作者没有解释，可能在当时属于常识，无需饶舌，却留下了历史疑云，至今学界没有一致的认识。笔者认为可能是按吴地方言来写的诗。吴地方言的发音显然不同于官话，而本诗如果按照吴地方言来吟诵则可能实现律句的平仄谐调，这虽是一种游戏，但对于排解愁闷是有所补益的。杜甫年轻时期曾在吴越一带有过五年之久的游历，对于吴地方言是熟悉的。他在《夜宴左氏庄》中写道："风林纤月落，衣露净琴张。暗水流花径，春星带草堂。检书烧烛短，看剑引杯长。诗罢闻吴咏，扁舟意不忘。"尾联是说听到有人用吴地方言来吟诗，于是想到了范蠡驾扁舟归隐江湖的故事。这说明他确实熟悉吴地的方言。杜甫这种拗体七律还有《郑驸马宅宴洞中》《题省中壁》《望岳》《早秋苦热堆案相仍》《崔氏东山草堂》《立春》《昼梦》《江雨有怀郑典设》《晓发公安》《十二月一日三首》（其一、其二），共计 12 首。

　　杜甫《秋风二首》，《读杜心解》和《杜律启蒙》皆未将其列为七律。这两首诗也多用拗句，但是中间两联没用对仗。看来这是清人区别律体与古体的重要依据。

　　阅读这 12 首诗可以发现，没有一首是用于酬赠的，都是诗人的内心独白，而且绝大多数是愁苦的独白。也就是说，这些诗是写给自己的，是为了排遣愁苦的。杜甫在遭受贬谪之后，生涯愈发困顿，尤其是暮年，境况十分萧条，心不顺则气不平，气不平则音声拗峭，所以不妨这样看：这些诗不独在内容上记录了作者的心境，在音声上也有所表现、有所补益。金启华先生说："有时候为了避免熟套，防止陈词，他又有意识地避熟就生，以拗救平，写了一些拗体七律。"[1] 不过，从七律最后定型的角度来看，这种作法也没有被肯定。

　　以上把 35 首拗体七律做了分类，可以看出其成因是多方面的：有的是源于初唐七律声律未严的影响，有的是出于作者在对仗声律方面的探索，更多的是作者为了表达他拗峭不平的心境。如果我们把其中出于对仗声律探索和有意摆脱律句束缚以表达不平之气的作品（诸如"强戏为吴

---

　　① 金启华：《杜甫诗论丛》，上海古籍出版社，1985 年，第 201 页。

体"之类）排除在外，那么真正的问题作品就是这12首失粘作品，这12首失粘作品仅占总数的8%，反映出七律声律接近定型的历史节点。

（三）杜甫七律使用四种平仄格式，以首句平收为主

杜甫七律使用了"首句仄起平收式""首句平起平收式""首句平起仄收式""首句仄起仄收式"四种平仄格式。这四种平仄格式的使用率依次为44%（67首）、32%（48首）、15%（22首）、9%（14首）。首句平收式共计115首，占总数的76%。七律音节悠长，应以首句平收为佳，下文对此有所论述。

二、杜甫七律的韵律体制

韵律是律诗押韵的法则，是律诗格律的三大要素之一，是造成律诗音乐美的必要条件之一。杜甫七律的韵律体制主要表现在四个方面。

第一，严格依照当时的官方韵书《唐韵》选字押韵。《唐韵》今已失传，但由于宋代《广韵》《集韵》只是在《唐韵》的基础上增加韵字和释文，没有质的改变，因此可以作为判定杜诗韵字的依据。笔者依据《广韵》《集韵》以及平水韵体系的《诗韵合璧》《佩文韵府》，对杜甫151首七律共计719个韵字逐一调查所属韵部，发现只有一个韵字出韵。这个失误出现在《崔氏东山草堂》诗：

> 爱汝玉山草堂静，高秋爽气相鲜新。
> 有时自发钟磬响，落日更见渔樵人。
> 盘剥白鸦谷口栗，饭煮青泥坊底芹。
> 何为西庄王给事，柴门空闭锁松筠。

这是一首拗体七律。诗中的韵字"新""人""筠"在《诗韵合璧》中属于上平声十一真韵，"芹"属于上平声十二文韵。这应是杜甫偶然失于检点所致。

第二，确立了限押平声韵的押韵体制。杜甫151首七律皆押平声韵，这对处在探索时期的七律来说是至关重要的，中唐以后的七律绝大多数押平声韵，押仄声韵的极为少见，偶有所作，也仅是尝试。

第三，确立首句入韵为主要格式。在151首诗中，首句入韵者多达115首。这与其五律以首句不入韵为主正好相反。诗歌讲究开篇定调，五律音节简劲，故以首句仄收为正；七律音节悠长，故以首句平收为佳。可

见，杜甫在律诗的首句是否入韵的抉择上体现出对不同诗体格调的理解，为后代诗人指出通达之路。

第四，使用韵部覆盖面大，而以使用宽韵为主，同时也有所偏好。杜甫七律使用了平水韵30个平声韵中的26个韵部，每个韵部的使用情况如下：上平声十一真韵16次，上平声十灰韵15次，下平声十一尤韵14次，下平声一先韵10次，上平声四支韵9次，上平声五微韵9次，上平声十四寒韵9次，下平声七阳韵9次，下平声八庚韵8次，上平声一东韵6次，下平声二萧韵6次，下平声十二侵韵6次，上平声十五删韵5次，上平声十三元韵4次，上平声八齐韵3次，下平声五歌韵3次，下平声六麻韵3次，下平声九青韵3次，上平声二冬韵2次，上平声六鱼韵2次，上平声七虞韵2次，下平声四豪韵2次，下平声十蒸韵2次，上平声三江韵1次，上平声十二文韵1次，下平声三肴韵1次。仅上平声九佳、下平声十三覃、下平声十四盐、下平声十五咸四个韵部没有使用。

杜甫选用韵部的原则是就宽避窄。考察韵部使用率居于前十名者，多数为宽韵，宽韵韵字较多，而且多为实用字，选择这种韵部来押韵，便于抒情表意；而没有涉及的四个韵部皆为窄韵或险韵，其中两个韵部（上平声九佳韵、下平声十五咸韵）杜甫五律也没有使用。这是就大体情况而言。细加考察，位居前十名者也有少数并非宽韵，如上平声五微韵、十灰韵，之所以被多次使用，应该视为杜甫对这两种声韵有所偏好，考察杜甫五律的韵部使用率，这两个韵部也居前十名（见第一章第二节）。

三、杜甫七律的对仗体制

与五律的对仗体制相同，杜甫的七律对仗体制也表现出规则严密、数量增多、种类多样之特点。

（一）对仗规则严密

五律的格律早已定型之后，七律的格律尚在探索之中。杜甫将五律的对仗规则移至七律，诸如上下两句词性对应相同、关键字位声调对应相反、避免合掌、中二联实行对仗、上下两句不得重复用字，等等。较之五律，这些规则在七律中运用得更加严密，例如，其五律作品中出现四组对仗重复用字的现象，而七律作品中则完全绝迹。同时也应注意，在那些喷吐不平之气的作品（诸如"强戏为吴体"之类）中，对仗仅保持词性的对应相同，平仄声调往往不成对立，这应该看作杜甫有意为之。这一点在前文中已经提及。

（二）对仗数量增多

杜甫长于对仗艺术，表现为对仗的联数超过额度，除了中间两联使用对仗，还每每于首联或尾联使用对仗，甚至全诗四联都用对仗。在总数 151 首七律中，有 104 首中间两联使用对仗，这确保了律诗对仗的基本要求。另有 26 首于首联、颔联、颈联使用对仗。如《宾至》：

> 幽栖地僻经过少，老病人扶再拜难。
> 岂有文章惊海内，漫劳车马驻江干。
> 竟日淹留佳客坐，百年粗粝腐儒餐。
> 不嫌野外无供给，乘兴还来看药栏。

又有 15 首于颔联、颈联、尾联使用对仗。如《又呈吴郎》：

> 堂前扑枣任西邻，无食无儿一妇人。
> 不为困穷宁有此，只缘恐惧转须亲。
> 即防远客虽多事，便插疏篱却甚真。
> 已诉征求贫到骨，正思戎马泪盈巾。

还有 6 首四联皆对。如《登高》：

> 风急天高猿啸哀，渚清沙白鸟飞回。
> 无边落木萧萧下，不尽长江滚滚来。
> 万里悲秋常作客，百年多病独登台。
> 艰难苦恨繁霜鬓，潦倒新停浊酒杯。

严羽在所著《沧浪诗话》中说"有律诗彻首尾对者，少陵多此体"[1]，指的就是四联皆对的情况。

查慎行说："七律八句皆属对，创自老杜。"[2] 此论不妥，早在初唐时期就已经出现这种体格。例如李峤《石淙》："羽盖龙旗下绝冥，兰除薜幄坐云扃。鸟和百籁疑调管，花发千岩似画屏。金灶浮烟朝漠漠，石床寒水夜泠泠。自然碧洞窥仙境，何必丹丘是福庭？"此诗四联皆对。杜甫虽非首

---

① [宋] 严羽著，郭绍虞校释：《沧浪诗话校释》，人民文学出版社，1983 年，第 73 页。
② [元] 方回选评，李庆甲集评校点：《瀛奎律髓汇评》卷一六，第 633 页。

创，却是使用此格最多、最为精密者。

（三）对仗种类多样

1. 宽对

词性相同的字出现在对应的位置上即可，杜甫七律有一部分是这种对仗。如"自知白发非春事，且尽芳樽恋物华"（《曲江陪郑八丈南史饮》）、"旧来好事今能否，老去新诗谁与传"（《因许八奉寄江宁旻上人》）、"已知出郭少尘事，更有澄江销客愁"（《卜居》）等。

2. 工对

同一小类名词相对、数目词相对、颜色词相对，皆显得工整。杜甫追求对仗工整，七律中大量使用这种对仗。

（1）同一小类名词相对。天文类如"春风自信牙樯动，迟日徐看锦缆牵"（《城西陂泛舟》），地理类如"岂有文章惊海内，漫劳车马驻江干"（《宾至》），时令类如"织女机丝虚夜月，石鲸鳞甲动秋风"（《秋兴八首》其七），宫室类如"天门日射黄金榜，春殿晴曛赤羽旗"（《宣政殿退朝晚出左掖》），器物类如"疏灯自照孤帆宿，新月犹悬双杵鸣"（《夜》），动物类如"旌旗日暖龙蛇动，宫殿风微燕雀高"（《奉和贾至舍人早朝大明宫》），植物类如"侵凌雪色还萱草，漏泄春光有柳条"（《腊日》），饮食类如"盘飧市远无兼味，樽酒家贫只旧醅"（《客至》），衣饰类如"羞将短发还吹帽，笑倩旁人为正冠"（《九日蓝田崔氏庄》），文学类如"药裹关心诗总废，花枝照眼句还成"（《酬郭十五受判官》），身体类如"且看欲尽花经眼，莫厌伤多酒入唇"（《曲江二首》其一），人伦类如"昼引老妻乘小艇，晴看稚子浴清江"（《进艇》），人事类如"长路关心悲剑阁，片云何意傍琴台"（《野老》）。

有些字虽然不属于同一小类，但由于经常连用，如"诗酒""兵马"等，对起来也显得工整。杜甫七律不乏这种对仗，如"晚节渐于诗律细，谁家数去酒杯宽"（《遣闷戏呈路十九曹长》）、"岂谓尽烦回纥马，翻然远救朔方兵"（《诸将五首》其二）。

（2）数目对。如"秋水才深四五尺，野航恰受两三人"（《南邻》）、"三峡楼台淹日月，五溪衣服共云山"（《咏怀古迹五首》其一）。

（3）颜色对。如"朱帘绣柱围黄鹤，锦缆牙樯起白鸥"（《秋兴八首》其六）、"不分桃花红胜锦，生憎柳絮白于绵"（《送路六侍御入朝》）。

3. 邻对

虽不是同一小类名词，但关系邻近，如天文与地理、天文与时令、地理与宫室、器物与文具、动物与植物等名词相对，工整度居宽对与工对之间。如"晴云满户团倾盖，秋水浮阶溜决渠"（《题柏学士茅屋》），云对水；"车箱入谷无归路，箭栝通天有一门"（《望岳》），路对门；"青青竹笋迎船出，白白江鱼入馔来"，笋对鱼。

4. 方位对

如"支离东北风尘际，漂泊西南天地间"（《咏怀古迹五首》其一）、"川合东西瞻使节，地分南北任流萍"（《严中丞枉驾见过》）。

5. 人名对

如"匡衡抗疏功名薄，刘向传经心事违"（《秋兴八首》其三），匡衡、刘向皆汉代经学家；"今日朝廷须汲黯，中原将帅忆廉颇"（《奉寄高常侍》），汲黯，汉代直臣，廉颇，赵国良将。

6. 地名对

如"锦江春色来天地，玉垒浮云变古今"（《登楼》），锦江，水名，在成都市南；玉垒，山名，在四川理县东南。又如"黄牛峡静滩声转，白马江寒树影稀"（《送韩十四江东省觐》），黄牛峡，峡名，在宜昌西；白马江，水名，在蜀州东北。

7. 联绵对

联绵字有双声、叠韵及非双声、非叠韵四种形态，杜甫七律对仗有以下四种情况。

（1）双声对。如"常怪偏裨终日待，不知旌节隔年回"（《奉待严大夫》），"偏裨""旌节"皆为双声字；"予见乱离不得已，子知出处必须经"（《覃山人隐居》），"乱离""出处"皆为双声字；"江间波浪兼天涌，塞上风云接地阴"（《秋兴八首》其一），"江间""塞上"皆为双声字。

（2）叠韵对。如"穿花蛱蝶深深见，点水蜻蜓款款飞"（《曲江二首》其二），"蛱蝶""蜻蜓"皆为叠韵字；"多病独愁常阒寂，故人相见未从容"（《暮登四安寺钟楼寄裴十》），"阒寂""从容"皆为叠韵字。

（3）双声叠韵对。如"细草留连侵坐软，残花怅望近人开"（《又送辛员外》），"留连"为双声字，"怅望"为叠韵字；"大水森茫炎海接，奇峰硉兀火云升"（《多病执热奉怀李尚书》），"森茫"为双声字，"硉兀"为叠韵字；"无路从容陪语笑，有时颠倒着衣裳"（《至日遣兴二首》其一），"从容"为叠韵字，"颠倒"为双声字；"路经滟滪双蓬鬓，天入沧浪一钓舟"（《将赴荆南寄别李剑州》），"滟滪"为双声字，"沧浪"为叠韵字；"仓惶已就前途往，邂逅无端出饯迟"（《送郑十八虔贬台州司户伤其临老陷贼之故阙为面别情见于诗》），"仓惶"为叠韵字，"邂逅"为双声字。

（4）非双声叠韵对。如"清看石上藤萝月，已映洲前芦荻花"（《秋兴八首》其二），"藤萝""芦荻"皆既非双声又非叠韵；"麒麟不动炉烟上，孔雀徐开扇影还"（《至日遣兴二首》其二），"麒麟""孔雀"皆既非双声又非叠韵。

8. 叠字对

如"风含翠篠娟娟静，雨浥红蕖冉冉香"（《狂夫》）、"无边落木萧萧下，不尽长江滚滚来"（《登高》）等，共计14联，多为形容词相对。

9. 连用字对

所谓连用字，是指两个意义相同（包括意义相近）或意义相反的字连续出现，例如"离别""出入"。连用字对包括两种情况。

（1）同义连用字相对。如"侵陵雪色还萱草，漏泄春光有柳条"（《腊日》），"侵陵""漏泄"皆为同义连用字；"草木渐衰行剑外，兵戈阻绝老江边"（《恨别》），"草木""兵戈"皆为同义连用字。

（2）反义连用字相对。如"无数蜻蜓齐上下，一双鸂鶒对沉浮"（《卜居》），"上下""沉浮"皆为反义连用字；"过客径须愁出入，居人不自解东西"（《将赴成都草堂途中有作先寄严郑公五首》其三），"出入""东西"皆为反义连用字。

10. 当句对

当句对是指上下两句已成对仗的同时，每句中还自行对仗，故尤显工整。杜甫七律颇多这种对仗。这种对仗有广义、狭义之别，广义的当句对，如"青蛾皓齿在楼船，横笛短箫悲远天"（《城西陂泛舟》）、"书签药裹封蛛网，野店山桥送马蹄"（《将赴成都草堂途中有作先寄严郑公五首》其三）、"小院回廊春寂寂，浴凫飞鹭晚悠悠"（《涪城县香积寺官阁》），"青袍白马有何意，金谷铜驼非故乡"（《至后》）等。狭义的当句对是指句中自行对仗的两个字须有一个字重复，如"桃花细逐杨花落，黄鸟时兼白鸟飞"（《曲江对酒》）、"即从巴峡穿巫峡，便下襄阳向洛阳"（《闻官军收河南河北》）、"自去自来堂上燕，相亲相近水中鸥"（《江村》）、"南京久客耕南亩，北望伤神坐北窗"（《进艇》）等。钱锺书先生说："此体创于少陵，而名定于义山。"[①] 其实，狭义当句对早在南朝何逊诗中就已出现，其《咏风》诗前两句云"可闻不可见，能重复能轻"，初唐沈佺期、武则天诗中也有使用。说当句对是李商隐定的名称也不对，比李商隐早半个世纪的

---

①　钱锺书:《谈艺录》，生活·读书·新知三联书店，2010年，第16页。

诗僧皎然在其《诗议》中就已经把它列为八种对仗之一。① 正确的说法应是，狭义当句对虽非杜甫首创，但他却是把狭义当句对引入七律的第一人。这或许是导致钱先生判断失误的原因。

11. 借对

同杜甫五律一样，杜甫七律也使用了这种特殊的对仗，包括借义和借音两种，不过用得较少。

（1）借音对。采用谐音的方式来构成对仗。如"峣关险路今虚远，禹凿寒江正稳流"（《舍弟观赴蓝田取妻子到江陵喜寄三首》其一），"峣"与"尧"谐音，借其音与"禹"构成对仗。又如"思家步月清宵立，忆弟看云白日眠"（《恨别》），"清"与"青"谐音，借其音与"白"构成对仗。

（2）借义对。汉语词汇大多具有多种意义，从表意上看是使用某个词的甲义，但同时又借用这个词的乙义来与对应的词构成对仗。如"酒债寻常行处有，人生七十古来稀"（《曲江二首》其二），"寻常"的文内意思是平平常常，所谓债多不愁。同时，它还有数目意义，古代以八尺为一寻，两寻为一常，此处借用其数目意义与"七十"构成对仗。又如"竹叶于人既无分，菊花从此不须开"（《九日四首》其一），"竹叶"的文内意思是指酒名，同时它又有植物学意义，此处借用来与"菊花"构成对仗。

12. 流水对

同杜甫五律流水对一样，也有单句形式和复句形式两种。

（1）单句形式的流水对。本是一句话，拆成两句来说，这两句又构成对仗。如"请看石上藤萝月，已映洲前芦荻花"（《秋兴八首》其二），"请看"是谓语，"石上藤萝月已映洲前芦荻花"是宾语。又如"正忆往时严仆射，共迎中使望乡台"（《诸将五首》其二），"正忆"是谓语，"往时严仆射共迎中使望乡台"是宾语。这些流水对克服了并列式对仗的刻板、凝滞之缺陷。

（2）复句形式的流水对。上下两句是复句中的两个分句，呈现出多种语法关系。有顺承关系，如"花径不曾缘客扫，蓬门今始为君开"（《客至》），是时间上的顺承；"支离东北风尘际，漂泊西南天地间"（《咏怀古迹五首》其一），是空间上的顺承。有因果关系，如"竹叶于人既无分，菊花从此不须开"（《九日四首》其一），出句是逻辑上的因，对句是逻辑上的果。有假设关系，如"但使闾阎还揖让，敢论松竹久荒芜"（《将赴成

---

① [日]遍照金刚撰，王利器校注：《文镜秘府论校注》东卷，中国社会科学出版社，1983年，第225页。

都草堂途中有作先寄严郑公五首》其一），出句提出假设，对句写出结果。有递进关系，如"已知出郭少尘事，更有澄江销客愁"（《卜居》）。有转折关系，如"即防远客虽多事，便插疏篱却甚真"（《又呈吴郎》）。

金圣叹发现杜甫七律颔联多用流水对，他说："唐人三四多侧卸，最是好看。而老杜为尤得其法，如'羞将短发还吹帽，笑倩旁人为正冠'、'老去诗篇浑漫与，春来花鸟莫深愁'……"并在这个位置上一共检出 27 副流水对（按，金氏遗漏一例，即《酬郭十五判官受》颔联"药裹关心诗总废，花枝照眼句还成"），然后总结说："皆是意思沉着，音节悲凉，使人只读其二句十四字，便如读得贾谊《治安》三策，与《庄子齐物》一篇，真是天上人间，直上直下，异样快活，更非平举二句之得比也。"[①] 除了颔联，杜甫七律在其他位置上也有使用流水对，出现在颈联者如"即防远客虽多事，便插疏篱却甚真"（《又呈吴郎》）、"扁舟不独如张翰，皂帽还应似管宁"（《严中丞枉驾见过》）、"幸不折来伤岁暮，若为看去乱乡愁"（《和裴迪登蜀州东亭送客逢早梅相忆见寄》）、"沙村白雪仍含冻，江县红梅已放春"（《留别公安太易沙门》），出现在尾联者如"即从巴峡穿巫峡，便下襄阳向洛阳"（《闻官军收河南河北》）、"心折此时无一寸，路迷何处见三秦"（《冬至》）、"请看石上藤萝月，已映洲前芦荻花"（《秋兴八首》其二）等，可见杜诗七律流水对密度之大。

（四）属对艺术

律诗结构于起结之外，就该说到中间两联的对仗了。前文从技术规则层面对杜甫七律对仗体制进行探讨，现从艺术层面简论其七律对仗之优长。

1. 自然天成

对仗既要遵循字声相反和词性相同的铁律，那么自然天成、脱略凿痕便成了其审美的一大追求。律诗的对仗主要分布于中间两联，占到一半篇幅，向来为诗人所看重。杜甫《寄彭州高三十五使君适虢州岑二十七长史参三十韵》有"遥知对属忙"之句，"对属"即对仗，着一"忙"字，可见其分量之重。杜甫七律的对仗具有自然天成之美，已成古代诗论家之共识，且举几例。杜甫《南邻》诗颈联"秋水才深四五尺，野航恰受两三人"，纪昀评曰："五、六天然好句。"无名氏（乙）评曰："五、六化尽律家对属，化工妙。此景千古常新，杜公亦千古长在。"[②] 又如《曲江二首》其二颔联"酒债寻常行处有，人生七十古来稀"，查慎行评曰"游行自

---

① ［清］金雍集：《金圣叹选批唐寺六百首》卷二，第 22 页。
② ［元］方回选评，李庆甲集评校点：《瀛奎律髓汇评》卷一〇，第 992 页。

在"①;《暮归》诗颔联"客子入门月皎皎,谁家捣练风凄凄",纪昀评其为"神来"之笔②;《题省中壁》诗颔联"落花游丝白日静,鸣鸠乳燕青春深",纪昀评曰"天然深妙"③。

2. 特殊对仗俱臻妙境

杜甫七律对仗有十二大类,每一类别都有高超的艺术造诣。尤其是流水对、当句对、借对这三类特殊的对仗,具有开拓意义,足为后人垂范。

杜甫制作了大量的流水对,既有单句形式,又有复句形式。这些流水对在表意的流程中呈现对仗,使对仗句具有流动美,从而克服了一般对仗的刻板、凝滞的缺陷。杜甫使用流水对,或将其一生辗转和艰难生活加以表现(如"支离东北风尘际,漂泊西南天地间""厚禄故人书断绝,恒饥稚子色凄凉"),或对其丰富的人生体验作出揭示(如"幸不折来伤岁暮,若为看去乱乡愁""药裹关心诗总废,花枝照眼句还成"),或将其时局观感加以表述(如"北极朝廷终不改,西山寇盗莫相侵""昨日玉鱼蒙葬地,早时金碗出人间"),承载了丰富的蕴涵,从而把流水对的艺术价值推向极致。

当句对有广义和狭义两种形式,杜甫七律当句对包容了广义、狭义两种形式。这些当句对的长处是:其一,不事雕琢,遵循物性。例如"桃花细逐杨花落,黄鸟时兼白鸟飞"(《曲江对酒》),将眼前景物信手拈来,细摹其动态,组成绚丽的春光图。汪灏评曰:"公盖只用四样飞舞空中物,上不粘天,下不粘地,所以不嫌重笨。"④不嫌重笨,主要原因是不雕凿,不违背物性,故能得其天趣。其二,不事游词,为情而设。例如"戎马不如归马逸,千家今有百家存"(《白帝》),前句写乱世之物,后句写乱世之人。乱世之物以"戎马"和"归马"对比,乱世之人以"千家"与"百家"对比,深刻地描写出惨绝的人寰。这样的当句对不仅不会使人感到文字堆叠,反而更易受到强烈的心灵刺激。其三,音声流转,和谐入耳,无拗口之弊。

借对是对仗园林中的一朵奇葩,杜诗借对无论是借义还是借音,皆能横生妙趣,产出喜剧效果,给人愉悦的享受。由于是"借",所以不像其他对仗那样一目了然,初读时会认为对得不工。例如"酒债寻常行处有,人生七十古来稀"(《曲江二首》其二),"寻常"岂能与"七十"相对?经过思索,发现"寻常"还有数目意义,方才恍然大悟。正如刘明华先生所

---

① [元]方回选评,李庆甲集评校点:《瀛奎律髓汇评》卷一〇,第 359 页。
② [元]方回选评,李庆甲集评校点:《瀛奎律髓汇评》卷一五,第 558 页。
③ [元]方回选评,李庆甲集评校点:《瀛奎律髓汇评》卷二五,第 1115 页。
④ [清]胡履亨读,[清]汪灏辑:《树人堂读杜诗》卷六,道光十二年刻本。

说，借对具有让"观众（读者）纳闷片刻之后拍案叫绝，击节称善"的艺术魅力。^①

3．时空并驭

杜甫七律每每于一联中时间对空间，呈现为时空两种意念的对举、交构。如"万里伤心严谴日，百年垂死中兴时"（《送郑十八虔贬台州司户伤其临老陷贼之故阙为别情见于诗》）、"洛城一别四千里，胡骑长驱五六年"（《恨别》）、"锦江春色来天地，玉垒浮云变古今"（《登楼》）、"逐客虽皆万里去，悲君已是十年流"（《寄杜位》）、"万里悲秋常作客，百年多病独登台"（《登高》）、"永夜角声悲自语，中天月色好谁看"（《宿府》）、"楚天不断四时雨，巫峡常吹万里风"（《暮春》）、"十年戎马暗南国，异域宾客老孤城"（《愁》）、"五更鼓角声悲壮，三峡星河影动摇"（《阁夜》）、"时危兵革黄尘里，日短江湖白发前"（《公安送韦二少府匡赞》）。这些联语既写了景物（或人事）的空间状态，又写了景物（或人事）的时间状态，以纵横交叉的笔墨展示了空间之大与时间之久，造成深宏的诗境，或用以表现景物的雄伟气势，或用以表达深沉的宇宙意识。《淮南子·齐俗训》说："往古来今谓之宙，四方上下谓之宇。"^②这种宇宙意识应该是时空并驭构造联语的哲学依凭。

4．踵事增华

赵翼《瓯北诗话》论七律对仗内容时说初盛唐诗人"多写景，而未及于指事言情、引用典故。少陵以穷愁寂寞之身，藉诗遣日，于是七律益尽其变，不惟写景，兼复言情，不惟言情，兼复使典。七律之蹊径，至是益大开"。^③赵翼所言极是。杜甫七律中间两联对仗一联写景、一联言情者颇多，如《江村》中二联"自去自来堂上燕，相亲相近水中鸥。老妻画纸为棋局，稚子敲针作钓钩"、《野老》中二联"渔人网集澄潭下，估客船随返照来。长路关心悲剑阁，片云何意傍琴台"等，颔联景，颈联情；《九日蓝田崔氏庄》中二联"羞将短发还吹帽，笑倩旁人为正冠。蓝水远从千涧落，玉山高并两峰寒"、《进艇》中二联"昼引老妻乘小艇，晴看稚子浴清江。俱飞蛱蝶元相逐，并蒂芙蓉本自双"等，颔联情，颈联景。甚至有两联皆为言情者，如《又呈吴郎》中二联"不为困穷宁有此，只缘恐惧转

---

① 参见刘明华：《杜诗修辞艺术》，中州古籍出版社，1991年，第27页。
② [汉]刘安等：《淮南子》卷一一，见《诸子集成》第七册，上海书店出版社，1986年，第178页。
③ [清]赵翼：《瓯北诗话》卷一二，霍松林、胡主佑校点，人民文学出版社，1963年，第175页。

须亲。即防远客虽多事，便插疏篱却甚真"、《宾至》中二联"岂有文章惊海内，漫劳车马驻江干。竟日淹留佳客坐，百年粗粝腐儒餐"、《和裴迪登蜀州东亭送客逢早梅相忆见寄》中二联"此时对雪遥相忆，送客逢春可自由。幸不折来伤岁暮，若为看去乱乡愁"、《野望》中二联"海内风尘诸弟隔，天涯涕泪一身遥。惟将迟暮供多病，未有涓埃答圣朝"，等等。至于对仗句使用典故者，亦不乏见，如《秋尽》颔联"篱边老却陶潜菊，江上徒逢袁绍杯"、《严中丞枉驾见过》颈联"扁舟不独如张翰，皂帽还应似管宁"等，将言情、用典引入对仗句，笔墨焕然一新，增强了表意抒情的效果，确乎为杜甫七律的一大贡献。

四、杜甫七律的章句体制

（一）谋篇章法

章法即谋篇布局之法。杜甫七律章法主要有两种：钩锁连环式和起承转合式。其七律联章组诗的章法亦值得关注。

1. 钩锁连环式

吴乔《围炉诗话》谈律诗章法时说道："律诗有二体，如沈佺期《古意》……八句如钩锁连环，不用起承转合一定之法者也。子美《曲江》诗亦然。其云'一片花飞减却春'，言花初落也。'风飘万点正愁人'，言花大落也。'且看欲尽花经眼'，言花落尽也。'一片'，'万点'，'减却春'，'正愁人'，'欲尽经眼'，情景渐次而深，兴起第四句以酒遣怀之意。'小堂巢翡翠'言失位犹有可意事。'高塚卧麒麟'，言富贵终有尽头时。落花起兴至此意已完。'细推物理须行乐'，因落花而知万物有必尽之理。'细推'者，自一片、万点、落尽、饮酒、塚墓，皆在其中，以引末句失官不足介怀之意。此体子美最多。"[1] 此种章法可称为"钩锁连环式"。其特点是诗句之间为表达某种意思而环环相扣，一气连贯到底。杜甫七律中有不少作品使用了这种章法。如《客至》：

> 舍南舍北皆春水，但见群鸥日日来。
> 花径不曾缘客扫，蓬门今始为君开。
> 盘飧市远无兼味，樽酒家贫只旧醅。
> 肯与邻翁相对饮，隔篱呼取尽余杯。

---

① ［清］吴乔：《围炉诗话》卷二，见郭绍虞编选《清诗话续编》第一册，第543—544页。

此诗首联写盼客来访（交游冷落，鸥鸟为邻），颔联写迎客之举（既扫花径，又开柴门），颈联写宴客之事（菜少酒陈，道歉连连），尾联写陪客之情（身体多病，邻翁代陪）。全诗旨意在于表现好客之心，各联依此主旨按时间顺序写来。查慎行评曰："自始至末，蝉联不断，七律得此，有掉臂游行之乐。"[①] "掉臂"，意思是闲适自在。"掉臂游行之乐"说出了这种章法具有顺畅达意的好处。又如《南邻》：

> 锦里先生乌角巾，园收芋粟不全贫。
> 惯看宾客儿童喜，得食阶除鸟雀驯。
> 秋水才深四五尺，野航恰受两三人。
> 白沙翠竹江村暮，相送柴门月色新。

此诗赞美锦里先生清贫而仁厚。首联写其隐士身份，清贫自守。颔联写其品德仁厚：清贫而好客，节食以饲鸟。颈联写其携客野游，船虽小却能见主人之情。尾联写其柴门送别，"柴门"见其清贫，"月色"见作客留连之久。全篇依作者行迹次序来写，入其"园"、登其"阶"、游其"野"、离其"门"，环环相扣，句句紧扣"清贫仁厚"四个字。清人宋宗元《网师园唐诗笺》评曰："蝉联而下，一片天机。"[②] 清人方东树《昭昧詹言》评曰："此赠朱山人也，皆向山人一边写，而情景各极亲切清新，章法井然明白。"[③] 杜甫叙事性的七律作品多用这种章法。

2. 起承转合式

吴乔《围炉诗话》中说道："遵起承转合之法者，亦有二体"，一种是四联依次为起承转合，另一种是首联为起，中二联为承，第七句为转，第八句为合，"如杜诗之《江村》是也"。[④] 杜甫《江村》：

> 清江一曲抱村流，长夏江村事事幽。
> 自去自来堂上燕，相亲相近水中鸥。
> 老妻画纸为棋局，稚子敲针作钓钩。
> 但有故人供禄米，微躯此外更何求？

---

① 萧涤非主编：《杜甫全集校注》卷八，人民文学出版社，2014年，2137页。
② 陈伯海主编：《唐诗汇评》上册，第1142页。
③ [清] 方东树：《昭昧詹言》卷一七，汪绍楹校点，人民文学出版社，1961年，第413页。
④ [清] 吴乔：《围炉诗话》卷二，见郭绍虞编选《清诗话续编》第一册，第543—544页。

此诗写居住江村之闲适。首联点题总写江村事幽。颔联、颈联是承，分别写景物之幽闲、人事之幽闲。第七句为转，写幽闲之条件，有饭可吃。第八句为合，心无奢求，故能有此闲适之情。又如《堂成》：

> 背郭堂成荫白茅，缘江路熟俯青郊。
> 桤林碍日吟风叶，笼竹和烟滴露梢。
> 暂止飞乌将数子，频来语燕定新巢。
> 旁人错比扬雄宅，懒惰无心作解嘲。

此诗写草堂建成之乐。首联"堂成"二字点题，并写其所处田园环境之清静。颔联、颈联是承，分别写草堂周围林木之佳、鸟雀之乐。第七句是转，言草堂不得与扬雄宅相比，意谓自己与扬雄有别。扬雄淡泊自守，作《太玄经》，杜甫初至成都，高适作《赠杜二拾遗》，尾联称其"草玄今已毕，此后更何言"。杜甫作《酬高使君相赠》，尾联言"草玄吾岂敢？赋或似相如"，说撰写经书非我所长，诗赋之作倒是长项。第八句是合，扬雄作《太玄经》，受到嘲讽之后，作《解嘲》一文。杜甫反其意，说自己无心作此类文章，原因是"懒惰"，而"懒惰"是源于对草堂生活环境的满足，这就综合了一篇的主旨：乐见草堂建成。

至于四联依次为起承转合，杜甫七律较多使用这种章法。如《九日蓝田崔氏庄》：

> 老去悲秋强自宽，兴来今日尽君欢。
> 羞将短发还吹帽，笑倩旁人为正冠。
> 蓝水远从千涧落，玉山高并两峰寒。
> 明年此会知谁健，醉把茱萸仔细看。

此诗写重阳节悲情。首联点明题旨："悲秋"，"强自宽""尽君欢"是说克制自己以合主人欢情。颔联是承，承接"强自宽""尽君欢"，做法是让人帮助把帽子戴正，以免被风吹落，有伤大雅。颈联是转，转而描写眼前景物，蓝水、玉山，景物壮丽而持久，宇宙永恒，暗衬人生短促。尾联是合，申述悲秋之缘由，不知明年是否健在，乞灵于手中茱萸。又如《登高》：

> 风急天高猿啸哀，渚清沙白鸟飞回。

> 无边落木萧萧下，不尽长江滚滚来。
> 万里悲秋常作客，百年多病独登台。
> 艰难苦恨繁霜鬓，潦倒新停浊酒杯。

此诗主旨是悲秋，因秋景而兴悲情。首联暗点题面，所写景物是登高所见，"哀"字写猿啸也写情感。颔联是承，承接首联而展开对秋景作更为浓重的描绘，用"无边"从空间角度写落木之广，用"不尽"从时间角度写江流之久，秋景极萧条、极悲壮。作者用它来容纳巨大的忧思，情与景相适。颈联是转，转换笔墨，不再写秋景，而写触景之情。罗大经解说此联："盖万里，地之远也；秋，时之凄惨也；作客，羁旅也；常作客，久旅也；百年，齿暮也；多病，衰疾也；台，高迥处也；独登台，无亲朋也。十四字之间含八意，而对偶又精确。"① 八层意思着力于"悲"字上，其悲情之深重可想，此联对其晚年生涯作出准确的概括。尾联是合，综合一篇悲秋主旨，揭示悲秋的深层原因是生计"艰难"。尽管年老多病、久客他乡，倘若生计有所依靠，还不至于愁到极点。正因为生计艰难，才深恨年老没有抵抗折磨的能力，而心情潦倒需要借酒浇愁，却由于身体多病而不能再饮。

　　杜甫七律当然还有其他章法，而以上述之钩锁连环式、起承转合式最为常见。

3. 七律联章组诗

　　杜甫古体、近体、乐府、歌行都作有联章组诗。当作者的某种思想不便于在一首诗中表达的时候，联章组诗就成了必要的方式。

　　七律联章组诗并非杜甫首创，生于杜甫之前的张说（667—730）所作《舞马千秋万岁乐府词三首》即是此种章法。其一：

> 金天诞圣千秋节，玉醴还分万寿觞。
> 试听紫骝歌乐府，何如骁骥舞华冈。
> 连骞势出鱼龙变，蹀躞骄生鸟兽行。
> 岁岁相传指树日，翩翩来伴庆云翔。

其二：

---

①　萧涤非主编：《杜甫全集校注》卷一七，第 5093 页。

> 圣王至德与天齐，天马来仪自海西。
> 腕足齐行拜两膝，繁骄不进蹈千蹄。
> 髭鬣奋鬣时蹲踏，鼓怒骧身忽上跻。
> 更有衔杯终宴曲，垂头掉尾醉如泥。

其三：

> 远听明君爱逸才，玉鞭金翅引龙媒。
> 不因兹白人间有，定是飞黄天上来。
> 影弄日华相照耀，喷含云色且徘徊。
> 莫言阙下桃花舞，别有河中兰叶开。

唐玄宗的生日是八月初五，名曰"千秋节"。这一天群臣要为皇帝祝寿，开展各种庆祝活动，"舞马"就是其中的一项。舞马，就是由马来舞蹈，供人欣赏取乐。张说的这组联章组诗写的就是这项活动。三首诗虽说都在写舞马，却角度不同，内容各有侧重，均能独立成篇。第一首写舞马以为玄宗祝寿，舞马出场。第二首描写舞马的各种舞蹈姿态，笔触细致。第三首由舞马写到玄宗喜爱并拥有众多的良骏，并由此祝贺玄宗成为盛世君王。这三首诗都是严整的七律，声律、韵律、对仗无一失误。题目称其为"乐府词"，是从配乐歌唱的角度来说的。唐人七律有些是用于配乐的，例如，沈佺期的《独不见》就是一首七律，题目却是古乐府旧题。张说首创了七律联章组诗，但其内容不过颂圣而已，属于宫廷文学。杜甫的七律联章组诗则突破了这个范围。

杜甫七律联章组诗有 10 组，即《秋兴八首》《咏怀古迹五首》《诸将五首》《至日遣兴奉寄北省旧阁老两院故人二首》《十二月一日三首》《将赴成都草堂途中有作先寄严郑公五首》《七月一日题终明府水楼二首》《舍弟观赴蓝田取妻子到江陵喜寄三首》《见王监兵马使说近山有白黑二鹰罗者久取竟未能得王以为毛骨有异他鹰恐腊后春生骞飞避暖劲翮思秋之甚渺不可见请余赋诗二首》《曲江二首》。这些联章组诗每一组合起来共同表达作者的某种思想，分开来能够独立成篇，其章法向来为古代诗论家所重视。大体说来，杜甫七律联章组诗的章法主要有两种格局，一是无序式，一是有序式。无序式指各章分写一人一事，彼此之间没有意脉联系。如《咏怀古迹五首》，分别吟咏庾信、宋玉、王昭君、刘备和诸葛亮，总摄于"咏怀"上。有序式则不同，各章虽分写人事，彼此之间却有意脉关联。

如《秋兴八首》，范廷谋曰："此诗八章，公身居夔州，心忆长安，因秋遣兴而作，故以秋兴名篇。八章中，总以首章'故园心'为枢纽，四章'故国平居有所思'为脉络，方得是诗主脑。若浑沦看去终无端绪可寻。"[1] "瞿唐峡口曲江头，万里风烟接素秋"是全篇构思之所在。前四首重点写自身所在夔州之萧条境况，而以京华之思作为去向。首章写夔州秋气萧森境况凄凉，次章写夔州卧病心情潦倒，第三章写闲居夔州功业无成，第四章写听闻长安乱象悲慨交集，这些都将其心思引入对盛世京都的缅怀。第四章结句"故国平居有所思"启开了对盛世京都的回忆，后四章即承接此句而加以分叙，重点写昔日京华之盛况：第五章写昔日京都宫阙之雄伟，第六章写昔日曲江歌舞之繁华，第七章写昔日昆明池之盛景，第八章写昔日渼陂物产之富饶。回忆京都盛况，意在叹息盛世之难再。后四章次序由宫阙到池苑，由城内到城外，层次井然。后四章多以自身潦倒作为归结，如"一卧沧江惊岁晚""江湖满地一渔翁""白头吟望苦低垂"，这就把国家盛衰与个人遭际融为一体，感情因此而厚重。

（二）起法与结法

古代诗论家十分重视诗文的起与结，尤其是律诗。王世贞《艺苑卮言》说："七言律不难中二联，难在发端及结句耳。"[2] 而发端尤其被看重，朱庭珍《筱园诗话》说："凡五七律诗，最争起处。凡起处最宜经营，贵用陡峭之笔，洒然而来，突然涌出"，"或雄厚，或紧遒，或生峭，或恣逸，或高老，或沉着，或飘脱，或秀拔，佳处不一，皆高格响调"。[3] 杜甫五律、七律之发端多具这些特征。

从章法角度看，首联的功能是点题，尤其是登临、观赏、咏怀之作，要交代时间、地点等，为下文写景抒怀提供必要的条件。从使用笔墨的角度来看，杜甫七律首联每以高格响调而入，颇能豁人耳目。其雄厚者，如"五夜漏声催晓箭，九重春色醉仙桃"（《奉和贾至舍人早朝大明宫》）、"天门日射黄金榜，春殿晴曛赤羽旗"（《宣政殿退朝晚出左掖》）、"群山万壑赴荆门，生长明妃尚有村"（《咏怀古迹五首》其三）；其悲壮者，如"花近高楼伤客心，万方多难此登临"（《登楼》）、"西山白雪三城戍，南浦清江万里桥"（《野望》）、"风急天高猿啸哀，渚清沙白鸟飞回"（《登高》）；其突兀者，如"剑外忽传收蓟北，初闻涕泪满衣裳"（《闻官军收河南河

---

[1]　萧涤非主编：《杜甫全集校注》卷一三，第 3789—3790 页。
[2]　[明] 王世贞：《艺苑卮言》卷一，见丁福保辑《历代诗话续编》中册，第 961 页。
[3]　[清] 朱庭珍：《筱园诗话》卷四，见郭绍虞编选《清诗话续编》第四册，第 2397—2398 页。

北》)、"为人性僻耽佳句，语不惊人死不休"（《江上值水如海势聊短述》）；其生峭者，如"城尖径仄旌旆愁，独立缥缈之飞楼"（《白帝城最高楼》）、"西岳崚嶒竦处尊，诸峰罗立似儿孙"（《望岳》）；其警拔者，如"岁暮阴阳催短景，天涯霜雪霁寒宵"（《阁夜》）、"露下天高秋水清，空山独夜旅魂惊"（《夜》）；其秀拔者，如"清江一曲抱村流，长夏江村事事幽"（《江村》）、"双峰寂寂对春台，万竹青青照客杯"（《又送辛员外》）、"秋日野亭千橘香，玉盘锦席高云凉"（《章梓州橘亭饯成都窦少尹》）；其高老者，如"老去悲秋强自宽，兴来今日尽君欢"（《九日蓝田崔氏庄》）、"野老篱前江岸回，柴门不正逐江开"（《野老》）、"逍遥公后世多贤，送尔维舟惜此筵"（《公安送韦二少府匡赞》）；其恣逸者，如"朝回日日典春衣，每日江头尽醉归"（《曲江二首》其二）、"万里桥西一草堂，百花潭水即沧浪"（《狂夫》）；其沉着者，如"摇落深知宋玉悲，风流儒雅亦吾师"（《咏怀古迹五首》其二）、"诸葛大名垂宇宙，宗臣遗像肃清高"（《咏怀古迹五首》其五），凡此等等，首联都能根据全诗情感内容开篇定调，具有笼罩全篇的作用。

杜甫七律首联笔墨多样，有写景，有叙事，有议论。行文上有散起，有对起。冒春荣《葚园诗说》曰："唐人散者居多，惟杜甫好用对起。"[1] 此言得之。

古代诗论家认为律诗结法有两种，一是就本题收结，一是宕开一步。吴乔《围炉诗话》曰："结句收束上文者，正法也；宕开者，别法也。"[2] 杜甫七律多用正法收结，所用笔墨多为议论，也有采用细节描写的，往往含蓄有味。如《九日蓝田崔氏庄》尾联"明年此会知谁健，醉把茱萸仔细看"，许印芳评曰："结句收拾全题，词气和缓有力，而且有味。"[3]

（三）句法体制

句法是指一句诗的组织法或结构法。杜甫七律句法体制主要包括句式错综、词语省略、词序倒置三个方面。

1. 句式错综

这里所说的"句式"，同五律一样，是指诗句的意义节奏，说的是诗句的语法结构。它与韵律节奏是两个不同的概念。汉语诗歌的韵律节奏，以两个音节为一个节奏单位，就七言诗来说，是"2—2—2—1"型的。但

---

① [清]冒春荣:《葚园诗说》卷一，见郭绍虞编选《清诗话续编》第三册，第1572页。

② [清]吴乔:《围炉诗话》卷一，见郭绍虞编选《清诗话续编》第一册，第501页。

③ [元]方回选评，李庆甲集评校点:《瀛奎律髓汇评》卷一六，第635页。

是由于表意的复杂性，其意义节奏每每与韵律节奏不能一致。杜甫于七言常式"2—2—2—1"之外，又创制出多种句式。

（1）"1—6"式。如"昼引老妻乘小艇，晴看稚子浴清江"（《进艇》）、"鱼知丙穴由来美，酒忆郫筒不用酤"（《将赴成都草堂途中有作先寄严郑公五首》其一）。

（2）"2—5"式。如"艰难苦恨繁霜鬓，潦倒新停浊酒杯"（《登高》）、"春水船如天上坐，老年花似雾中看"（《小寒食舟中作》）。

（3）"3—4"式。如"渔人网集澄潭下，贾客船随返照来"（《野老》）、"棋局动随寻涧竹，袈裟忆上泛湖船"（《因许八奉寄江宁旻上人》）。

（4）"5—2"式。如"且看欲尽花经眼，莫厌伤多酒入唇"（《曲江二首》其一）、"永夜角声悲自语，中天月色好谁看"（《宿府》）。

上述这些句式，突破了七言常式"2—2—2—1"韵律节奏的局限，给表意抒情带来便利。

2. 词语省略

词语省略是造成诗歌语言精练的方法之一。要做到诗歌语言精练，七律是难于五律的，因为每句多了两个字。刘熙载《艺概》云："五言无闲字易，有馀味难；七言有馀味易，无闲字难。"[1] 杜甫七律在省略词语、给诗句"瘦身"上是下了大功夫的，归纳其技法，主要有省略介词、制作无谓语句、制作紧缩句、制作互文句四种。上一章提到杜甫五律的词语省略，有"以副代动"之方法，而杜甫七律使用此法者仅有一例："映阶碧草自春色，隔叶黄鹂空好音"（《蜀相》）。

（1）省略介词。诗句中出现介词短语中的名词、名词组或其他语法结构，而表示时间、处所、方向的介词被省略。这种方法较为常见，也容易识别，在此不作详论。需要提起注意的是以下四种类型的介词省略。一是表示原因的介词被省略。如"兵戈不见老莱衣"（《送韩十四江东省觐》），"兵戈"是"不见老莱衣"的原因，省略了表示原因的介词"因为"。二是表示目的的介词被省略，如"寒衣处处催刀尺"（《秋兴八首》其一），意思是说，为了赶制寒衣，处处都在催动刀尺。三是表示方式、方法的介词被省略，如"画图省识春风面"（《咏怀古迹五首》其三），"画图"是"省识春风面"的方法，省略了介词"用"。四是表示叙述对象的介词被省略，如"鱼知丙穴由来美，酒忆郫筒不用沽"（《将赴成都草堂途中有作先寄严郑公五首》其一），"鱼"和"酒"是叙述对象，介

_____

① ［清］刘熙载：《艺概》卷二，上海古籍出版社，1978 年，第 70 页。

词"对于"被省略了。两句的意思是对于鱼来说，我知道丙穴出产的由来鲜美；对于酒来说，我记得郫筒出产的不用花钱买。省略介词可以使得诗句简劲，但是由于这些保留下来的介词短语中的名词处于句首，也往往造成理解的难点。

（2）制作无谓语句。句子不出现谓语，全由名词（或名词组）构成。如"西山白雪三城戍，南浦清江万里桥"（《野望》），这两句写的是野望所见的地形地物，显示出视野的辽阔和心事所在。戍，这里指边防区域的营垒、城堡。又如"桤林碍日吟风叶，笼竹和烟滴露梢"（《堂成》），句子的主干是"桤林叶""笼竹梢"，"碍日吟风"是"叶"的定语，"和烟滴露"是"梢"的定语。又如"故乡门巷荆棘底，中原君臣豺虎边"（《昼梦》）、"郑县亭子涧之滨"（《题郑县亭子》）、"浣花溪水水西头"（《卜居》）、"锦里先生乌角巾"（《南邻》）、"万里桥西一草堂"（《狂夫》）、"万古云霄一羽毛"（《咏怀古迹五首》其五）等，这些无谓语句，不用动词限定事物之间的关系，给读者留下想象的空间，句子显得清爽、洁净。

（3）制作紧缩句。紧缩句是两句合并为一句，上四字为一句，后三字为一句。例如《秋夜》："露下天高秋水清，空山独夜旅魂惊。疏灯自照孤帆宿，新月犹悬双杵鸣。南菊再逢人卧病，北书不至雁无情。步蟾倚杖看牛斗，银汉遥应接凤城。"方回评曰："此诗中四句自是一家句法"，"盖上四字、下三字，本是两句，今以合为一句，而中不相粘，实则不可拆离也"。①此说得到纪昀的肯定。"疏灯自照"与"孤帆宿"，"新月犹悬"与"双杵鸣"，"南菊再逢"与"人卧病"，"北书不至"与"雁无情"，皆说的两种事物，却又不可拆离。紧缩句增加了诗句的意象密度，使诗句具有凝练美。

（4）制作互文句。为了节省文字，把两个本来要合在一起说的词语分属两句去说。如"花径不曾缘客扫，蓬门今始为君开"（《客至》），摊开来意思是说：花径不曾缘客扫，今始为君扫；蓬门不曾缘客开，今始为君开。又如"昨日玉鱼蒙葬地，早时金碗出人间"（《诸将五首》其一），诗写吐蕃攻陷长安，挖掘皇陵事。玉鱼、金碗，指唐朝皇帝的陪葬物，同属两句，即昨日玉鱼金碗蒙葬地，早时玉鱼金碗出人间。再如"风含翠筱娟娟净，雨浥红蕖冉冉香"（《狂夫》），风、雨也是两属，翠筱因雨洗而洁净，红蕖因风吹而传香。

3. 词序倒置

杜甫七律的句子语法结构多数是遵循正常词序，有少数句子出现词序

---

① [元]方回选评，李庆甲集评校点：《瀛奎律髓汇评》卷一二，第451页。

倒置。大体说来，主要有以下几种类型。

（1）宾语的主语部分提到谓语前面。如"细草留连侵坐软，残花怅望近人开"（《又送辛员外》），把词序顺过来应是"留连细草侵坐软，怅望残花近人开"，把宾语的主语"细草""残花"提到谓语前面，是为了谐调平仄声调。又如"雪岭独看西日落，剑门犹阻北人来"（《秋尽》），前句"雪岭"是"西日落"的主语，把词序顺过来是"独看雪岭西日落"，把主语"雪岭"提到谓语前面，是为了与下句"剑门"构成对仗。

（2）状语移到动词后面。一般来说状语处于动词之前，现在却颠倒过来。如"盘出高门行白玉，菜传纤手送青丝"（《立春》），"出高门"应是"自高门出"，"传纤手"应是"以纤手传"，"高门""纤手"皆为状语后置。又如"画省香炉违伏枕，山楼粉堞隐悲笳"（《秋兴八首》其二），"违伏枕"应是"因伏枕而违"，此句的意思是说：因为卧病而未能去画省供职。画省即尚书省，杜甫此时任检校工部员外郎，隶属尚书省。

（3）主谓倒置。如"自去自来堂上燕，相亲相近水中鸥"（《江村》），顺过来是"堂上燕自去自来，水中鸥相亲相近"，把谓语提前，突出了鸟的姿态和情感。又如"负盐出井此溪女，打鼓发船何郡郎"（《十二月一日三首》其二），顺过来是"此溪女负盐出井，何郡郎打鼓发船"，把谓语提前，突出了人物行为的独特性。

（四）字法体制

字法即作诗锤炼文字之法。杜甫精于炼字，尤其是对于篇幅有限的近体诗，锤炼文字更是付出一番心思。他追求"语不惊人死不休"，这种态度在七律创作上表现更为突出。大体说来，其用力处，主要在锤炼动词和形容词上，务必做到状物精准、常字生辉、浓化情感。

1. 状物精准

通过锤炼文字，精准地刻画出事物的形态、动态，达到非此字则不可的地步。如《返照》颔联"返照入江翻石壁，归云拥树失山村"，叶羲昂《唐诗直解》评曰："'返照'一联，字字着意，以'翻'字写返照，以'失'意（意应为字）写归云，一联用六虚眼，工练无痕，景复如画。"[1] "翻"字写出涌动的江水把日光投映到石壁上，日光在石壁上晃动的景象；"失"字写山村被归云掩没，见归云之浓重，堪称炼字精准。杜甫七律善于使用叠字，已为古代诗论家所关注。仇兆鳌《杜诗详注》详细分析了杜甫七律叠字出现的位置及诗例："有用之句首者，如'娟娟戏蝶

---

① 陈伯海主编：《唐诗汇评》上册，第 1251 页。

过闲幔，片片轻鸥下急湍'，'短短桃花临水岸，轻轻柳絮点人衣'，'青青竹笋迎船出，白白江鱼入馔来'，是也。有用之句尾者，如'信宿渔人还泛泛，清秋燕子故飞飞'，'小院回廊春寂寂，浴凫飞鹭晚悠悠'，'客子入门月皎皎，谁家捣练风凄凄'，是也。有用之上腰者，如'宫草霏霏承委佩，炉烟细细驻游丝'，'江天漠漠鸟双去，风雨时时龙一吟'，'云石荧荧高叶晚，风江飒飒乱帆秋'，'山木苍苍落日曛，竹竿袅袅细泉分'，是也。有用之下腰者，如'穿花蛱蝶深深见，点水蜻蜓款款飞'，'风含翠筱娟娟净，雨浥红蕖冉冉香'，'无边落木萧萧下，不尽长江滚滚来'，'碧窗宿雾濛濛湿，朱拱浮云细细轻'，是也。声谐义恰，句句带仙灵之气，真不可及也矣。"① "仙灵"云云，表意朦胧，姑且不论，但这些叠字对事物的动态或形态作出准确而生动的修饰，且声韵和谐，无疑是值得赞许的。黄生评"短短桃花临水岸"曰："短短，字老而趣。如小小则嫩，矮矮则俗，灼灼则太文，皆替此二字不得。"② 顾宸评"娟娟戏蝶过闲幔，片片轻鸥下急湍"曰："娟娟，蝶之戏态也。片片，写出轻状。"③ 足见杜甫体物精细入微，彰显炼字之功。

2. 常字生辉

杜甫炼字，拒绝使用艰深、险僻之字，能以常见字状物传神。如《南邻》颈联"秋水才深四五尺，野航恰受两三人"，野航指农家小船，容量有限，用一"受"字便颇具情味。黄生《唐诗摘钞》评曰："'受'字杜惯用，故不足奇。然入他人手，定是'载'字矣。"④ "载"字只是客观叙述，"受"字则写出船对人的接纳，有情意在。又如《送路六侍御入朝》颈联"不分桃花红胜锦，生憎柳絮白于绵"，金圣叹《杜诗解》评曰："'桃花红胜锦，柳絮白于绵'，岂复成诗？诗在'不分'、'生憎'字。加四俗字，便成佳笔。"⑤ 此"分"字为去声，见《广韵》去声二十三问。不分，即不料，诧异之辞，表示对桃花的反感。生憎，厌恶之辞。这四个俗常字，表达了离情之浓重。又如《见萤火》，金圣叹评"却绕井阑添个个，偶经花蕊弄晖晖"道："井是露井，井上有栏。萤火只在井边飞绕。初然一个，继而又一个，复又一个，'添'字摹神。花蕊必在陆地，萤畏冷，不飞去，或偶飞到花蕊上。光照花蕊，见他一亮一亮，若相接，若不相接，不似夏

① [清] 仇兆鳌注:《杜诗详注》卷九，第 744—745 页。
② [清] 仇兆鳌注:《杜诗详注》卷一四，第 1246 页。
③ 萧涤非主编:《杜甫全集校注》卷二〇，第 6004 页。
④ 陈伯海主编:《唐诗汇评》上册，第 1141 页。
⑤ [清] 金圣叹:《杜诗解》卷二，钟来因整理，上海古籍出版社，1984 年，第 135 页。

天亮得通彻也，'弄'字摹神。"①"添"字写出萤火虫由少渐多之势，"弄"字写出萤光明灭之状，平常之字达传神之功，这正是大诗人的手笔。张戒《岁寒堂诗话》说道："世徒见子美诗多粗俗，不知粗俗语在诗句中最难，非粗俗，乃高古之极也。自曹刘死至今一千年，惟子美一人能之。"②粗俗，即是指诗歌语言质朴遒俗。曹慕樊先生说："杜诗用语（词汇）极为丰富。……他一面多方沿袭古语，使他的一些古诗、律诗典丽雅则，一面却毫无顾忌地使用俗语、方言，乃至公文用语亦并不屏弃。"③使用俗语，使人感觉亲近。莫砺锋先生分析《见萤火》诗说："此诗似乎是有意识地通篇皆用口语，如第三句中'屋里'二字，本来也可用'堂上'、'室内'等，但'屋里'更近口语。声谐语俪的七言律诗竟能纯用口语写成，这是杜甫的独擅之技。"④评论精到，可谓孤明先发。

3. 深化情感

律诗的主旨在于抒情，杜诗炼字遵循着这一主旨。黄生评《野望》"惟将迟暮供多病，未有涓埃答圣朝"云："'供'字工甚，迟暮之身，尚思效力朝廷，岂意第供多病之用？此自悲自恨之词。"⑤说自己的身体不能为国家所用，倒成了供生病用的，"供"字深化了感愧之情。又如《咏怀古迹五首》其三首联"群山万壑赴荆门，生长明妃尚有村"，"赴"字化静为动，说群山万壑一齐奔赴荆门，去访问王昭君的村庄，这就浓重地表达出作者对王昭君的缅怀之情。俞陛云评曰："首句咏荆门之地势，用以'赴'字，沉着有力。"⑥又如《登高》，王士禛《带经堂诗话》评曰："七言律有以叠字益见悲壮者，如杜子美'无边落木萧萧下，不尽长江滚滚来'，'江天漠漠鸟双去，风雨时时龙一吟'是也。"⑦诸如此类，不胜枚举。

沈德潜《说诗晬语》所云"古人不废炼字法，然以意胜而不以字胜"⑧，正适用于评论杜甫的七律炼字法。"以意胜"，就是在表意抒情上下大气力；"不以字胜"，就是注重使用平常字，而不是生僻字。

---

① [清] 金圣叹：《杜诗解》卷四，第 233 页。
② [宋] 张戒：《岁寒堂诗话》卷上，见丁福保辑《历代诗话续编》上册，第 450 页。
③ 曹慕樊：《杜诗杂说》，四川人民出版社，1981 年，第 153 页。
④ 莫砺锋：《杜甫评传》，南京大学出版社，1993 年，第 197 页。
⑤ 萧涤非主编：《杜甫全集校注》卷八，第 2456 页。
⑥ 俞陛云：《诗境浅说》丙编，北京出版社，2003 年，第 66 页。
⑦ [清] 王士禛著，[清] 张宗柟纂集：《带经堂诗话》卷三，第 80 页。
⑧ [清] 沈德潜：《说诗晬语》卷下，第 241 页。

第三节　杜甫七律的题材内容

七律起源于唐初，出生于宫廷，是君臣唱和的产物，多为应制（奉皇帝之命而作诗）、应令（奉太子之命而作诗）、应教（奉诸王之命而作诗）之作，内容主要是君臣游宴，歌颂升平，狭窄而贫薄，作品数量也有限。初唐皇帝组织的几次游幸活动催生了这种诗体。从盛唐初期的苏颋到后期的岑参，七律的题材内容有所扩展，数量也有所增加。到杜甫手中，七律才彻底冲破宫廷文学的狭窄藩篱，能够像五律那样反映广阔的社会生活和真实感受，数量也呈激增之势。归纳杜甫七律之题材内容，可分为以下几类。

一、忧国之思

杜甫 151 首七律只有 5 首写于战乱之前。遭逢动乱岁月，忧伤国家时局是其作品的主旨之一。如《登楼》：

> 花近高楼伤客心，万方多难此登临。
> 锦江春色来天地，玉垒浮云变古今。
> 北极朝廷终不改，西山寇盗莫相侵。
> 可怜后主还祠庙，日暮聊为梁甫吟。

看花伤心，是由于万方多难，人事不如花草；告诫吐蕃莫来侵扰，其维系大唐基业之心，坚定不移。组诗《秋兴八首》抚今追昔，感慨大唐由盛变衰，发出"百年世事不胜悲"的浩叹。组诗《诸将五首》批评诸将御敌无能，导致京都八年内两次沦陷。当然，这两次沦陷都与皇帝任人唯亲有关（玄宗信任奸相杨国忠，代宗信任宦官程元振），但诸将的失职是不容推卸的，"多少材官守泾渭？将军且莫破愁颜"是杜甫对诸将发出的质问和警告。其他如《恨别》《野老》《野望》《黄草》《奉待严大夫》《奉寄高常侍》《愁》《冬至》等诗篇，皆以忧怀国事为主题。

二、恤民之情

遭受战争苦难最深的是社会底层民众，杜甫古体诗、乐府诗对此有深刻揭示，七律作品亦多有关注。如《白帝》：

> 白帝城中云出门，白帝城下雨翻盆。

> 高江急峡雷霆斗，古木苍藤日月昏。
> 戎马不如归马逸，千家今有百家存。
> 哀哀寡妇诛求尽，恸哭秋原何处村？

前四句借险恶景物影射乱世，后四句正面写出乱世民生，夔州百姓家破人亡，寡妇哭声震动秋原。《又呈吴郎》写邻居老妇其子阵亡，更遭官府盘剥，家中一无所有，迫于饥饿而偷杜甫家的枣。如何看待老妇的行为？杜甫认为，"不为困穷宁有此，只缘恐惧转须亲"。《管子·牧民》曰："仓廪实则知礼节，衣食足则知荣辱。"① 《孟子·梁惠王上》曰："今也制民之产，仰不足以事父母，俯不足以畜妻子；乐岁终身苦，凶年不免于死亡。此惟救死而恐不赡，奚暇治礼义哉？"② 想让饥寒的百姓知礼义是无稽之谈，当杜甫把这个草堂让给吴郎居住时，他叮嘱对方一定要善待老妇人，不要在两家之间夹篱笆，不要让老妇人感觉到对她有防范之心。其他如《阁夜》《昼梦》等，都有对民瘼的关注。

三、漂泊之叹

　　杜甫后半生是在漂泊中度过的，故土之思、兄弟之隔、迟暮之感以及疾病之痛，每每汇集成篇，内容丰富而深厚。如《登高》：

> 风急天高猿啸哀，渚清沙白鸟飞回。
> 无边落木萧萧下，不尽长江滚滚来。
> 万里悲秋常作客，百年多病独登台。
> 艰难苦恨繁霜鬓，潦倒新停浊酒杯。

此诗是一首登临感怀之作，主旨是悲秋，作者借助登临所见萧森景象，抒发远离故土、久客他乡、暮年多病的巨大悲情，唱出一支国家时局之秋和个人命运之秋的悲歌，胡应麟评其为"古今七言律第一"。诗歌首联写诗人登高所见峡江近景，风吼猿啸、众鸟盘旋，这悲凉、不安的物象，既是时局不安的象征，也是自己漂泊命运的象征。颔联写诗人登高远望之远景，落木萧萧而下，长江滚滚东流，不仅萧森，而且是一去不返之象，既含有对大唐王朝盛世不再的感慨，也是对个人生命行将就暮之叹。颈联就个人命运作一总结，概括性极强，罗大经《鹤林玉露》解释此两句："万

---

① 黎翔凤撰：《管子校注》卷一，梁运华整理，中华书局，2004年，第2页。
② 杨伯峻译注：《孟子译注》卷一，中华书局，1960年，第17页。

里，地之远也；悲秋，时之惨凄也；作客，羁旅也；常作客，久旅也；百年，暮齿也；多病，衰疾也；台，高迥处也；独登台，无亲朋也。十四字之间含有八意，而对偶又极精确。"尾联进一步解释悲秋的原因，意谓时局艰难，生活艰难，正需身强体壮来支撑，而自己已经满头白发，身体也越发糟糕，故倍感凄凉。

晚年的漂泊生涯，羁旅之叹，成为杜甫七律的重要主题之一。这样的诗例还有很多，如《恨别》所写"草木变衰行剑外，兵戈阻绝老江边"，《野老》所写"长路关心悲剑阁，片云何意傍琴台"，《野望》所写"海内风尘诸弟隔，天涯涕泪一身遥"，《宿府》所写"风尘荏苒音书绝，关塞萧条行路难"，《九日》所写"殊方日落玄猿哭，旧国霜前白雁来"，《愁》所写"渭水秦山得见否？人经罢病虎纵横"，《立春》所写"巫峡寒江那对眼？杜陵远客不胜悲"，等等。直到生命即将结束，杜甫仍未断北归之念："云白山青万馀里，愁看直北是长安"（《小寒食舟中作》）。可惜，他的生命终结于漂泊途中。

四、田园之趣

杜甫七律的田园之作集中写于成都草堂期间。草堂地处成都西郊平原，四周是农田村舍，浣花溪、百花潭、高大乔木分布其间，环境清幽。杜甫于动荡生涯中获得暂时的休息，写了不少诗篇。如《江村》：

> 清江一曲抱村流，长夏江村事事幽。
> 自去自来堂上燕，相亲相近水中鸥。
> 老妻画纸为棋局，稚子敲针作钓钩。
> 多病所须唯药物，微躯此外更何求？

江水环流，禽鸟愉悦，家室祥和，人事与自然和谐相融。又如《卜居》所写江上风物："无数蜻蜓齐上下，一双鸂鶒对沉浮"，《南邻》所写人事活动："秋水才深四五尺，野航恰受两三人"，《堂成》所写禽鸟安居："暂止飞乌将数子，频来语燕定新巢"，《狂夫》所写草木芳姿："风含翠篠娟娟静，雨浥红蕖冉冉香"，《客至》所写待客亲情："花径不曾缘客扫，蓬门今始为君开"，《进艇》所写家属游乐："昼引老妻乘小艇，晴看稚子浴清江"，从这些诗作中，不难体悟到杜甫对田园生活的那份热爱。

五、交游酬赠

这类作品涉及 41 人，包括友人、亲戚、官员、隐士、僧侣等。这类诗共 62 首，占七律总数 41%。吴乔《围炉诗话》云："七律止宜于台阁，馀处不称。景龙既有此体，以其便于人事之用。"① 所谓"人事之用"是指用于人与人之间的交际。杜甫这类作品其内容主要可归纳为三类。其一是为仕途或生计而有求于对方。例如，困居长安时期，杜甫写诗给献纳司长官田澄，请求他关注所献之赋；给田梁丘写诗，请求他推荐加入军幕；漂泊岁月里衣食无着，所到之处写诗给地方长官，以求救济。这类作品具有实用价值，所占篇数居多。其二是赞美友人之功德，这类诗作出于真情实感。杜甫客居成都草堂期间，与成都尹、剑南节度使严武交往密切。严杜两家是世交，严武不但对杜甫一家生活予以照顾，还表奏朝廷，推荐杜甫任检校工部员外郎，并招入军幕为参谋。二人身份虽为上下级，但日常生活保持着友人关系，不以礼法约束，"非关使者征求急，自识将军礼数宽"（《严公仲夏枉驾草堂兼携酒馔》）。杜甫写给严武的诗多达 9 首。他赞美严武，更重要的原因是严武抵御吐蕃战功显赫，是不可多得的将才："主恩前后三持节，军令分明数举杯。西蜀地形天下险，安危须仗出群材"（《诸将五首》其五），"殊方又喜故人来，重镇还须济世才"（《奉待严大夫》）。严武死后，杜甫预料蜀地将乱，立刻携家出走。其三是写他乡遇故交，或感慨乱世人生、漂流不定，或叹息离多聚少、后会难期。如《九日蓝田崔氏庄》所写"明年此会知谁健？醉把茱萸仔细看"，《送韩十四江东省觐》所写"我已无家寻弟妹，君今何处访庭闱"，《寄杜位》所写"逐客虽皆万里去，悲君已是十年流"，《送路六侍御入朝》所写"更为后会知何地，忽漫相逢是别筵"。这些作品对乱世人情具有认识价值。

六、宫廷篇什

杜甫曾任肃宗朝左拾遗，长安光复之后，他在朝为官，期间写了 10 首反映官场生活的诗篇。有的诗描写早朝的情境，如《奉和贾至舍人早朝大明宫》：

> 五夜漏声催晓箭，九重春色醉仙桃。
> 旌旗日暖龙蛇动，宫殿风微燕雀高。

---

① [清] 吴乔：《围炉诗话》卷二，见郭绍虞编选《清诗话续编》第一册，543 页。

> 朝罢香烟携满袖，诗成珠玉在挥毫。
> 欲知世掌丝纶美，池上于今有凤毛。

有的诗描写退朝的情境，如《宣政殿退朝晚出左掖》：

> 天门日射黄金榜，春殿晴曛赤羽旗。
> 宫草微微承委佩，炉烟细细驻游丝。
> 云近蓬莱常好色，雪残鸬鹚亦多时。
> 侍臣缓步归青琐，退食从容出每迟。

这类作品辞藻华美，而内容空洞，或可牵强称其中含有庆贺京都光复的意思。还有几首是写他在曲江活动的，有《曲江二首》《曲江对酒》《曲江对雨》。曲江是一条人工河，跨于长安城内外，江边有许多宫殿和花园，是游览区。这几首诗描写了宫殿建筑之华丽、花木之秀美，表达的是"酒债寻常行处有，人生七十古来稀""细推物理须行乐，何用浮名绊此身"的情怀。倒是《题省中壁》等诗篇流露出对肃宗拒绝纳谏的不满，反映出肃宗新贵与玄宗旧臣之间的矛盾。总之，这 10 首诗可以看作初唐七律的宫廷遗风，是七律的胎记。幸运的是杜甫很快就随着玄宗旧臣一起被贬谪了，命运使他远离朝廷，从而走向广阔的现实主义创作道路。

第四节　杜甫七律的诗艺成就

杜甫七律的章法、句法、字法及对仗艺术，前文已经提到。本节只论杜甫七律的风格。杜甫七律的主体风格仍然是沉郁顿挫。因生活环境和个人心态的不同，其七律风格亦呈现出多样性，主要有雄浑丰丽、慷慨悲壮、老成稳健、萧散自然等。

一、沉郁顿挫

关于沉郁顿挫的内涵，前面探讨杜甫五律体制时已有论述，无需补充。古代诗论家每以"沉郁顿挫"评论杜甫七律风格。试看《送韩十四江东省觐》：

> 兵戈不见老莱衣，叹息人间万事非。

我已无家寻弟妹，君今何处访庭闱。

黄牛峡静滩声转，白马江寒树影稀。

此别应须各努力，故乡犹恐未同归。

首联感叹战乱使人不能养亲，人间万事面目全非，涵盖度极强，痛感度极
深。颔联叹息韩十四省亲前景渺茫，却从自叹弟妹音信不通写起。颈联写
韩十四船过黄牛峡谷，经历艰险，却未继续写其行迹，而是转折笔锋，回
落到自身独立于送别之处的白马江边，承受离别之苦。古今注家多以为
黄牛峡、白马江是韩十四东行时先后经过的两个地方。如仇兆鳌说："黄
牛、白马，出峡所经。"① 王嗣奭说："计其访之之处，从黄牛峡、白马江以
达江东。"② 萧涤非先生说："二句想象中之景，不是写送别时当前之景。黄
牛峡、白马江，皆韩出峡往江东所必经之地。"笔者考证白马江乃蜀州江
名，距离蜀州 10 里，韩十四应是由此江乘船南下进入长江的，而杜甫确
实有蜀州之行，故可断定白马江乃是送别之地。③ 上述诸家之说，不唯地
名考察失误，于杜诗顿挫笔法亦未深知。尾联兼写二人归乡之期难料，收
结处呈现一片愁云。如此行文，一波三折，频转笔锋，确实为沉郁顿挫风
格之代表作。清人纪昀评曰："纯以气胜，而复极沉郁顿挫，不比莽莽直
行。"④ 清人梁运昌评曰："送人觐省，而以自己无家夹说，意乃更厚，味乃
更深。"⑤ 二公所言极是。"不比莽莽直行"是说杜诗抒情并非平直顺流而
下，而是多用逆转倒旋之笔，宛如江水之重重漩涡，故能显示力度。又如
《送郑十八虔贬台州司户伤其临老陷贼之故阙为面别情见于诗》："郑公樗
散鬓成丝，酒后常称老画师。万里伤心严谴日，百年垂死中兴时。苍惶已
就长途往，邂逅无端出饯迟。便与先生应永诀，九重泉路尽交期。"此诗
亦多逆折之笔：郑虔多才而不遇，忠直而遭贬，国家中兴而他垂死，友人
含冤上路而自己未能饯行，情感频频对撞。⑥ 故清人许印芳评其"较有沉
郁顿挫之致"⑦，方东树称其"笔笔顿挫"⑧。

① ［清］仇兆鳌注：《杜诗详注》卷一〇，第 829 页。
② ［明］王嗣奭：《杜臆》卷四，第 134 页。
③ 参见韩成武：《杜甫新论》，第 145—149 页。
④ ［元］方回选评，李庆甲集评校点：《瀛奎律髓汇评》卷二四，第 1070 页。
⑤ ［清］梁运昌：《杜园说杜》卷一三，书目文献出版社，1995 年，794 页。
⑥ 参见韩成武：《杜甫的乡人情结述论》，《山西师范大学学报（社会科学版）》2014 年第 1
　期，第 85—87 页。
⑦ ［元］方回选评，李庆甲集评校点：《瀛奎律髓汇评》卷四三，第 1553 页。
⑧ ［清］方东树：《昭昧詹言》卷一七，第 410 页。

二、雄浑丰丽

气象雄浑，色泽丰丽，是杜甫七律的又一特色。七言律诗产生之初，主要用于应制唱和，加了很多修饰润藻的成分，因而早期的七言律诗比较秾丽。杜甫的七言律诗，突破了七言律诗纯粹应制唱和的功能，用以反映更加广阔的生活，因而他不把修饰润藻作为追求目标。但毕竟七言诗长，给了语句更多修饰的机会，所以，杜甫的七言律诗在保持内容的基础上多了一些修饰因素，拥有气象雄浑、色泽丰丽的特色。如《秋兴八首》，组诗中既有气势雄浑的景物描写，如"江间波浪兼天涌，塞上风云接地阴""西望瑶池降王母，东来紫气满函关"等，又有丰丽的色泽展示，如"玉露""香炉""翠微""金茎""雉尾""龙鳞""花萼""芙蓉""朱帘""锦缆""香稻""鹦鹉""碧梧""凤凰"等词语的使用，雄浑而不失于粗犷，丰丽而不失于纤弱。《秋兴八首》是杜甫居夔州而念京都之作，忆盛世之繁华，感乱世之变迁，融合个人今昔之慨叹，又将此等巨大情思布置在"万里风烟接素秋"的背景之下，遂形成笼天覆地之势。其回忆盛世之京都，则云"蓬莱宫阙对南山，承露金茎霄汉间。西望瑶池降王母，东来紫气满函关"，写宫殿巍峨，金茎壮丽，瑶池紫气，神圣庄严，皆大处落笔，气象雄浑；"香稻啄馀鹦鹉粒，碧梧栖老凤凰枝。佳人拾翠春相问，仙侣同舟晚更移"，写香稻富足，碧梧茂盛，佳人仙侣，人事和谐，皆词采丰丽，景象祥和。其表现战乱导致长安变迁，则云"闻道长安似弈棋，百年世事不胜悲。王侯第宅皆新主，文武衣冠异昔时"，此等笔墨，可谓抚百年于指掌，揭变迁及骨髓，极具概括力。写战事激烈，则云"直北关山金鼓振，征西车马羽书迟"，金鼓羽书，烽烟纵横，视野开阔，措辞简劲。仇兆鳌《杜诗详注》引张綖语："《秋兴》八首，皆雄浑丰丽，沉着痛快，其有感于长安者，但极摹其盛，而所感自寓于中。"又引郝敬语："《秋兴》八首，富丽之词，沉浑之气，力扛九鼎，勇夺三军，真大方家如椽之笔。"① 所论堪称精湛。《唐宋诗醇》引刘会孟语称"八诗大体沉雄富丽"②。诸家之见，大致相同。其他如《奉和贾至舍人早朝大明宫》《宣政殿退朝晚出左掖》《紫宸殿退朝口号》等诗篇也具有这种风格。

---

① [清]仇兆鳌注：《杜诗详注》卷一七，第 1498—1499 页。
② [清]乾隆御定，艾荫范等注：《唐宋诗醇》卷一七，春风文艺出版社，1995 年，第 1235 页。

三、慷慨悲壮

　　杜甫一生的遭际，决定其诗歌一定拥有"悲"的因素。但杜甫不是那种只盯着自己的人，他的心中有国有家有人民，因而，诗歌往往由小及大，关注面广，将雄阔的内容熔铸于诗中。这给他的七言律诗带来了慷慨悲壮的诗风。方回《瀛奎律髓》曰："老杜七言律诗一百五十馀首，唐人粗能及之者仅数公，而皆欠悲壮。"[1] 是说杜甫七律风格悲壮。的确，杜甫多首七律具有此种风格，如《阁夜》：

　　　　岁暮阴阳催短景，天涯霜雪霁寒宵。
　　　　五更鼓角声悲壮，三峡星河影动摇。
　　　　野哭千家闻战伐，夷歌几处起渔樵。
　　　　卧龙跃马终黄土，人事依依漫寂寥。

　　本诗写诗人黎明时的见闻和感受。霜雪寒宵，寒气逼人，而鼓角悲壮，星河影摇，弥漫战争氛围。百姓闻战争而啼哭，渔夫樵子为生计而操劳，则人事与景物俱在悲慨之中。尾联"思及千古贤愚，同归于尽，则目前人事，远地音书，亦漫付之寂寥而已"[2]。桂天祥《批点唐诗正声》批曰："全首悲壮慷慨。"[3] 李庆甲《瀛奎律髓汇评》引冯舒语："无首无尾，自成首尾，无转无接，自成转接，但见悲壮动人。"[4]《唐宋诗醇》引李因笃评语："壮采以朴气行之，非泛为声调者可比。"[5] 又如《野望》：

　　　　西山白雪三城戍，南浦清江万里桥。
　　　　海内风尘诸弟隔，天涯涕泪一身遥。
　　　　惟将迟暮供多病，未有涓埃答圣朝。
　　　　跨马出郊时极目，不堪人事日萧条。

　　首联写野望的两个视点，"西山""南浦"，确立了全篇的两个悲情点：忧国与思亲。西山有防御吐蕃之重镇，南浦则寓离情。颔联承接写思亲，

① [元] 方回选评，李庆甲集评校点：《瀛奎律髓汇评》卷二四，第 1071 页。
② [清] 仇兆鳌注：《杜诗详注》卷一八，第 1561 页。
③ 陈伯海主编：《唐诗汇评》上册，第 1205 页。
④ [元] 方回选评，李庆甲集评校点：《瀛奎律髓汇评》卷一，第 30 页。
⑤ [清] 乾隆御定，艾荫范等注：《唐宋诗醇》卷一七，第 1197 页。

"海内风尘"写战争之酷烈,"天涯涕泪"写思亲之凝重。颈联承接写忧国,感叹自身年老多病,未能为时局效力,感情沉痛。尾联以"人事萧条"总括国家时局和兄弟离散,以"不堪"收结一篇之情感。全诗拓境从大处落墨,以涵容巨大之悲情。方回评《野望》曰:"格律高耸,意气悲壮,唐人无能及之者。"①

四、老成稳健

古代诗论家每以老健、老成、老到、老笔、苍老等语评论杜甫七律风格,指的是因杜甫生活阅历深,对世事洞察清晰,故其诗句平淡中见深刻,从容中达世情。杜甫曾写诗赞叹薛华诗歌"风格老":"坐中薛华善醉歌,歌辞自作风格老。近来海内为长句,汝与山东李白好。"(《苏端薛复筵简薛华醉歌》)"长句"即七言诗句。可见,此种风格颇为杜甫所欣赏。杜甫七律多有这种风格,如《曲江对酒》:

> 苑外江头坐不归,水精春殿转霏微。
> 桃花细逐杨花落,黄鸟时兼白鸟飞。
> 纵饮久判人共弃,懒朝真与世相违。
> 吏情更觉沧洲远,老大悲伤未拂衣。

此诗前四句写曲江之景,后四句写对酒之情。此时杜甫任左拾遗,忠于职守,给肃宗朝提出许多批评意见,但未被采纳,他深感无味,便纵饮浇愁,懒得上朝。虽知此举与世情相悖,会遭人遗弃,也不顾及,并为自身束于微官,未能归隐而悲伤。"沧洲远"是说隐居之趣来得深远,比为官强。显然,作者对肃宗朝廷和世俗人情有清晰的认识,如此才能写出这样老成稳健的诗句。纪昀评《曲江对酒》曰:"淡语而自然老健。"② 又如《公安送韦二少府匡赞》:

> 逍遥公后世多贤,送尔维舟惜此筵。
> 念我能书数字至,将诗不必万人传。
> 时危兵甲黄尘里,日短江湖白发前。
> 古往今来皆涕泪,断肠分手各风烟。

---

① [元]方回选评,李庆甲集评校点:《瀛奎律髓汇评》卷一三,第359页。
② [元]方回选评,李庆甲集评校点:《瀛奎律髓汇评》卷二四,第1071页。

诗人临别叮嘱,稳健道来:想我的时候就寄来一封信吧,即便只言片语也值得珍贵。至于诗篇就不必传给众多的人啦,以免生出祸端。这分明是一副长者的口气,皆因其深于阅历,明于世态。由战乱频仍而想到来日无多,由眼下断肠分手而联及古往今来离别的泪水,都显示出他的明智和老健。许印芳评《公安送韦二少府匡赞》"通篇皆老笔,老而健举锐入"。① 其他,如杨伦《杜诗镜铨》引邵子湘语评论《宾至》"苍老"②,纪昀评《冬至》颔联"老健"③ 等,都能看出前人对杜甫七律老成稳健风格的体认和激赏。

五、萧散自然

与老健风格相对,杜甫部分七律作品具有萧散自然的风致。作品风格受作家生活环境、心态或题材的制约,杜甫客居成都草堂期间所写的田园诗,大多具有这种风格。如《江村》:

> 清江一曲抱村流,长夏江村事事幽。
> 自去自来堂上燕,相亲相近水中鸥。
> 老妻画纸为棋局,稚子敲针作钓钩。
> 但有故人供禄米,微躯此外更何求?

本诗潇洒闲散,无拘无挂,自然天成,凿痕全无。仇兆鳌《杜诗详注》引黄生语:"杜律不难于老健,而难于轻松。此诗见潇洒流逸之致。"④ 杨伦评曰:"潇洒清真。"⑤ 浦起龙评曰:"萧闲即事之笔。"⑥ 又如《狂夫》:

> 万里桥西一草堂,百花潭水即沧浪。
> 风含翠筱娟娟净,雨裛红蕖冉冉香。
> 厚禄故人书断绝,恒饥稚子色凄凉。
> 欲填沟壑惟疏放,自笑狂夫老更狂。

以百花潭为归隐之处,盛赞环境优美,翠竹红荷,洁净传香,任凭生计艰

---

① [元] 方回选评,李庆甲集评校点:《瀛奎律髓汇评》卷二四,第 1071 页。
② [清] 杨伦笺注:《杜诗镜铨》卷七,第 319 页。
③ [元] 方回选评,李庆甲集评校点:《瀛奎律髓汇评》卷一六,第 601 页。
④ [清] 仇兆鳌注:《杜诗详注》卷九,第 747 页。
⑤ [清] 杨伦笺注:《杜诗镜铨》卷七,第 320 页。
⑥ [清] 浦起龙:《读杜心解》卷四,中华书局,1961 年,第 616 页。

难，终不改变归身自然的心性。杨伦《杜诗镜铨》引邵子湘语曰："《狂夫》萧散"[1]，萧散，即闲散，不受拘束，纯任自然。又如《南邻》，杨伦评曰："画意最幽，总在自然入妙。"[2] 又如《客至》，李沂《唐诗援》评曰："天然风韵，不烦涂抹。"[3] 再如《崔氏东山草堂》，边连宝《杜律启蒙》评曰："高淡萧疏。"[4] 这些作品和批语，足以呈现和揭示杜甫七律萧散自然的风格。

① ［清］杨伦笺注：《杜诗镜铨》卷七，第 319 页。
② ［清］杨伦笺注：《杜诗镜铨》卷七，第 330 页。
③ 陈伯海主编：《唐诗汇评》上册，第 1145 页。
④ ［清］边连宝：《杜律启蒙》七言卷一，第 380 页。

第三章　杜甫排律体制研究

　　杜甫排律体诗是其诗歌的又一重要组成部分。较之前代同体作品，杜甫排律内容上有拓展，艺术上有创新，写作范式多为后人所仿效。排律体在形式上以排比对仗为主要特征，要求作者具有高度娴熟的组织对仗的能力，杜甫排律采用邻联之间变换对仗种类等作法，避免了雷同导致的呆板，形成了豪健的气势。杜甫排律题材内容丰富，艺术造诣精深，声律、韵律严格，对仗整饬，在中国诗歌史上处于排律体之巅峰地位，历代诗家都给予高度评价。

第一节　唐人排律的发展路径

　　"排律"之名最早起于何时已经很难断定，今所能见者，当始于元代杨士宏所编《唐音》，中载皇甫冉《排律一首》，但《全唐诗》作《祭张公洞二首》。诗曰：

　　　　尧心知稼穑，精意绕山川。
　　　　风雨神祇应，笙镛诏命传。
　　　　沐兰祇扫地，酌桂伫灵仙。
　　　　拂雾陈金策，焚香拜玉筵。
　　　　云开小有洞，日出大罗天。
　　　　三鸟随王母，双童翊弓先。
　　　　何时种桃核，几度看桑田。
　　　　倏忽烟霞散，空岩骑吏旋。①

---

①　[清] 彭定求等编:《全唐诗》卷二四九，中华书局，1960 年，第 2793 页。

此诗《全唐诗》视为两首五言律诗,但从内容上看,并没有分隔,韵部没有变化,粘对规则延续,应是一首诗。如此,则《全唐诗》题目"祭张公洞二首"亦是有误,当用《唐音》所载"排律一首"为是。设若此诗在杨士弘搜集《唐音》时所见本子即名《排律一首》,则"排律"应顺此线索寻其得名;设若杨士弘《唐音》始用此名,则"排律"命名之功当归杨士弘。

"排律"二字,究竟怎样理解,还存在争议。高棅曰:

> 排律之作,其源自颜、谢诸人。古诗之变,首尾排句,联对精密;梁陈以还,俪句尤切;唐兴,始专此体,与古诗差别。贞观初,作者犹未备。永徽以下,王、杨、卢、骆倡之于前,陈、杜、沈、宋极之于后,苏颋、二张又从而申之。其文辞之美,篇什之盛,盖由四海晏安,万机多暇,君臣游豫,赓歌而得之者。故其文体精丽,风容色泽,以词气相高而止矣。
>
> 开元后,作者之盛,声律之备,独王右丞、李翰林为多……排律之盛,至少陵极矣,诸家皆不及。诸家得其一,概少陵独得其兼善者。如《上韦左相》《赠哥舒翰》《谒先主庙》等篇,其出入始终,排比声韵,发敛抑扬,疾徐纵横,无所施而不可也。①

胡应麟曰:

> 阴铿《安乐官》诗:"新官实壮哉,云里望楼台。迢递翔鲲仰,联翩贺燕来。重檐寒雾宿,丹井夏莲开。砌石披新锦,雕梁画早梅。欲知安乐盛,歌管杂尘埃。"右五言十句律诗,气象庄严,格调鸿整;平头上尾,八病咸除;切响浮声,五音并协,实百代近体之祖。考之陈后主、张正见、庾信、江总辈,虽五言八句,时合唐规,皆出此后。则近体之有阴铿,犹五言之始苏、李,而杨用修未及援引,曷在其好古耶!②

按照高棅和胡应麟的说法,排律来源于古诗,"首尾排句,联对精密",主要是从属对角度理解,开元以后才更加讲究声律。还有很多人的说法与上述二家大同小异,如宋长白《柳亭诗话》认为制成排律是受骈体文影响:

---

① [明]高棅编纂:《唐诗品汇·五言排律叙目》,汪宗尼校订,葛景春、胡永杰点校,中华书局,2015年,第2370—2372页。
② [明]胡应麟:《诗薮·内篇》卷四,第62页。

"自六朝以骈俪为诗，而唐人遂制为排律。"①李畯《诗筏汇说》也说："五言排律，其源开自颜延之、谢庄、灵运诸子，古诗之变也。首尾俱用排句，中间俱用排联，方成排体。较之律诗，更为精密，非但于五言律上再加四句、八句之谓也。"②钱良择则认为既是指声律，也是指属对："古人所谓排比声律者，排偶栉比，声和律整也。"③则钱良择认为"排律"首先是"排比声律"，也就是说首要问题是按粘对规则创作，然后才是把偶句逐次排列。

　　若说排律的产生并没有受到古诗的影响，很显然是不客观的，但排律更主要是先受律诗的影响，在其扩大篇幅时受到了颜延之等人讲究对偶等的影响，同时也受到了初盛唐散文骈俪化的影响。主要理由是：自南朝齐永明年间起，沈约等人将"四声八病"理论度入诗歌创作，诗人们开始注重对诗句声调的研讨，创作出大量的禁忌声病、注重偶对的作品，号称"永明体"，排律体诗已具雏形。入唐以后，诗人们将四声二元化，加速了近体诗声律定型的进程，排律也在此基础上迅速发展起来。到初唐后期，在杜审言、沈佺期、宋之问等诗人的推动下，伴随五律格律的定型，五言排律的格律也渐趋成熟。

　　唐人排律的创作，在沈佺期、宋之问之前，并没有形成气候，只有"骆宾王篇什独盛"，共有27首排律；到沈佺期和宋之问，在"六对""八对"等属对规则的讲究中，将讲究粘对的排律发挥开来，形成一定规模，沈佺期有排律29首，宋之问有28首。初唐诗人共创作出121首格律较为严密的排律体诗④，骆宾王、沈佺期、宋之问三人就占69%。

　　由于受初唐诗歌整体发展的局限，初唐的排律虽然在形制上较为严整，但内容尚狭窄，多是应制之作，吟风咏月，铺排辞藻，讲究用典，讲究技巧。但由于探索时间尚短，排律在声律、韵律、对仗等方面还留有进一步完善的空间；加之创作者多是宫廷诗人，作品的题材内容也尚未得到充分展开。其后因省试诗的推动，五排创作大兴，出现了高棅所言"唐兴始专此体"的现象，在题材内容上有一些突破，在艺术形式上也更加讲究，取得了较大成就，但总有受拘束、受限制的因素。直到李白、杜甫的出现，才把排律的创作推上了一个崭新的高度。尤其是杜甫，在这方面更

① 陈伯海主编，张寅彭、黄刚编撰：《唐诗论评类编》（增订本）上册，上海古籍出版社，2015年，第458页。
② 陈伯海主编，张寅彭、黄刚编撰：《唐诗论评类编》（增订本）上册，第459页。
③ [清]钱良择：《唐音审体》，见王夫之等撰《清诗话》，第782页。
④ 参见韩成武：《杜甫新论》，第257页。

是成就非凡，达到了排律体诗歌的峰巅。胡应麟曰：

> 读盛唐时排律，延清、摩诘等作，真如入万花春谷，光景烂熳，令人应接不暇，赏玩忘归。太白轩爽雄丽，如明堂黼黻，冠盖辉皇；武库甲兵，旌旗飞动。少陵变幻阔深，如陟昆仑，泛溟渤，千峰罗列，万汇汪洋。①

排律盛唐以后"始专此体"的表现就是创作数量的急剧上升，到盛唐后期、中晚唐时达至极盛，盛唐 593 首，中唐 767 首，晚唐 649 首。

数量多并不代表成就高。杜甫之后的排律创作，只有极少数作家的作品获得称道，大部分存在很多问题：

> 唐大历后，五七言律尚可接翘开元，惟排律大不竞。钱、刘以降，篇什虽盛，气骨顿衰，景象既殊，音节亦寡。韩、白诸公，虽才力雄赡，渐流外道矣。②

> 唐大历后，五七言律尚可接翘开元，惟排律大不竞，钱、刘以降，气味总薄；元、白中兴，铺叙转凡。所见中唐杨巨源，晚唐李商隐、李洞、陆龟蒙三家，杨则短韵不失前矱，三家则长什尤饶新藻。将无此体限于材即难，曙于法亦自易乎？惟深于诗者知之。③

大约是排律排比声韵、排比偶对的特点限制了诗人的发挥，就如大赋、骈文相对而言精品较少一样，唐人排律也是多受诟病。而杜甫，是唐人排律创作者中最卓有成就的一个。

杜甫的排律是其诗歌的重要组成部分，中唐著名诗人元稹在《唐检校工部员外郎杜君墓系铭并序》中，对杜甫排律给予高度的评价，称其"铺陈始终，排比声韵，大或千言，次犹数百，辞气豪迈而风调清深，属对律切而脱弃凡近"④。在中国诗歌发展史上，杜甫排律是排律体诗的巅峰，他把初唐时期诞生的这种诗体艺术推向极致，不仅雄冠当时，后世排律亦无比肩者。胡应麟论杜甫排律之地位云："盛唐排律，杜外，右丞为

① ［明］胡应麟：《诗薮·内篇》卷四，第 78 页。
② ［明］胡应麟：《诗薮·内篇》卷四，第 78 页。
③ ［明］胡震亨：《唐音癸签》卷一〇，第 100 页。
④ ［清］仇兆鳌注：《杜诗详注》附编，第 2236 页。

冠，李白次之。常侍篇什空澹，不及王、李之秀丽豪爽……"[1] 清人沈德潜说："少陵出而瑰奇鸿丽，一变故方，后此无能为役。元白滔滔百韵，俱能工稳，但流易有馀，镕裁未足，每为浅率家效颦。温李以下，又无论已。"[2] "排律，沈、宋二氏，藻赡精工；太白、右丞，明秀高爽。然皆不过十韵，且体在绳墨之中，调非畦径之外。惟杜陵大篇钜什，雄伟神奇。"[3]

第二节　杜甫排律的体类特征

这里的体类指诗歌的语言形式方面，本节拟从声律、韵律、对仗等角度探讨杜甫排律的体类特征。笔者经过对杜诗逐篇逐句的鉴别，确定杜甫排律共计 129 首，其中五排 125 首（含《夏夜李尚书筵送宇文石首赴县联句》，此诗不是杜甫一人完成，但杜甫占六句，是排律形式），七排 4 首。清人浦起龙《读杜心解》认定杜甫排律共计 135 首，其中五排 127 首，七排 8 首。[4] 笔者认为浦氏裁定过于宽泛，他把自己也认为是"本属歌体，然亦可作拗体长律""可古可排"的几篇作品也归入排律。审视这几首诗，出现大量的非律句，失粘失对情况严重，与杜甫那些严整的排律相差甚远，实不可混为一谈。今举一例，以观其面貌。杜甫《陪章留后惠义寺钱嘉州崔都督赴州》："中军待上客，令肃事有恒。前驱入宝地，祖帐飘金绳。南陌既留欢，兹山亦深登。清闻树杪磬，远谒云端僧。回策匪新崖，所攀仍旧藤。耳激洞门飚，目存寒谷冰。出尘阂轨躅，毕景遗炎蒸。永愿坐长夏，将衰栖大乘。羁旅惜宴会，艰难怀友朋。劳生共几何，离恨兼相仍。"此诗第 2、4、8 句皆非律句，第 5、9、11、19 句作为出句，却以平声字收尾，更不合规范，而且失粘颇多，虽含有几联对仗，也不能视为排律。今人林继中亦未将此诗归入排律。[5] 浦起龙还将 4 首不合排律规范的作品（《释闷》《寄岑嘉州》《寄从孙崇简》《岳麓山道林二寺行》）归入七排，更为失当。清人李重华《贞一斋诗说》云："七言排律，唐人断不多作，《杜集》止三四首"，因为这种诗体"最易流入唱本腔调，纵复精工，有乖风雅"。[6] 唱本就是戏剧的唱词，多为长句，因面向世俗，词句通

---

① ［明］胡应麟：《诗薮·内篇》卷四，第 77 页。
② ［清］沈德潜：《说诗晬语》卷上，第 218 页。
③ ［明］胡应麟：《诗薮·内篇》卷四，第 60 页。
④ 参见 ［清］浦起龙：《读杜心解》，第 682—824 页。
⑤ ［宋］赵次公注，林继中辑校：《杜诗赵次公先后解辑校》丙帙卷八，第 555 页。
⑥ ［清］李重华：《贞一斋诗话》，瓦王夫之等撰《清诗话》，第 926 页。

俗明快，并不具备诗的语言凝练特质。不只是七排，凡七言句都有这个难点，吴乔《围炉诗话》说："七律造句比五言为难，以其近于流俗也。"①这话道出了病根。总体来看，杜甫的五绝、五律、五排作品皆声律精严，绝少出律；而七绝、七律、七排在声律上多有试笔，存在较多的非律句（既非正格律句，又非变格律句）。并不是他不懂律句，盖因五言句易为精炼，七言句难免絮叨，他是为了矫正流俗而有意为之的。

一、杜甫排律的声律特征

考察杜甫排律作品的声律情况，需从两个方面着眼：一是使用律句情况，包括正格律句和变格律句；二是对于粘对规则的遵循情况。大体说来，杜甫排律在声律上比其律诗更讲究，入蜀之前偶有三平尾对三仄尾，入蜀以后不复出现；重视拗救；存在大量三仄尾句；严守声律规则，无失粘失对现象。

（一）声律严格

杜甫排律作品，整体来看，绝大多数作品声律严格。因所写题材内容和接受对象的不同，其声律情况亦稍有不同。例如，他在困居长安期间写给尚书左丞韦济、汝阳王李琎、比部郎中萧某、翰林学士张垍、集贤院学士崔国辅和于休烈、谏议大夫郑审、京兆尹鲜于仲通、开府仪同三司哥舒翰、膳部员外郎沈东美、左丞相韦见素等人的 12 首投赠诗，所用皆为律句，且严守粘对规则，真正做到了"毫发无遗憾"。杜甫这些投赠诗之所以如此声律整肃，是因为这些诗是请求对方予以汲引入仕的，必须在格律上不出错误，否则就等于自毁其名。

在功利性的投赠诗之外，杜甫尚有个别作品出现声律失误现象，主要是以三平尾对三仄尾，三仄尾并非声病，而三平尾（又称三平调）确为声病。诚如王力先生所说，"三平调是古风专用的形式"②。杜甫这种失误是偶然的，集中出现在入蜀之前创作的《陪李北海宴历下亭》《桥陵诗三十韵因呈县内诸官》两首诗中，前者如"东藩驻皂盖，北渚凌清河""云山已发兴，玉佩仍当歌"，后者如"崇冈拥象设，沃野开天庭"（"拥"字古为上声）、"王刘美竹润，裴李春兰馨"，等等。以三平尾对三仄尾，是初唐律诗和排律作品中常见的现象，仇兆鳌说是"依初唐排律"③，这里可以看

---

① ［清］吴乔：《围炉诗话》卷二，见郭绍虞编选《清诗话续编》第一册，第 543 页。
② 王力主编：《古代汉语》（校订重排本）第四册，第 1531 页。
③ ［清］仇兆鳌注：《杜诗详注》卷一，第 39 页。

作杜甫有意追摹旧迹。初唐时期声律尚未完善，杜甫这种倒退做法并不可取，当然这也只是他偶然为之。

　　杜甫晚年曾说"晚节渐于诗律细"，的确如此，他入蜀之后所作的排律，无论长篇短制，均无声律失误，即便是他的长篇排律《秋日夔府咏怀奉寄郑监审李宾客之芳一百韵》也无一句存在声律问题。或有疑问，其所作《移居公安敬赠卫大郎钧》中，有句"卫侯不易得"，"卫"字处应平而仄，全句则非律句。此事不难解答，盖因唐人在诗中使用人名、地名、官名时，对其声调可做通融。这样的例子很多，仅举几例，李颀七律《题璿公山池》首联"远公遁迹庐山岑，开士幽居祇树林"，"庐"字处应仄而平；宋之问七律《函谷关》颔联"灵迹才辞周柱下，祥氛已入函关中"，"函"字处应仄而平；宋之问五排《下桂江龙目滩》"暝投苍梧郡，愁枕白云眠"，"梧"字处应仄而平；宋之问五排《别之望后独宿蓝田山庄》"尔寻北京路，余卧南山阿"，李峤五律《豹》尾联"若令逢雨露，长隐南山幽"，"南山"即终南山，是唐诗中常用地名，"南"字处应仄而平，这些都不能看作"三平调"之失误。

（二）重视拗救

　　杜甫排律重视拗救，一联中出句如果是拗句，则于对句救之。例如"绝域长夏晚，兹楼清宴同"（《陪章留后侍御宴南楼得风字》），其声调是"仄仄平仄仄，平平平仄平"，"夏"字拗，"清"字救；"良会不复久，此生何太劳"（《王阆州筵奉酬十一舅惜别之作》），其声调是"平仄仄仄仄，仄平平仄平"，"复"字拗，"何"字救；"颇谓秦晋匹，从来王谢郎"（《送大理封主簿》），其声调是"平仄平仄仄，平平平仄平"，"晋"字拗，"王"字救；"苔竹素所好，萍蓬无定居"（《将别巫峡赠南卿兄瀼西果园四十亩》），其声调是"平仄仄仄仄，平平平仄平"，"所"字拗，"无"字救；"鹿角真走险，狼头如跋胡"（《大历三年春白帝城放船出瞿塘峡》），其声调是"仄仄平仄仄，平平平仄平"，"走"字拗，"如"字救。诗例颇多，无须尽举。

（三）五言律句大量出现三仄尾

　　三仄尾即后三字皆为仄声，杜甫未将其视为声病。如"由来意气合，直取性情真"（《赠王二十四侍御契四十韵》）、"驱驰不可说，谈笑偶然同"（《寄司马山人十二韵》）、"蛟龙引子过，荷芰逐花低"（《到村》）、"萋萋露草碧，片片晚旗红"（《陪严郑公秋晚北池临眺》）、"风轻粉蝶喜，花暖蜜蜂喧"（《敝庐遣兴奉寄严公》）、"泥留虎斗迹，月挂客愁村"（《东屯月夜》），各联出句皆为三仄尾，但不应视为声病。笔者认为汉语诗歌是以两个音节为一个节奏，律句的特征是节奏点的声调平仄相反，"平平仄仄仄"的节奏点在第二、四两个音节上，平仄是相反的，所以这种句式仍然具有律句的音乐性（条件是第一字必须为平声）。近年来，网络上教习近体诗声律者甚众，每以三仄尾为声病，今以杜甫作品观之，此论可以休矣。

（四）严守粘对规则

经过逐字逐句审查发现：杜甫所作 129 首排律诗，严格遵守律诗的粘对规则，合律度 100%，无一联之间失对、两联之间失粘之误。杜甫排律的特征，为我们总结律诗的基本规范提供了绝好的样本。

二、杜甫排律的韵律特征

大体说来，杜甫排律在韵律上严守韵律规则，即使我们用后人总结的《平水韵》去审视，杜甫的排律用韵情况也堪称完美，在其排律总计 1708 个韵字中，仅 6 个字出韵，1 个韵字重韵。

（一）严格按照平水韵来押韵

笔者使用宋代《广韵》《集韵》和清代《诗韵合璧》对杜甫排律的用韵情况进行逐首调查，得出结论如下。

杜甫排律使用平声韵，绝大多数作品一韵到底，出韵的仅有 5 首，且多出现在长篇排律中。出韵的 5 首是：《奉赠鲜于京兆二十韵》，使用上平声十一真韵，而其中"操持郏匠斤"句的"斤"字属于邻韵上平声十二文韵；《寄岳州贾司马六丈巴州严八使君两阁老五十韵》，使用下平声一先韵，末句"志在必腾骞"的"骞"字属于上平声十三元韵；《赠王二十四侍御四十韵》，使用上平声十一真韵，其中"稍稍息劳筋"句的"筋"字、"田家敢忘勤"句的"勤"字属于邻韵十二文韵；《夔府书怀四十韵》，使用上平声四支韵，其中"行人避蒺藜"句的"藜"字属于上平声八齐韵；《寒雨朝行视园树》，使用上平声七虞韵，其中"篱边新色画屏舒"句的"舒"字属于邻韵六鱼韵。杜甫以准确表情达意为重，在无法于本韵部中找到适合韵字的情况下使用邻韵。在 129 首排律中仅有 5 首存在出韵情况，而且仅有 6 个韵字出韵，而杜甫排律作品共计 1708 韵[1]，出韵的比率是很低的。

近体诗押韵不允许重韵，杜甫排律绝大多数作品没有重复使用韵字，仅有 5 首诗存在个别韵字重复现象，但这些重复出现的韵字其词性、意义

---

[1] 《送卢十四弟侍御护韦尚书灵榇归上都二十四韵》，实际是二十韵，朱鹤龄《杜工部诗集辑注》、杨伦《杜诗镜铨》、仇兆鳌《杜诗详注》、浦起龙《读杜心解》皆误传，唯有钱谦益《钱注杜诗》予以更正。见 [清] 钱谦益笺注：《钱注杜诗》卷一八，上海古籍出版社，1979 年，第 624 页。

多不同。《秦州见敕目薛三据授司议郎毕四曜除监察与二子有故远喜迁官兼述索居凡三十韵》诗中，韵字出现两"萍"字："浩荡逐流萍""谁定握青萍"，但两"萍"字意思不同，前者是指浮萍，而"青萍"是宝剑名称。《哭台州郑司户苏少监》诗中，韵字出现两"夫"字："谷贵没潜夫""衔冤有是夫"，两"夫"字意思也不同，前者是名词，潜夫指隐士，后者是语助词，仇兆鳌注云："夫，音扶。"[①]《赠李八秘书别三十韵》诗中，韵字出现两"虚"字："喜异赏朱虚""台榭楚宫虚"，两"虚"字意思也不同，前者是人名，指朱虚侯刘章，后者是形容词，空虚。《哭王彭州抡》诗中，韵字出现两"朝"字："宠辱目三朝""隐几接终朝"，两者读音不同，前者指朝代，后者指早晨。《寄峡州刘伯华使君四十韵》诗中，有三处韵字重出，"深水谒夷陵""战胜洗侵陵"，前者夷陵是地名，后者侵陵意思是侵犯；"纤毫欲自矜""张兵挠棘矜"，前者意思是夸耀，后者"棘矜"是名词，指戟柄；"群公价尽增""黄霸玺书增"，这两个"增"字意思相同。以上共 7 个韵字重出，而前 6 个重出的韵字意思不同，只是字面相同罢了，不能算重出，唯有"增"是重出的韵字。在 1708 个韵字中有一个韵字重出，虽说不能打满分，但也足以说明杜甫排律作品用韵的严格。

使用韵部覆盖面广而又有所偏重。杜甫排律于 30 个平声韵中仅有上平声三江、九佳、十五删，下平声十三覃、十四盐、十五咸 6 个窄韵没有使用，而宽韵如上平声四支韵、七虞韵、十一真韵，下平声一先韵、七阳韵使用率高。使用宽韵有利于表情达意，杜甫选韵作诗不以争奇斗险为能事。其长篇排律多用宽韵，如《秋日夔府咏怀奉寄郑监审李宾客之芳一百韵》使用下平声一先韵，《寄岳州贾司马六丈巴州严八使君两阁老五十韵》使用下平声一先韵，《夔府书怀四十韵》使用上平声四支韵，《大历三年春白帝城放船出瞿塘峡久居夔府将适江陵漂泊有诗凡四十韵》使用上平声七虞韵，《赠王二十四侍御契四十韵》用上平声十一真韵，这些宽韵的使用为其表达复杂的思想情感提供了便利。

使用韵字有相对稳定的韵字群。其 129 首排律作品总计为 1708 韵，而使用的韵字仅为 790 个（平水韵的平声韵字约为 2800 个），这说明杜甫对一些韵字是较多重复使用的。例如，其使用十一真韵（该部韵字 150 多个）的作品 15 首，共计 228 韵，而其所使用的该韵部韵字仅为 51 个，韵字的平均使用频率为每字 4 次以上。

韵数灵活多样而皆为偶数，有六韵、八韵、十韵、十二韵、十四韵、

---

① [清]仇兆鳌注：《杜诗详注》卷一三，第 1190 页。

十六韵、十八韵、二十韵、二十二韵、三十韵、三十六韵、四十韵、五十韵、一百韵之别，长短根据所写内容而定。杜甫排律的韵数皆为偶数，这是从他祖父杜审言那里继承的。初唐诗人写排律，韵数奇偶混杂，唯杜审言只用偶数。杜甫诗全集中有一首《送高三十五书记十五韵》，实为十六韵，但此诗不是排律。

（二）韵脚位置固定

杜甫排律偶数句押韵，五排绝大多数为首句不入韵格式，首句入韵者仅有 2 首:《遣兴》《送大理封主簿五郎亲事不合却赴通州》。七排 4 首皆为首句入韵格式。这与他处理五律作品首句多不入韵、处理七律作品首句多入韵的思路是一致的。杜甫五律 625 首，首句入韵者仅为 45 首；其七律（包括拗体七律）151 首，首句入韵者为 33 首。

三、杜甫排律的对仗特征

排律是对仗的艺术，使用对仗的能力如何决定作品的成败。排律的对仗要求，除首尾两联不必对仗，中间各联都须对仗。杜甫排律作品只有几首偶然失对，绝大多数对仗整饬。偶有失对的作品为《与李十二白同寻范十隐居》之 "余亦东蒙客，怜君如弟兄" "入门高兴发，侍立小童清"，《立秋雨院中有作》之 "飞雨动华屋，萧萧梁栋秋"。杜甫排律作品的对仗艺术有以下几点。

（一）首联对仗为常见

杜甫五排除中间各联使用对仗以外，首联对仗亦属常见，在其 125 首五排中，有 73 首首联对仗。这与他的五律作品首联多用对仗是一致的。而七排 4 首首联均未对仗，也与他处理七律首联多不用对仗做法相同。

（二）对仗种类多样

杜甫排律既有工对、宽对，也有流水对、借对、当句对等多种形式。尤其是大量使用流水对，有效地反映复杂的社会问题，表达个人的见解和感受。

（三）对仗方式摇曳多姿

杜甫排律各联之间的句式（句子的意义节奏）、语法结构、对仗种类错落变化，形成了既具有匀齐之美又摇曳多姿的美学特征。现以其中篇排律作品《寄彭州高三十五使君适虢州岑二十七长史参三十韵》为例进行分析（为便于表述，在每联前面加有序号）:

（1）故人何寂寞，今我独凄凉。

（2）老去才难尽，秋来兴甚长。

（3）物情尤可见，辞客未能忘。

（4）海内知名士，云端各异方。

（5）高岑殊缓步，沈鲍得同行。

（6）意惬关飞动，篇终接混茫。

（7）举天悲富骆，近代惜卢王。

（8）似尔官仍贵，前贤命可伤。

（9）诸侯非弃掷，半刺已翱翔。

（10）诗好几时见，书成无信将。

（11）男儿行处是，客子斗身强。

（12）羁旅推贤圣，沉绵抵咎殃。

（13）三年犹疟疾，一鬼不销亡。

（14）隔日搜脂髓，增寒抱雪霜。

（15）徒然潜隙地，有觊屡鲜妆。

（16）何太龙钟极，于今出处妨。

（17）无钱居帝里，尽室在边疆。

（18）刘表虽遗恨，庞公至死藏。

（19）心微傍鱼鸟，肉瘦怯豺狼。

（20）陇草萧萧白，洮云片片黄。

（21）彭门剑阁外，虢略鼎湖旁。

（22）荆玉簪头冷，巴笺染翰光。

（23）乌麻蒸续晒，丹橘露应尝。

（24）岂异神仙宅，俱兼山水乡。

（25）竹斋烧药灶，花屿读书床。

（26）更得清新否，遥知对属忙。

（27）旧官宁改汉，淳俗本归唐。

（28）济世宜公等，安贫亦士常。

（29）蚩尤终戮辱，胡羯漫猖狂。

（30）会待妖氛静，论文暂裹粮。

　　此诗首联使用了对仗，为人伦类的工对（"我"对"人"），句式为"2—3"式，句法为"主—谓"结构。

第 2 联为人事类的工对（"兴"对"才"），句式为"2—1—2"式，句法为"状—主—谓"结构。

第 3 联为宽对，句式为"2—3"式，句法为"主—谓"结构。

第 4 联为单句形式的流水对，两句实为一句，把主语部分作为出句，把剩余的状语、谓语、宾语作为对句，使之构成对仗。"各"的意思是"各居"，具有动词性质，故能与"知"相对。

第 5 联为当句对（"沈鲍"对"高岑"。人名依次为沈约、鲍照、高适、岑参），句式为"2—1—2"式，句法为"主—谓—宾"结构。

第 6 联为文学类的工对（"篇"对"意"），句式为"2—1—2"式，句法为"主—谓—宾"结构。

第 7 联为当句对（"卢王"对"富骆"。人名依次为卢照邻、王勃、富嘉谟、骆宾王），句式为"2—1—2"式，句法为"状—谓—宾"结构。

第 8 联为人伦类的工对（"贤"对"尔"），句式为"3—2"式，句法为"主—谓"结构。

第 9 联为人伦类的工对（"半刺"对"诸侯"），"诸侯"指高适，高适为彭州刺史，古人称刺史为诸侯。"半刺"指岑参，岑参为虢州长史，官阶在刺史之下。此联句式为"2—3"式，句法为"主—谓"结构。

第 10 联为文学类的工对（"书"对"诗"），句式为"1—1—3"式，句法为"主—谓—补"结构。

第 11 联为借对，借用"子"的另一义，与"儿"相对。两句的句式不同，出句为"2—2—1"式，对句为"2—1—2"式。出句为"主—谓"结构，对句为"主—谓—宾"结构。古人对仗，字面对上即可，不求出句与对句句法结构相同。

第 12 联为顺承关系的流水对，句式为"2—1—2"式，句法为"状—谓—宾"结构。"羁旅"是范围状语，"沉绵"为原因状语，两句意思是说，就羁旅之苦来说当首推孔圣，因长期患病而导致灾祸。

第 13 联为工对（数目对数目），句式为"2—3"式，出句句法为"状—谓"结构，对句句法为"主—谓"结构。

第 14 联为因果关系的流水对，出句为因，对句为果。句式为"2—1—2"式，句法为"状—谓—宾"结构。

第 15 联为宽对，句式为"2—1—2"式，句法为"状—谓—宾"结构。

第 16 联为宽对，句式为"2—2—1"式，句法为"状—谓—补"结构。

第 17 联为因果关系的流水对，句式 "2—1—2" 式，出句句法为 "状—谓—宾" 结构，对句为 "主—谓—宾" 结构。

第 18 联为人名类工对（"庞公" 对 "刘表"），句式为 "2—3" 式，句法为 "主—谓" 结构。

第 19 联为身体类兼鸟兽类的工对，句式为 "2—1—2"，句法为 "状—谓—宾"，意思是 "因心微而伴随鱼鸟，因肉瘦而害怕豺狼"。

第 20 联为颜色类工对，句式为 "2—3" 式，句法为 "主—谓" 结构。

第 21 联为地名类工对，句式为 "2—3" 式，句法为无谓语句。

第 22 联为宽对，句式为 "4—1" 式，句法为 "主—谓" 结构。

第 23 联为草木类工对，句式为 "2—3" 式，句法为 "主—谓" 结构。乌麻即胡麻，需九蒸九晒方可食用。露，沾上露水。

第 24 联为宽对，句式为 "1—1—3" 式，句法为 "状—谓—宾" 结构。

第 25 联为草木类兼器物类工对，句式为 "2—3" 式，句法为无谓语句。

第 26 联为宽对，句式为 "2—2—1" 式，句法为 "谓—宾—补" 结构。

第 27 联为朝代名工对，句式为 "2—2—1" 式，句法为 "主—谓—宾" 结构。

第 28 联为人伦类工对，句式为 "2—1—2" 式，句法为 "主—谓—宾" 结构。

第 29 联为人伦类工对，句式为 "2—1—2" 式，句法为 "主—谓—宾" 结构。

第 30 联按规则不予对仗。

通过逐联分析，可以清楚地看到，这首诗在对仗种类、句式、句法结构等方面呈现为多种样式。对仗种类有宽对、工对、流水对、借对、当句对，工对中又有草木、禽鸟、人伦、人事、地名、人名、身体、文学、颜色、数目等多种类型，流水对中有单句形式和复句形式，复句形式中又有顺承、因果两种类型。句式节奏和句法结构面目各异。

考虑到排律中对仗很多，杜甫在组织安排上，采用错落交织的方法，使相同的对仗种类、句式、句法结构不出现在相邻的两联，除了第 28、29 两联，其他的邻联在对仗种类、句式节奏、句法结构方面均不雷同。这样做可以避免因大量使用对仗而造成的刻板、呆滞，使作品既有匀齐美又有灵动性。应该说，杜甫的排律作品已将对仗艺术推到极致。

第三节　杜甫排律的题材内容

　　杜甫排律诗的题材内容可分五类：投赠、送别、怀念友人、晚年回忆平生遭际、书写断代国史，突破了初唐排律内容狭窄的藩篱。尤其是后两类作品，为研究杜甫生平和唐史提供了翔实资料。

　　具体来说，杜甫排律不再有应制、应试的内容，而保留了酬赠类别，其开拓之处尤为可观，在反映社会生活的深度和广度上可与其他诗体并驾，而其在书写国史以及为友人立传等方面，又是五律、七律所不能企及的。

一、书写国史

　　杜甫的排律诗，常常用于书写国家的重要事件或一段史事。如《夔府书怀四十韵》，从安史之乱爆发写起，记录玄宗入蜀、肃宗即位于灵武，以及官军与叛军的拼杀、国家和百姓陷入水深火热的情景，又记录肃宗收复两京，恢复宗庙，临终前召集宗臣入内，口授遗诏的情事，以及安史之乱平息之后，代宗允许叛军将领镇守河北，导致了藩镇割据的局面，最后记录回纥、吐蕃的入侵。这首诗所记史实的时间跨度为 10 年，将其间的重大国事尽行记录，充分发扬排律体式的铺陈长处以及个人擅长偶对之优势，确为诗坛之独步、排律之辉煌殿宇。此外，杜甫排律的部分作品还记录重大历史事件，如《喜闻官军已临贼境二十韵》，记录官军陈兵京都西郊，对城中叛军构成汤浇蚁穴之势，"鼎鱼犹假息，穴蚁欲何逃"，军威与诗情融为一体。又如《伤春五首》记录吐蕃攻陷长安，代宗君臣狼狈出逃，"夺马悲公主，登车泣贵嫔"，指出此番沦陷皆因代宗宠信宦官程元振，"不成诛执法，焉得变危机"。杜诗的"诗史"特征，于此可见一斑。或曰：国史自有史书，何劳杜甫费墨？岂不知史书仅是史家客观记录，而杜诗却于记录之中注入浓重的国家兴衰之叹。诋毁"诗史"者可以休矣！

二、怀念友人

　　这一类诗，所涉事、情多比较复杂，用短篇律诗不能充分表达，而用长篇排律可尽情表达，其内容主要包括为友人立传、辩诬、悼亡。例如，《寄李十二白二十韵》是为李白立传，先写李白的才华，再写李白赐金放还的遭际，再写自己与李白的交往，最后写李白被流放夜郎事。他把李白当作被汉文帝流放的贾谊，很显然是为李白鸣冤叫屈。仇兆鳌《杜诗详注》引王嗣奭语:"此诗分明为李白作传,其生平履历备矣。白才高而狂,人或疑其乏保身之哲,公故为之剖白。如'未负幽栖志,兼全宠辱身',及楚筵辞醴,梁狱上书数句,皆刻意辩明……"① 可知,赞李白之诗才、申李白之冤屈,乃杜甫本诗立传之宗旨。《寄张十二山人彪三十韵》是为张彪立传,仇兆鳌《杜诗详注》引王嗣奭语:"山人以道术名,而公极称其孝,有关世教不浅。"② 是以弘扬孝道为立传旨归。又如《郑驸马池台喜遇郑广文痛饮》《题郑十八著作丈故居》,二诗要旨在于为郑虔大节辩诬,感慨忠直遭贬。因为在杜甫看来,郑虔之所以在安禄山的伪朝廷里为官,是为了以职位为掩护,为大唐王朝递送情报,他对大唐收复长安是有贡献的,而朝廷却不分青红皂白,凡是在安禄山朝廷任过伪职的,皆一体处理,这是不公平的,故而在这首诗里,杜甫与朝廷的决定大唱反调。《赠裴南部》是为南部县令裴氏辩护,浦起龙说:"裴以清节蒙狱。公为此诗,一纸辩诬状也。"③ 杜甫排律中悼念亡友之作写得痛心疾首,回肠荡气,计有《哭台州郑司户苏少监》《哭王彭州抡》《哭李尚书之芳》《哭韦大夫之晋》四首,足见杜甫对友情的珍重。

三、家庭生活

杜甫是位感情丰富的诗人,他非常注重亲人之间的关系,往往在亲情面前情感涌动,刹不住笔,写下不少排律来记录家庭生活。战乱之前,杜甫有写给弟弟杜颖的排律《临邑舍弟书至苦雨黄河泛溢堤防之患簿领所忧因寄此诗用宽其意》,杜颖时任临邑主簿,遭遇黄河泛滥,诗中铺写洪涝灾情之重,鼓励杜颖积极抗灾。安史之乱爆发后,杜甫为叛军所获,与家属隔绝,作《遣兴》以怀念幼子宗武:

骥子好男儿,前年学语时。
问知人客姓,诵得老夫诗。
世乱怜渠小,家贫仰母慈。
鹿门携不遂,雁足系难期。
天地军麾满,山河战角悲。
傥归免相失,见日敢辞迟。

① [清]仇兆鳌注:《杜诗详注》卷八,第664页。
② [清]仇兆鳌注:《杜诗详注》卷八,第655页。
③ [清]浦起龙:《读杜心解》卷五,第736页。

在这首诗里，杜甫的怜子之情、慈父之意尽现。儿童牙牙学语，记住几个客人的姓名，是所有小孩子都要经历的过程，但在杜甫眼里，这简直是天大的事件，因为那是孩子的进步！而这样幼小可爱的孩子，却因为战乱音讯不通，自己不仅不能经历孩子成长的过程，甚或连寄封书信也成了奢望。这就是"山河战角悲"带来的人性的灾难。所以，杜甫唯一的期望就是"傥归免相失，见日敢辞迟"。这是战乱中人的复杂心态。张溍《读书堂杜诗注解》卷三云："排律如此真切，尤难。'见日敢辞迟'及'家书抵万金'，皆是经乱真切语，想不得，说不出。"[①] 杜甫后又作《得家书》以宽慰愁肠：

> 去凭游客寄，来为附家书。
> 今日知消息，他乡且旧居。
> 熊儿幸无恙，骥子最怜渠。
> 临老羁孤极，伤时会合疏。
> 二毛趋帐殿，一命侍銮舆。
> 北阙妖氛满，西郊白露初。
> 凉风新过雁，秋雨欲生鱼。
> 农事空山里，眷言终荷锄。

诗人一旦得到家人书信，真是长出一口气，但依然感慨在这样的时代"伤时会合疏"。

杜甫晚年客居夔州，作《宗武生日》《元日示宗武》《又示宗武》三篇排律，告诫孩子"诗是吾家事"，勉励他"熟精文选理""应须饱经术"。浦起龙称其为"情真语质之篇，自然合律"[②]。杜甫还有写给弟弟杜观、杜颖等的排律作品，抒写离别之思，皆感情真挚，令人动容。

四、投赠篇什

杜甫排律中这类作品最多，共计 72 篇，占排律总数的 55%。其主要内容可归为四类。

第一类是困居长安时期给达官贵人写的投赠诗，目的是希望对方给予自己仕途上的援助。杜甫心怀"致君尧舜上，再使风俗淳"的远大抱负，希望进入仕途，但是受到奸相李林甫的阻挠，不得已而求助于人，所求之

---

① 萧涤非主编：《杜甫全集校注》卷三，第 795 页。
② ［清］浦起龙：《读杜心解》卷五，第 784 页。

人有汝阳王李琎，河南尹、左丞相韦济，左丞相韦见素，翰林学士张垍，京兆尹鲜于仲通，大将军、河西陇右节度使哥舒翰，哥舒翰幕府判官田梁丘，等等。排律适合显示学力和偶对的才能，故多用之。这类作品的基本内容有固定的模式，先是赞美对方的功德、才干，继而申述个人的抱负、才能，最后提出援引的渴望。

第二类是写给好友的思念之作，如写给被贬谪的高适、岑参、贾至、严武的长篇排律，对其遭贬表示愤懑，劝其小心从事，免遭小人陷害。而杜甫此时也正流落秦州，衣食不保。

第三类是为官期和漂泊期给官员写的勉励诗，如写给御史中丞郭英义赴任陇右节度使，勉励对方迅速靖边；写给杨六判官出使吐蕃，希望他完成使命；写给路使君赴陵州任，希望他勤政爱民；写给边将董嘉荣，勉励他抗击吐蕃；写给成都尹、剑南节度使严武，希望他安边立功，等等。

第四类是漂泊时期写给地方官的求助诗，涉及人物颇多，主要有东川留后章彝、夔州都督柏茂琳等。因有求于人，难免溢美，苦情可谅。

五、山川古迹

这类作品主要写于夔州和湖南。写于夔州的几首，有的描写瞿塘峡之壮观，"天欲今朝雨，山归万古春"（《上白帝城二首》）；有的写天池之雄奇，"闻道奔雷黑，初看浴日红"（《天池》）；有的写峡中风物之险恶，"岁月蛇常见，风飙虎或闻"（《南极》）；有的描写白帝城楼之古老，"柱穿蜂溜蜜，栈缺燕添巢"（《陪诸公上白帝城宴越公堂之作》）。在此期间，杜甫还有两首凭吊古迹之作，《谒先主庙》和《诸葛庙》，仰慕君臣一体、同舟共济的风范，表达个人生不逢时的感慨。漂泊湖南时期，作有《过南岳入洞庭湖》《北风》等诗篇，前者描绘洞庭湖的博大浩渺，"欹侧风帆满，微冥水驿孤。悠悠回赤壁，浩浩略苍梧"；《北风》中的湖水则是"万里鱼龙伏，三更鸟兽呼"，读来骇目惊心。

总体来看，杜甫的排律，已经从内容上完全突破了初唐排律的束缚，向更为广阔的生活拓展，为后来排律内容向多方位伸出触角提供了有价值的尝试。

第四节　杜甫排律的诗艺成就

杜甫在排律创作上取得了崇高的艺术成就，其排律作品注重对仗、用典、铺叙和诗歌结构，为后人提供了经典的写作范式。

一、属对精工，力避重复

排律依照律诗体制结篇，除首尾两联外，其余皆要求对仗，而杜甫排律往往较长，就必须大量使用对仗连属篇章。一般而言，这样容易形成繁复啰唆、华丽排场诸病。而杜甫排律对仗虽多，却能做到整饬中求变化，尤其注重避免邻联之间对仗种类和句式的重复。杜甫又注重对仗的语言含量，在"晚节渐于诗律细"的基础上，尽可能使诗歌语言含量丰富，精警凝练。

（一）力避语法结构之重复

杜甫排律相邻的两联，语法结构一般都不同。例如前文所举《寄彭州高三十五使君适虢州岑二十七长史参三十韵》，此不赘述。

（二）力避对仗方式之重复

排律对仗高度密集，若处理不好，就容易流于板滞。杜甫注意变换对仗的种类，力避重复。如《陪郑公秋晚北池临眺》：

> 北池云水阔，华馆辟秋风。
> 独鹤元依渚，衰荷且映空。
> 采菱寒刺上，蹋藕野泥中。
> 素楫分曹往，金盘小径通。
> 萋萋露草碧，片片晚旗红。
> 杯酒沾津吏，衣裳与钓翁。
> 异方初艳菊，故里亦高桐。
> 摇落关山思，淹留战伐功。
> 严城殊未掩，清宴已知终。
> 何补参卿事，欢娱到薄躬。

此诗除首尾两联外，皆对仗。第二联为宽对（植物对动物），第三联为工对（植物类相对），第四联为宽对（楫、盘，器物类对饮食类），第五联为工对（叠音词相对、颜色词相对），第六联宽对（杯酒、衣裳，饮食类对衣饰类），第七联为工对（草木类），第八联为连用字对（关山、战伐，为连用字），第九联为宽对（城、宴，宫室类对饮食类）。排律中工对和宽对交替使用，或加以其他对仗种类，读来摇曳多姿，无雷同板滞之弊。

（三）力避对仗内容之重复

杜甫在对仗内容上同样力避重复，目的是让每一句诗都发挥其应有的作用，让内容更加丰富，更加厚重，更加值得品味，而拒绝合掌。如《夔府书怀四十韵》：

> 昔罢河西尉，初兴蓟北师。
> 不才名位晚，敢恨省郎迟。
> 扈圣崆峒日，端居滟滪时。
> 萍流仍汲引，樗散尚恩慈。
> 遂阻云台宿，常怀湛露诗。
> 翠华森远矣，白首飒凄其。
> 拙被林泉滞，生逢酒赋欺。
> 文园终寂寞，汉阁自磷缁。
> 病隔君臣议，惭纡德泽私。
> 扬镳惊主辱，拔剑拨年衰。
> 社稷经纶地，风云际会期。
> 血流纷在眼，涕洒乱交颐。
> 四渎楼船泛，中原鼓角悲。
> 贼壕连白翟，战瓦落丹墀。
> 先帝严灵寝，宗臣切受遗。
> 恒山犹突骑，辽海竞张旗。
> 田父嗟胶漆，行人避蒺藜。
> 总戎存大体，降将饰卑词。
> 楚贡何年绝，尧封旧俗疑。
> 长吁翻北寇，一望卷西夷。
> 不必陪玄圃，超然待具茨。
> 凶兵铸农器，讲殿辟书帷。
> 庙算高难测，天忧实在兹。
> 形容真潦倒，答效莫支持。

使者分王命，群公各典司。
恐乖均赋敛，不似问疮痍。
万里烦供给，孤城最怨思。
绿林宁小患，云梦欲难追。
即事须尝胆，苍生可察眉。
议堂犹集凤，正观是元龟。
处处喧飞檄，家家急竞锥。
萧车安不定，蜀使下何之。
钓濑疏坟籍，耕岩进弈棋。
地蒸馀破扇，冬暖更纤絺。
豺遘哀登楚，麟伤泣象尼。
衣冠迷适越，藻绘忆游睢。
赏月延秋桂，倾阳逐露葵。
大庭终反朴，京观且僵尸。
高枕虚眠昼，哀歌欲和谁。
南宫载勋业，凡百慎交绥。

这首诗只有尾联不对仗，其余皆对。首联从"昔"到"初"，上句交代自己初次得官不就，下句点明时间正好和安禄山、史思明起兵相近。第二联上句交代自己年老得名位，下句交代自己对待朝职的态度。第三联上句写宦从事，下句写自己闲居时。第四联上句写自己得到任用，下句写自己有感恩之心。第五联上句写自己的漂泊生活，下句写仍不忘君恩。第六联上句写天子仪仗对自己而言渐行渐远，下句写自己晚年凄清。第七联上句写自己因性拙而生活于林泉，下句写自己原来以为能写诗作赋即可做官（暗含这种想法其实是错误的）。第八联上句写司马相如虽能作赋而闲居茂陵以自比，下句用扬雄投阁比自己疏救房琯获罪。第九联上句写自己因病不能入朝也就免去了君臣对自己的议论，下句写因病愧对君主的恩泽（指授检校工部员外郎事）。第十联上句写吐蕃入长安导致君臣出走，下句写自己面对这种状况欲奋起拔剑效命朝廷。第十一联上句写社稷事，下句写君臣际会。第十二联上句写战争导致流血，下句写流血导致流泪。第十三联上句写四渎（长江、黄河、淮河、济水）战船纷纷，下句写中原大地战鼓悲鸣。第十四联上句写叛军和白翟伙同作战，下句写唐朝宫廷因之受到威胁。第十五联上句写肃宗修陵寝事，下句写郭子仪受遗诏事。第十六联上句写北岳恒山一带仍有叛乱骑兵，下句写靠近海边处叛军旗帜依然张狂。

第十七联上句写诛求之多，下句写官军为防范敌人骑兵布下的铁蒺藜伤及百姓。第十八联上句写德宗初为兵马大元帅时讨贼不严，下句交代史朝义兵败被李怀仙斩首，叛军投降。……我们仅以此两节十八联来看，每一联的上下两句互相咬合，或交代前后相连的事情，或互为因果的关系，无一处重复的内容，笔触愈写愈深，感天动地，震撼人心！王嗣奭曰："此诗细玩始得其条理，分作四节。第一节自首至'拔剑拨年衰'。自叙感君之恩，图报之切；而归宿于'扬镳'二句。忧主之辱，惜年之衰，正公本怀，而此二句又一篇之骨也。二节自'社稷经纶'至'望卷西夷'。盖伤时之乱，而直穷病根，在'总戎''降将'二语。'存大体'，讥其讨贼之不严也；致降将止'饰虚（卑）词'，负固日甚，唐之终于不振，以至于亡，病皆坐此。三节自'不必陪玄圃'至'蜀使下何之'。痛当时以用兵而重敛，致民穷盗起，贻害无极……四节自'钓濑疏坟'起至末。自悲所遭之穷，而属望当事者。"①

二、密集用典，灵活自如

杜甫的排律有长有短，短的排律一般用典较少，长篇排律则讲究才学，用典较多。但杜甫的用典并不板滞，而是自由灵活、变化巧妙。如《桥陵诗三十韵因呈县内诸官》《奉赠鲜于京兆二十韵》《夔府书怀四十韵》《赠李八秘书别三十韵》《哭台州郑司户苏少监》《寄岳州贾司马六丈巴州严八使君两阁老五十韵》等。

（一）使用熟典

杜诗所用的典故，都是常见的事典和语典。这是其以情意主典的创作思想的产物。用典既是为了抒情达意，则典故就应是常见的，如果使用僻典就会淹没情感，使人不知所云。诸如虞舜调琴、大禹疏河、文王获熊、仲尼伤麟、许由瓢饮、原宪居贫、专诸行刺、太伯让贤、勾践枕戈、秦皇渡浙、相如涤器、扬雄投阁、严光垂钓、郑谷耕岩、王粲登楼、贾谊伤时、萧曹拱御、耿贾扶王、管宁皂帽、江总锦袍、蒋诩三径、张翰鲈鱼、严遵卖卜、阮籍穷途、匡衡抗疏、汲黯匡君、廉颇出将、文翁化俗、李广命蹇、张骞出使、苏武握节、董卓燃脐、庞公高蹈、诸葛济时、山简习池、陶潜东篱、志公锡杖、葛洪丹砂等，这些历史掌故和传说对于具有一定文化水平的读者来说，并不构成阅读障碍；即便偶有阙闻，也能通过查阅经史子集，找到出处。杜甫排律多用此类熟典。如《谒先主庙》：

---

① [明] 王嗣奭：《杜臆》卷八，第269—270页。

惨淡风云会，乘时各有人。
力侔分社稷，志屈偃经纶。
复汉留长策，中原仗老臣。
杂耕心未已，欧血事酸辛。
霸气西南歇，雄图历数屯。
锦江元过楚，剑阁复通秦。
旧俗存祠庙，空山立鬼神。
虚檐交鸟道，枯木半龙鳞。
竹送清溪月，苔移玉座春。
间阎儿女换，歌舞岁时新。
绝域归舟远，荒城系马频。
如何对摇落，况乃久风尘。
孰与关张并，功临耿邓亲。
应天才不小，得士契无邻。
迟暮堪帷幄，飘零且钓缗。
向来忧国泪，寂寞洒衣巾。

此诗用典很多，且多为熟典，如第一联"风云会"用《后汉书·二十八将论》"感会风云，奋其智勇"之语典；第二联"力侔"用《三国志》陆抗"力侔则安者制危"之语典；第三联"长策"用《文选·六代论》"观五代之存亡，而不用其长策；睹前车之倾覆，而不改其辙迹"之语典，第六联直面锦江和剑阁的历史，如此等等。这些典故，无论事典和语典，皆非僻涩难懂，是很容易令人心领神会的。

（二）活用典故

杜诗用典十分灵活，正用、反用、明用、暗用等，无所不备。清人李重华在《贞一斋说诗》说："凡引一古人，用一故事，俱是比。"[1] 用古人古事入诗，目的在于比今人今事。

杜甫用典的灵活性，首先表现为对同一典故的时而正用时而反用，或一联之中，一正一反。例如，阮籍穷途而哭这一典故，他在困居长安期间写的投赠诗《敬赠郑谏议十韵》中说"君见穷途哭，宜忧阮步兵"，以阮籍穷途恸哭，来比自己生路的艰辛，是正面使用这个典故；但其晚年

---

① [清] 李重华：《贞一斋诗说》，见王夫之等撰《清诗话》，第 930 页。

所作《暮秋枉裴道州手札率尔遣兴寄递呈苏涣侍御》诗云"齿落未是无心人，舌存耻作穷途哭"，则是反面使用这个典故了。又如《夔府书怀四十韵》中的一联"楚贡何年绝，尧封旧俗疑"，前句以先秦时期楚国断绝向周王朝缴纳"包茅"等贡品而被齐国问罪事，比喻安史之乱期间朝贡断绝事，是正用典故；后句以尧舜旧俗"比屋可封"事，反比今日不能天下尽享皇封，是反用典故。

杜甫灵活用典，还表现为不拘泥典故的全貌，能够根据抒情表意的需要，截取典故的某个侧面。例如，王粲的故事是杜甫在诗中多次使用的。据《汉书·王粲传》载，王粲是汉代文学家，才学称富。中原战乱，他在南迁荆州时作《七哀诗》，写战乱给中原带来的灾难，但其入楚后并没有受到重视，作《登楼赋》以自伤。杜甫《夔府书怀四十韵》中"豺遘哀登楚，麟伤泣象尼"，前一句就是用王粲事迹，写自己避战乱而南迁；而后一句则用孔子见鲁哀公获麟叹"吾道穷矣"典，感慨人生路途之难，但杜甫所在时代并无获麟事。根据一时一地的抒情表意的需要，截取典故的某一侧面来作比，是杜甫用典灵活性的表现，这种作法给抒情表意带来很大的方便。

（三）不露痕迹

用典与写实密合无垠，用典而不使人觉得是在用典，即便不知道典故也能理解诗句，知道典故则更能品其情味，这是用典的妙境。清人袁枚说："用典如水中着盐，但知盐味，不见盐质。"[1] 方东树说："大家用事，若不知其用事者，此其妙也。"[2] 徐增也说："或有故事赴于笔下，即用之不见痕迹，方是作者。"[3] 杜甫排律的某些用典达到了这种境界。如上举《夔府书怀四十韵》的"楚贡何年绝，尧封旧俗疑"，用在叙述安史之乱进程中，对乱终岁供的责问和对天下尽封的怀疑，都是顺理成章、合情合理的。

韩成武在《杜诗艺谭》中谈及杜诗用典时认为："杜甫在用典与否的问题上，处理方法是明智的，他既不拒绝使用典故，也不滥用。在一些短小的诗篇里少用或不用典故，而在一些长篇诗中则用典较多。用与不用，视抒情表意的需要而定。这表明，他是把典故看作抒情表意的工具，是以主人的姿态俯临和驾驭典故；而不是以奴才的姿态把典故高高地举过头顶，向人炫耀自己的家珍。这种态度，可为千古诗人垂范。"[4] 我们对杜甫排律用典也持这种认识。

---

① ［清］袁枚:《随园诗话》卷七，顾学颉校点，人民文学出版社，1982年，第235页。
② ［清］方东树:《昭昧詹言》卷一一，第238页。
③ ［清］徐增:《而庵诗话》，见王夫之等撰《清诗话》，第429页。
④ 韩成武:《杜诗艺谭》，第83页。

三、引赋入律，善于铺叙

排律一般比较长，这就涉及怎样展开篇幅的问题。排律体诗自然离不开铺叙，尤其是长篇排律，离开铺叙则无法成章，诚如元人杨载所言，"长律妙在铺叙"①。但由于排律基本由偶句构成，用偶句对人物、事物以及见解、情感进行铺陈，远不如古体诗用散行语言铺叙来得自然、得心应手。弄得不好，会造成联与联之间意脉隔断，结构支离，难以成文，如同榍联汇集。杜甫的作法是引赋入律，铺叙拓篇，段落分明，意脉连贯，段落转换处常有一联过渡，平稳转换，最后收结时"篇终接混茫"，因而阵容庄严，气象宏大。如《桥陵诗三十韵因呈县内诸官》：

> 先帝昔晏驾，兹山朝百灵。
> 崇冈拥象设，沃野开天庭。
> 即事壮重险，论功超五丁。
> 坡陀因厚地，却略罗峻屏。
> 云阙虚冉冉，风松肃泠泠。
> 石门霜露白，玉殿莓苔青。
> 宫女晚知曙，祠官朝见星。
> 空梁簇画戟，阴井敲铜瓶。
> 中使日相继，惟王心不宁。
> 岂徒恤备享，尚谓求无形。
> 孝理敦国政，神凝推道经。
> 瑞芝产庙柱，好鸟鸣岩扃。
> 高岳前嶂崒，洪河左滢濙。
> 金城蓄峻址，沙苑交回汀。
> 永与奥区固，川原纷眇冥。
> 居然赤县立，台榭争岧亭。
> 官属果称是，声华真可听。
> 王刘美竹润，裴李春兰馨。
> 郑氏才振古，啖侯笔不停。
> 遣辞必中律，利物常发硎。
> 绮绣相展转，琳琅愈青荧。

---

① [元]杨载：《诗法家数》，见[清]何文焕辑《历代诗话》下册，第736页。

> 侧闻鲁恭化，秉德崔瑗铭。
>
> 太史候鬼影，王乔随鹤翎。
>
> 朝仪限霄汉，容思回林垌。
>
> 辖轲辞下杜，飘飘陵浊泾。
>
> 诸生旧短褐，旅泛一浮萍。
>
> 荒岁儿女瘦，暮途涕泗零。
>
> 主人念老马，廨署容秋萤。
>
> 流寓理岂惬，穷愁醉未醒。
>
> 何当摆俗累，浩荡乘沧溟。

此诗按照仇兆鳌的分段方法，分为六大段，前四段"历叙桥陵始末"，开头"先帝昔晏驾"八句为一段，"记山陵之阔大也"；"云阙虚冉冉"八句"记寝殿，而及守陵之事"；"中使日相继"八句"记圣孝，而及感应之符"；"高岳前嶪崒"八句"记山川形胜，而并叙改县之由"；第五段"官属果称是"到"王乔随鹤翎"为"赞美县内诸公"；第六段"朝仪限霄汉"到结束，"末叙客况凄凉也"。① 此时的杜甫，处在困顿长安时期，写此诗，实为祈求帮助。为此杜甫极力调动溢美之词，尤其第一大部分的四段，从四个不同角度夸美桥陵的历史、陵寝的壮阔、桥陵的圣瑞、山川的壮美，使用的完全是赋家"总览六极"的写作手法。第五段写桥陵县诸公，也是像赋家一样从各个不同的角度对其进行夸美。第六段写自己的贫困，也是分别从人生不顺、身若浮萍、家人饥寒等角度博取同情。此诗用赋法，最终也还是结束于"何当摆俗累，浩荡乘沧溟"的混茫境界，虽为祈助，却并不卑弱。

四、段落分明，起结有法

排律因篇幅较长，容易形成混沌一片、难寻首尾的毛病。而杜甫的排律较少存在这种毛病，因为杜甫处理长篇排律时特别讲究各部分的功能，注重中间的过渡或衔接，做到了段落分明，起结有法。

（一）长篇排律段落分明，思想感情的主线贯通首尾

清人张谦宜《絸斋诗谈》云："五言排律，当以少陵为法，有层次，有转接，有渡脉，有盘旋，有闪落收缴，又妙在一气。"② 本章第二节所引

---

① ［清］仇兆鳌注：《杜诗详注》卷三，第 232—236 页。

② ［清］张谦宜：《絸斋诗谈》卷二，见郭绍虞编选《清诗话续编》第二册，第 807 页。

的《寄彭州高三十五使君適虢州岑二十七长史参三十韵》这首诗,就是个很好的例证。下面试作分析。

首联"故人何寂寞,今我独凄凉",两位老友虽遭贬谪而仍不寂寞,自己却独守凄凉。两句具有总摄全篇的作用,全诗就是围绕这两句来展开叙述的。先用两联交代写此诗的缘由,就是诗兴不衰,友情犹在。从第四联到第十联为一段,具体铺叙高岑之"不寂寞":诗名远扬,官职仍贵。赞其诗名,以前代著名诗人沈约、鲍照为陪衬;称其官贵,以当代四位仕途坎坷的诗人做对比。从第十一联到第十五联为一段,铺叙自己之"独凄凉":疟疾缠身,生涯狼狈。以上是双方的第一层对比,接下来是第二层对比,写双方生活环境的巨大差别。从第十七联到第二十联为一段,铺叙自己身处边疆的苦情:与鱼鸟相伴,受豺狼威胁。从第二十一联到第二十六联为一段,铺叙友人生活环境之优雅:土产富足,风光秀美。最后四联为一段,收结双方:居官的你们要为国家效力,凄凉的我则能安于贫困。待到安史叛军覆灭之后,我将背着干粮与你们相会。仇兆鳌说结尾四联"宾主总收"[1],是为确论。这首五言长排段落分明,思想主线贯穿首尾,那就是对高、岑两位老友遥致安慰。《唐书》载,唐肃宗乾元元年(758)五月,高适由太子詹事出任彭州刺史;乾元二年四月,岑参由起居舍人出任虢州长史。二人均遭贬谪,故杜甫写诗安慰之。

(二)注重段落间的上下勾连

杜甫很注意排律上下段落之间的关系,段落的转换之处,常有一联出句挽结上文,对句启开下文,其作用如同两岸之间的渡船。清人张谦宜《絸斋诗谈》云:"凡百韵或数十韵长篇,必有过脉,大约一句挽上,一句生下,此文之筋也。"[2] 他所说的"过脉""文筋"就是指具有连接两段文意作用的联语。杜甫排律作品中时见这种过渡性的联语。如《奉寄河南韦尹丈人》,诗的前段盛赞韦济的才德、地位尊荣无与伦比;后段诉说个人性格放纵,生活困顿。在两段之间有一联是"尊荣瞻地绝,疏放忆途穷",它起到了由前段转到后段的过渡作用,将前后两段连成一体。又如《赠翰林张四学士垍》,诗的前段铺叙驸马张垍春风得意,青云高举;后段叙述个人岁月空掷,飘荡无依。两段之间的一联是"无复随高凤,空馀泣聚萤",高凤,指称张垍;聚萤,即囊萤,用晋人车胤的典故,写个人的贫穷。再如《奉赠鲜于京兆二十韵》,前段赞美京兆尹鲜于仲通德才兼备,

---

① [清]仇兆鳌注:《杜诗详注》卷八,第644页。
② [清]张谦宜:《絸斋诗谈》卷二,见郭绍虞编选《清诗话续编》第二册,第806页。

广揽人才；后段铺叙个人文采尚好，已经获得候选资格，希望对方给予汲引。两段之间也有一联作为过渡："义声纷感激，败绩自逡巡。"出句的意思是说对方广揽人才的义举博得了众多的感激，是承上文；后句是说自己仕途屡遭坎坷羞于启齿求人，是启下文。这些具有过渡功能的联语，其作用是完成前后内容的平稳转换，衔接前后文意，如同骨骼之间的连筋，在作品的结构上具有组织意义。

（三）注重发端

杜甫排律非常讲究发端，往往在前几句就抓住读者的阅读心理。古代诗论家对杜甫排律作品工于发端有所评论。例如，施补华在所著《岘佣说诗》中说："五排篇幅短者，起笔可以突兀；篇幅长者，必将全篇通括总揽，以完整之笔出之。"[1] 施氏此论颇有见地，虽不能概括杜甫的全部排律作品，却也道出了部分作品的起句特征。杜甫某些短律起句突兀，如同空中坠石，不知所来，长律起句则总括全篇，笼罩首尾。

杜甫的排律作品被后人视为此体的艺术巅峰，尤其是他的五言排律，"五言排律，至杜集观止"[2]，后代诗人不能企及。杜甫以其卓越的创作实践，为此体在声律、韵律、对仗、结构诸方面确立了体制，在文学史上具有重要地位。

但我们也不能因此而对杜甫排律存在的问题视而不见。事实上，杜甫排律存在繁复和芜杂之病。仇兆鳌就指出过杜甫排律的"繁冗混杂"和"铺陈芜碎"，如在《临邑舍弟书至苦雨》下引益王潢南（道人）语指出："其修辞炼句，繁冗混杂，险怪艰深，令人三读不知，翻不如五言律矣。"[3]又在《赠特进汝阳王二十二韵》下引胡应麟批杜甫排律语："杜排律五十百韵者，极意铺陈，顾伤芜碎。盖大篇冗长，不得不尔。"[4]由此可见排律之难写。仇氏也在探寻弥补缺陷的措施，现将其归纳如下：

一要起句雄浑。"凡排律起句，极宜冠冕雄浑，不得作小家语。唐人可法者，卢照邻'地道巴陵北，天山弱水东'，骆宾王'二庭归望断，万里客心愁'，杜审言'六位乾坤动，三微历数迁'，沈佺期'闾阖连云起，岩廊拂雾开'，玄宗'钟鼓严更曙，山河野望通'，张说'礼乐逢明主，韬钤用老臣'，李白'独坐清天下，专征四海隅'，高适'云纪轩皇代，星高

---

[1]　[清]施补华：《岘佣说诗》，见王夫之等撰《清诗话》，第999页。
[2]　[清]李重华：《贞一斋诗说》，见王夫之等撰《清诗话》，第925页。
[3]　[清]仇兆鳌注：《杜诗详注》卷一，第27页。
[4]　[清]仇兆鳌注：《杜诗详注》卷一，第65页。

太白年'，此类最为得体。"①

二要"格调精严，体骨匀称"。"杜排律……惟赠汝阳、哥舒、李白、见素诸作，格调精严，体骨匀称。每读一篇，无论其人履历，咸若指掌，且形神意气，踊跃毫楮，如周昉写生，太史序传，逼夺化工。而杜从容声律间，尤为难事，真古今绝诣也。"②

三要议论有序，意兴迭出。"排律之体，所贵反覆议论，井井有条，意兴迭出，一气呵成。赋景入事，皆须各当其可，切忌散缓错乱，屋上架屋，意兴索然，则深可厌矣。"③

排律由于要讲究格律、讲究对仗、讲究铺叙，而且篇幅较长，容易形成板滞之病、藻饰之病，较难出现绝好佳制。尽管杜甫排律也存在"繁冗混杂"和"铺陈芜碎"的问题，但在中国诗歌史上杜甫的排律依然是成就最突出的。这是我们必须要给予杜甫排律的定位和肯定。

① 胡应麟评《赠特进汝阳王二十二韵》语，见 [清] 仇兆鳌注《杜诗详注》卷一，第65页。
② 胡应麟评《赠特进汝阳王二十二韵》语，见 [清] 仇兆鳌注《杜诗详注》卷一，第65页。
③ 徐用吾评《临邑舍弟书至苦雨》语，见 [清] 仇兆鳌注《杜诗详注》卷一，第27页。

第四章　杜甫古体诗体制研究

古体诗是指近体诗产生之后，相对于近体诗而言的一种诗体概念。先唐时期的诗歌都可以视为古体诗。唐朝以后，一般而言，近体诗之外的诗歌亦称古体诗。由于本书研究的是诗体学视野下的杜甫诗歌，故在划分诗体方面更加细致，将具有独立诗体特征的歌行作为唐世之新歌单独列类，将与音乐密切相关的乐府单独列类，余则归入杜甫古体诗。

杜甫古体诗歌共计 277 首，内容与个人生平遭际联系紧密，但杜甫是一个胸怀人民、胸怀天下的士人，遭遇又非同寻常地富有时代特征，故其相对私人化的内容里仍然包含了非常丰富的社会信息。相对于魏晋南北朝时期的古体诗主要以献诗、咏史、招隐、咏怀、赠答、行旅等为主而言，杜甫古体诗的内容更加广泛，反映社会生活更加深入：纪时变，述志向，讽时政，哀民生，赞英良，呼唤普世爱心……这是杜甫古体诗对前代古体诗内容的重要突破。其语言形态的体制特征基本可以概括为：句子无声律规范，多用非律句；用韵平仄均可，可以转韵，但五古以不转韵为常例；与近体诗讲究对仗不同，杜甫古体诗回避对仗，有意向汉魏古体诗回归。在艺术风格上，杜甫古体诗追求典雅、古朴、自然、沉厚、雍容的语体风格，讲究气脉贯穿、布局匀整的篇章结构，使用大笔铺叙的作赋手法拓展篇幅，将叙事、议论、言志、抒情完美结合，既发展了汉魏古体诗质朴高古的语言风格，也改变了以往古体诗简易叙事、单纯议论的写作路径，为后来韩愈、白居易等的古体大篇拓展文章提供了新的写作范式和发展方向。

第一节　古体诗本源及其在唐代的发展

古诗，古人多指与近体诗相对应的一种诗体形式，但具体指向并不明晰。在诸多古典诗歌体式中，古诗是含义最为模棱两可、指向不清者，有包含乐府诗者，如称"五言长篇，自古乐府《焦仲卿妻》而下……"；有包含歌行者，如称"七言古诗，概曰歌行"之类。许学夷《诗源辩体》、钱良择《唐音审体》虽反复论说古体、近体，言其发源，论其变化，也未具体定义古体诗之指向，似有说明，而又实未说明。甚至明白如王士祯者也说："夫古诗，难言也。《诗》三百篇中'何不日鼓瑟''谁谓雀无角''老马反为驹'之类，始为五言权舆。至苏李、《十九首》，体制大备。"① 钱良择似乎对古体有自己的独特之见，以为齐梁声律说影响下的诗歌非为古体，其《唐音审体》曰：

> 　　五言诗始于汉元封，盛于魏建安，陈思王其弁冕也。张、陆学子建者也，颜、谢学张、陆者也，徐、庾学颜、谢者也。其先本无排偶；晋，排偶之始也；齐梁，排偶之盛也；陈隋，排偶之极也。齐永明中，沈约、谢朓、王融创为声病，一时文体骤变。谢玄晖、王元长皆没于当代，沈休文与是时作手何仲言、吴叔庠、刘孝绰等并入梁朝，故通谓之齐梁体。自永明以迄唐之神龙、景云，有齐梁体，无古诗也。虽其气格近古者，其文皆有声病。陈子昂崛起，始创辟为古诗，至李、杜益张而大之，于是永明之格渐微。今人弗考，遂概以为古诗，误也。②

对古诗没有具体定义而又往往以先唐的非近体诗为古诗的现象说明，很多古人对古诗并没有特别明晰的定义。这对于文学史现象的一般研究而言尚可，但对于诗体学研究而言则不可，对于从诗体学角度研究杜甫诗歌而言尤为不可，因为杜甫对不同诗体的把握有着自己的理解，所谓"不与齐梁作后尘"，可知杜甫的古诗绝不包括齐梁体诗。丁仪在《诗学渊源》卷五中从声律上规范了古诗的指向：

> 　　盖五言不粘者，汉魏古诗也；有粘有不粘者，齐梁也；上下全粘者，初唐也，虽意转而体仍不变也。齐梁则或四或六，随意而变者也。作者但能避去律句，上下平仄相对，可矣。而齐梁一体，则转宜律句。多杂古句，便非齐梁。盖唐人于齐梁，无一用古句者。然律而又异于律，与初唐古诗不同。初唐古诗，虽上下相粘而平匀。上句第

---

① ［清］王士祯著，［清］张宗柟纂集：《带经堂诗话》卷一，第20页。
② 陈伯海主编，张寅彭、黄刚编撰：《唐诗论评类编》（增订本），第358页。

五字皆落仄，无用平韵者，且古句律句互参者也。①

丁仪所言，大略符合杜甫对诗体的认知。其实不唯粘对问题，用韵方面（杜甫古诗一般一韵到底），对仗方面（杜甫古诗一般不用对仗），杜甫都是以汉魏古体为努力方向的。由于本书为杜甫诗歌的诗体学研究，旨在研究杜甫在分体各科中的贡献，故要以更细的规范作为衡量标准，而杜甫既然已经声称"不与齐梁作后尘"，所以，接近汉魏特征的古诗才是杜甫古诗的典型标志。以目前学界研究唐代文体学的大致学术取向作参照，我们做杜甫诗歌的诗体研究，"古诗"当抛开骚体诗、乐府诗、歌行体诗等拥有特别名称的诗歌。杜甫古体诗的研究，我们限定在除开骚体、乐府、歌行三类之外的杜甫古诗。

这样划定杜甫古体诗歌范围的方式源自《昭明文选》，但又与《昭明文选》略有不同。《昭明文选》在分类方式处理上，是将骚体诗单独列类，而将乐府诗和其他诗歌放置于"诗甲""诗乙""诗丙""诗丁""诗戊""诗己""诗庚"。但令人奇怪的是，"诗戊"很显然与其他类别不同，其他类别分别涉及献诗、咏史、招隐、咏怀、赠答、行旅等具体的诗歌内容，内容指向清楚，只有"诗戊"的乐府诗不是按照内容指向进行分类。而且，乐府诗作为一种与音乐有紧密联系的诗歌，在后来的诗歌发展史上发展成为一种专有的诗体名称，内容含量非常大，不是某一两个词汇能够容纳的，即使在《昭明文选》中也是如此。故此，《昭明文选》的分类方法在这一点上值得商榷，"诗戊"的乐府一类自应与"骚体"一样单独列类，如此方显科学。今人陈伯海在唐诗学研究领域卓有成就，其《唐诗汇评·历代唐诗论评辑要》《唐诗论评类编》在进行诗体论评分类时就是把乐府、歌行、古诗、律诗、绝句、杂体分别开列，笔者比较认同这种分类。

在以上规范下所定义的"古诗"，是我们所界定的古诗的范围。以此审视中国古诗的发展路径，大体可以描述为：五言古体诗源于诗骚，盛于汉魏，衰于晋宋，亡于齐梁。至唐代，杜甫之前，有陈子昂起而振之，王孟李杜，相继有作，元和以下，律诗至盛，古诗声衰，至晚唐，作者越少，虽有佳篇，难有振势。对于古体诗歌在唐及其之前走过的路径，古人认识相对一致，论述亦颇多，较有代表性的有徐师曾、胡应麟、许学夷等。徐师曾《文体明辨序说》云：

---

① 丁仪:《诗学渊源》卷五，见张寅彭主编《民国诗话丛编》第三册，李剑冰校点，上海书店出版社，2002 年，第 110 页。

……五言之源，生于《南风》，衍于《五子之歌》，流于《三百五篇》，而广于《离骚》，特其体未备耳。逮汉苏李，始以成篇。嗣是汪洋于汉魏，汗漫于晋宋，至于陈隋，而古调绝矣。唐初，承前代之弊，幸有陈子昂起而振之，遏贞观之微波，决开元之正派，号称中兴。于时李、杜、王、孟之徒，相继有作。元和以下，遗响复息。①

胡应麟《诗薮》卷二云：

古诗浩繁，作者至众。虽风格体裁，人以代异，支流原委，谱系具存。炎刘之制，远绍《国风》。曹魏之声，近沿枚、李。陈思而下，诸体毕备，门户渐开。阮籍、左思，尚存其质。陆机、潘岳，首播其华。灵运之词，渊源潘、陆。明远之步，驰骤太冲。有唐一代，拾遗草创，实阮前踪；太白纵横，亦鲍近媭。少陵才具，无施不可，而宪章祖述汉、魏、六朝，所谓风雅之大宗，艺林之正朔也。

古诗，杜少陵后，汉、魏遗响绝矣，至献吉而始辟其源；韦苏州后，六朝遗响绝矣，至昌谷而始振其步。故谓杜之后便有北地可也，谓韦之后便有迪功可也。②

许学夷《诗源辩体》卷三云：

汉魏五言，源于《国风》，而本乎情，故多托物兴寄，体制玲珑，为千古五言之宗。详而论之，魏人体制渐失，晋、宋、齐、梁，日趋日亡矣。③

就诸家论述而言，关于古体诗在先唐及唐代走过的路径，基本没有本质性不同，笔者也没有更多要特别论述的。但谈到古诗在唐代的发展，尤其是唐代古诗在杜甫之前的发展，还是需要费一些笔墨。

唐代的古诗有五言与七言两种，而以五言为多。由于距离梁陈最近，唐朝初年的文坛尤其是太宗贞观年间的文坛，受梁陈宫廷诗风影响较重，讲究艺术形式，讲究铺陈辞藻，讲究设色秾丽，有些也讲究对仗。谈及初

---

① [明]徐师曾：《文体明辨序说》，罗根泽校点，人民文学出版社，1962年，第105页。
② [明]胡应麟：《诗薮·内编》卷二，第23、39页。
③ [明]许学夷：《诗源辩体》卷三，杜维沫校点，人民文学出版社，1987年，第44—45页。

唐古诗的情况，许学夷在《诗源辩体》卷十二中说：

> 五言自汉魏流至陈隋，日益趋下，至武德、贞观，尚沿其流，永徽以后，王杨卢骆则承其流而渐进矣。四子才力既大，风气复还，故虽律体未成，绮靡未革，而中多雄伟之语，唐人之气象风格始见。此五言之六变也。①

这种情况，正是六朝遗风影响下的产物，即使初唐四杰希望有所改变，但毕竟受时代影响，不能做到彻底与六朝风气断绝关系。而又由于律诗的渐成，唐人亦不可能不受律诗的影响，故古诗中杂有律诗痕迹也属正常，这其实不必苛责。但许学夷特讲"古诗气象"，而强调的是"古体"，故曾指责唐五言古诗缺乏古诗气象，《诗源辩体》卷十七云：

> 五言古至于唐，古体尽亡，而唐体始兴矣。然盛唐五言古，李、杜而下惟岑参、元结于唐体为纯，尚可学也；若高适、孟浩然、李颀、储光羲诸公，多杂用律体，即唐体而未纯，此必不可学者。②

其实这正是唐代古体诗的特点，是诗体发展中的一种变化。它不是六朝遗风的花架子，而是一种带有时代特色的诗体变化，因此完全没有必要苛责唐人。

在以上论述的基础上总结唐代古体诗区别于汉魏古诗、齐梁古诗的特点，可知唐代古体诗有三大特色值得注意。

一是语言色彩的唐人化。汉魏时古诗，语言追求自然古朴，以表意为主。齐梁时人，语言注重声情色彩（修饰性较强），讲究技术技巧（双声、叠韵、对偶、顶针等）。唐人的古体诗既不像梁陈人那样痴迷于声音和色彩，也不像汉魏人那样基本不注重声音和色彩。这恰恰是唐代古诗的正确定位，为唐代古体诗在语言色彩方面找到了自己的历史定位。

二是诗体形式的唐人化。汉魏古体诗的自由度比较大，句数、字数、节数没有特别的固定形式，尤其不特别讲究平仄四声，而是自然表达作者自己的感觉和认识，如《文选》作古诗，《玉台新咏》题作蔡邕诗的《饮马长城窟行》：

① ［明］许学夷：《诗源辩体》卷一二，第139页。
② ［明］许学夷：《诗源辩体》卷一七，第177页。

青青河边草，绵绵思远道。
远道不可思，宿昔梦见之。
梦见在我旁，忽觉在他乡。
他乡各异县，展转不可见。
枯桑知天风，海水知天寒。
入门各自媚，谁肯相为言！
客从远方来，遗我双鲤鱼。
呼儿烹鲤鱼，中有尺素书。
长跪读素书，书中竟何如？
上有加餐食，下有长相忆。

全诗 20 句，节数按押韵可分为 2 句、2 句、2 句、2 句、4 句、6 句、2 句七节。其也不讲究平仄，如"青青河边草"前四字全是平声，"远道不可思"前四字全仄，"宿昔梦见之"前四字全仄，"展转不可见"五字全仄，"枯桑知天风"五字全平。又如《古诗十九首》其一《行行重行行》：

行行重行行，与君生别离。
相去万馀里，各在天一涯。
道路阻且长，会面安可知？
胡马依北风，越鸟巢南枝。
相去日已远，衣带日已缓；
浮云蔽白日，游子不顾返。
思君令人老，岁月忽已晚。
弃捐勿复道，努力加餐饭。

全诗 16 句，只有一次换韵，前八句一韵，后八句一韵，"相去日已远""衣带日已缓""游子不顾反"是后四字全仄，"道路阻且长"是前四字全仄，"岁月忽已晚"是五字全仄。又如徐幹的《室思》其二：

峨峨高山首，悠悠万里道。
君去日已远，郁结令人老。
人生一世间，忽若暮春草。
时不可再得，何为自愁恼？
每诵昔鸿恩，贱躯焉足保！

全诗 10 句，一韵到底，"峨峨高山首"前四字全是平声，"君去日已远""时不可再得"后四字全是仄声。又如曹植的《送应氏诗二首》其一：

> 步登北邙坂，遥望洛邑山。
> 洛阳何寂寞，宫室尽烧焚。
> 垣墙皆顿擗，荆棘上参天。
> 不见旧耆老，但睹新少年。
> 侧足无行径，荒畴不复田。
> 游子久不归，不识陌与阡。
> 中野何萧条，千里无人烟。
> 念我平常居，气结不能言。

全诗 16 句，一韵到底，但前十句是单句仄声结尾，后六句单句平声结尾，也即，后六句虽是隔句押韵，却是不讲究尾字声音的。全诗在句律方面也不讲究，"不识陌与阡"前四字全是仄声，"不见旧耆老"只有"耆"一个平声，"中野何萧条""千里无人烟"仅有一个仄声，"念我平常居"则是结尾三个平声连用。由此可见，全诗并无声律上的规律。但这首诗似乎让我们看到了古诗向律诗发展的痕迹，如"洛阳何寂寞，宫室尽烧焚""垣墙皆顿擗，荆棘上参天"是与律句暗合的。又如王粲《七哀诗》其二：

> 荆蛮非我乡，何为久滞淫？
> 方舟溯大江，日暮愁我心。
> 山冈有馀映，岩阿增重阴。
> 狐狸驰赴穴，飞鸟翔故林。
> 流波激清响，猴猿临岸吟。
> 迅风拂裳袂，白露沾衣衿。
> 独夜不能寐，摄衣起抚琴。
> 丝桐感人情，为我发悲音。
> 羁旅无终极，忧思壮难任。

全诗 18 句，一韵到底，前四句，单句结尾为平声，中十句，单句结尾为仄声，接着"丝桐感人情，为我发悲音"两句，单句结尾为平声，结尾"羁旅无终极，忧思壮难任"两句，单句结尾为仄声。全诗在句律方面也不讲究，如"日暮愁我心"为"仄仄平仄平"，"岩阿增重阴"为"平平平平平"，"白露沾衣衿"尾部三平调，"丝桐感人情"为"平平仄平平"等，都不是太讲究。但也有与律句暗合者，如"何为久滞淫""方舟溯大江"为"平平仄仄平"格式，"狐狸驰赴穴"为"平平平仄仄"格式，"为我发悲音"为"仄仄仄平平"格式，"羁旅无终极"为"平仄平平仄"格式。

齐梁古体诗在句数、字数、节数上相对来说更显整齐，尤其在四声方面讲究较多，并在自由的语言形式中加入了一些律句。一般而言，齐梁古体诗以 10 句、12 句、14 句为多，其次是 16 句、18 句、20 句，另外有个别较长的，如谢朓的《始出尚书省诗》30 句，就是比较少见的了。常规古体如谢朓《晚登三山还望京邑诗》：

> 灞涘望长安，河阳视京县。
> 白日丽飞甍，参差皆可见。
> 馀霞散成绮，澄江静如练。
> 喧鸟覆春洲，杂英满芳甸。
> 去矣方滞淫，怀哉罢欢宴。
> 佳期怅何许，泪下如流霰。
> 有情知望乡，谁能鬒不变？

这首诗押仄声韵，一韵到底，却有很多符合唐诗规范的律句，如"灞涘望长安，河阳视京县"是"仄仄仄平平，平平仄平仄（"平平平仄仄"的变格）""白日丽飞甍，参差皆可见"是"仄仄仄平平，平平平仄仄"，"喧鸟覆春洲"是"平仄仄平平"，"佳期怅何许"是"平平仄平仄（"平平平仄仄"的变格）"，"泪下如流霰"是"仄仄平平仄"，等等。总之，在齐梁古诗中可以看到更整齐的形式，也可以看到更多律句。王尧衢《古唐诗合解凡例》谈及古诗的发展时说：

> 汉魏古诗，浑朴古雅，以理胜，不屑于字句计工拙，或于拙处反见其工。虽汉魏微有不同，总皆境与神会，自然混成，不可寻章摘句。迨及建安，陈思杰出，牢笼群彦，人人自谓握灵蛇之珠，即唐之三杰如太白、少陵、退之，俱学建安而泯其迹。六朝藻丽秾纤，澹远韶秀，始有佳句可摘，然而元气渐漓，日趋于薄，亦由运会使然。至如

谢灵运诗之警策，谢朓诗之高华，各辟境界，不欲依傍前哲，已开唐诗之端。①

唐代古体诗和汉魏齐梁古体诗的关系，大体可以概括为：唐代的古体诗，初唐时风格与齐梁接近，句子中时杂律句，且讲究铺排，讲究辞采；到高适，虽有古意，但诗句中还时常出现连续的律句，犹如律绝杂于其间；岑参李白，已经是意气风发、大气磅礴、辞采张扬的盛唐样貌；到杜甫，则又向古意回归，尽力回避律句，但依然保持着讲究铺排和辞采的唐人特色。

三是写作风范的唐人化。在谈及汉魏古诗与唐人古诗的区别时，许学夷《诗源辩体》卷四说：

> 汉魏同者，情兴所至，以情为诗，故于古为近。魏人异者，情兴未至，以意为诗，故于古为远。同者乃风人之遗响，异者为唐古之先驱。②

在许学夷看来，汉魏古诗虽有"以情为诗"和"以意为诗"的区别，但相同的是其皆为"风人之遗响"，也就是皆具劝谏、规讽之意，而唐代古诗，杜甫之前，似乎缺少了些劝谏、规讽的意味。审视唐代李、杜之前的古诗，确乎有这种倾向，但杜甫的古诗，以回归汉魏为旨归，规讽意旨也很强。总体看来，汉魏五言，深于兴寄；唐人五言，善于铺陈。

另外，汉魏五言，主要是客体写作；唐人五言，主要是主体化写作。七言古体始自《柏梁》，后世作品较少，至盛唐始兴，故相对汉魏，缺乏可比性。七言古诗，高岑李杜，都不乏雄浑之作，写作中多讲究铺排，张扬辞采，平仄声音则与五言古诗大体一致。

第二节　杜甫古体诗的体类特征

少陵古诗，以五古为主，七言较少。其古诗共计 277 首，五言 245 首，七言 32 首。究其原因，古诗在汉魏是以五言为主，七言在那时还不很成熟。从杜甫的创作实绩和创作愿景来看，当他认为四杰"劣于汉魏近风骚""不与齐梁作后尘"时，他内心对汉魏古诗的认同就已经摆在那里

---

① ［清］王尧衢注：《古唐诗合解·凡例》，光绪五年扫叶山房刻本。
② ［明］许学夷：《诗源辩体》卷四，第 71—72 页。

了。由于五言古诗和七言古诗的源流不同，其在写作上也多有不同，总体而言，如许学夷所言，因"五言古源于《国风》，其体贵正"[①]。以此审视杜甫的五言古诗，基本无声律规范，多用非律句；以不转韵为常例，但仄声韵尤其是入声韵诗歌转韵较多；有意回避对仗，只偶有对仗；开篇方法不拘一格，铺陈终始，辞意曲折，布局森严。其七言古诗则优柔和平，托词温厚，雍容不迫，诗风沉厚。萧涤非先生曾用"量体裁衣"来比喻杜甫根据不同内容来选择不同诗体，他说："但值得我们指出的，还不在于他广泛的使用了所有的诗体，而在于他能够极其适当的使用这些诗体。这才是他真正的艺术本领。因为他极其科学的根据客观现实、根据描写对象把各种诗体作了恰如其分的分工，使各种不同诗体都能'各尽所能'，'各得其所'。例如在反映人民生活和一般社会状况方面，他，几乎没有例外的一概使用伸缩性较大，便于描写的古体诗。"[②]

在与近体诗的对比研究中更能彰显古体诗的体类特征，故本节以律诗的声律、韵律、对仗为参照，研究杜甫古体诗的体类特征。

一、杜甫古体诗的声律

杜甫古体诗的语言模式向汉魏回归，非常自由，基本不遵守律诗规范，甚至有意回避。

古体诗的声律，魏晋时期不太讲究，唐时受律诗影响，有些古体诗中会杂有较多律句，这是时代使然，丁仪在《诗学渊源》卷五所概括的情况大致可以见出古体诗声调在唐宋时期的变化：

> 古诗自两汉至魏晋间，不拘句法，故五仄五平相连成句，数见不鲜。至宋中叶，渐涉声调，四平者必间以仄，四仄者必间以平。五平五仄之句，唯拟古之作尚仍其旧耳。[③]

杜甫是律诗大家，于诗律方面成就卓然，但他对古体诗的"古"字追求很真，极少动用律体语言为他的古体诗服务。其实动用律体为古体诗服务，在初唐极为常见，在高适、岑参诗里亦常见，而杜甫在进行古诗创作时，有意向没有声律束缚的汉魏古体诗歌回归，可见他是有意突出古体诗的特征。杜甫主要从以下两个方面着手。

① [明]许学夷：《诗源辩体》卷一八，第190页。
② 萧涤非：《杜甫研究》，山东人民出版社，1956年，第80页。
③ 丁仪：《诗学渊源》卷五，见张寅彭主编《民国诗话丛编》第三册，第107页。

其一，尽量少用律句。杜甫古体诗 277 首，五言古体诗 245 首，七言古体诗 32 首。这些作品在声律上都不讲究。我们以律诗的四种正格律句（五言"仄仄平平仄；平平仄仄平；平平平仄仄；仄仄仄平平"，七言"仄仄平平平仄仄；平平仄仄仄平平；平平仄仄平平仄；仄仄平平仄仄平"）去审视杜甫的古体诗（不计变格律句），就可以明了杜甫不讲究声律的特点了。如《同诸公登慈恩寺塔》：

> 高标跨苍穹，烈风无时休。（平平仄平平，仄平平平平。）
> 自非旷士怀，登兹翻百忧。（仄平仄仄平，平平平仄平。）
> 方知象教力，足可追冥搜。（平平仄仄仄，仄仄平平平。）
> 仰穿龙蛇窟，始出枝撑幽。（仄平平平仄，仄仄平平平。）
> 七星在北户，河汉声西流。（仄平仄仄仄，平仄平平平。）
> 羲和鞭白日，少昊行清秋。（平平平仄仄，仄仄平平平。）
> 秦山忽破碎，泾渭不可求。（平平仄仄仄，平仄仄仄平。）
> 俯视但一气，焉能辨皇州。（仄仄仄仄仄，平平仄平平。）
> 回首叫虞舜，苍梧云正愁。（平仄仄平仄，平平平仄平。）
> 惜哉瑶池饮，日晏昆仑丘。（仄平平平仄，仄仄平平平。）
> 黄鹄去不息，哀鸣何所投。（平仄仄仄仄，平平平仄平。）
> 君看随阳雁，各有稻粱谋。（平仄平平仄，仄仄仄平平。）

全诗 24 句，仅"羲和鞭白日""君看随阳雁""各有稻粱谋"三句为律句。又如《玉华宫》：

> 溪回松风长，苍鼠窜古瓦。（平平平平平，平仄仄仄仄。）
> 不知何王殿，遗构绝壁下。（仄平平平仄，平仄仄仄仄。）
> 阴房鬼火青，坏道哀湍泻。（平平仄仄平，仄仄平平仄。）
> 万籁真笙竽，秋色正萧洒。（仄仄平平平，平仄仄平仄。）
> 美人为黄土，况乃粉黛假。（仄平平平仄，仄仄仄仄仄。）
> 当时侍金舆，故物独石马。（平平仄平平，仄仄仄平仄。）
> 忧来藉草坐，浩歌泪盈把。（平平仄仄仄，仄平仄平仄。）
> 冉冉征途间，谁是长年者。（仄仄平平平，平仄平平仄。）

全诗 16 句，有 12 句为非律句。又如《桔柏渡》：

青冥寒江渡，驾竹为长桥。（平平平平仄，仄仄平平平。）
竿湿烟漠漠，江永风萧萧。（平仄平仄仄，平仄平平平。）
连筒动袅娜，征衣飒飘飘。（平平仄仄仄，平平仄平平。）
急流鸧鹒散，绝岸鼋鼍骄。（仄平平平仄，仄仄平平平。）
西辕自兹异，东逝不可要。（平平仄平仄，平仄平仄平。）
高通荆门路，阔会沧海潮。（平平平平仄，仄仄平仄平。）
孤光隐顾眄，游子怅寂寥。（平平仄仄仄，平仄仄仄平。）
无以洗心胸，前登但山椒。（平仄仄平平，平平仄平平。）

全诗 16 句，只有"无以洗心胸"一句是律句。

七言古体诗亦尽量少用律句。如《释闷》：

四海十年不解兵，（仄仄仄平仄仄平，）
犬戎也复临咸京。（仄平仄仄平平平。）
失道非关出襄野，（仄仄平平仄平仄，）
扬鞭忽是过湖城。（平平仄仄仄平平。）
豺狼塞路人断绝。（平平仄仄平仄仄，）
烽火照夜尸纵横。（平仄仄仄平平平。）
天子亦应厌奔走，（平仄仄平仄平仄，）
群公固合思升平。（平平仄仄平平平。）
但恐诛求不改辙，（仄仄平平仄仄仄，）
闻道嫠孽能全生。（平仄平仄平平平。）
江边老翁错料事，（平平仄平仄仄仄，）
眼暗不见风尘清。（仄仄仄仄平平平。）

全诗 12 句，仅"扬鞭忽是过湖城"一句为律句。再如七言古体诗《发阆中》：

前有毒蛇后猛虎，（平仄仄平仄仄仄，）
溪行尽日无村坞。（平平仄仄平平仄。）
江风萧萧云拂地，（平平平平平仄仄，）
山木惨惨天欲雨。（平仄仄仄平仄仄。）
女病妻忧归意速，（仄仄平平平仄仄，）
秋花锦石谁复数。（平平仄仄平仄仄。）

别家三月一得书，（仄平平仄仄仄平，）

避地何时免愁苦。（仄仄平平仄平仄。）

此诗 8 句，仅有"溪行尽日无村坞""女病妻忧归意速"两句是律句。

杜甫少数古体诗出现的律句稍微多一些，但绝对没有出现占据主体的情况。这说明他是有意摆脱声律束缚，最大程度地使用自然音节来组构诗句，这一作法给抒情表意带来了方便。

其二，打乱抑扬节奏。近体诗（律绝、律诗、排律）一般只押平声韵，韵字在偶数句的末尾，单数句是以仄声字收尾的（首句入韵者除外），一联中两句的尾音呈现为一抑一扬的节奏。杜甫的平声韵（包括邻韵通押）古体诗，注意在单数句的末尾使用平声字，这样一来就打乱了抑扬节奏，从而与近体诗区别开来。这样的诗例在杜甫的古体诗中随处可见。如《凤凰台》：

亭亭凤凰台，北对西宸州。

西伯今寂寞，凤声亦悠悠。

山峻路绝踪，石林气高浮。

安得万丈梯，为君上上头。

恐有无母雏，饥寒日啾啾。

我能剖心出，饮啄慰孤愁。

心以当竹实，炯然无外求。

血以当醴泉，岂徒比清流。

所贵王者瑞，敢辞微命休。

坐看彩翮长，举意八极周。

自天衔瑞图，飞下十二楼。

图以奉至尊，凤以垂鸿猷。

再光中兴业，一洗苍生忧。

深衷正为此，群盗何淹留。

此诗单数句 14 句，其中句末字为平声者 8 句（第 1、5、7、9、15、19、21、23 句）。偶数句押平声韵，整体读来，失去近体诗句的抑扬之感。又如《观薛稷少保书画壁》：

少保有古风，得之《陕郊篇》。

惜哉功名忤，但见书画传。
我游梓州东，遗迹涪水边。
画藏青莲界，书入金榜悬。
仰看垂露姿，不崩亦不骞。
郁郁三大字，蛟龙岌相缠。
又挥西方变，发地扶屋椽。
惨澹壁飞动，到今色未填。
此行叠壮观，郭薛俱才贤。
不知百载后，谁复来通泉。

此诗单数句 10 句，其中句末字为平声者 4 句（第 1、5、9、17 句）。又如《除草》：

草有害于人，曾何生阻修。
其毒甚蜂虿，其多弥道周。
清晨步前林，江色未散忧。
芒刺在我眼，焉能待高秋。
霜露一沾凝，蕙叶亦难留。
荷锄先童稚，日入仍讨求。
转致水中央，岂无双钓舟。
顽根易滋蔓，敢使依旧丘。
自兹藩篱旷，更觉松竹幽。
艾夷不可阙，疾恶信如雠。

此诗单数句 10 句，其中句末字为平声者 4 句（第 1、5、9、13 句）。这些以平声字收尾的单数句散落在诗篇中，从整体上打破了抑扬节奏，使古体诗的面貌得以鲜明。这些以平声收尾的单数句出现的频率或多或少，但只要有一句出现，就能起到这个作用。我们调查杜甫平韵（包括邻韵通押）古体诗发现，其中很少有全篇未用单数句平声收尾的作品。

二、杜甫古体诗的用韵

古体诗的用韵，王力先生说"以用本韵较为常见"，他对这种情况的估计是"大约可占过半数"①，可见古诗在押韵上的规矩并没有大到像律诗那样。所谓"用本韵"就是整首诗只用一个韵部。我们对杜甫277首古体诗用韵情况做了细致调查，结论如下：五言古体诗245首，使用本韵者156首，占64%，接近三分之二。可见，杜甫写五言古体，确乎以尊古为正，汉魏古诗就是以一韵到底为常。七言古体诗情况不同，在32首中，用本韵者12首，占38%。如灵从五七言古体诗整体去看，使用本韵者为61%。剩下的39%是邻韵通押或平仄转韵的作品。下面对五言古体诗和七言古体诗的用韵情况做出具体分析。

（一）杜甫五言古体诗用韵

杜甫五言古体诗用韵有以下几种情况。

1. 平声韵一韵到底

这类作品最多。如《奉赠韦左丞丈二十二韵》押上平十一真韵，《赠卫八处士》押下平七阳韵，《示谷》押上平四支韵，《盐井》押下平一先韵，《寒硖》押上平十四寒韵，《石龛》押上平八齐韵，《泥功山》押上平一东韵，《凤凰台》押下平十一尤韵，《木皮岭》押上平十三元韵，《飞仙阁》押下平四豪韵，《五盘》押上平六鱼韵，《贻华阳柳少府》押上平十三元韵，《毒热寄简崔评事十六弟》押下平十一尤韵，《泛溪》押上平声八齐韵，《大雨》押下平四豪韵，《溪涨》押上平六鱼韵，《陈拾遗故宅》押下平一先韵，《谒文公上方》押上平六鱼韵，《观薛稷少保书画壁》押下平一先韵，《通泉县署屋壁后薛少保画鹤》押上平十一真韵，《陪章留后惠义寺钱嘉州崔都督赴州》押下平十蒸韵，《山寺》押上平十灰韵，《棕拂子》押下平十蒸韵，《寄题江外草堂》押下平一先韵，《阆州东楼筵奉送十一舅往青城县得昏字》押上平十三元韵，《八哀诗·赠左仆射郑国公严公武》押下平八庚韵等，皆一韵到底。据笔者统计，杜甫五言古体诗押平声韵一韵到底者共计96首，占总数的39%，其数量在诸多押韵方式中居于首位。

2. 平声韵邻韵通押

通常是以某个韵部为主，少量的韵字在邻韵上。例如，《八哀诗·赠太子太师汝阳郡王琎》主押上平十一真韵，只"勤"字在上平十二文韵；《喜晴》主押下平六麻韵，只"佳"字在上平九佳韵；《别蔡十四著作》主押上平十一真韵，只"勤"字在十二文韵；《送高三十五书记》主押上平四支韵，"飞""威"在上平五微韵；《大云寺赞公房四首》其二主押上平

① 王力:《汉语诗律学》，第314页。

十一真韵，只"芹"字在十二文韵。少数作品通押的韵部较多，或通押的韵字数量较多。例如，《彭衙行》将上平十五删、上平十二文、上平十四寒、上平十三元、下平一先五个韵部相押；《同元使君舂陵行》主押下平八庚韵（9个韵字），通押下平九青韵，有6个韵字。据笔者调查，平声韵邻韵通押的作品只有29首，仅占总数的12%，远不及一韵到底者数量多。

3. 仄声韵一韵到底

有三种情况：一首诗或押上声韵的某个韵部，或押去声韵的某个韵部，或押入声韵的某个韵部。例如，《玉华宫》押上声二十一马韵，《九成宫》押上声二十五有韵，《枯棕》押上声二十五有韵，《遭田父泥饮美严中丞》押上声二十五有韵，《奉赠射洪李四丈》押上声十九皓韵，《通泉驿南去通泉县十五里山水作》押去声十五翰韵，《宿凿石浦》押去声八霁韵，《次空灵岸》押去声十八啸韵，《宿花石戍》押去声七遇韵，《九日寄岑参》押去声二十六宥韵，《赤谷西崦人家》押入声一屋韵，《铁堂峡》押入声九屑韵，《早发射洪县南途中作》押入声十四辑韵，《过郭代公故宅》押入声十药韵，《送韦讽上阆州录事参军》押入声十三职韵，《三韵三篇》其三押去声十八啸韵，《屏迹三首》其一押去声二十一个韵，都是一韵到底的。这种用韵的作品有61首，占总数的25%。

4. 仄声韵邻韵通押

共56首，占总数的23%。有以下五种情况。

（1）上声韵邻韵通押。通常是以某个韵部为主，个别处使用邻韵。例如，《赠李白》主押上声十九皓韵，"巧"字在上声十八巧韵；《八哀诗·故右仆射相国张公九龄》主押上声二十三梗韵，"鼎""艇"则在上声二十四迥韵；《晚登瀼上堂》主押上声二肿韵，"动""孔"则在上声一董韵。只有少数作品使用邻韵韵字比较多，例如，《火》主押上声七麌韵，通押上声六语韵，用了4个韵字。

（2）去声韵邻韵通押。通常是以某个韵部为主，个别处使用邻韵。例如，《枯楠》主押去声四寘韵，"气""畏"则在去声五未韵；《逃难》主押去声十五翰韵，"暖"字则在上声十四旱韵；《早发》主押去声二十四敬韵，"醒"字则在去声二十五径韵。只有少数作品通押的韵部较多，或通押的韵字数量比较多。如《信行远修水筒》用去声十一队、九泰、八霁通押，《病柏》用去声九泰、十贿、十一对韵通押，《万丈潭》主押去声十一队韵（7个韵字），通押去声九泰韵（7个韵字）。

（3）入声韵邻韵通押。与上声韵邻韵通押、去声韵邻韵通押稍有不同的是，入声韵邻韵通押，其中一部分作品仍是以某个韵部为主，个别处使用邻韵；另一部分作品特别是长篇作品是用多个韵部相押。前者如《青阳峡》主押入声十药韵，"岳"字则在入声三觉韵；《喜雨》主押入声九屑韵，"越"字则在入声六月韵；《两当县吴十侍御江上宅》主押入声十一陌韵，"析"字则在入声十二锡韵。后者如《自京赴奉先县咏怀五百字》用入声四质、五物、六月、七曷、八黠、九屑六个韵部相押，《北征》用入声四质、五物、六月、七曷、八黠、九屑、十二锡七个韵部相押，《七月三日亭午已后校热退》用四质、五物、六月、七曷、九屑五个韵部相押。

（4）上声韵与去声韵相押。上声与去声同属仄声，虽有区别，但声音近似。杜甫古体诗有极少数作品出现二者相押的情况，笔者查到以下8首：《故秘书少监武功苏公源明》多数韵字在上声十六铣韵，唯"愿"字在去声十四愿韵，"霰"在去声十七霰韵；《雨》多数韵字在去声四寘、五未韵，唯"驶"字在上声四纸韵；《送顾八分文学适洪吉州》多数韵字在去声四寘、八霁韵，唯"驶"字在上声四纸韵；《雷》多数韵字在上声七麌韵，唯"污"字在去声七遇韵；《行官张望补稻畦水归》多数韵字在去声十五翰韵，唯"旱"字在上声十四旱韵；《逃难》多数韵字在去声十五翰韵，唯"暖"字在上声十四旱韵；《送高司直寻封阆州》多数韵字在去声七遇韵，唯"柱"字在上声七麌韵；《题衡山县文宣王庙新学堂呈陆宰》多数字在去声四寘韵、五未韵，唯"咒"字在上声四纸韵。上、去相押，反映出杜甫对古体诗押韵持宽松态度，而作品不多也表明他对此举有所慎重。

（5）仄声韵与平声韵互相转换。在一首诗中，出现仄声韵与平声韵互相转换情况的作品只有以下3首，即：《戏简郑广文兼呈苏司业》从去声二十二祃韵转到下平声一先韵，《丽春》由去声二十五径韵转到上平四支韵，《送重表侄王砅评事使南海》由上声二十五有韵转入下平四豪韵。这种押韵方式在汉魏古诗中是没有的。显然，杜甫对这种非传统的押韵方式是持谨慎态度的，作品仅占五言古体总数的1%。正由于数量少，其往往被古今学者忽略。如清人叶燮《原诗》云："五古，汉、魏无转韵者，至晋以后渐多，唐时五古长篇，大都转韵矣。惟杜甫五古，终集无转韵者。"[1] 上述这三首诗，前两首是短篇，第三首《送重表侄王砅评事使南海》共计38韵，380字，无疑是个长篇。叶燮的失误在于他未能通读杜诗。

以上总结的情况可以看下面的表4-1，会更加一目了然。

---

[1]　[清]叶燮：《原诗》卷四，见王夫之等撰《清诗话》，第608页。

表 4-1　杜甫五言古诗用韵分析表（245 首）

序　号	篇　　目	平声韵	平韵通押	仄声韵	仄韵通押	平仄转韵
1	游龙门奉先寺			1		
2	望岳（岱宗夫如何）			1		
3	赠李白（二年客东都）				1	
4	陪李北海宴历下亭	1				
5	同李太守登历下古城员外新亭	1				
6	奉赠韦左丞丈二十二韵	1				
7	同诸公登慈恩寺塔	1				
8	送高三十五书记		1			
9	渼陂西南台				1	
10	示从孙济	1				
11	九日寄岑参			1		
12	苦雨奉寄陇西公兼呈王征士	1				
13—16	大云寺赞公房四首	2	1		1	
17	夜听许十一诵诗爱而有作				1	
18	戏简郑广文兼呈苏司业					1
19	夏日李公见访	1				
20	自京赴奉先县咏怀五百字				1	
21	奉同郭给事汤东灵湫作	1				
22	晦日寻崔戢李封	1				
23	白水崔少府十九翁高斋三十韵				1	
24	三川观水涨二十韵				1	
25	雨过苏端			1		
26	喜晴（皇天久不雨）		1			
27	送率府程录事还乡			1		
28	送樊二十三侍御赴汉中判官			1		
29	送韦十六评事充同谷郡防御判官	1				
30	述怀			1		
31	送长孙九侍御赴武威判官			1		
32	送从弟亚赴河西判官			1		
33	九成宫			1		
34	玉华宫			1		
35—37	羌村三首			1	2	

续表

38	北征				1	
39	彭衙行		1			
40	得舍弟消息（风吹紫荆树）				1	
41	送李校书二十六韵				1	
42	义鹘行		1			
43	画鹘行				1	
44—46	遣兴三首（我今日夜忧 / 蓬生非无根 / 昔在洛阳时）	3				
47	赠卫八处士	1				
48	夏日叹		1			
49	夏夜叹	1				
50	立秋后题			1		
51	贻阮隐居			1		
52—54	遣兴三首（下马古战场 / 高秋登塞山 / 丰年孰云迟）	2		1		
55	佳人				1	
56—57	梦李白二首			2		
58	有怀台州郑十八司户			1		
59—63	遣兴五首（蛰龙三冬卧 / 昔者庞德公 / 陶潜避俗翁 / 贺公雅吴语 / 吾怜孟浩然）	2		3		
64—65	遣兴二首（天用莫如龙 / 地用莫如马）	1		1		
66—70	遣兴五首（朔风飘胡雁 / 长陵锐头儿 / 漆有用而割 / 猛虎凭其威 / 朝逢富家葬）	2		1	2	
71	赤谷西崦人家					
72—73	西枝村寻置草堂地夜宿赞公土室二首			1	1	
74	寄赞上人	1				
75	太平寺泉眼				1	
76	别赞上人				1	
77	两当县吴十侍御江上宅				1	
78	发秦州	1				
79	赤谷	1				
80	铁堂峡			1		
81	盐井	1				

82	寒硖	1				
83	法镜寺			1	1	
84	青阳峡					
85	龙门镇			1		
86	石龛	1				
87	积草岭			1		
88	泥功山	1				
89	凤凰台	1				
90	万丈潭				1	
91	发同谷县				1	
92	木皮岭	1				
93	白沙渡			1		
94	水会渡	1				
95	飞仙阁	1				
96	五盘	1				
97	龙门阁			1		
98	石柜阁				1	
99	桔柏渡	1				
100	剑门	1				
101	鹿头山				1	
102	成都府	1				
103	赠蜀僧闾丘师兄	1				
104	泛溪	1				
105	寄赠王十将军承俊	1				
106	病柏				1	
107	病橘		1			
108	枯棕			1		
109	枯楠				1	
110—111	江头五咏·丁香/丽春			1		1
112	屏迹三首（衰年甘屏迹）			1		
113	遭田父泥饮美严中丞			1		
114—115	戏赠友二首		1		1	
116	大雨	1				
117	溪涨	1				

续表

118	冬到金华山观因得故拾遗陈公学堂遗迹	1			
119	陈拾遗故宅	1			
120	谒文公上方	1			
121	奉赠射洪李四丈			1	
122	早发射洪县南途中作			1	
123	通泉驿南去通泉县十五里山水作			1	
124	过郭代公故宅			1	
125	观薛稷少保书画壁	1			
126	通泉县署屋壁后薛少保画鹤	1			
127	寄题江外草堂	1			
128	喜雨				1
129—131	述古三首	2	1		
132	陪章留后惠义寺饯嘉州崔都督赴州	1			
133	棕拂子	1			
134	阆州东楼筵奉送十一舅往青城县得昏字	1			
135	山寺	1			
136	将适吴楚留别章使君留后兼幕府诸公得柳字			1	
137	赠别贺兰铦	1			
138	南池				1
139	草堂		1		
140	四松	1			
141	水槛		1		
142	破船	1			
143	扬旗		1		
144	送韦讽上阆州录事参军			1	
145	太子张舍人遗织成褥段	1			
146	别唐十五诫因寄礼部贾侍郎	1			
147	营屋	1			
148	除草	1			
149—151	三韵三篇	2		1	
152	宿青溪驿奉怀张员外十五兄之绪			1	

153	水阁朝霁奉简云安严明府	1				
154	杜鹃		1			
155	客居	1				
156	石砚	1				
157	赠郑十八贲				1	
158	别蔡十四著作		1			
159	客堂				1	
160	雷				1	
161	火				1	
162	毒热寄简崔评事十六弟	1				
163	信行远修水筒				1	
164	催宗文树鸡栅				1	
165	贻华阳柳少府	1				
166	七月三日戏呈元二十一曹长				1	
167	牵牛织女		1			
168	雨（峡云行清晓）	1				
169	雨（行云递崇高）				1	
170—171	雨二首（青山澹无姿）				2	
172	殿中杨监见示张旭草书图			1		
173	杨监又出画鹰十二扇			1		
174	送殿中杨监赴蜀见相公	1				
175	赠李十五丈别	1				
176	种莴苣				1	
177	八哀诗·赠司空王公思礼				1	
178	八哀诗·故司徒李公光弼				1	
179	八哀诗·赠左仆射郑国公严公武	1				
180	八哀诗·赠太子太师汝阳郡王琎		1			
181	八哀诗·赠秘书监江夏李公邕				1	
182	八哀诗·故秘书少监武功苏公源明				1	
183	八哀诗·故著作郎贬台州司户荥阳郑公虔	1				
184	八哀诗·故右仆射相国曲江张公九龄				1	
185	往在		1			
186	昔游（昔者与高李）	1				

续表

187	壮游	1			
188	遣怀	1			
189	听杨氏歌			1	
190	赠苏四徯		1		
191	西阁曝日			1	
192	览柏中丞兼子侄数人除官制词因述父子兄弟四美载歌丝纶	1			
193	晚登瀼上堂				1
194	寄薛三郎中璩		1		
195	园官送菜		1		
196	园人送瓜			1	
197	课伐木				1
198	柴门		1		
199	槐叶冷淘	1			
200	上后园山脚	1			
201	行官张望补稻畦水归				1
202	秋行官张望督促东渚耗稻向毕清晨遣女奴阿稽竖子阿段往问	1			
203	阻雨不得归瀼西甘林	1			
204	又上后园山脚	1			
205	驱竖子摘苍耳				1
206	甘林	1			
207	暇日小园散病将种秋菜督勒耕牛兼书触目		1		
208	雨（山雨不作泥）			1	
209	奉酬薛十二丈判官见赠	1			
210	同元使君舂陵行		1		
211	昔游（昔谒华盖君）	1			
212	郑典设自施州归				1
213—214	写怀二首			1	1
215	别李义	1			
216	送高司直寻封阆州				1
217	敬寄族弟唐十八使君		1		
218	送顾八分文学适洪吉州			1	
219	别董颋	1			

续表

220	上水遣怀			1		
221	遣遇	1				
222	解忧			1		
223	宿凿石浦			1		
224	早行	1				
225	过津口	1				
226	次空灵岸			1		
227	宿花石戍			1		
228	早发				1	
229	次晚洲			1		
230—231	咏怀二首		1	1		
232	望岳（南岳配朱鸟）	1				
233	湘江宴饯裴二端公赴道州	1				
234	别张十三建封		1			
235	苏大侍御访江浦赋八韵纪异	1				
236	奉赠李八丈曛判官			1		
237	奉送魏六丈佑少府之交广		1			
238	北风（北风破南极）		1			
239	幽人		1			
240	送重表侄王砅评事使南海					1
241	入衡州	1				
242	逃难				1	
243	舟中苦热遣怀奉呈阳中丞通简台省诸公			1		
244	题衡山县文宣王庙新学堂呈陆宰				1	
245	聂耒阳以仆阻水书致酒肉疗饥荒江诗得代怀兴尽本韵至县呈聂令陆路去方田驿四十里舟行一日时属江涨泊于方田			1		
总 计	245	95	29	61	56	3

（二）杜甫七言古体诗用韵

杜甫七言古体诗共 32 首，其中，平仄韵转换者 17 首，占总数的 50%，押平声韵者 7 首，平声韵通押者 1 首，押仄韵者 5 首，仄声韵通押者 2 首。押韵情况具体分析见表 4-2。

表 4-2　杜甫七言古诗用韵分析表（32 首）

序号	篇目	平声韵	平韵通押	仄声韵	仄韵通押	平仄转韵
1	送孔巢父谢病归游江东兼呈李白					1
2	投简咸（成）华两县诸子			1		
3	丈人山（五七杂言）					1
4	渔阳					1
5	发阆中			1		
6	释闷	1				
7—8	忆昔二首	1			1	
9	青丝					1
10	寄岑嘉州	1				
11	引水					1
12	近闻					1
13—14	秋风二首	2				
15	寄韩谏议	1				
16	君不见简苏徯（杂言）		1			
17	寄柏学士林居					1
18	醉为马坠诸公携酒相看（杂言）				1	
19	寄从孙崇简	1				
20	别李秘书始兴寺所居					1
21	寄狄明府博济（杂言）			1		
22	大觉高僧兰若					1
23	自平					1
24	寄裴施州					1
25	可叹			1		
26	夜归			1		
27	复阴（杂言）					1
28	发刘郎浦					1
29	夜闻觱篥					1
30	暮秋枉裴道州手札率尔遣兴寄呈苏涣侍御					1
31	追酬故高蜀州人日见寄					1
32	清明（著处繁华矜是日）					1
总计	32	7	1	5	2	17

　　同五言古体诗用韵相比,七言古体诗的突出特点是大量采用平仄韵转换的押韵方式。以八句短章为多,计有 10 首,其中《别李秘书始兴寺所居》《大觉高僧兰若》《夜闻觱篥》《发刘郎浦》《自平》《渔阳》《青丝》《近闻》《引水》9 首皆以中间为界,分前后两个押韵单元,前 4 句与后 4 句平仄韵转换,且每个押韵单元的第 1 句(全诗第 1、5 句)也入韵。如《发刘郎浦》:

　　　　挂帆早发刘郎浦,疾风飒飒昏亭午。
　　　　舟中无日不沙尘,岸上空村尽豺虎。
　　　　十日北风风未回,客行岁晚晚相催。
　　　　白头厌伴渔人宿,黄帽青鞋归去来。

前四句押上声七麌韵,后四句押上平十灰韵。又如《青丝》:

　　　　青丝白马谁家子,粗豪且逐风尘起。
　　　　不闻汉主放妃嫔,近静潼关扫蜂蚁。
　　　　殿前兵马破汝时,十月即为齑粉期。
　　　　未如面缚归金阙,万一皇恩下玉墀。

前四句押上声四纸韵,后四句押上平四支韵。

　　另有《复阴》一首押韵特殊,前四句押入声十三职韵,五六两句押上声二十五有韵,七八两句押上平一东韵。杜甫古体诗中频繁换韵者,仅此一例。

　　除了八句短章 10 首外,杜甫七言古体诗还有 7 首呈现为多句形式,有 16 句、18 句、24 句等,《暮秋枉裴道州手札率尔遣兴寄近呈苏涣侍御》多达 46 句,其诗如下:

　　　　久客多枉友朋书,素书一月凡一束。
　　　　虚名但蒙寒温问,泛爱不救沟壑辱。
　　　　齿落未是无心人,舌存耻作穷途哭。
　　　　道州手札适复至,纸长要自三过读。
　　　　盈把那须沧海珠,入怀本倚昆山玉。
　　　　拨弃潭州百斛酒,芜没潇岸千株菊。
　　　　使我昼立烦儿孙,令我夜坐费灯烛。

忆子初尉永嘉去，红颜白面花映肉。

军符侯印取岂迟，紫燕骝耳行甚速。

圣朝尚飞战斗尘，济世宜引英俊人。

黎元愁痛会苏息，夷狄蹋扈徒逡巡。

授钺筑坛闻意旨，颓纲漏网期弥纶。

郭钦上书见大计，刘毅答诏惊群臣。

他日更仆语不浅，昨公论兵气益振。

倾壶箫管黑白发，舞剑霜雪吹青春。

宴筵曾语苏季子，后来杰出云孙比。

茅斋定王城郭门，药物楚老渔商市。

市北肩舆每联袂，郭南抱瓮亦隐几。

无数将军西第成，早作丞相东山起。

鸟雀苦肥秋粟菽，蛟龙欲蛰寒沙水。

天下鼓角何时休，阵前部曲终日死。

附书与裴因示苏，此生已愧须人扶。

致君尧舜付公等，早据要路思捐躯。

此诗第 1 至 18 句用入声韵一屋、二沃通押，第 19 至 30 句转押上平十一真韵，第 31 至 42 句转用上声韵四纸、五尾通押，第 42 至 46 句转押上平七虞韵。诗的整体韵律呈现为仄—平—仄—平，有抑扬起伏之美。

杜甫七言古体诗大量转韵，这是在唐人歌行影响下形成的特征。这种作法也得到了后人的认同，如毛先舒《诗辩坻》所云："诗作七古，宜从唐人诗韵，乃为无弊。五古须论体裁风雅，宜用先秦韵，汉、魏稍密，晋、宋渐近于唐韵矣。"[1]

需要提及的是，杜甫古体诗存在着一定数量的重复使用韵字现象。这一点也能看出与近体诗的不同。杜甫的律绝、律诗没有重复使用韵字的现象，即便是篇幅较长的排律也控制得十分严格。杜甫排律共计 129 首，只有 7 个韵字重出，但有 6 个重出的韵字意思不同，只是字面相同罢了。而他的古体诗却重出了较多的韵字，据不完全统计，以下诗篇有韵字重出：《极草岭》"见"字两出，《青阳峡》"漠"字两出，《杜鹃》"鹃"字五出，《石砚》"见"字两出，《牵牛织女》"中"字两出，《园人送瓜》"草"字两出，《甘林》"稀"字两出，《八哀诗·故右仆射相国张公九龄》"境"字

---

① ［清］毛先舒:《诗辩坻》卷四，见郭绍虞编选《清诗话续编》第一册，第 74 页。

两出,《八哀诗·故著作郎贬台州司户荥阳郑公虔》"荡"字两出,《昔游》"台"字两出,《壮游》"浪"字两出,《遣怀》"呼"字两出,《宿凿石浦》"系"字两出,《北征》"栗"字两出、"卒"字两出,《自京赴奉先县咏怀五百字》"卒"字三出、"折"字两出。这些重出的韵字大多意思相同。确实如严有翼《艺苑雌黄》所言:"古人用韵,如《文选》古诗、杜子美、韩退之,重复押韵者甚多。"[①] 由此也可以看出,杜甫对于古体诗的押韵是持宽松态度的。

三、杜甫古体诗多用对偶少用对仗

对偶是汉语文章特有的现象,早在先秦的典籍中就已经出现了,如"云从龙,风从虎"(《易经》),"满招损,谦受益"(《尚书》),"投我以木瓜,报之以琼琚"(《诗经》),等等。在汉魏古诗中,使用对偶较为频繁,如《古诗十九首》之"胡马依北风,越鸟巢南枝""青青河畔草,郁郁园中柳""昔为娼家女,今为荡子妇""青青陵上柏,磊磊涧中石""不惜歌者苦,但伤知音稀""迢迢牵牛星,皎皎河汉女""纤纤擢素手,札札弄机杼""古墓犁为田,松柏摧为薪""三五明月满,四五蟾兔缺""上言长相思,下言久离别""著以长相思,缘以结不解"等,对偶的密度较大。对偶与对仗是两个含义有别的概念。对仗是有声律介入的对偶,对偶只求词性对应相同,而无声调上的要求。对仗是唐代近体诗格律的要素之一,不但要求词性对应相同,而且要求声调对应相反,还不得重复用字。在近体诗繁盛的唐代,诗人们创作古体诗难免要受到律诗讲求对仗的影响。而杜甫对汉魏古诗的追仿是很到位的,他创作古体诗多用对偶,而尽力避开对仗,有许多作品通篇无对仗。

杜甫五言古体诗,如《游龙门奉先寺》、《望岳》(岱宗夫如何)、《戏简郑广文虔兼呈苏司业》、《送高三十五书记十五韵》、《赠李白》、《示从孙济》、《自京赴奉先县咏怀五百字》、《北征》、《幽人》、《佳人》、《立秋后题》、《听杨氏歌》、《寄薛三郎中》、《宿青溪驿奉怀张员外十五兄之绪》等,皆终篇无一对仗。

有些诗只有一组对仗,如《同诸公登慈恩寺塔》24句,只有"羲和鞭白日,少昊行清秋"(行,平仄两读)一组对仗;《奉酬薛十二丈判官见赠》60句,勉强有"客来洗粉黛,日暮拾流萤"一组对仗;《夏日李公见访》20句,只有"墙头过浊醪,展席俯长流"一组对仗;《别董颋》20

---

① [宋]严有翼:《艺苑雌黄》,见吴文治主编《宋诗话全编》第三册,第2359页。

句，只有"已结门庐望，无令霜雪残"（令，读平声）一组对仗；《别李义》46句，只有"子建文笔壮，河间经术存"一组对仗；《同元使君春陵行》44句，只有"贾谊昔流恸，匡衡常引经"一组对仗；《送重表侄王砅评事使南海》76句，只有"北驱汉阳传，南泛上泷舸"一组对仗。

只有极少数诗篇对仗稍多一些，如《奉赠韦左丞丈二十二韵》44句，有"赋料扬雄敌，诗看子建亲""李邕求识面，王翰愿为邻""窃效贡公喜，难甘原宪贫"三组对仗；《览柏中允兼子侄数人除官制词因述父子兄弟四美载歌丝纶》30句，出现"高名入竹帛，新渥照乾坤""同心注师律，洒血在戎轩""金甲雪犹冻，朱旗尘不翻""圣主国多盗，贤臣官则尊"四组对仗；《壮游》112句，有"王谢风流远，阖闾丘墓荒""剑池石壁仄，长洲荷芰香""枕戈忆勾践，渡浙想秦皇""蒸鱼闻匕首，除道哂要章""坐深乡党敬，日觉死生亡""朱门任倾夺，赤族迭罹殃""国马竭粟豆，官鸡输稻粱""举隅见烦费，引古惜兴亡""河朔风尘起，岷山行幸长""之推避赏从，渔父濯沧浪"十组对仗。

七言古诗起源于汉魏，但真正发展起来是在唐代。唐代的七言古诗受律诗影响很大，但杜甫尊古的痕迹依然明显，有不少七言古诗无对仗，如《送孔巢父谢病归游江东兼呈李白》、《秋风二首》其一、《别李秘书始兴寺所居》、《夜归》、《寄从孙崇简》、《醉为马坠诸公携酒相看》等，均无对仗。

有些诗歌通篇只有一组对仗，如《大觉高僧兰若》8句，只有"一老犹鸣日暮钟，诸僧尚乞斋时饭"一组对仗；《发刘郎浦》8句，只有"舟中无日不沙尘，岸上空村尽豺虎"一组对仗；《寄柏学士林居》16句，只有"赤叶枫林百舌鸣，黄泥野岸天鸡舞"一组对仗；《暮秋枉裴道州手札率尔遣兴寄近呈苏涣侍御》46句，只有"盈把那须沧海珠，入怀本倚昆山玉"一组对仗。

极个别诗篇对仗多一些，如《追酬故高蜀州人日见寄》24句，出现"叹我凄凄求友篇，感时郁郁匡君略""潇湘水国傍鼋鼍，鄂杜秋天失雕鹗""鼓瑟至今悲帝子，曳裾何处觅王门""文章曹植波澜阔，服食刘安德业尊"四组对仗。

杜甫古体诗尽力避免使用对仗，而对偶句却大量使用。如《望岳》"造化钟神秀，阴阳割昏晓""荡胸生层云，决眦入归鸟"，第一组词性对应相同，而平仄未能对应相反；第二组词性对应相同，而出句非律句。又如《游龙门奉先寺》"阴壑生虚籁，月林散清影""天阙象纬逼，云卧衣裳冷"，第一组词性对应相同，而平仄未能对应相反；第二组词性对应相同，而平仄未能对应相反。杜甫用以回避对仗的方法就两条：或是使用非律句，或是打破对仗的声律规则。在《入衡州》诗中，杜甫使用这些方法造成了大量的对偶句："汉仪甚照耀，胡马何猖狂""君臣忍瑕垢，河岳空金汤""偏裨限酒肉，卒伍单衣裳""销魂避飞镝，累足穿豺狼""隐忍枳棘刺，迁延脒骈疮""萧条向水陆，汩没随鱼商""悠悠委薄俗，郁郁回刚肠""参错走洲渚，春容转林篁""片帆左郴岸，通郭前衡阳""旗亭壮邑屋，烽橹蟠城隍""中有古刺史，盛才冠岩廊""扶颠待柱石，独坐飞风霜""剧孟七国畏，马卿四赋良""门阑苏生在，勇锐白起强"，这些句子的共同之处，是对句大量使用三平调，或出句、对句使用非律句，都是为了打破近体诗声律。少用对仗以避免近体诗的干扰，多用对偶以追随古诗的风貌，杜甫在坚持古体诗的面目上是颇费一番苦心的。

　　总之，杜甫古体诗在声律、用韵、对仗这三个方面，较为严格地遵循了传统作法，从而与近体诗呈现出迥然不同的艺术风貌。这说明，在杜甫的诗歌创作中，诗体的意识是清晰的，尊体的行为是坚定的。

第三节　杜甫古体诗的内容新变

　　杜甫的古体诗主要用来记录个人的行踪、遭际和交游，是相对私人化的内容，但杜甫是一个胸怀人民、胸怀天下的士人，遭遇又非同寻常地富有时代性特征，故其相对私人化的内容仍然包含了丰富的社会信息。由于古体诗没有声律束缚，押韵也较为宽松，亦无对仗要求，行文非常自由，杜甫古体诗与魏晋南北朝、初唐、盛唐早期的古体诗相比，诗歌题材更加广阔，内容更加深刻，纪时变、述志向、讽时政、哀民生、赞英良、呼唤普世爱心等皆囊括其中，这是杜甫古体诗对前代古体诗的重要突破。

一、国事家事天下事，事事关心

　　杜甫除在以记时事为主的乐府诗中关心民生疾苦、关注国事、用心规讽君王外，在私人化的记录个人行踪、遭际和交游的古体诗中，也是时时不忘家国天下。《同诸公登慈恩寺塔》是诗人与京都诗人圈的一次交游，时与薛据、储光羲、岑参、高适等同游。储光羲的诗作，没有太多个人情感，只是记录登塔的时令、风光及想象中的风云变幻；岑参的诗作，只是描写登塔所见的景物，没有实质性内容；高适的诗作亦只是登塔的个人感受，只是在尾部表示欲效力国家；而杜甫的诗作，则把对国家命运的隐忧注入其间，在开头部分，就已经说出了"自非旷士怀，登兹翻百忧"，可见其忧国之心，后面又借助景物暗喻时局的混乱："秦山忽破碎，泾渭不可求。俯视但一气，焉能辨皇州"，进而写道"回首叫虞舜，苍梧云正愁"，把对国家未来的担忧写在明面。钱谦益曰："高标烈风，登兹百忧，岌岌乎有漂摇崩析之惧，正起兴也。'泾渭不可求'，长安不可辨，所以回首而思叫虞舜。'苍梧云正愁'，犹太白云'长安不见使人愁'也。唐人多以王母喻贵妃。瑶池日晏，言天下将乱，而宴乐不可以为常也。"①钱氏之说，虽太过指实，却也道出了杜甫诗歌高于其他诗人同题之作之处。

又如《自京赴奉先县咏怀五百字》。自京赴奉先县，是杜甫得了右卫率府兵曹参军的小官之后，去奉先县接取自己的家眷，但诗人在"咏怀"二字上做足了文章，将自己的人生理想、报国志愿，融合在这次出行的路途中，将路途所见与国家的治理紧密联系，将归家所见与千万百姓的命运相联系，写出了一篇忧国忧民的大作。吴瞻泰曰："长诗须有大主脑，无主脑则绪乱如麻。此诗身与国与家，为一篇之主脑。布衣终老，不能遂稷、契之志，其为身之主脑也；廊庙无任事之人，致使君臣荒宴，其为国之主脑也。前由身事入国事，转入家事。后即由家事勘进一层，缴到国事，绪分而联，体散而整，由其主脑之明故也。"②《唐宋诗醇》卷九曰："甫以布衣之士，乃心帝室，而是时明皇失政，大乱已成，方且君臣荒宴，若罔闻知。甫从局外，蒿目时艰，欲言不可，盖有日矣，而一于此诗发之。前述平日之衷曲，后写当前之酸楚，至于中幅，以所经为纲，所见为目，言言深切，字字沉痛，《板》、《荡》之后，未有能及此者。此甫之所以度越千古，而上继《三百》者乎？"③

再如《北征》诗。此诗写于疏救房琯遭到审查后墨制放还时，诗人以真实的笔墨记录了离开朝廷时的恋阙情怀，路途所见的农村凋敝景象，家庭的艰难困苦之状，同时写出了诗人对国事的忧虑和建议，如对借兵回纥的担心、建议官军深入剿敌等，这说明，杜甫虽身处逆境仍然心忧天下，不忘国事，这是杜甫崇高爱国主义精神的体现。唐汝询曰：《北征》本为省家而作，其间踌躇恋君，讨谟君国，入目必载，关情必书，纪及除邪，转丑为美。虑深陵阙，终以太宗。立意高，包罗广。就诗而论，中兴之业在此老胸中矣。"④

---

① [清]钱谦益笺注：《钱注杜诗》卷一，第19页。
② 萧涤非主编：《杜甫全集校注》卷四，第684页。
③ [清]乾隆御定，艾荫范等注：《唐宋诗醇》卷九，第602—603页。
④ 萧涤非主编：《杜甫全集校注》卷四，第960页。

再如《自京窜至凤翔喜达行在所》。本诗写诗人冒死逃离叛军盘踞的长安，到达肃宗朝廷所在地凤翔，欣喜之情溢于言表。此诗最能表现杜甫的爱国热忱。黄生说：

> 按当时陷贼者无数，而奔赴行在者，惟子美一人，其为此计，实出万死一生，得达行在者幸尔。由此观之，诸人之不敢轻窜者，非畏死乎？推子美拼死之心，设贼污以伪官，知必以死相拒，不若王、郑辈隐忍苟活也。然而伪命不及者，以布衣初膺末秩，名位甚微，故得免于物色。为公计者，潜身晦迹，以待王师之至，亦何不可？而必履危蹈险，以归命朝廷，岂非匡时报主之志，素存于中，不等诸人之碌碌，故虽履虎涉冰而不恤乎！不幸遭猜忌之主，立朝无几，辄蒙放弃，一腔热血，竟洒于屏匿之内，肃之少恩，岂顾问哉！①

回归的喜悦生动地表达了诗人对朝廷的一片赤诚，不幸的是，任左拾遗不久，杜甫就因违逆肃宗而被三司推问，险些丧命，深刻印证了肃宗的刻薄寡恩。

《赠卫八处士》是杜甫因疏救房琯而被贬为华州司功参军时回乡探亲路上所写。诗人见到了少年时的朋友卫八（名不详），艰难之际受到热情接待，激动之情溢于言表。"儿女情、夫妻情、兄弟情、朋友情，这些亲情皆因战乱毁灭，亦因战乱而显得弥足珍贵，家仇国恨互为生发，国恨使家仇愈显深重，家仇则将国恨具化为点点滴滴，深入内心深处。"②

《忆昔二首》是杜甫晚年的重要作品，带有总结性质，是诗人陈述自己所闻所见所感。其二是对大唐王朝开元以来的历史发展的总结，仇兆鳌注意到杜甫对国家命运的关注："此痛乱离而思兴复也。自开元至此，洊经兵革，民不聊生。绢万钱，无复齐纨鲁缟矣。田流血，无复室家仓廪矣。东洛烧焚，西京狐兔，道路尽为豺狼，宫中不奏云门矣。乱后景象，真有不忍言者。孤臣洒泪，仍以中兴事业望诸代宗耳。"③仇氏的分析，从杜甫写诗目的入手，将杜甫的今昔对比手法所达到的表意效果分析得非常透彻，并于全诗之末再次强化了这一观点："古今极盛之世，不能数见，自汉文景、唐贞观后，惟开元盛时，称民熙物阜。考柳芳《唐历》，开元二十八年，天下雄富，京师米价斛不盈二百，绢亦如之。东由汴宋，西历岐凤，夹路列店，陈酒馔待客，行人万里，不持寸刃。呜呼，可谓盛矣！

---

① [清] 黄生：《杜诗说》卷四，徐定祥点校，贾文昭审订，黄山书社，1994 年，第 119 页。
② 吴淑玲：《〈杜诗详注〉研究》，齐鲁书社，2010 年，第 153 页。
③ [清] 仇兆鳌注：《杜诗详注》卷一三，第 1165 页。

明皇当丰亨豫大时，忽盈虚消息之理，致开元变为天宝，流祸两朝，而乱犹未已。此章于理乱兴亡之故，反覆痛陈，盖亟望代宗拨乱反治，复见开元之盛焉。"①《九家集注杜诗》《集千家注杜工部诗集》《补注杜诗》均从《忆昔》所涉及的开元盛世、安史之乱等史实入手，内容虽详尽，但都没有点出治乱兴亡之理，也没有揭示杜甫作诗用意。仇氏的解说是基于对杜甫"致君尧舜上，再使风俗醇""再光中兴业，一洗苍生忧"的政治理想和杜甫关心国家民族兴亡的崇高人格的认识，故能得其深旨。

二、陈述平生之志

杜甫的古体诗更多关注个人，在陈述平生之志方面占尽了方便。他的很多古体诗都不遗余力地陈述个人的人生理想，希望施展才华为国家尽力。杜甫在京城困居的十多年，其实也是多方奔走，希望施展才华为国家尽力的十多年。其间，他尽自己的能力结交可能推荐自己的人，写过不少干谒诗，他明知道"当今廊庙具，构厦岂云缺"，但为君为国的心不变："葵藿倾太阳，物性固莫夺"。杜甫为了获得为国效力的机会，写有《奉赠韦左丞丈二十二韵》，诗中不仅陈述了自己杰出的政治才能和治理国家的远大政治抱负："自谓颇挺出，立登要路津。致君尧舜上，再使风俗淳"，而且不惜掉价地讲述了自己在长安过的屈辱生活："骑驴十三载，旅食京华春。朝扣富儿门，暮随肥马尘。残杯与冷炙，到处潜悲辛"。但他写这些，绝不仅仅是为了博得对方的同情，更主要是对"纨绔不饿死，儒冠多误身"的社会现实作出猛烈的抨击，希望对方了解自己这个"儒冠"的窘境，让对方尽快向朝廷举荐他，以实现"致君尧舜"的愿望。他在《自京赴奉先县咏怀五百字》中，说自己的理想是"窃比稷与契"，把远古的能臣干将作为自己的标杆，这种自负也是很少有人能够达到的，可见杜甫对自己的期许之高。在这首诗里，他说自己"穷年忧黎元，叹息肠内热"，说自己"默思失业徒，因念远戍卒"，这都是治世能臣才可以关心的问题，而杜甫责无旁贷地思考着，他是真的把自己的治世理念和盘托出了。在《忆昔二首》中，他表示"愿见北地傅介子""周宣中兴望我皇"，希望这个国家能够重现"开元全盛日"，回归那个"稻米流脂粟米白，公私仓廪俱丰实。九州道路无豺虎，远行不劳吉日出。齐纨鲁缟车班班，男耕女桑不相失"的开元盛世。这种理想和志向在其他体类的诗作中也频频出现。

---

① ［清］仇兆鳌注：《杜诗详注》卷一三，第 1165 页。

三、抨击时政弊端

虽然杜甫的古体诗主要用于记述个人生活的方方面面，不像乐府诗那样直击国家重大事件，但杜甫心系家国天下的情怀在其中时有表露，遇到能够对时政有所谏讽的时候，杜甫会毫不客气。他的古体诗作里，对所历三代君王都有批判。在《奉赠韦左丞丈二十二韵》中，他开首便愤怒揭露玄宗朝"纨绔不饿死，儒冠多误身"的社会现实。在《自京赴奉先县咏怀五百字》中，他写道："彤庭所分帛，本自寒女出。鞭挞其夫家，聚敛贡城阙"，揭露统治者对百姓的残酷剥削；"朱门酒肉臭，路有冻死骨"，将社会的两极分化揭示得触目惊心，并且抨击统治者在山雨欲来风满楼的安史之乱前还在大肆挥霍、尽情享受。他批评肃宗失政：一是重用宦官李辅国，二是宠信张良娣，《忆昔》其一："关中小儿坏纪纲，张后不乐上为忙"，就是为此而发。他批判代宗失政：重用宦官程元振，导致京都被吐蕃攻陷，在《忆昔》其一中描写了代宗君臣狼狈逃窜的情景："犬戎直来坐御床，百官跣足随天王"。他在《释闷》诗中写道："但恐诛求不改辙，闻道嬖孽能全生。"嬖孽，指受君主宠爱的小人，如庶姜、宦官之类，这里即指宦官程元振。安史之乱中，吐蕃趁乱攻占河陇地区，他竟然知情不报，以致吐蕃一度攻进长安。此人论罪当斩，代宗却宽恕了他。

《忆昔》作为杜甫晚年古体诗歌的代表作品，全面反映了杜甫所历三代由盛转衰的历史事实，从中可以清楚看到杜甫对唐肃宗和唐代宗的严厉批评。仇兆鳌对《忆昔》诗进行了细致剖析，认为《忆昔》其一第一段，"此伤肃宗之失德。当时起灵武，复西京，率回纥兵讨安庆绪，其才足以有为，乃任李辅国，宠张良娣，祸及父子，而身亦不免焉。故中兴之业，尚待继世也。后不乐，状其骄恣。上为忙，状其踽蹐。此分明写出惧内意"。第二段，"此伤代宗不能振起也。帝初为元帅，出兵整肃，及程元振用事，使郭子仪束手留京，吐蕃入寇，而车驾蒙尘，一时御边无策，故慨然思傅介子焉。老儒句，自叹不能靖乱而尸位也"。[①]

仇兆鳌在分析之后，还援引钱谦益语：

> 《忆昔》之首章，刺代宗也。肃宗朝之祸乱，成于张后、辅国。代宗在东朝，已身履其难。少属乱离，长于军旅，即位以来，劳心焦思，祸犹未艾，亦可以少悟矣。乃复信任程元振，解郭子仪兵柄，以

---

① [清] 仇兆鳌注：《杜诗详注》卷一三，第 1161、1162 页。

召匈奴之祸，此不亦童昏之尤乎。公不敢斥言，而以"忆昔"为词，其意婉而切矣。①

此诗虽然使用了委婉之语，但仍清楚地告诉读者，现实中存在着骄兵纵恶、宦官专权、后宫乱政等非常严重的、难以回避的尖锐问题，达到了讽评现实的目的。

又如《往在》，几乎是唐朝安史之乱及其之后的吐蕃侵入长安的回忆录。韩成武在《诗圣——忧患世界中的杜甫》中有详细分析，引述于此：

> 《往在》一诗记录叛军攻陷长安后的暴行，十分详尽。杜甫曾被叛军拘禁在长安达数月之久，亲眼目睹了这些暴行，故写来颇为具体。"往在西京日，胡来满彤宫。中宵焚九庙，云汉为之红。解瓦飞十里，繐帷纷曾空。疾心惜木主，一一灰悲风。"这是记叛军焚烧唐室宗庙的情景。时当半夜，叛军把九庙点着了，冲腾的火焰把天河映红，烧裂的瓦片崩出十里远，庙里的灵帐带着火苗纷纷飞向高空。先帝们的木制牌位，一一化作灰烬，被风吹散了。这种焚庙的具体场面，是史书中所没有的。诗中又记叛军杀戮嫔妃，捣毁御座，抢掠京都财物运往洛阳等事。安史之乱平息后仅9个月，长安又被吐蕃攻陷，刚刚复修的宗庙又遭践踏，杜甫在诗中记录此辱："俎豆腐膻肉，罘罳行角弓。"神圣的祭器被吐蕃腥膻的臭气所污染，庙宇帷屏之间行走着身带角弓的蕃兵。京都两次遭到异族的蹂躏，杜甫深感痛心，他总结教训，把问题挖到君主老根上，认为：一、君主没有向国人作自我批评，所以民心不坚；二、君主不尚节俭，未能取得民众的拥护；三、君主不纳谏诤，刚愎自用。应该说这三条很中肯，击中了要害。唐王朝由盛而衰，原因虽多，但君主应负主要责任；君主的失误之处也很多，但主要就是这三条。杜甫确实具备政治家的才识。②

四、哀痛民生疾苦

杜甫对民生疾苦的关注在乐府诗中最集中，古体诗次之。杜甫古体诗写民生疾苦，往往通过亲身经历的方式表现出来，因而具有实证性。例如，他行走在骊山脚下看到冻饿而死的尸骨，便将其写入诗中："朱门酒肉臭，路有冻死骨"（《自京赴奉先县咏怀五百字》）。在奔往羌村的路

---

① ［清］仇兆鳌注：《杜诗详注》卷一三，第1163页。
② 韩成武：《诗圣——忧患世界中的杜甫》，河北大学出版社，2000年，第240—241页。

上，看到被叛军残害的百姓，便将其写入诗中："所遇多被伤，呻吟更流血"（《北征》）。在四川居住的日子，他看到百姓被旱情和赋税所苦，在烈日下怵哭，便将其写入诗中："巴人困军须，怵哭厚土热"（《喜雨》）。在南行的路途中，看到百姓为赋税所苦，举家逃亡，以致田园荒废，便写下《宿花石戍》以记其事："罢人不在村，野圃泉自注。柴扉虽芜没，农器尚牢固。山东残逆气，吴楚守王度。谁能叩君门，下令减征赋？""罢"同"疲"。罢人，即指疲惫的农民。仇兆鳌对《忆昔》其二进行分析时指出："此痛乱离而思兴复也。自开元至此，洊经兵革，民不聊生。绢万钱，无复齐纨鲁缟矣。田流血，无复室家仓廪矣。东洛烧焚，西京狐兔，道路尽为豺狼，宫中不奏云门矣。乱后景象，真有不忍言者。孤臣洒泪，仍以中兴事业望诸代宗耳。"①仇氏从安史之乱给社会民生带来的灾难史实入手，分析精辟，深得杜诗之旨。

五、赞美良将英贤

杜甫的古体诗中还有不少赞美良将英贤的诗作，其中最典型的代表作品就是《八哀诗》。《八哀诗》涉及杜甫所认可的八位英贤俊才：王思礼、李光弼、严武、李琎、李邕、苏源明、郑虔、张九龄，他们有的是济世良臣，有的是救世忠勇，有的是文学才俊。韩成武《诗圣——忧患世界中的杜甫》有详细论述，引述于此：

> 为国家英烈立传的作品，集中在组诗《八哀诗》中。诗中哀悼王思礼、李光弼、严武、李琎、李邕、苏源明、郑虔、张九龄八人。杜甫在《序》中说："伤时盗贼未息，兴起王公李公，叹旧怀贤，终于张相国。八公前后存殁，遂不铨次焉。"这是说，八人的次序未按存殁的顺序排列，盖因当时战乱未止，故先及王思礼、李光弼两位名将，接下来是"叹旧"，即指严武、李琎、李邕、苏源明、郑虔五位素交，而以张九龄作结，是为"怀贤"。在这组诗中，杜甫以谨严的笔墨、真挚的情感，为国失名将贤相和己失好友而悲泣。传记的客观性和情感的主观性高度统一。
>
> 对于王思礼，杜甫着重表彰他当年在哥舒翰幕下从军时与吐蕃作战的英勇精神，"未甚拔行间，犬戎大充斥。短小精悍姿，屹然强寇敌。贯穿百万众，出入由咫尺。马鞍悬将首，甲外控鸣镝。洗剑青海

---

① ［清］仇兆鳌注：《杜诗详注》卷一三，第 1165 页。

水，刻铭天山石。"这一段记叙战功具有现实意义，因为当时吐蕃已成为唐王朝的主要边患，朝廷所缺乏的正是王思礼这样的敢于与吐蕃对垒的将军。王思礼于上元二年（761）病死太原军中，国难未靖而英雄身亡，杜甫沉痛写道："不得见清时，呜呼就窀穸。永系五湖舟，悲甚田横客。"并说，他的事迹千秋万代都将与汾晋之地的云水同在。（见《赠司空王公思礼》）

对于李光弼，重点纪录他在安史之乱初期守卫太原的战功。守卫太原具有战略意义，这等于截断了叛军的右胁，而使肃宗设在灵武的临时政府有了安全保障，使百姓觉得大唐的帝业可期："司徒天宝末，北收晋阳甲。胡骑攻吾城，愁寂意不惬。人安若泰山，蓟北断右胁。朔方气乃苏，黎首见帝业。"但是，广德二年（764）10月，吐蕃逼近京都时，代宗诏诸道入援，当时宦官程元振、鱼朝恩弄权，正在陷害武臣，李光弼恐诏书有诈，未敢率部入京。其后，愧耻成疾，终于广德二年（764）7月死在徐州。对于这件难以辩白的冤情，杜甫亦能站在公正立场予以澄清："青蝇纷营营，风雨秋一叶。内省未入朝，死泪终映睫。"忠臣形象得以鲜明，宦官丑态得以揭露。杜甫为他的不幸早逝大放悲声，认为是国家的大厦失去了栋梁，御敌的长城倒塌了箭垛。并坚信将来必有正直的史官秉笔直书，把他的冤屈和耻辱加以洗雪。（见《故司徒李公光弼》）杜甫的预言没有落空，两《唐书》本传和《资治通鉴》都披露了此事的真相，这或许与杜甫的申辩不无关系。杜甫抨击宦官当权，同样具有现实意义，肃宗、代宗两朝政局混乱，制敌不力，皆因宦官把持朝政，前有李辅国，后有程元振，这两人虽已身败名裂，而鱼朝恩仍在统领禁军，权力很重，这是杜甫深感忧虑的。

严武与杜甫为至交，二人曾同朝为官，杜甫寓居成都草堂时，颇得严武的关照，但诗中无一字涉及私交，完全是站在国家利益的高点上评其一生功绩，而又以镇蜀为重点。"公来雪山重，公去雪山轻。"是评其在抗击吐蕃中所起的举足轻重的作用。又赞美他注重推行教化，过问民生情况。"意待犬戎灭，人藏红粟盈。"说他一生志向是把吐蕃彻底消灭，并使百姓的仓库储满粮食。（见《赠左仆射郑国公严公武》）至于《新唐书·严武传》所称严武"峻掊亟敛，闾里为空"云云，诚难与杜甫对严武的评价相合，其不可信，犹如同文所说严武"欲杀甫数矣"之类，是荒诞无稽的。《新唐书》"列传"的编者宋祁，号称"红杏枝头春意闹尚书"，他的想象力是惊人的。

李琎是让皇帝李宪的儿子，性谨洁，有文才，与贺知章等为诗酒之友。杜甫初到长安时，与他有交游，曾作《赠特进汝阳王二十韵》，赞美他多才而忠厚，重友情而讲信用。杜甫在这首悼诗中，记录了李琎曾拦住君主的坐骑，上疏谏阻君主打猎，而且取得了成果。杜甫认为，身为王子而能倡导节俭，实属难得；而天下之所以混乱，与君臣不知节俭密切关联。（见《赠太子太师汝阳郡王琎》）这应该看作是杜甫把李琎作为哀悼对象的主要原因。

李邕与杜甫是旧交，作为诗坛前辈，他十分看重青年杜甫的文才，二人结下忘年之交。杜甫在悼诗中除了高度评价他的诗文和书法的造诣，尤赞其敢于直言廷诤，堂堂正气足以振拔颓俗，然而屡遭贬斥，终被李林甫陷害而死。尤其让杜甫悲愤的是，李邕冤死20年，朝廷竟不为其昭雪，"哀赠竟萧条"，不知到何时才能洗雪冤情，则此时朝廷无正直敢言之士可以想见。国无直士，而外患猖獗，国家的前途实堪忧虑！（见《赠秘书监江夏李公邕》）

苏源明是杜甫的老友。杜甫早在年轻时漫游齐赵就与他结识，困居长安时经常得到他的济助。安史之乱爆发后，他托病不接受伪职，两京收复后提拔为考功郎中知制诰。杜甫在悼诗中对他的抗贼大节备加称扬，说他像一棵碧色苍苍的参天松树，他的向阙之心像日月一样光明。对于他遭遇荒年饥疫而死的不幸结局，遥致沉痛的哀悼。（见《故秘书少监武功苏公源明》）

郑虔是杜甫困居长安时结识的穷朋友。据杜甫悼诗可知，郑虔为人孤高，天资聪颖，通晓天文、地理、兵法、医药、绘画、书法、诗艺，言语幽默诙谐，妙趣横生，不饰华服，形同土木，是个很有个性的人。安史乱中，郑虔被叛军所俘，伪授水部郎中，称病不受，求摄市令（主管市场交易）。笔者猜度郑虔求此官职，目的是便于向肃宗的临时政府勾通消息，他也确曾把洛阳的敌情写成密件传给肃宗政府。但两京收复后，他仍被定为三等罪，贬为台州司户，死在那里。杜甫对他的生不逢时、蒙冤而死表示了莫大的同情。（见《故著作郎贬台州司户荥阳郑公虔》）

张九龄，曾官至宰相，开元二十四年（736），被李林甫排挤，罢相，后为荆州长史，开元二十八年（740）病逝。从杜甫悼诗中所称"向时礼数隔，制作难上请"来看，他与张九龄并无诗文往来，算不上"叹旧"，是所谓"怀贤"。杜甫之所以怀悼这位贤臣，是由于张九龄是唐朝开国以来最后一位贤明宰相。"寂寞想土阶，未遑等箕颍。"

说他暝思苦想，一心想实现致君尧舜的宏伟志向，无暇去追随箕颍隐士的足迹。"骨惊畏曩哲，冀变负人境。"（《故右仆射相国曲江张公九龄》）他唯恐比不上古代的圣哲，老死无功而有负于苍生。张九龄罢相，李林甫上台，意味着有唐以来开明政治的终结，和一个黑暗时代的开始。杜甫悼念张九龄，是处身于黑暗的混乱的年代，痛惜和追怀那业已消失的盛唐时代的最后一抹余晖。

《八哀诗》确定了杜甫的立身高度，从选择人物到行文角度，无不显示着他是为国失英才而动情，显示着他的国家至上的观念。[1]

杜甫还写过《别张十三建封》，诗中追忆张建封的外曾祖刘文静的开国功勋，以刘文静的业绩勉励建封积极进取，希望他在国家大厦行将倾覆之际，应时而动，为国建功。这是诗人为国家呼唤贤才。而张建封果然没有辜负杜甫的希望，在后来的人生历程中为官有道、治理有方，还在反对藩镇叛乱中建立功勋，对唐朝的文化事业也有积极的推动（韩愈、孟郊、李翱等均在其幕府效力，为韩孟诗派的形成奠定了人员基础）。《暮秋枉裴道州手札率尔遣兴寄呈苏涣侍御》写苏涣的才气，并希望他和道州刺史裴虬都能够早据要路，为国尽忠："致君尧舜付公等，早据要路思捐躯"。总而言之，只要有机会赞美或鼓励英贤俊才，杜甫总是不遗余力。

六、为自己人生立传

杜甫的古体诗，基本上都是与诗人的家庭生活、友朋交往等关系紧密的，从这一角度来说，杜甫的古体诗具有私人化写作倾向，后人可以根据杜甫的诗作，大体勾勒出他的行踪去向、人生轨迹、思想脉络、喜怒哀乐。现在我们能够看到的杜甫的几部有名的传记，如陈贻焮、莫砺锋等所写的《杜甫评传》，莫不以杜诗为主要依据，而杜甫的古体诗是其中最重要的部分。《奉赠韦左丞丈二十二韵》可以看作杜甫自幼年至困顿长安十年的生活写照。《自京赴奉先县咏怀五百字》勾勒出杜甫的人生理想、志向和得到右卫率府兵曹参军的小官之后的人生经历。《北征》记述了杜甫在房琯事件后被肃宗冷漠、"墨制"放还羌村的经历，沿途所见战争惨象，到家后所见妻儿苦况，并对肃宗朝政提出弥足珍贵的建议。《羌村三首》写北征归家的见闻和感慨。晚年所作的《昔游》《壮游》《遣怀》等，更是诗人自我的总结性长篇。关于后三篇，韩成武在《诗圣——忧患世界中的

---

[1]　韩成武：《诗圣——忧患世界中的杜甫》，第241—244页。

杜甫》有较为详细的分析，兹录于此：

《壮游》一诗从 7 岁写起，"七龄思即壮，开口咏凤凰。"一直写
到晚年寓居夔州："秋风动哀壑，碧蕙捐微芳。"其中包括少年时的诗
文活动、年轻时的三次长途漫游、旅居长安的困窘生活、安史之乱爆
发后任左拾遗因廷诤近旨被黜以及流落巴蜀。值得重视的是，他在回
顾个人行迹时，总是与国家的时局联系在一起。例如，他对安史之乱
前夕的社会危机就看得很清楚："朱门任倾夺，赤族迭罹殃。国马皆粟
豆，官鸡输稻粱。举隅见烦费，引古惜兴亡。河朔风尘起，岷山行幸
长。"豪门贵族相互倾轧，失败者每每被灭族。玄宗的舞马耗尽了百
姓的口粮，百姓们忍饥挨饿为宫廷的斗鸡交纳稻粱。杜甫说，仅举以
上一二事例，就可以知道朝廷是何等的奢侈靡费，想到古代因奢亡国
的旧事，不禁内心惶恐。接下来便是"河朔风尘起"，战乱果然爆发
了。不斤斤于个人的遭际，注目于国家的兴亡教训，是杜甫自传诗的
超凡之处和价值所在。《壮游》是如此，《昔游》和《遣怀》同样表现
了这一特点。

《昔游》诗记录早年与高适、李白游历梁宋之事。但记叙行迹仅
用八句，绝大部分篇幅是写开元末年和天宝初年玄宗大事开边战争，
宠任安禄山讨伐契丹，终成养虎之患，"是时仓廪实，洞达寰区开。
猛士思灭胡，将帅望三台。君王无所惜，驾驭英雄材。幽燕盛用武，
供给亦劳哉！吴门转粟帛，泛海陵蓬莱。肉食三十万，猎射起黄埃。
隔河忆长眺，青岁已摧颓。"玄宗自傲于天下承平，遂鼓动将帅进行
开边，从吴越一带远送粟帛到幽燕，充实军力，安禄山由此变得强
悍，萌生了反叛的野心。杜甫说，那时我隔着黄河远眺河北安禄山的
辖区，感到情况严重，年轻的心就已充满了忧愁。杜甫是敏感的，他
对安史之乱的原因看得很透。

《遣怀》一诗回忆年轻时与高适、李白同游宋中，在记录"邑中
九万家，高栋照通衢。舟车半天下，主客多欢娱"的同时，再次把目
光引向国家的时局："先帝正好武，寰海未凋枯。猛将收西域，长戟破
林胡。百万攻一城，献捷不云输。组练去如泥，尺土负百夫。拓境功
未已，元和辞大炉。"当时海内尚未凋枯，玄宗正在崇尚武力扩大领
土，猛将哥舒翰等举兵征讨吐蕃，安禄山等率军攻伐契丹。以百万之
众攻敌一城一镇，诸将只献捷报不传败绩。军队的装备丢弃如泥，无
所顾惜；为了尺寸之土，而牺牲上百人的性命。如此不惜物力和人力

的开边战争连绵不断，结果是国家耗尽了力量，太平和乐之气完全丧失，战魔安禄山乘机而起。①

《壮游》《昔游》和《遣怀》三首诗，都是勾勒诗人以往的生活，是诗人在晚年为自己的人生所作的总结式描述。这些诗歌虽然很私人化，但杜甫所经历的时代实在太特殊了，他的经历与时代紧密相连，而他的思想又时时不离家国天下，所以，这几篇自传性作品也涉及国家动乱的原因。诗人在对国家命运的深刻思索后得到的结论是，国家的动乱之源就在于君主执政失误，这体现了杜诗批判现实的深度，这种深度不是一般诗人所能达到的，在整个中国诗史上也是罕见的。

七、记录亲朋交往

杜甫的古体诗里，有很多涉及与亲戚、朋友交往的诗歌。如《寄薛三郎中》，写自己和薛据"子尚客荆州，我亦滞江滨"，俱流落江湘的困境；《送重表侄王砅评事使南海》记述和王砅的关系及安史乱中逃难时王砅对诗人的救助："吾客左冯翊，尔家同遁逃。争夺至徒步，块独委蓬蒿。逗留热尔肠，十里却呼号"；《送顾八分文学适洪吉州》除了写友人"视我扬马间，白首不相弃"的紧密关系，还殷殷嘱托对方要把民生疾苦记在心上，不忘为黎民百姓做事，并保持国士本色："邦以民为本，鱼饥费香饵。请哀疮痍深，告诉皇华使。使臣精所择，进德知历试。恻隐诛求情，固应贤愚异。烈士恶苟得，俊杰思自致"。这类诗歌，为我们梳理诗人行踪、交游提供了重要信息。

还有一些古体诗歌作品，杜甫将一些不为人们注意的小人物写入其中，令人耳目一新，如《园人送瓜》《信行远修水筒》《行官张望补稻畦水归》《催宗文树鸡栅》《园官送菜》《上后园山脚》《驱竖子摘苍耳》《秋行官张望督促东渚耗稻向毕清晨遣女奴阿稽竖子阿段往问》等，将普通人最普通的日常生活写入诗中，让这些园人、仆人、行官、女奴、竖子，甚至杜甫并不聪明的儿子宗文，都出现在诗中，留在了我们的记忆里。

八、描绘山川景物

杜甫一生，走过很多地方，写过很多有关山川风物的诗歌，各种风格都有。其古体诗中的山川景物，与其他诗歌体式中的山川景物有所不同。

---

① 韩成武：《诗圣——忧患世界中的杜甫》，第244—246页。

这里主要是指他在走向成都的路途中所写下的那些行旅诗。杜甫到达秦州，并没有找到理想的居所，便开始了奔向西南的旅程。一路上所经过的山水，成为他写作的素材，而这些山水文字，与王维、孟浩然笔下的山水迥然不同。如《铁堂峡》：

> 峡形藏堂隍，壁色立精铁。
> 径摩穹苍蟠，石与厚地裂。
> 修纤无垠竹，嵌空太始雪。
> 威迟哀壑底，徒旅惨不悦。

峡谷空寂，峡壁似铁，巨刃摩天，地石俱裂，竹林如海，山巅积雪。奇异瘆人的物象中，显然渗入了作者的乱世惊魂。又如《青阳峡》：

> 塞外苦厌山，南行道弥恶。
> 冈峦相经亘，云水气参错。
> 林迥硖角来，天窄壁面削。
> 溪西五里石，奋怒向我落。
> 仰看日车侧，俯恐坤轴弱。
> 魑魅啸有风，霜霰浩漠漠。

南行的路途是这样艰险，冈峦交错，云水相杂，山岩挺出怪异的崚角，石壁如同斧劈刀削，山上的崩石砸向行人，恐怖的寒风和滑溜的霜雪令人寸步难行。又如《泥功山》：

> 朝行青泥上，暮在青泥中。
> 泥泞非一时，版筑劳人功。
> 不畏道途永，乃将汩没同。
> 白马为铁骊，小儿成老翁。
> 哀猿透却坠，死鹿力所穷。
> 寄语北来人，后来莫匆匆。

这泥功山真是名副其实，漫山遍岭，布满泥泞，竟然让白马变成黑色，小儿变成老翁，猿猴和麋鹿都被泥泞缠得力气用尽，或摔或死。环境之恶劣，路途之艰难，可以想见。

杜甫抵达同谷以后，邀请杜甫前来的同谷县令并没有给杜甫应有的帮助，致使杜甫一家生活陷入绝境，《同谷七歌》成为杜甫悲惨人生的写照。故此，他只在同谷逗留了一个月左右便离开了，开始了携儿带女奔赴成都的艰难旅程。从同谷到成都，沿途山水险恶，杜甫写了 12 首纪行诗，反映旅途的艰辛，如《木皮岭》写群峰奔涌，岩石崩裂，云雾缭绕，虎豹出没，深渊万丈，栈道崩危，直令诗人感到"艰险不易论"；《水会渡》写夜黑浪高，悬崖外倾，霜重石滑，手寒脚冷；《飞仙阁》写栈道横绝，浊浪奔涛，日寒气惨，长风怒号；《龙门阁》写"绝壁无尺土"，"长风驾高浪"，"危途中萦盘，仰望垂线缕"，"滑石敧谁凿，浮梁袅相挂"；《剑门》写"连山抱西南，石角皆北向。两崖崇墉倚，刻画城郭状。一夫怒临关，百万未可傍。珠玉走中原，岷峨气凄怆"。入蜀之路，真是像李白所说的，"畏途巉岩不可攀"。

总而言之，杜甫笔下的山川景物，有了与以往山水诗迥然不同的景象，改变了中国山水诗的写作倾向。这一点，下一节还要细论，此不赘述。

除以上诸方面，杜甫的古体诗还涉及家庭琐事、风雨阴晴、民间风俗等，数量不多，且少经典，与解说杜甫的人生轨迹和杜诗的艺术风貌没有特别紧要的关系，此处不再论述。

第四节　杜甫古体诗的艺术风貌与转型价值

杜甫的古体诗，在唐代古体诗的发展路径上有重要变化，但这种变化究竟是什么，说法不一。沈德潜说："苏、李、《十九首》以后，五言所贵，大率优柔善入，婉而多风。少陵材力标举，篇幅恢张，纵横挥霍，诗品又一变矣。"[①] 这是说杜甫与汉魏古诗不同。庞凯则说："子美近体真朴，得汉、魏之遗。五言古别为一家，佳者可入汉、魏。"[②]

一、杜甫古体诗的语体风貌：质朴高古、袒露胸臆、沉郁顿挫

与齐梁时风相比，汉魏古诗语言的典型特征就是质朴高古，而两晋以下以至齐梁，则把辞采、技巧等作为追求目标。唐朝早期的五言古诗，在辞采、技巧等方面受两晋齐梁诗风影响，语体风貌还是非常容易辨别的。

①　[清] 沈德潜选注：《唐诗别裁集·凡例》，上海古籍出版社，1979 年。
②　[清] 庞垲：《诗义固说》上，见郭绍虞编选《清诗话续编》第二册，第 728 页。

许学夷《诗源辩体》卷三云：

> 汉魏五言，深于兴寄，故其体简而委婉。唐人五言古，善于敷陈，故其体长而充畅。
>
> 汉魏五言，声响色泽，无迹可求。至唐人五言古，则气象峥嵘，声色尽露矣。①

许学夷《诗源辩体》卷十二云：

> 绮靡者，六朝本相；雄伟者，初唐本相也。故徐庾以下诸子，语有雄伟者为类初唐；王、卢、骆，语有绮靡者为类六朝。②

许学夷《诗源辩体》卷十三云：

> 五言自汉魏流至元嘉，而古体亡。自齐梁流至初唐而古、律混淆，词语绮靡。陈子昂始复古体，效阮公《咏怀》为《感遇三十八首》……③

杜甫在各种诗歌体式的语言驾驭方面，很讲究注重各种体式的语体风貌。作为唐代律诗大家，杜甫的古体诗，却在尽力回避律诗的影响。杜甫所行的是陈子昂一路，重质朴而绝绮靡。他对汉魏古体的语体风貌则有扬有弃，扬其自然古朴，弃其优柔委婉，往往直抒隐衷，纵横转折，感愤悲壮，质朴高古，骨坚髓实，沉实自然。仇兆鳌《杜诗详注》虽然是编年本，但诗体意识很强，在《杜诗凡例》"杜诗根据"条，他明确传达出这种意识：

> 集中古风近体，篇帙弘富。昔人谓五古、七律入圣，五律、七古入神。盖其体制之精，上自风骚汉魏，下及六朝四杰，各有渊源脉络也。兹于每体之后，备载名家议论，以见诗法所自来，而作者苦心亦开卷晓然矣。若五七言绝句，用实而不用虚，能重而不能轻，终与太

---

① [明]许学夷：《诗源辩体》卷三，第47—48页。
② [明]许学夷：《诗源辩体》卷一二，第140页。
③ [明]许学夷：《诗源辩体》卷一三，第144页。

白、少伯分道而驱。①

　　仇兆鳌的诗体批评方式是：其著作中每一种诗体第一次出现时，备载名家议论，以见出杜甫这种诗体的特点。在杜甫古诗的第一首作品《奉赠韦左丞丈二十二韵》后，他引用了几家观点，以见他们对杜诗的认识。徐用吾曰：

　　　　五言古诗，或引兴起，或赋比起，须要用意深远，托词温厚，反覆优游，雍容不迫，或感古怀今，或怀人伤己，或潇洒闲适，写景要雅淡，推人心之至情，摹感慨之微意，悲欢含蓄而不伤，美刺婉曲而不露，要有三百篇遗意。②

这一观点与元人杨载《诗法家数》的观点基本一致。胡应麟曰：

　　　　古诗浩繁，作者至众，虽风格体裁，人以代异，支流原委，谱系具存。炎刘之制，远绍国风；曹魏之声，近沿枚李。陈思而下，诸体毕备，门户渐开。阮籍左思，尚存其质；陆机潘岳，首播其华。灵运之词，渊源潘陆；明远之步，驰骤太冲。有唐一代，拾遗草创，实阮前踪；太白综横，亦龟近嫫。少陵才具，无施不可，而宪章汉魏，祖述六朝，所谓风雅之大宗，艺林之正朔也。　又曰：古诗轨辙殊多，大要不过二格：有以和平浑厚、悲怆婉丽为宗者，即前所列诸家。有以高闲旷逸、清远玄妙为宗者，六朝则陶，唐则王、孟、常、储、韦、柳。但其格本一偏，体靡兼备，宜短章不宜巨什，宜古选不宜歌行，宜五言律不宜七言律。历考前人遗集，靡不然者。中唯右丞才高，时能旁及，至于本调，反劣诸子。储虽深造自得，然皆株守一隅，才之所趋，力故难强。　又曰：备诸体于建安者，陈王也。集大成于开元者，工部也。青莲才之逸并驾陈王，气之雄齐驱工部，可谓撮胜二家。第古风既乏温淳，律体微乖整栗，故令评者不无轩轾。③

也就是说，对于古诗以汉魏为高古之宗的认识，几乎没有异议，对杜甫古诗"集大成于开元者"的认可也相对一致。《唐宋诗醇》卷九云："杜之五

____
① [清]仇兆鳌注：《杜诗详注·杜诗凡例》，第23页。
② [清]仇兆鳌注：《杜诗详注》卷一，第79页。
③ [清]仇兆鳌注：《杜诗详注》卷一，第80页。

古，从古人变化而出，独辟境界。严羽谓其宪章汉魏，取材六朝，其自得之妙，则先辈所谓集大成者。王世贞谓其以意为主，以独造为宗，以奇拔沉雄为贵，是已。"① 具体说来，杜甫古体诗的语体风貌主要有以下几点。

一是质朴自然，不饰奢华。杜甫的古诗，尤其是五言古诗，追随的是汉魏古风，用生活语说生活事，极尽摹写生活本真之妙，对声音、辞采并不讲究。声音是诗歌的装饰，我们已经在前文进行分析，得出的结论是：杜甫的古诗不讲究声音。辞采也是诗歌的装饰品，藻饰词汇的诗歌会让诗歌的表面看起来美丽，如齐梁时期的诗歌，但辞采影响了表达就会被斥之为靡丽。杜甫"不与齐梁作后尘"的努力，在其古体诗写作的语言运用中表现得尤为突出。如《羌村三首》其三：

> 群鸡正乱叫，客至鸡斗争。
> 驱鸡上树木，始闻叩柴荆。
> 父老四五人，问我久远行。
> 手中各有携，倾榼浊复清。
> 莫辞酒味薄，黍地无人耕。
> 兵革既未息，儿童尽东征。
> 请为父老歌，艰难愧深情。
> 歌罢仰天叹，四座泪纵横。

语言平实如话，古朴至极，而描摹生动，情景如在眼前。诚如王嗣奭所说："起语，钟云：'描写村落小家光景如见。'但他人决写不到此，入诗却妙。"② 朴素语，传达出真性情，诗之妙更在此处。杨伦说道："语语从真性情流出，故足感发人心，此便是汉魏《三百篇》一家的髓传也。"③ 又如《雨过苏端》：

> 鸡鸣风雨交，久旱雨亦好。
> 杖藜入春泥，无食起我早。
> 诸家忆所历，一饭迹便扫。
> 苏侯得数过，欢喜每倾倒。
> 也复可怜人，呼儿具梨枣。

---

① [清] 乾隆御定，艾荫范等注：《唐宋诗醇》卷九，第549—550页。
② [明] 王嗣奭：《杜臆》卷二，第57页。
③ [清] 杨伦笺注：《杜诗镜铨》卷四，第159页。

　　浊醪必在眼，尽醉攓怀抱。
　　红绸屋角花，碧秀墙隅草。
　　亲宾纵谈谑，喧闹愍衰老。
　　况蒙霈泽垂，粮粒或自保。
　　妻孥隔军垒，拨弃不拟道。

此诗写战乱岁月中受到友人的款待，亦所谓"艰难愧深情"。"梨枣""浊醪""谈谑""喧闹"，朴素的语言传达出淳朴的人情。钟惺说："杜老每受人一酒一肉，不胜感恩，不胜得意，盖有一肚愤谑，即太白所谓'今日醉饱，乐过千春'也。"① 查慎行说："大似渊明乞食光景，穷途一饭，感激不细，正复可怜人。"② 可怜人写可怜心，才见真意。有人说此诗在杜诗中不算好诗，笔者却认为，此诗厉朴淳厚，写尽贫穷人受热情招待时的心态。

　　二是袒露胸臆，词气豪迈。杜甫是一位真诚的诗人，对人对事，都是掏心掏肺，一股意气蕴藏于诗间。如《奉赠韦左丞丈二十二韵》：

　　纨绔不饿死，儒冠多误身。
　　丈人试静听，贱子请具陈。
　　甫昔少年日，早充观国宾。
　　读书破万卷，下笔如有神。
　　赋料扬雄敌，诗看子建亲。
　　李邕求识面，王翰愿为邻。
　　自谓颇挺出，立登要路津。
　　致君尧舜上，再使风俗淳。
　　此意竟萧条，行歌非隐沦。
　　骑驴十三载，旅食京华春。
　　朝扣富儿门，暮随肥马尘。
　　残杯与冷炙，到处潜悲辛。
　　主上顷见征，欻然欲求伸。
　　青冥却垂翅，蹭蹬无纵鳞。
　　甚愧丈人厚，甚知丈人真。
　　每于百僚上，猥诵佳句新。
　　窃效贡公喜，难甘原宪贫。

① 萧涤非主编：《杜甫全集校注》卷三，第811页。
② 萧涤非主编：《杜甫全集校注》卷三，第812页。

焉能心怏怏，只是走踆踆。

今欲东入海，即将西去秦。

尚怜终南山，回首清渭滨。

常拟报一饭，况怀辞大臣。

白鸥没浩荡，万里谁能驯？

此诗是杜甫在人生困顿时期希望援引的言志述怀之作，将一腔愤懑尽现于篇章。《杜臆》说此诗"全篇陈情"，"直抒胸臆，如写尺牍；而纵横转折，感愤悲壮，缱绻踌躇，曲尽其妙"。[①] 董养性评论说："凡此八节，皆是陈情告诉之语，而无干望请谒之私，词气磊落，傲兀宇宙，以见公虽困顿之中，英锋俊彩，未尝少挫也。"[②] 今人王俊分析说，此诗"陈情磊落，缱绻曲折"，"起首一股怨激之气劈面而来，很快转到款款陈情，自负裹挟着自叹，肺腑之言，汩汩流出"。[③] 又如《梦李白二首》，其一：

死别已吞声，生别常恻恻。

江南瘴疠地，逐客无消息。

故人入我梦，明我长相忆。

君今在罗网，何以有羽翼？

恐非平生魂，路远不可测。

魂来枫林青，魂返关塞黑。

落月满屋梁，犹疑照颜色。

水深波浪阔，无使蛟龙得。

其二：

浮云终日行，游子久不至。

三夜频梦君，情亲见君意。

告归常局促，苦道来不易。

江湖多风波，舟楫恐失坠。

出门搔白首，若负平生志。

冠盖满京华，斯人独憔悴。

---

① ［明］王嗣奭：《杜臆》卷一，第11页。
② 萧涤非主编：《杜甫全集校注》卷二，第283页。
③ 王俊：《陈情磊落，缱绻曲折》，《古典文学知识》2007年第2期，第21页。

> 孰云网恢恢，将老身反累。
>
> 千秋万岁名，寂寞身后事。

这两首诗写得很沉痛。既倾注了对李白深挚的关怀之情，也传达出对当时社会压抑人才的无比愤怒，忧愤感慨，痛绝千古。仇兆鳌曰："前章说梦处，多涉疑词；此章说梦处，宛如目击。形愈疏而情愈笃，千古交情，惟此为至。然公非至性，不能有此至情；非公至文，亦不能写此至性。"① 唐元竑曰："《梦李白》二诗精妙，殆胜《招魂》。《招魂》语虽丽，而情远不及也。一句一转，一字一泪，所谓隐心结文不自知，沉绵恻怆至此。"②

　　三是沉郁顿挫，表述曲折。杜甫的古体诗与其乐府诗有一个重要区别，就是乐府都是就现实中具体的社会事件"缘事而发"，古体诗则多是写与诗人生活相关的事情，它们表面上是诗人的生活史，但由于诗人所在的时代和所经历的事情，它们往往都能从细部展现社会生活深处的东西，因而内涵沉郁，深刻丰富。如《赠卫八处士》：

> 人生不相见，动如参与商。
>
> 今夕复何夕，共此灯烛光。
>
> 少壮能几时，鬓发各已苍。
>
> 访旧半为鬼，惊呼热中肠。
>
> 焉知二十载，重上君子堂。
>
> 昔别君未婚，儿女忽成行。
>
> 怡然敬父执，问我来何方。
>
> 问答乃未已，儿女罗酒浆。
>
> 夜雨翦春韭，新炊间黄粱。
>
> 主称会面难，一举累十觞。
>
> 十觞亦不醉，感子故意长。
>
> 明日隔山岳，世事两茫茫。

此诗写于安史之乱时期，诸家杜诗系年皆编在河南诗内。诗中感慨人生相聚之难，惊呼旧友过世之众，谢友心情之恳切，以及诉说别后前景难料，均与当时惨痛的人寰相关。据史料记载，安史乱中，河南遭受叛军荼毒最为惨烈，"函、陕凋残，东周尤甚，过宜阳、熊耳，至武牢、成皋，五百

---

① ［清］仇兆鳌注：《杜诗详注》卷七，第 559 页。
② 萧涤非主编：《杜甫全集校注》卷五，第 1364 页。

里中，编户千馀而已。居无尺椽，人无烟爨，萧条凄惨，兽游鬼哭"①。东周指洛阳，引文中所列地名皆在河南境内，此地百姓大量死亡，以致人烟稀少。又据《资治通鉴》记载，安史之乱爆发的前一年（754），唐朝人口是五千二百八十八万零四百八十八人，战乱结束，人口仅剩一千六百九十多万。掌握了这些史料，就不难理解诗中沉挚的情感和深刻的内涵。杨伦《杜诗镜铨》引张上若评语云："全诗无句不关人情之至，情景逼真，兼极顿挫之妙。"②

杜甫的大篇《自京赴奉先县咏怀五百字》《北征》，篇幅虽然很长，却不是所有的话都去说透，而是于字里行间浸润着种种人生体验。《自京赴奉先县咏怀五百字》自叙人生经历，从人生理想到仕途失意，由所闻所见的唐王朝君臣欢娱的场面，到自己幼子饿死的人间惨剧，其间交织着对社会人生的深刻思考，包含着对唐王朝的巨大隐忧，写出了安史之乱前"山雨欲来风满楼"的危机境况。此诗的文字不属于自然简易一类，初读还有一定难度，但却直抒胸臆，古直大气，除了少数用典，基本都是质直的语言。而且语句之间频繁转折，造成顿挫之势，增强了表现力度。如"杜陵有布衣，老大意转拙"，说自己这年纪"老大"之人却没有因为阅历丰富而变得世故油滑，反而"转拙"了，越老越糊涂了，这是一转，这就写出杜甫性格的倔强率直，不肯与世俗同流；"居然成濩落，白首甘契阔"，前一句说理想落空，后一句转而说自己甘心忍受贫穷坚持到老，这一转就强化了杜甫不改初心的坚定性；"终愧巢与由，未能易其节"，前一句说面对巢父、许由两位古代隐士感到愧疚，后一句则逆向入笔，表示不肯改变投身社会济世安民的稷契之志，如此等等，不胜枚举。这就使本诗形成频繁顿挫的文势，曲折跌宕，感慨淋漓。如果说李白的抒情方式是大江奔腾，一泻千里，那么杜甫的抒情方式则如黄河壶口怒涛，漩涡连连。杨伦曰："五古前人多以质厚清远胜，少陵出而沉郁顿挫，每多大篇，遂为诗道中另辟一门径。无一语蹈袭汉魏，正深得其神理。此及《北征》，尤为集内大文章，见老杜平生大本领；所谓巨刃摩天，乾坤雷硠者，惟此种足以当之。"③《唐宋诗醇》曰："此与《北征》为集中巨篇，摅郁结，写胸臆，苍苍莽莽，一气流转，其大段有千里一曲之势，而笔笔顿挫，一曲中又有无数波折也。"④

七言古体诗的语体风貌与五言古体诗相比有所不同，其整体倾向为优

---

① ［后晋］刘昫等：《旧唐书》卷一二三《刘晏传》，第 3513 页。
② ［清］杨伦笺注：《杜诗镜铨》卷五，第 208 页。
③ ［清］杨伦笺注：《杜诗镜铨》卷三，第 111—112 页。
④ ［清］乾隆御定，艾荫范等注：《唐宋诗醇》卷九，第 602 页。

柔和平。如《发阆中》《寄韩谏议》《释闷》《别李秘书始兴寺所居》《夜归》《寄柏学士林居》《寄从孙崇简》《追酬故高蜀州人日见寄》等，比五言古体诗更为平易、自然，语言多了些修饰的因素。虽然有些作品如《忆昔二首》有"铺陈始终，气脉苍浑"（乔亿语）气象，但总体还是自然雅洁、优柔和平的格调。由于七言古体诗篇目较少，在此不多作分析。

二、长篇古体诗气脉贯穿、布局匀整

汉魏五言古诗，超过 20 句的很少，长篇作品更是屈指可数，像繁钦《定情诗》64 句、蔡琰《悲愤诗》108 句，已经算是绝唱。因为数量少，总结规律是很难的。杜甫古诗长篇，动辄超过 20 句，超过 30 句的也有不少篇目，如《奉赠韦左丞丈二十二韵》44 句、《送高三十五书记》32 句、《暮秋枉裴道州手札率尔遣兴寄近呈苏涣侍御》46 句、《入衡州》88 句，更有《自京赴奉先县咏怀五百字》达 100 句、《北征》达 140 句。如此长诗，若不讲章法，恐难以卒读。而杜甫的这些大篇，往往讲究布局，讲究章法，能够让读者寻到脉络，不仅不会感觉难读，而且还会感到内容丰富，值得反复品味。

元人诗法著作甚多，且非常关注篇章布局，对杜甫五言古体诗的布局颇为赞叹。如范梈《木天禁语》曰：

> 五言长古篇法：分段、过脉、回照、赞叹。先分为几段几节，每节句数多少，要略均齐。首段是序子，序了一篇之意，皆含在中。结段要照起段。选诗分段，节数要均。或二句，或三句、四句、六句、八句，皆不参差。杜却不言如此太拘，然亦不太长不太短也。次要过句，过句名为血脉，引过次段。过处用两句，一结上，一生下，为最难，非老手未易了也。回照谓十步一回头，要照题目，五步一消息，要闲语赞叹，方不甚迫促。长篇怕杂乱，一意为一段，以上四法，备《北征》诗，举一隅之道也。①

明人宋濂《杜诗举隅序》也说："杜子美诗……虽长篇短韵，变化不齐，体段之分明，脉络之联属，诚有不可紊者。"② 仇兆鳌说："今人作五古长篇，多任意挥洒，不知段落匀称之法。杜诗局阵布置，章法森然……"③ 读

---

① [元] 范梈：《木天禁语》，见 [清] 何文焕辑《历代诗话》下册，第 745 页。
② [清] 仇兆鳌注：《杜诗详注》附编，第 2250 页。
③ [清] 仇兆鳌注：《杜诗详注》卷十，第 768 页。

杜甫的长篇诗作，学者往往要分析其段落及其联结，如《雨过苏端》，仇兆鳌以"此章四句起，下两段各八句"辟开段落，然后分析此诗：前四句"首言冒雨访苏"，中八句"次记苏君款待之情"，后八句"末述雨后遣怀之意"，①将所分开的三个段落之间的内在联系一一指明，使全诗脉理一目了然。又如《梦李白二首》，浦起龙分析其结构层次："始于梦前之凄恻，卒于梦后之感慨，此以两篇为起讫也。'入梦'，明我忆。'频梦'，见君意。前写梦境迷离，后写梦语亲切。此以两篇为层次也。"②

我们再分析一些较长且著名的诗篇，如《奉赠韦左丞丈二十二韵》。诗歌开篇两句使用赋法，言明诗篇主旨："纨绔不饿死，儒冠多误身"，接着用两句"丈人试静听，贱子请具陈"作为过脉，明告对方自己要有所陈说，请对方耐心读下去。接下来 12 句写自己的才华本领、人生志向，再接下来 12 句写自己贫困潦倒难展羽翅。这之后就要向对方提出推荐自己的请求了，故先用 4 句称赞对方对自己的提携和援引，接下来的 12 句则通过自己要入海去秦的意思，含蓄地提醒对方，您对我的援引力度不够，我既"难甘原宪贫"，也希望有报答您援引的机会，可如果就从此隐居，既不能实现我的人生理想，也对不起您的援引。仇兆鳌认为杜诗五古最大的特点是章法森严、段落匀称，在分析《奉赠韦左丞丈二十二韵》时，即将全诗分为四大段，认为其段落匀称体现在"此章首段四句，中二段各十二句，末段十六句收"③。然后引范元实《诗眼》（按即范温《潜溪诗眼》）语云：

> 山谷谓文章必谨布置，每见后学多告以《原道》命意曲折。后予以此概考古人法度，如子美《赠韦左丞》诗云"纨绔不饿死，儒冠多误身"，此一篇立意也，故使人静听而具陈之耳。自"甫昔少年日"，至"再使风俗淳"，皆言儒冠事业也。自"此意竟萧条"，至"蹭蹬无纵鳞"，言误身如此也，则意举而文已备矣。然必言其所以见韦者，于是有厚愧真知之语，而所以真知者，谓传诵其诗也。然宰相职在荐贤，不当徒爱人而已，故曰"窃效贡公喜，难甘原宪贫"。果不能荐贤，则去之可也，故将东入海而西去秦。然其去也，必有迟迟不忍之意，故曰"尚怜终南山，回首清渭滨"。然所知不可以不别，故曰"常拟报一饭，况怀辞大臣"。夫如是，可以相忘于江湖之外，虽韦亦不得而见矣，故以"白鸥没浩荡，万里谁能驯"终焉。此诗前贤录为

---

① [清]仇兆鳌注：《杜诗详注》卷四，第 338—339 页。
② [清]浦起龙：《读杜心解》卷一，第 65 页。
③ [清]仇兆鳌注：《杜诗详注》卷一，第 77 页。

压卷，其布置最得正体，如官府甲第，厅堂房舍，各有定处，不可乱也。韩文公《原道》与《书》之《尧典》盖如此，其他皆谓之变体可也。又曰：诗有一篇命意，有句中命意。如此诗前后布置，是一篇命意也。至其道不忍决去之意，则曰"尚怜终南山，回首清渭滨"，其道欲与韦别之意，则曰"常拟报一饭，况怀辞大臣"，此句中命意也。盖如此，然后可谓顿挫高雅矣。①

可见此虽是一篇拜谒文字，亦十分讲究笔法。又如《赠蜀僧闾丘师兄》，只是一篇赠诗，却极讲究段落匀称，讲究布局谋篇。仇兆鳌分析说：

> 今人作五古长篇，多任意挥洒，不知段落匀称之法。杜诗局阵布置，章法森然，如此篇，首尾中腰各四句提束，前后两段俱十六句铺叙，有毫发不容增减者。然此法起于魏人繁钦《定情》诗"我出东门游"八句作起，"中情既款款"八句作结。前面"何以致拳拳"两句一转者十段，后面"与我期何所"六句一转者四段。后四段，本张平子《四愁诗》，其前十段则韩昌黎《南山》诗所自出也。古诗各有渊源如此。②

再如《八哀诗·赠秘书监江夏李公邕》，为当时著名书法家李邕立传，记录李邕一生行迹，也很讲究谋篇布局。仇兆鳌认为杜甫用史传手法写作，在该篇评议中谈及史实含量较大的作品如何叙事抒情时说："各章以叙事成文，部署森严，纯似班史。唯此章，感慨激昂，排荡变化，直追龙门之笔。细按其前后段落，又未尝不脉络整齐也。"③"班"指班固，"龙门"指司马迁，也就是说，仇氏将杜诗中史实含量较高的作品比之于《史记》《汉书》，其"感慨激昂，排荡变化，直追龙门"的评价，又正指出了杜诗与司马迁讲究叙事艺术、感情充荡于字里行间的艺术相通之处，既认同杜诗的史家笔法，又赞赏杜诗史笔中的情感力量。

再如《夔府书怀四十韵》。仇兆鳌将全诗分为五大段，分析各段之间的关系道："首叙遭遇偃蹇，乃书怀之故。上四，为通节之纲。身受郎官，须惊主辱。名位已晚，故拨年衰。扈圣端居，又作一提。萍流六句，为郎而思扈圣也。拙被六句，辞官而居滟滪也。主辱年衰，承上启下。"第二

---

① ［清］仇兆鳌注：《杜诗详注》卷一，第78—79页。
② ［清］仇兆鳌注：《杜诗详注》卷九，第768—769页。
③ ［清］仇兆鳌注：《杜诗详注》卷一六，第1403页。

段"此忆长安时事，承上'扬镳惊主辱'。上八句，先叙肃宗之乱。先帝以下，详记代宗之乱。总戎二句，乃追原病根"。第三段"此陈救时筹策，承上'拔剑拨年衰'"。第四段"此伤夔州民困，承上'天忧实在兹'"。最后一段引朱注："末叙客夔情景，而以除乱立功，望之在位者。"①

尤其他的五言长篇，成就令人刮目，沈德潜赞曰："五言长篇，固须节次分明，一气连属。然有意本连属，而转似不相连属者：叙事未了，忽然顿断，插入旁议，忽然联续，转接无象，莫测端倪，此运《左》《史》法于韵语中，不以常格拘也。千古以来，且让少陵独步。"②

杜甫长篇五古代表作《自京赴奉先县咏怀五百字》和《北征》，更是讲究篇法之祖，我们简单分析之。

《自京赴奉先县咏怀五百字》，全诗 100 句，以纪行为线索，以"忧黎元"为核心，以言志抒怀为主体，全面展示了诗人的志向、统治者的生活和普通百姓的生活，表达了诗人忧心国事的高尚情怀，内容丰富而不庞杂，线索清楚而不散乱。从"杜陵有布衣"到"放歌颇愁绝"这 32 句为言志述怀；从"岁暮百草零"到"惆怅难再述" 38 句是记述途经骊山的见闻，集中揭露玄宗君臣的腐化堕落；从"北辕就泾渭"到结尾"颓洞不可掇" 30 句写归家路途的艰险和家中苦难遭遇，映照时代悲哀。作者以铺叙为主要表现手法，夹以议论和抒怀，其间融注了作者强烈的感情，使纪事、议论和抒怀在浓重的抒情色彩下完美地融会在一起，表达了清晰、深刻的社会现实，抒发了真挚、深沉的人生喟叹，令人嘘唏不已、感慨万千。仇兆鳌分析说：

> 前三段，从咏怀叙起。此自述生平大志。公不欲随世立功，而必期圣贤事业。所谓意拙者，在比稷契也。甘契阔，安于意拙。常觊豁，冀成稷契。《杜臆》：人多疑自许稷契之语，不知稷契无他奇，惟此已溺已饥之念而已，伊得之而纳沟为耻，孔得之而立达与共，圣贤皆同此心。篇中忧民活国等语，已和盘托出。东坡引"舜举十六相""秦时用商鞅"诗为证，何舍近而求远耶。③

乔亿《杜诗义法》分析此诗结构，第一部分："'穷年'句至此（"放歌破愁绝"——笔者注），盖自写其出处意，无非为黎元欲致君尧舜，凡

① [清]仇兆鳌注：《杜诗详注》卷一六，第 1420—1426 页。
② [清]沈德潜：《说诗晬语》卷上，第 206—207 页。
③ [清]仇兆鳌注：《杜诗详注》卷四，第 264 页。

十二韵，层折转换，无限低徊，是大篇局势。此段总摄，不并提君民，极见章法。"① 第二部分："'岁暮'以下至此（"惆怅难再述"——笔者注）述自京所见并及所闻，皆由君上推出乱亡已兆，莫非隐忧，在稷契一辈人难置之度外也。大笔淋漓，曲尽时事乃尔。极奔放中划然而止，此何等笔力！"② 第三部分："末段从自己之免租税征伐，想到平人之失业远戍，非稷契一辈人哪具此襟抱！杜老窃比有以夫！此单缴'忧黎元'，正与前'穷年'句相应，首尾一线。"③

《北征》全诗 140 句，700 字，是杜甫诗歌中除《秋日夔府咏怀奉寄郑监李宾客一百韵》之外最长的诗篇。其篇幅虽长，却不杂乱，因讲究布局，蕴含深意，而成为杜诗中的长篇佳作。黄生曰："此诗分四大段：辞阙一段，在路一段，到家一段，时事一段。若各叙，自可分为数题，亦无害各为佳篇。然公偏以合叙见本事，盖一篇用笔忽大忽小忽紧忽松，他人急忙转换不来，而公把三寸弱翰，直似一杆铁枪，神出鬼没，使人应接不暇，此真万夫之特巳。"④ 吴瞻泰曰："以皇帝始，以皇帝终，是一篇大结撰。看其说家中事，必带国事；说国中事，并无一语及家事。故虽呶呶絮语，绝非儿女情多也。长诗之妙，于接续结构处见之，又于间中衬带处见之，全在能换笔也。"⑤ 仇兆鳌则将其分为八段，并分别概括每段段意，结尾段分析全诗章法布局：

> 此章大旨，以前二节为提纲。首节北征问家，乃身上事，伏第三、四段。次节恐君遗失，乃意中事，伏五、六、七段。公身为谏官，外恐军政之遗失，内恐宫闱之遗失，凡辞朝时，意中所欲言者，皆罄露于斯。此其脉理之照应也。若通篇构局，四句起，八句结，中间三十六句者两段，十六句者两段，后面十二句者两段，此又部伍之整严也。⑥

仇氏的分析，能见出杜诗脉络，便于读者认识诗歌的章法结构。

----

① [清] 乔亿:《杜诗义法》卷上，见《四库未收书辑刊》第 10 辑第 28 册，北京出版社，1998 年，第 709 页。
② [清] 乔亿:《杜诗义法》卷上，见《四库未收书辑刊》第 10 辑第 28 册，第 710 页。
③ [清] 乔亿:《杜诗义法》卷上，见《四库未收书辑刊》第 10 辑第 28 册，第 710 页。
④ 萧涤非主编:《杜甫全集校注》卷四，第 962 页。
⑤ 萧涤非主编:《杜甫全集校注》卷四，第 962 页。
⑥ [清] 仇兆鳌注:《杜诗详注》卷五，第 405 页。

三、从简易叙写转向大笔铺叙

古人在论及杜甫的古体诗时注意到，杜甫的古体诗长篇较多。相对于唐前古体诗十韵以上诗歌都少见的情况，杜甫的古体诗动辄过十韵，这是摆在杜甫集的明面上的事情，无需多说。需要我们探讨的是，杜甫何以成就如此多的大篇。这自然是因为杜甫所历丰富复杂，而杜甫又心思细腻。但这似乎尚不足以解释杜甫成就大篇的原因，因为我们不能说杜甫之前的人就经历简单，心性单纯。杜甫成就大篇的原因有以上因素，更有写作笔法上的变化。观察杜甫的长篇，我们可以注意到，其拓展篇幅的重要手段就是大笔铺叙。杜甫诗强文弱，而杜甫当下留存的文章基本上是赋体作品，他自己也说过在赋作方面的努力，并认可自己的赋作水平，所谓"赋料扬雄敌"也。赋体文章在写作上最大的特点就是铺叙淋漓，杜甫在诗歌创作中借用赋笔很多，包括他的长篇古体诗和排律。排律既为"排"律，讲究铺排才名实相符。汉魏时期的古体诗更注重简易叙写，并不特别讲究大笔铺叙，而杜甫超过十韵的古体诗，很多都是把大笔铺叙作为重要手法的。如《奉赠韦左丞丈二十二韵》在写到自己的才华时连用8句："甫昔少年日，早充观国宾。读书破万卷，下笔如有神。赋料扬雄敌，诗看子建亲。李邕求识面，王翰愿为邻。"这8句分别从少年名声、读写能力、作品水平、他人评价四个层面反复皴染杜甫之才华。又如《同诸公登慈恩寺塔》12韵，前12句中有10句铺写慈恩寺塔的外在景观："高标跨苍天，烈风无时休。自非旷士怀，登兹翻百忧。方知象教力，足可追冥搜。仰穿龙蛇窟，始出枝撑幽。七星在北户，河汉声西流。羲和鞭白日，少昊行清秋。"再如《自京赴奉先县咏怀五百字》中写到唐玄宗君臣欢娱的场面，诗人足足用了28句，分别从沐浴的蒸气、御林军的护卫、乐声的高入云天、朝廷臣子的分帛、美女的披纱歌舞、所吃的山珍海味等多个角度进行渲染，以突出唐玄宗君臣的恣意嬉游、荒废朝政。再如《北征》诗里仅"靡靡逾阡陌"看到的景象就写了几十句，写到诗人进入家门也用了14句，分别写了妻子、儿子、女儿、被子、衣服、袜子，可以说写尽了家中的每一个人、每一件物，正是这样的铺排，将战乱中百姓的生活历历在目地展现在读者面前。

杜甫这种讲究铺排的叙写方式对后来的古体诗影响很大，韩孟诗派的长篇古体诗、元白诗派的长篇古体诗均受其影响，可见其大笔铺叙手法的文学史价值。胡应麟《诗薮》曰：

> 杜之《北征》《述怀》，皆长篇叙事，然高者尚有汉人遗意，平者

遂为元、白滥觞。李之《送魏万》等篇，自是齐、梁，但才具加雄，辞藻增富耳。①

四、从单纯叙事或抒情转向叙议结合

杜甫之前的古诗，或单纯叙事，或单纯议论抒情，较少杂叙事议论于一炉的大篇。杜甫古体诗则将两种相对单纯的写作方法完全融合，发展为洋洋洒洒的大篇，成为叙事、议论、抒情相结合的古诗长篇的典范。如《自京赴奉先县咏怀五百字》就是典型之作，全诗以"忧黎元"为核心，以纪行为线索，以言志抒怀为主体，全面展示了诗人的志向、统治者的生活和普通百姓的生活，表达了诗人忧心国事的高尚情怀。叙事间夹以议论和抒怀，融注了作者强烈的感情，使纪事、议论和抒怀在浓重的抒情色彩下完美地融会在一起，表达了清晰、深刻的社会现实，抒发了真挚、深沉的人生情感，令人嘘唏不已、感慨万千。《北征》也是杜甫的典型代表作品，全诗长达 700 字，以纪行为主，记述了诗人从凤翔到羌村的路途经历和回到家中的情况。全诗内容可分为五段，第一段主要写临行前恋阙忧国的心情，主要表达自己心绪的纠结；第二段描述沿途观感，展示战乱给广大农村造成的巨大破坏；第三段描述归家后的情况；第四段是对时局的议论；第五段预料唐王朝的未来。全诗各段或以抒情为主，或以记事为主，或以议论为主，采用夹叙夹议的手法，对唐王朝的政治和军事发表了个人的意见，忧国忧民之情贯穿始终，无论思想、艺术，都达到了空前的高度。《梦李白二首》是记梦诗，记梦的诗句只有"故人入我梦，明我长相忆""三夜频梦君，情亲见君意""告归常局促，苦道来不易""出门搔白首，若负平生志"8 句，余者皆为议论。第一首对李白身陷罗网、有才不得施展表示同情，第二首对朝廷不惜才表示不满，并对李白身后的英名进行了评论式预测。《陈拾遗故宅》只有"拾遗平昔居，大屋尚修椽。悠扬荒山日，惨澹故园烟""到今素壁滑，洒翰银钩连"几句写到陈子昂故居，余者皆为赞美陈子昂的卓越才能和不朽业绩。由以上诗例可以看出，杜甫的古体诗对所涉人或事，并不是单纯的记述，也不是单纯的议论，而是采用叙议结合的方法。施补华《岘佣说诗》云：

> 少陵五言古千变万化，尽有汉、魏以来之长而改其面目。叙述身世，眷念友朋，议论古今，刻画山水，深心寄托，真气坌涌。《颂》

---

① ［明］胡应麟：《诗薮·内编》卷二，第 34—35 页。

之典则，《雅》之正大，《小雅》之哀伤，《国风》之情深文明长于讽喻，息息相通，未尝不简质浑厚，而此例不足以尽之。故于唐以前为变体，于唐以后为大宗，于《三百篇》为嫡支正派。①

结合施补华的观点，联系汉魏古诗在叙、议手法上的相对单纯性特点，可以说，杜甫将描写、叙述、议论熔铸于一篇的写作努力，确实是对以往古体诗写作手法的丰富，这是杜甫对古体诗的贡献。

五、改变了山水诗的风范

中国古代的山水诗，最早且比较成熟的作品当是曹操的《步出夏门行·观沧海》，但魏时写山水的作品数量极其有限。南北朝时期，谢灵运等人出现，使得中国的山水诗形成诗派，走向成熟。到唐朝，中国文学史上出现以王维、孟浩然为代表的盛唐山水田园诗派，中国古代的山水诗写作达到了一个新的高度。审视盛唐及此前的山水诗作品，我们可以大致认为：中国文人笔下的山水诗，以明净秀美为主基调，作品往往展现诗人对自然山水的热爱之情，呈现出或清新俊逸或高华流丽的风格特征；作品往往只是诗人悠闲情怀的外化，很少和时局、社会相关联。杜甫的山水诗则与此存在很大区别，它们往往与社会、与时局有非常密切的联系，风格也迥异于从前。

颜家安《论杜甫山水诗》一文摘要中言：

本文以时地为序，从纵向方面勾勒了杜甫山水诗6个阶段的不同的内容风格特点：1.泰山豪情；2.慈恩寺塔"百忧"；3.凤凰台自誓；4.成都楼伤感；5.白帝城"血痕"；6.洞庭湖畔眼泪。杜甫山水诗有着巨大的成就，但不受重视，其原因是受"诗圣"、"诗史"等传统研究思想束缚。②

颜家安的论文统筹关注了杜甫一生所作的山水诗。从摘要里我们可以看到，杜甫一生六个阶段的山水诗，除了第一阶段的《望岳》展现的是诗人的豪情，余者都带有对社会的忧虑和关心。这基本上说清楚了杜甫山水诗的特点。但此文对《秦州杂诗》和入蜀纪行诗没有进行深入研究，而这些诗歌才是杜甫诗歌里最具特色的山水诗。马晓光《论杜甫入蜀诗对山水诗

---

① [清]施补华：《岘佣说诗》，见王夫之等撰《清诗话》，第978页。
② 颜家安：《论杜甫山水诗》，《海南大学学报（社会科学版）》1997年第1期，第54页。

的贡献》则从杜甫山水诗的现实主义特点、与以往山水诗的区别、对山水实境的真实描写几个层面阐述了杜甫山水诗与之前山水诗的不同。李芳民《简论杜甫的山水诗》也是关注杜甫一生的山水诗，他认为杜甫的山水诗写得都很好，而且融入了家国情怀，因此更具有划时代的意义：

> 他的山水诗在体裁上更为全面，五、七言古近体都能挥洒自如。尤为重要的是，安史之乱后，随着整个社会动乱所带来的他个人生活的沦落，他把浓重的家国之思和凄怆的个人情怀倾注于或雄奇险峻或宁静明丽的山水景物，在家国之思和个人身世飘零的双重情感的聚合中，创作出独特的山水境界来，更是具有划时代的意义。[1]

近些年，随着地域文学研究的兴起，学界也开始注重从地域文化的角度研究杜甫诗歌，其中就包括杜甫在不同地域所写的山水诗，如秦州杂诗系列、入蜀纪行诗系列、成都诗系列、夔州诗系列，对杜甫山水诗与以往山水诗的区别有所揭示。杜甫古体诗中的山水作品，改变了以往山水诗的美学风范，呈现出独具一格的特点，其中尤以秦州诗（《发秦州》以下 12 首）和入蜀纪行诗（《发同谷县》以下 12 首）为典型（成都、夔州的山水诗，律诗、绝句较多）。

从山水诗产生的根源和诗人写作山水诗的目的两个层面考察，不难发现，杜甫之前以及与杜甫同时期的诗人，都是把山水作为游览、玩赏、愉悦身心的所在，他们在对自然山水的欣赏和陶醉中感受到身心的愉悦，并由此达到人与自然融而为一的生态和谐状态，激发出对自然美的由衷赞叹；更进一步的层次是，由大自然的和谐之美引发对人生和谐之美的向往。山水（包括田园）成为人的心灵家园，成为人希望和谐宁静的理想所在，故其整体审美以明秀静谧、清新洒脱为主基调。但杜甫的秦州诗和入蜀纪行诗与之不同，在他的笔下，峡谷、山壁面目是险恶的："峡形藏堂隍，壁色立精铁"（《铁堂峡》）；山体崩裂，落石滚滚："溪西五里石，奋怒向我落"（《青阳峡》）；野兽出没，山鬼嚎叫："熊罴咆我东，虎豹号我西。我后鬼长啸，我前狨又啼"（《石龛》）；山风凄厉，岩石诡异："飕飕林响交，惨惨石状变'（《积草岭》）；漫山泥泞，行路艰辛："朝行青泥上，暮在青泥中""白马成铁骊，小儿成老翁"（《泥功山》）；群山攒簇，虎豹声喧："仰干塞大明，俯入裂厚坤。再闻虎豹斗，屡眙风水昏"（《木皮

---

[1]　李芳民：《简论杜甫的山水诗》，《唐代文学研究》第四辑，广西师范大学出版社，1993年，第 144 页。

岭》）；山路难行，江流汹涌："微月没已久，崖倾路何难。大江动我前，汹若溟渤宽"（《水会渡》）；风急浪高，栈道艰危："长风驾高浪，浩浩自太古。危途中萦盘，仰望垂线缕"（《龙门阁》）……总之，杜甫笔下的山水诗，失去了晴朗明秀的传统风貌，变得险怪昏暗。这是中国古代山水诗美学风貌的一大变异。

这种变异的生成原因主要有两点，一是此时杜甫的艰危生活，二是杜甫虽退居草野而仍心怀国事。

唐肃宗乾元二年（759）是杜甫生命中最为艰危的年份，"一岁四行役"，为了一家人的生存，饱受颠沛流离之苦，"满目悲生事，因人作远游"（《秦州杂诗二十首》其一），带着家属来到秦州，很快便衣食断绝，"无食问乐土，无衣思南州"（《发秦州》）。不料到了同谷县，生活更是陷入绝境。在大雪封山的季节，他穿着短衣、扛着铁锹去山里挖黄独以充饥，自然是一无所获，孩子们饿得"男呻女吟"。与他人山水诗不同，杜甫把自身苦难的生活写入诗中，"山深苦多风，落日童稚饥"（《赤谷》），"寒峡不可度，我实衣裳单"（《寒峡》），"水寒长冰横，我马骨正折"（《铁堂峡》），"百年不敢料，一坠那得取"（《龙门阁》）……以饥肠辘辘之身，以身家性命难卜之乱世惊魂，面对眼前的山水，缘情写景，必然会使景物带上险怪昏暗的色调。

国家危难，前景难料，是压在杜甫心中的又一块巨石。当时安史之乱尚未平息，肃宗昏庸，宠信宦官，导致邺城战役失利，官军大败，肃宗唯恐玄宗复辟，打击旧朝忠臣。杜甫愤然辞去华州司功参军官职，举家移居秦州。此时杜甫虽身居草野，却未能忘怀国事，写下了大量忧时之作，还将这种忧思写入山水诗中。"生涯抵弧矢，盗贼殊未灭"（《铁堂峡》），"胡马屯成皋，防虞此何及。嗟尔远戍人，山寒夜中泣"（《龙门镇》），"奈何渔阳骑，飒飒惊烝黎"（《石龛》），"再光中兴业，一洗苍生忧。深衷正为此，群盗何淹留"（《凤凰台》）……沉重的时局忧思重压心头，怀着这种情绪审视眼前的山水，缘情写景，也必然使景物带上险怪昏暗的色调。这正如刘勰所说："写气图貌，既随物以宛转；属采附声，亦与心而徘徊。"[①]从杜甫的创作动机来看，他也正是以这种风貌的山水诗来折射自己艰险的生活和忧惧的内心。

种竞梅的硕士学位论文《杜甫陇右诗研究》论及陇右山水诗蕴含的家国情怀，其中写道：

① [梁]刘勰：《文心雕龙·物色》，见[梁]刘勰著，周振甫注《文心雕龙注释》，人民文学出版社，1981年，第493页。

　　杜甫的陇右山水诗，呈现出与谢灵运及盛唐诸家截然不同的美学风貌。他一反晋宋以来山水纪行诗超然世外、多写方外之情的传统和弃情累、远世虑的创作旨趣，开山水诗之大变。他把山水具象的描摹同时代风云和社会乱离紧密联系，诗中蕴含着鲜明的乱世影像，作者把他的乱世心态、人生体验投映在所描绘的山川风物之中。[①]

她的观点是中肯的。杜甫此时完全没有了游览、玩赏的心境，他的人生沉陷在变动不居、漂泊流荡的艰难处境里，他的国家也处在风雨飘摇、大厦将倾的危机中，他把自己的人生感受和对国家时局的感受，熔铸于这些奇诡怪异、面目狰狞的山水中，书写乱世惊魂，一抒胸中块垒。于是，这些山水诗便拥有了和以往山水诗不同的面貌，具有深沉的思想情感内涵，增加了社会性内容含量。这确实是中国山水诗歌史上的一大变化。

---

① 种竞梅:《杜甫陇右诗研究》，河北大学硕士学位论文，2006年，第16页。

第五章 杜甫乐府诗体制研究

乐府作为中国古代诗歌最具现实价值的诗体形式，在杜甫这里获得了完美的体现和重要的进步。乐府诗在汉代以"缘事而发"著称，但发展到唐代早期，很多乐府诗都减少了叙事性，甚至以抒情为主。较之以唐人早期的乐府诗，杜甫的乐府诗更具汉、魏古风：完整的故事性，较为鲜明的人物形象，长于剪裁和细节描写，善于通过人物语言传达情境，叙事视角的多样化和场面的客体化。这成就了杜甫以叙事为特长的乐府诗写作，改变了他之前的唐人乐府诗以抒情为主基调的写作风貌。杜甫乐府诗的语言追求更加自由的语法修辞，尽力回避近体诗的平仄、押韵、对仗等规范，突显出乐府诗自由灵活的语体特征。杜甫还创造性地使用了连章组诗的乐府诗形式，为扩张乐府诗的表现力作出了重要贡献。

第一节 乐府本源及其在唐代的发展

乐府，原本是乐官职位名称和音乐机关名称，秦代就已有此职位。《汉书·百官公卿表》云："少府，秦官，掌山海池泽之税，以给共养，有六丞。属官有尚书、符节、太医、太官、汤官、导官、乐府、若卢、考工室、左弋、居室、甘泉居室、左右司空、东织、西织、东园匠十六官令丞，又胞人、都水、均官三长丞，又上林中十池监，又中书谒者、黄门、钩盾、尚方、御府、永巷、内者、宦者八官令丞。诸仆射、署长、中黄门皆属焉。"[①]乐府作为乐官的职责，应是用来训练乐工、制定乐谱和采集歌词的。从1972年考古发现的秦朝编钟上有"乐府"二字可证，"乐府"在秦朝已经成为音乐机关的名称，故"乐府机关"绝不始立于汉朝。

乐府始于汉朝说在《史记》和《汉书》中都有提及。《史记》卷二十

---

① ［汉］班固：《汉书》卷一九上《百官公卿表》，中华书局，1962年，第731页。

四《乐书第二》云：

> 高祖过沛诗《三侯之章》，令小儿歌之。高祖崩，令沛得以四时歌舞宗庙。孝惠、孝文、孝景无所增更，于乐府习常肄旧而已。至今上即位，作十九章，令侍中李延年次序其声，拜为协律都尉。通一经之士不能独知其辞，皆集会《五经》家，相与共讲习读之，乃能通知其意，多尔雅之文。汉家常以正月上辛祠太一甘泉，以昏时夜祠，到明而终。常有流星经于祠坛上。使僮男僮女七十人俱歌。春歌《青阳》，夏歌《朱明》，秋歌《西嗥》，冬歌《玄冥》。世多有，故不论。[①]

但这则资料只是说高祖令小儿歌自己的过沛诗，没有说明"乐府"的官职或"乐府"机关何时始有。《汉书》卷二十二《礼乐志第二》所记情形相类，但略有区别，确定了乐府建立的时间：

> 初，高祖既定天下，过沛，与故人父老相乐，醉酒欢哀，作'风起'之诗，令沛中僮儿百二十人习而歌之。至孝惠时，以沛宫为原庙，皆令歌儿习吹以相和，常以百二十人为员。文、景之间，礼官肄业而已。至武帝定郊祀之礼，祠太一于甘泉，就乾位也；祭后土于汾阴，泽中方丘也。乃立乐府，采诗夜诵，有赵、代、秦、楚之讴。以李延年为协律都尉，多举司马相如等数十人造为诗赋，略论律吕，以合八音之调，作十九章之歌。以正月上辛用事甘泉圜丘，使童男女七十人俱歌，昏祠至明。夜常有神光如流星止集于祠坛，天子自竹宫而望拜，百官侍祠者数百人皆肃然动心焉。[②]

《汉书·艺文志第十》又说：

> 自孝武立乐府而采歌谣，于是有代赵之讴，秦楚之风，皆感于哀乐，缘事而发，亦可以观风俗，知薄厚云。[③]

从以上两则资料中的"乃立乐府"四字和"自孝武立乐府"看，《汉书》的作者似乎认为乐府始立于汉朝武帝。但上引《汉书·百官公卿表》中的

---

① [汉]司马迁：《史记》卷二四《乐书第二》，中华书局，1959年，第1177—1178页。
② [汉]班固：《汉书》卷二二《礼乐志第二》，第1045页。
③ [汉]班固：《汉书》卷三〇《艺文志第十》，第1756页。

"秦官"中明确有"乐府"一职，1972 年考古发现的秦朝编钟上又明确有"乐府"二字，这二字显然不是官职，而属于职能机关，说明"乐府"原本是秦代就有的官职和机关名称。乐府机关所采集的歌谣，特点则是：记录人间"感于哀乐"的"事"。也就是说，乐府机关所采集的歌谣，原本以记事为主。这是后世乐府诗歌创作的主要方式。而郭茂倩《乐府诗集》所谈及的乐府，则是就乐府机关和各种音乐职能而言，包括宫廷乐歌。

魏晋南北朝时期，乐府诗主要是旧题乐府和拟乐府，其内容有的已经脱离了乐府旧题本意，胡应麟《诗薮·内编》卷一云：

> 乐府自魏失传，文人拟作，多与题左，前辈历有辩论。愚意当时但取声调之谐，不必词意之合也。其文士之词，亦未必尽为本题而作。《陌上桑》本言罗敷，而晋乐取屈原《山鬼》以奏。陈思"置酒高堂上"题曰《箜篌引》，一作《野田黄雀行》，读其词皆不合，盖本公宴之类，后人取填二曲耳。其最易见者，莫如唐乐府所歌绝句，或节取古诗首尾，或截取近体半章，于本题面目全无关涉。细考诸人原作，则咸自有谓，非缘乐府设也。[1]

胡应麟讲出了乐府在唐代的重要发展或曰变化。乐府诗歌在唐代，初期基本是乐府旧题，很多诗人都加入了乐府旧题诗歌的创作，如沈佺期写作了《郊庙歌辞·享龙池乐章·第三章》《鼓吹曲辞·巫山高二首》《横吹曲辞·出塞》《相和歌辞·王昭君》《相和歌辞·长门怨》《相和歌辞·凤笙曲》《琴曲歌辞·霹雳引》《杂曲歌辞·古别离》《杂歌谣辞·古歌》，王勃写作了《乐府杂曲·鼓吹曲辞·临高台》《相和歌辞·江南弄》《相和歌辞·铜雀妓》《杂曲歌辞·秋夜长》，这些乐府旧题，确实有些已经与原题联系并不紧密。但在李白手里，成就了旧题乐府的高峰。李白的旧题乐府，尽可能用旧题之本意，如《蜀道难》《行路难》《战城南》《关山月》《乌夜啼》《上留田行》等，都是以旧题本意为写作方向，极力发挥本题之意，达到无以复加之程度，使得李白的乐府形成了在内容上用旧题写新事、用旧题抒己怀，在形式上自由洒脱、发兴无端、奔腾回旋的个性特点，成为文人用旧题写作乐府诗的典范。

乐府诗歌发展到杜甫，就是以新题为主了。关于新乐府的内涵，郭茂倩《乐府诗集》说：

---

① [明]胡应麟:《诗薮·内编》卷一，第 15 页。

乐府之名，起于汉、魏。自孝惠帝时，夏侯宽为乐府令，始以名官。至武帝，乃立乐府，采诗夜诵，有赵、代、秦、楚之讴。则采歌谣，被声乐，其来盖亦远矣。凡乐府歌辞，有因声而作歌者，若魏之三调歌诗，因弦管金石，造歌以被之是也。有因歌而造声者，若清商、吴声诸曲，始皆徒歌，既而被之弦管是也。有有声有辞者，若郊庙、相和、铙歌、横吹等曲是也。有有辞无声者，若后人之所述作，未必尽被于金石是也。新乐府者，皆唐世之新歌也。以其辞实乐府，而未常被于声，故曰新乐府也。……即事名篇，无复倚旁。……由是观之，自风雅之作，以至于今，莫非讽兴当时之事，以贻后世之审音者。倘采歌谣以被声乐，则新乐府其庶几焉。①

综合郭茂倩所言，新乐府的特征有四：一是即事名篇，不再使用乐府旧题；二是遵循汉乐府讽兴当时之事的传统；三是使用乐府歌词的语言，通俗易懂；四是未入乐。关于新乐府不入乐，刘毓盘《词史》云：唐人"所作新乐府,但为五七言诗,亦不能自制调也"②。但近年来学界有不同看法，可待今后继续研究。

杜甫创作的新题乐府，产生于战乱年代，其时人命危浅，朝不保夕，自然无人为其配乐，当如任中敏《唐声诗》中所说："杜甫为徒诗之'圣'，于声诗无传"③。徒诗，指不能入乐的诗；声诗，指能够入乐的诗。虽说如此，他的乐府诗在文学史上仍然具有重大的意义。他首先开创"即事名篇"的立题方式，将题目与所写事件紧密联系，用乐府诗反映重大社会事件，诗歌通俗易懂，朗朗上口，具有典范意义，开启了元白新乐府的创作之路。

元白诗派的乐府诗都具有写实事、讽刺现实、期望被采诗、通俗易懂的特点。由于白居易文坛领袖的地位，当时的追随者众多，在中唐事实上存在着一个曾经被人怀疑过的新乐府运动。除元白外，这个诗派还包括顾况、张籍、王建、李绅等人，他们将新题乐府发展到值得文学史重视的阶段。

---

① [宋]郭茂倩编：《乐府诗集》卷九〇，中华书局，1979年，第1262—1263页。
② 刘毓盘：《词史》，上海书店出版社，1985年，第91页。
③ 任中敏：《唐声诗》上册，张之为、戴伟华校理，凤凰出版社，2013年，第423页。

第二节　杜甫乐府诗的体类特征

本节探讨杜甫乐府诗的体类特征，拟从对乐府音乐体制的变革，乐府诗的句式、句律、声韵特征，以及使用乐府组诗形式等视角揭示杜甫在乐府诗创作上的变与不变，以探讨杜甫对乐府诗的贡献。

一、杜甫乐府诗的音乐体制

乐府诗，有其音乐属性。刘勰《文心雕龙》云："乐府者，声依永，律和声也。钧天九奏，既其上帝；葛天八阕，爰乃皇时。自咸英以降，亦无得而论矣。至于涂山歌于候人，始为南音；有娀谣乎飞燕，始为北声；夏甲叹于东阳，东音以发；殷整思于西河，西音以兴；音声推移，亦不一概矣。匹夫庶妇，讴吟土风，诗官采言，乐盲被律，志感丝篁，气变金石：是以师旷觇风于盛衰，季札鉴微于兴废，精之至也。"① 从刘勰的论述看，乐府，是与音乐紧密相连的。他虽然没有说没有音乐就不成其乐府特性，但从所举例子来看，乐府是需要拥有音乐属性的。但事物都是发展变化的，从后来郭茂倩的论述中可以看出，唐朝的乐府诗与音乐的关系已经松动。上节所引郭茂倩《乐府诗集·新乐府辞一》云："乐府之名，起于汉、魏。……有有声有辞者，若郊庙、相和、铙歌、横吹等曲是也。有有辞无声者，若后人之所述作，未必尽被于金石是也。"② 郭茂倩的这一论述，是符合乐府诗的发展规律的。

郭茂倩还对乐府进行了旧题和新题的分类，凡旧题乐府，皆归属旧题所在乐调部类；凡旧题所无，谓之"新乐府辞"，这是目前区别"唐世新歌"和旧曲的分类方法。只不过，郭茂倩对"旧题"和"新歌"的把握，今人多有疑义。葛晓音先生对新题乐府进行了界定：一是有歌辞性题目或有采诗愿望的说明；二是内容以讽刺时世、伤民病痛为主；三是视点的第三人称化和场面的客观化。本文依据葛晓音先生的研究成果分别旧题和新题的篇目。

（一）沿用旧题的乐府诗

郭茂倩《乐府诗集》收录杜甫的旧题乐府有：横吹曲辞《前出塞九首》《后出塞五首》；相和歌辞《前苦寒行二首》《后苦寒行二首》（《乐府

---

① ［梁］刘勰：《文心雕龙·乐府》，见［梁］刘勰著，周振甫注《文心雕龙注释》，第64页。
② ［宋］郭茂倩编：《乐府诗集》卷九〇，第1262页。

解题》曰："晋乐奏魏武帝《北上篇》，备言冰雪溪谷之苦。其后或谓之《北上行》，盖因武帝辞而拟之也。"）；杂曲歌辞《少年行》三首、《丽人行》一首（《乐府广题》曰："《刘向别录》云：'昔有丽人善雅歌，后因以名曲。'"）；杂歌谣辞《大麦行》一首。共计 23 首。葛晓音先生认为《丽人行》是很特殊的新题乐府，《大麦行》旧题所无，乃郭茂倩根据童谣推测，故不视之为旧题乐府，而归为新题乐府。但笔者认为，古时有无该题，我们今天实难断定，既然郭茂倩《乐府诗集》是目前所见最早的乐府材料，还是应当尊重之，故将《大麦行》归入旧题乐府。而《丽人行》，郭茂倩虽放入《杂曲歌辞》，却在《新乐府辞》里引述元稹的话说："近代唯杜甫《悲陈陶》《哀江头》《兵车》《丽人》等歌行，率皆即事名篇，无复倚旁。"[1] 故依葛晓音先生观点，将其放入《新乐府辞》，则杜甫旧题乐府应为 22 首。

杜甫的旧题乐府，虽沿用旧题，而不受旧题限制，22 首旧题乐府，名曰古题，借旧题字面合所写内容，实际却是用古题写今事，不主故常，时出新意。

杜甫乐府诗中有横吹曲辞 14 首，含《前出塞九首》《后出塞五首》。"横吹曲辞"是用箫、笳、鼓、角等在马上吹奏的军乐。郭茂倩《乐府诗集》载："横吹曲，其始亦谓之鼓吹，马上奏之，盖军中之乐也。北狄诸国，皆马上作乐，故自汉已来，北狄乐总归鼓吹署。其后分为二部，有箫笳者为鼓吹，用之朝会、道路，亦以给赐。……有鼓角者为横吹，用之军中，马上所奏者是也。"[2] 郭茂倩论及横吹曲辞的来历，提及黄帝战蚩尤时"吹角为龙鸣以御之"，曹操北征乌桓时"越沙漠而军士思归，于是减为中鸣，尤更悲矣"，《古今乐录》记载"《梁鼓角横吹曲》，多叙慕容垂及姚泓时战阵之事"。从这些记载里不难看出，横吹曲辞与战争相关，而且多发悲声。杜甫的这两组诗，皆以出塞、征战为描写内容，《前出塞》表达了对开边战争的不满和对出征士卒远离故土的同情，《后出塞》表达了"战伐有功业，焉能守旧丘"的思想和对征战所获只是为"持以奉吾君"的不满。两组诗皆合横吹曲辞的古意。虽然诗中没有交代写于何时，但从两组诗所提及的"交河""蓟门"等唐朝地名来看，应是针对时事所写。黄鹤注说，交河在陇右道，是防御吐蕃的地方。蓟门，在今天津市蓟州区（原蓟县）一带，也是唐朝的边防重地。单复将其编在开元二十八年（740）。王嗣奭《杜臆》推测，唐朝在天宝年间两路用兵。《资治通鉴》开元二十七年记载：

---

① [宋] 郭茂倩编：《乐府诗集》卷九〇，第 1262 页。
② [宋] 郭茂倩编：《乐府诗集》卷二一，第 309 页。

六月，癸酉，以御史大夫李适之兼幽州节度使。

幽州将赵堪、白真陁罗矫节度使张守珪之命，使平卢军使乌知义击叛奚馀党于横水之北；知义不从，白真陁罗矫称制指以迫之。知义不得已出师，与虏遇，先胜后败；守珪隐其败状，以克获闻。事颇泄，上令内谒者监牛仙童往察之。守珪重赂仙童，归罪于白真陁罗，逼令自缢死。仙童有宠于上，众宦官疾之，共发其事。上怒，甲戌，命杨思勖杖杀之。思勖缚格，杖之数百，刳取其心，割其肉啖之。守珪坐贬括州刺史。太子太师萧嵩尝赂仙童以城南良田数顷，李林甫发之，嵩坐贬青州刺史。

秋，八月，乙亥，碛西节度使盖嘉运擒突骑施可汗吐火仙。嘉运攻碎叶城，吐火仙出战，败走，擒之于贺逻岭。分遣疏勒镇守使夫蒙灵察与拔汗那王阿悉烂达干潜引兵突入怛逻斯城，擒黑姓可汗尔微，遂入曳建城，取交河公主，悉收散发之民数万以与拔汗那王，威震西陲。

壬午，吐蕃寇白草、安人等军，陇右节度使萧炅击破之。①

开元二十七年前后出塞，确是两路用兵，西域战事最终结果是"威震西陲"，幽州战事因张守珪隐瞒真实战况晚报于朝廷。故推测其写于开元二十八年似乎有其道理。然开元二十八年，杜甫还在漫游齐赵，过着"裘马颇轻狂"的生活，远离朝廷，似乎尚未对政治产生如此浓厚的兴趣，思致也还不深，故不取此说。而仇兆鳌将其编在天宝十载（751），似更合杜甫生活。《资治通鉴》天宝八载记载：

四月……上命陇右节度使哥舒翰帅陇右、河西及突厥阿布思兵，益以朔方、河东兵，凡六万三千，攻吐蕃石堡城。其城三面险绝，惟一径可上，吐蕃但以数百人守之，多贮粮食，积檑木及石，唐兵前后屡攻之，不能克。翰进攻数日不拔，召裨将高秀岩、张守瑜，欲斩之，二人请三日期可克；如期拔之，获吐蕃铁刃悉诺罗等四百人，唐士卒死者数万，果如王忠嗣之言。顷之，翰又遣兵于赤岭西开屯田，以谪卒二千戍龙驹岛；冬冰合，吐蕃大集，戍者尽没。②

---

① [宋]司马光编著，[元]胡三省音注：《资治通鉴》卷二一四，中华书局，1997年，第1737页。

② [宋]司马光编著，[元]胡三省音注：《资治通鉴》卷二一六，第1752页。

《资治通鉴》天宝十载记载：

> 八月……安禄山将三道兵六万以讨契丹，以奚骑二千为乡导，过
> 平卢千馀里，至土护真水，遇雨。禄山引兵昼夜兼行三百馀里，至契
> 丹牙帐，契丹大骇。时久雨，弓弩筋胶皆弛，大将何思德言于禄山曰：
> "吾兵虽多，远来疲弊，实不可用，不如按甲息兵以临之，不过三日，
> 虏必降。"禄山怒，欲斩之，思德请前驱效死。思德貌类禄山，虏争
> 击，杀之，以为已得禄山，勇气增倍。奚复叛，与契丹合，夹击唐兵，
> 杀伤殆尽。射禄山，中鞍，折冠簪，失履，独与麾下二十骑走；会
> 夜，追骑解，得入师州，归罪于左贤王哥解、河东兵马使鱼承仙而斩
> 之。①

《资治通鉴》记载的天宝八载、十载这两场战争，均以唐军出击为主，结
果均不理想。杜甫此时已经在长安困顿四五年之久，身在底层，而关注
国家大事，身陷困窘，而理解庶民艰难，写作此诗，是杜甫关心民瘼、
关心国是的内心世界的外化。胡夏客曰："前后出塞诗题，不言出师而言
出塞，师出无名，为国讳也，可为诗家命题之法。"②那么，杜甫既写交河
用兵，又写蓟门用兵，而统治者用兵的目的只是开边，只是为获取异域之
物，很显然这表达了诗人对唐玄宗好大喜功、穷兵黩武的国策的不满，所
谓"君已富土境，开边一何多""誓开玄冥北，持以奉吾君"，无非是为了
满足统治者的私欲。而参战的士卒，却是远离家乡，远离亲人，踏雪卧
冰，生死难料。《前出塞》诗中的"弃绝父母恩，吞声行负戈""骨肉恩
岂断，男儿死无时""路逢相识人，附书与六亲。哀哉两决绝，不复同苦
辛"，《后出塞》中的"中夜间道归，故里但空村。恶名幸脱免，穷老无儿
孙"等诗句，正是行伍中的悲声。

相和歌辞是用丝竹伴奏的乐曲，所谓"丝竹更相和"也，其曲大多是
汉时的街陌讴谣，有相和曲、吟叹曲、四弦曲、平调曲、清调曲、瑟调
曲、楚调曲。《乐府诗集》中收杜甫的相和歌辞有《前苦寒行二首》《后
苦寒行二首》，共4首，均为清调曲辞。《乐府解题》曰："晋乐奏魏武帝
《北上篇》，备言冰雪溪谷之苦。其后或谓之《北上行》，盖因武帝辞而拟
之也。"③可知《苦寒行》主要描写北方苦寒天气。此曲属于乐府旧题"清

---

① [宋] 司马光编著，[元] 胡三省音注：《资治通鉴》卷二一六，第 1755 页。
② [清] 仇兆鳌注：《杜诗详注》卷二，第 118 页。
③ [宋] 郭茂倩编：《乐府诗集》卷三三，第 496 页。

调曲"。《乐府诗集》云：

> 《古今乐录》曰："王僧虔《技录》，清调有六曲：一《苦寒行》，
> 二《豫章行》，三《董逃行》，四《相逢狭路间行》，五《塘上行》，六
> 《秋胡行》。"……武帝"北上"《苦寒行》，"上谒"《董逃行》，"蒲生"
> 《塘上行》，"晨上""愿登"并《秋胡行》是也。其四曲今不传。明
> 帝"悠悠"《苦寒行》，古辞"白杨"《豫章行》，武帝"白日"《董逃
> 行》，古辞《相逢狭路间行》是也。其器有笙、笛、（下声弄、高弄、
> 游弄），箎、节、琴、瑟、筝、琵琶八种。歌弦四弦。张永录云："未
> 歌之前，有五部弦，又在弄后。晋、宋、齐，止四器也。"①

中国古代的八音有丝竹，是周朝乐器分类法中的两个种类，《三字经》
云："匏土革，木石金，丝与竹，乃八音。"其中，"丝"指的是弹弦乐
器，"竹"指的是竹管吹奏乐器。丝竹乐指的是用弹弦乐器和竹制吹奏乐
器合奏形成的乐调，主要乐器有笙、笛、箎、节、琴、瑟、筝、琵琶等。
唐时的音乐已经无从得知，但从今天所听到的这类乐器的演奏情况，可知
其风格婉约、细腻、抒情。杜甫的《前苦寒行》《后苦寒行》，都是七言
诗，七言诗的节奏本就舒缓、抒情，适宜表达丰富细腻的情感，所写内容
又是对苦寒的吟咏，没有必要激昂慷慨，使用相和歌辞清调曲，符合诗歌
节奏，宜于传达苦涩情感。

杂曲歌辞，指散佚的或残存下来的民间乐调的杂曲，因曲调、乐器都
已失传，不好归类，而称"杂曲"。郭茂倩曰：

> 杂曲者，历代有之，或心志之所存，或情思之所感，或宴游欢乐
> 之所发，或忧愁愤怨之所兴，或叙离别悲伤之怀，或言征战行役之
> 苦，或缘于佛老，或出自夷虏。兼收备载，故总谓之杂曲。……干戈
> 之后，丧乱之馀，亡失既多，声辞不具，故有名存义亡，不见所起，
> 而有古辞可考者，则若《伤歌行》《生别离》《长相思》《枣下何纂纂》
> 之类是也。复有不见古辞，而后人继有拟述，可以概见其义者，则若
> 《出自蓟北门》……如此之类，其名甚多，或因意命题，或学古叙事，
> 其辞具在，故不复备论。②

---

① [宋]郭茂倩编：《乐府诗集》卷三三，第495页。
② [宋]郭茂倩编：《乐府诗集》卷六一，第885页。

由这段论述可知，杂曲歌辞曲调纷繁，南音北曲皆有之，主要来自民间，内容丰富多彩，直接与普通百姓的生活相关。郭茂倩《乐府诗集》收杜甫的杂曲歌辞《少年行》三首、《丽人行》一首。依据葛晓音先生研究成果，《丽人行》归入特殊的新乐府辞，则杜甫的杂曲歌辞只有《少年行》三首（即《少年行二首》《少年行》）。

《少年行》的题目，唐代诗人多写之。杜甫之前，李白、王维、王昌龄均有同题诗歌，均以少年豪侠之气为内容，杜甫这三首别有异响。《少年行二首》写道：

> 莫笑田家老瓦盆，自从盛酒长儿孙。
> 倾银注玉惊人眼，共醉终同卧竹根。
>
> 巢燕养雏浑去尽，红花结子已无多。
> 黄衫年少来宜数，不见堂前东逝波。

两首诗都是对少年人的开导之语，首章以达观齐物思想开导之，言贫富殊途而同归；次章以岁月不居开导之，言人生终有一老。《少年行》写道：

> 马上谁家白面郎，临阶下马坐人床。
> 不通姓字粗豪甚，指点银瓶索酒尝。

这显然是批评少年的粗豪无礼。

杂歌谣辞。从《乐府诗集》的"杂歌谣辞"序言看，这一类诗歌内容丰富多彩，"历世已来，歌讴杂出，今并采录，且以谣谶系其末云"①。郭茂倩《乐府诗集》仅收杜甫《大麦行》一首杂歌谣辞，但葛晓音先生认为旧题无《大麦行》，它是郭茂倩根据桓灵时期童谣推测拟定的，因而不应计入旧题乐府，而归入新题乐府。前文笔者已经说明应遵从郭茂倩意见，故在此论述一二。

《乐府诗集》中，《大麦行》歌题只有一首，全文如下：

> 大麦干枯小麦黄，妇女行泣夫走藏。
> 东至集壁西梁洋，问谁腰镰胡与羌。
> 岂无蜀兵三千人，部领辛苦江山长。

---

① [宋]郭茂倩编：《乐府诗集》卷八三，第1165页。

　　　　安得如鸟有羽翅，托身白云还故乡。

这一首乐府诗，应是秉承乐府诗旧题本义，以写大麦小麦收割时的实事入诗。黄鹤认为此诗"当是宝应元年成都作"。蔡梦弼认为此诗根源于桓灵时童谣："《汉书》：桓帝时童谣曰：'小麦青青大麦枯，谁当获者妇与姑，丈夫何在西击胡。'每句中函问答之辞。公诗句法，盖源于此。"① 至于此诗的史实，杜诗所言虽并不明确，而朱鹤龄所考或有道理：

　　《旧书·肃宗纪》：宝应元年建辰月，党项、奴剌寇梁州，观察使李勉弃城走。《新书·党项传》：上元二年，党项羌与浑、奴剌连和寇凤州。明年，又攻梁州，进寇奉天。此诗胡与羌，正指奴剌、党项也。大麦干枯小麦黄，亦是夏初事。又按《代宗纪》：宝应元年，吐蕃陷秦、成、渭等州。成州与集、壁、凉、洋接壤，疑吐蕃是年入寇，亦在春夏之交。史不详书，故无考耳。又云：蜀兵三千，应是蜀兵调发，策应山南者。②

也就是说，按朱鹤龄的说法，杜诗"诗史"性质中的补史之缺，这应该又是对一个例证。而此诗确实在写法上、内容上均与桓灵时童谣极其相似，也是汉时旧题乐府"缘事而发"特点的继承。那么，此诗所反映的当是杜甫写作此诗时，唐王朝西南边境在麦收时节受到劫掠的情形，传达了诗人闻听时局后焦灼的心情，写出了救兵不至、鞭长难及的边地危险状况，表达了对天下安宁的向往。故此，郭茂倩将此诗列入旧题乐府，理实应当。

（二）自命新题的乐府诗

　　郭茂倩《乐府诗集》共收杜甫新乐府辞 5 首。葛晓音先生判定杜甫新题乐府诗 31 首：《兵车行》、《贫交行》、《沙苑行》、《悲陈陶》、《悲青坂》、《塞芦子》、《哀江头》、《洗兵马》、"三吏"、"三别"、《留花门》、《大麦行》、《光禄坂行》、《苦战行》、《去秋行》、《冬狩行》、《负薪行》、《最能行》、《折槛行》、《虎牙行》、《锦树行》、《岁晏行》、《客从》、《蚕谷行》、《白马》。《丽人行》一篇，葛晓音先生列为较特殊的新题乐府，我们认同，亦列入新题。《天边行》，葛晓音先生没有纳入乐府，但其内容、诗题等，

---

① ［清］仇兆鳌注：《杜诗详注》卷一一，第 910 页。
② ［清］朱鹤龄辑注：《杜工部诗集辑注》卷九，韩成武等点校，河北大学出版社，2009年，第 350 页。

都与《苦战行》《去秋行》没有本质区别，还是应该归入新题乐府。《自平》，不属于葛晓音先生所言的篇目，语言字数、风格都与乐府有距离，归入七言古诗。这样，再除云笔者定为旧题乐府的《大麦行》，杜甫的新题乐府诗是 31 首。

　　所谓新题，就是新制诗歌题目，不受旧有乐府题目的束缚和限制。郭茂倩《乐府诗集》解题曰："新乐府者，皆唐世之新歌也。以其辞实乐府，而未常被于声，故曰新乐府。"元微之病后人沿袭古题，唱和重复，谓不如寓意古题，刺美见事，犹有诗人引古以讽之义。近代唯杜甫《悲陈陶》《哀江头》《兵车》《丽人》等歌行，率皆即事名篇，无复倚旁。乃与白乐天、李公垂辈，谓是为当，遂不复更拟古题。"① 郭茂倩所说元稹事，是指元稹的《乐府古题序》《和李校书新题乐府十二首并序》。《乐府古题序》云："予少时与友人乐天、李公垂辈，谓是（《兵车行》）为当，遂不复拟赋古题。"② 《和李校书新题乐府十二首并序》云："予友李公垂贶予《乐府新题》二十首，雅有所谓，不虚为文。予取其病时之尤急者，列而和之……"③ 李绅有《乐府新题二十首》，可惜不存，好在有元稹的和诗在。从元稹的和诗我们大体可以了解新题乐府的特点：题目非旧题所有，与现实生活密切相关。郭茂倩《乐府诗集》说："由是观之，自风雅之作，以至于今，莫非讽兴当时之事，以贻后世之审音者。倘采歌谣以被声乐，则新乐府其庶几焉。"④ 郭茂倩此语，说明新题乐府未入乐。此语内涵时代断限，其观点为后来论者所继承。胡震亨《唐音癸签》云："拟古乐府，至太白几无憾，以为乐府第一手矣。谁知又有杜少陵出来，嫌模拟古题为赘剩，别制新题，咏见事以合风人刺美时政之义，尽跳出前人圈子，另换一番钳锤，觉在古题中翻弄者仍落古人窠臼，未为好手。"⑤ 赵执信《声调谱论例》云："新乐府皆自制题，大都言时事，而中含美刺。"⑥ 施闰章《蠖斋诗话》云："杜不拟古乐府，用新题纪时事，自是创识。"⑦ 方世举《兰丛诗话》云："杜则自为新题，自为新语。"⑧ 许学夷《诗源辩体》云："五七言乐府，太白虽用古题，而自出机轴，故能超越诸子；至子美则自立新题，自

---

① [宋] 郭茂倩编：《乐府诗集》卷九〇，第 1262 页。
② [唐] 元稹：《元稹集》卷二三，冀勤点校，中华书局，2010 年，第 292 页。
③ [唐] 元稹：《元稹集》卷二四，第 319 页。
④ [宋] 郭茂倩编：《乐府诗集》卷九〇，第 1262—1263 页。
⑤ [明] 胡震亨：《唐音癸签》卷九，第 87 页。
⑥ [清] 赵执信：《声调谱》，见王夫之等撰《清诗话》，第 329 页。
⑦ [清] 施闰章：《蠖斋诗话》，见王夫之等撰《清诗话》，第 471 页。
⑧ [清] 方世举：《兰丛诗话》，见郭绍虞编选《清诗话续编》第二册，第 747 页。

创己格，自叙时事，视诸家纷纷范古者，不能无厌。"① 综合论者观点看，杜甫的新题乐府有如下特点：

（1）据事立题，不设虚词，题面与内容吻合；

（2）与现实生活联系紧密，带有一定的歌谣性质；

（3）有"被声乐"的准备。意即，诗作者写作时有意识地为采入乐府做些许努力；

（4）在一定程度上为摆脱音乐限制作出了尝试。此乃开辟之举，直接影响乐府诗与音乐关系的变化。

对于杜甫使用新题创作乐府的成就，前人有很高的评价。杨伦说："自六朝以来，乐府题率多模拟剽窃，陈陈相因，最为可厌。子美出而独就当时所感触，上悯国难，下痛民穷，随意立题，尽脱去前人窠臼。"② 今人葛晓音也有极高的评价："综观杜甫的三十多首新题乐府，艺术表现无一雷同。联系他很少写作古乐府的事实来看，不难见出诗人是有意摆脱初盛唐乐府歌行拟古的惯性，自觉地运用新题歌行等新兴的诗体来继承汉魏乐府的创作精神。由于他善于用各种独创的艺术手法在变化多端的歌行形式中体现出汉乐府创作的原理，他的新题乐府突破了汉魏古乐府及拟乐府表现的局限，大大扩展了乐府的规模和容量，使传统的艺术方式产生史诗般的艺术魅力，并兼有抒情和叙事的最大自由。这就在词调、风韵等方面形成了与盛唐古乐府的鲜明区别。"③ 这就极大肯定了杜甫对乐府诗发展作出的贡献。

二、杜甫乐府诗的句式、句律、声韵特征

诗歌在唐代，最重要的变化就是出现了到今天还广为人们熟悉、喜欢并努力创作的律诗。律诗的出现，使得其他诗体都可以在与律诗的对比中彰显出自己的特点。

律诗在句式方面的特征就是整齐，无论五言、七言，都是以完全齐整的方式排列下去。而乐府诗没有这样的要求，它在句式字数上相对自由。胡应麟《诗薮》云："世以乐府为诗之一体，余历考汉、魏、六朝、唐人诗，有三言、四言、五言、六言、七言、杂言、近体、排律、绝句，乐府皆备有之。"④ 唐代由于受到律诗整齐形式的影响，有些乐府诗歌常常采用

---

① ［明］许学夷：《诗源辩体》卷一九，第 209 页。

② ［清］杨伦笺注：《杜诗镜铨》卷五，第 225 页。

③ 葛晓音：《论杜甫的新题乐府》，《社会科学战线》1996 年第 1 期，第 204 页。

④ ［明］胡应麟：《诗薮·内编》卷一，第 12 页。

较为整齐的形式，如虞世南《从军行》、沈佺期《独不见》、李颀《古从军行》等。杜甫的乐府诗既有采用整齐句式者，如《哀江头》、《哀王孙》、《悲陈陶》、《悲青坂》、《洗兵马》、"三吏"、"三别"，但并不是虞世南、沈佺期、李颀式的接近律诗或即为律诗，而是不太受格律的束缚和限制，自由发声。为了区别于律诗，杜甫部分乐府诗有意避开整齐的句式，长短句错落交叉，如《兵车行》。

唐诗还有一个重要的变化就是平仄律的广泛使用。律诗在语言使用上，追求律句的声律节奏，五律有四种正格律句以及变格律句，七律有四种正格律句以及变格律句。同其他乐府诗作者相比，杜甫乐府诗完全摆脱了声律的约束，而以追求自然音律为主要目标。他以与民间最接近的声口传达人民最关注的时事，采用自然音节写作乐府诗，全无声律痕迹。

杜甫乐府诗押韵形式多样。与律诗的一般只押平声韵且一韵到底的押韵规则不同，杜甫乐府诗或押平声韵、或押仄声韵，或一韵到底、或频繁换韵，相当自由。如《前出塞九首》和《后出塞五首》，每一首都是一韵到底的，《新安吏》《新婚别》《垂老别》《无家别》也是一韵到底；《兵车行》开头六句一韵，后也有两句一韵的（"道旁过者问行人，行人但云点行频""长者虽有问，役夫敢申恨"），多数是四句一韵，平韵仄韵交叉使用；《洗兵马》每十二句一换韵，平仄韵相互转换；《石壕吏》每四句一换韵；《潼关吏》首二句为一韵，其余为一韵。杜甫乐府诗押韵不受句数限制，完全根据表达需要，自由灵活。

律诗讲究对仗，一般情况下，二三两联对仗。杜甫乐府诗大多不用对仗，只在个别诗篇里出现对仗（如《洗兵马》），可见是有意为之。这说明杜甫在创作乐府诗时，有意避开形式讲究的律体形制，尽可能还原生活语言的本来面目，把质朴、自然作为追求目标，以尽现乐府诗与生活本质相同的一面。

三、杜甫乐府诗的形式创新

以往的乐府诗，一首诗，一件事，一个中心主题，虽有节，但只是一首诗。杜甫在乐府诗的写作中却有很大创新，他的部分乐府诗以联章组诗的形式出现，多侧面反映同一主旨，或演进故事情节，是对乐府诗的较大发展。其中的代表作是《前出塞九首》《后出塞五首》《前苦寒行二首》《后苦寒行二首》《少年行二首》，以及"三吏""三别"。

《前出塞九首》是一组叙述出征士兵从行军到征战的诗歌，以一位参战士卒的口吻，多侧面表达了对唐王朝开疆拓土政策的强烈不满。第一首写忧戚离乡，责问统治者"君已富土境，开边一何多"。但因上方命令，虽有不满，也不得不忍气吞声，告别父母和家乡。第二首写对生命的担忧和不得已的冒死勇猛。第三首写参战士卒"丈夫誓许国"的慷慨豪情。第四首写行军途中被官吏呵斥的情况，并表达对家乡对亲人的思念和面对即将到来的征战生活的向死心态。第五首反映军中的苦乐不均和参战士卒欲建功而不得的郁闷。第六首表达反对用征战方式开疆拓土的思想。第七首写艰难困苦的征战生活。第八首描写一场俘虏敌军将领的征战。第九首写征战士卒参战十余载而不争功邀赏的平实情怀。九首诗，从九个侧面反映了人民对开边战争的态度。浦起龙曰："汉魏以来诗，一题数首，无甚铨次。少陵出而章法一线。如此九首，可作一大篇转韵诗读。"① 杨伦曰："九首承接只如一首，杜诗多有此章法。"②

组诗《后出塞五首》通过一个从范阳叛军中逃回来的士兵的自述来展示其从军历程。第一首写他怀着封侯理想欣然从军。第二首写军营肃穆，军令威严。第三首写玄宗好大喜功，将士邀功请赏，发动开边战争。第四首写主将安禄山野心膨胀，觊觎皇位。第五首写安禄山起兵造反，这个士兵半夜逃回乡里，"恶名幸脱免"，却落了个"穷老无儿孙"的结局。组诗揭露了安禄山反唐的真相，并揭示酿成战乱的原因是玄宗奉行开边政策，终养虎遗患。《杜诗言志》曰："此五首处处针对安逆之乱，是固借其事实以描写我意中之一人，非必安逆军中果有此一人也。"③ 此一人，指第五首中写的从叛军中逃回的士兵，是杜甫假设的人物。浦起龙曰："五诗如《前出塞》，逐层下。"④

《前苦寒行二首》《后苦寒行二首》《少年行二首》在本节"音乐体制"部分已经有所论说，此不赘言。

"三吏""三别"写邺城兵败之后，唐王朝各节度使为补充兵力强行征兵，组诗分别涉及老妇被征、少年被征、新婚者被征、败阵者被征、老病者被征，这是从不同侧面反映唐王朝黑暗的征兵行为，从深层次反映了唐王朝府兵制度在战乱中的败坏，表达了杜甫对战争中人民命运的深切同情。刘克庄曰："《新安吏》《潼关吏》《石壕吏》《新婚别》《垂老别》《无家别》诸篇，其述男女怨旷、室家离别、父子夫妇不相保之意，与《东山》《采薇》《出车》《杕杜》数诗相为表里。唐自中叶，以徭役调发为常，

---

① [清] 浦起龙：《读杜心解》卷一，第 9 页。
② [清] 杨伦笺注：《杜诗镜铨》卷二，第 50 页。
③ 萧涤非主编：《杜甫全集校注》卷一，第 648 页。
④ [清] 浦起龙：《读杜心解》卷一，第 15 页。

至于亡国。肃、代而后，非复贞观、开元之唐矣。新旧唐史不载者，略见杜诗。"① 邵长衡曰："《新安》至《无家》为六首，皆子美时事乐府也。曲折凄怆，直堪泣鬼神。"②

乐府诗本就是反映生活的重要体式，这在汉魏乐府中已经有很值得肯定的表现，而杜甫乐府诗采用组诗的形式，更加开括了乐府诗反映生活的层面和深度，使得乐府诗反映生活的深度和广度都达到了新的高度。这是杜甫对乐府诗的重要贡献。

第三节　杜甫乐府诗的史诗性审美

杜甫乐府诗的准确数量，依然有争论。一般说来，凡郭茂倩《乐府诗集》圈定者，归入乐府诗，不计入歌行诗。另有一些《乐府诗集》未曾圈定者，根据葛晓音先生研究成果，也计入乐府诗。杜甫乐府诗共计 53 首（见上节"音乐体制"部分之统计）。

关于杜甫乐府诗的内容，前人多有论及。大略而言，相对于之前的乐府诗，杜甫乐府诗最令人惊叹的就是其深刻性和广泛性。他把前人"缘事而发"的乐府诗反映现实的广泛性和深刻性都提升到新的高度，使之成为展现全景社会生活的有力工具。他的乐府诗，反对开边战争，反映百姓兵役之苦，纪录战乱及国势衰微，揭露权贵骄奢腐败，反映民生疾苦，反映民俗之时代变化，成为我们了解唐人生活的重要渠道。基于此，杜甫奠定了他在乐府诗歌史上的重要地位，并引起后世学者全方位的关注。学界对杜甫乐府诗内容的深刻性和广泛性讨论已多，我们不再作更多阐释。而杜甫乐府诗反映生活的深度和广度，在为杜甫赢得"诗史"之名中立功厥伟，在此，我们拟展开对杜甫乐府诗的史诗性审美的探讨。

什么样的诗歌可以算作史诗或曰拥有史诗性，黑格尔给过定义："史诗以叙事为职责，需使人认识到它是一件与一个民族和一个时代的本身完整的世界密切相关的意义深远的事迹。"③ 至若史诗性审美，赵彦芳在《史诗性范畴的美学意蕴及精神寻踪》中说：

作为审美范畴之一的史诗性，广泛存在于各种叙事艺术中，是艺

---

① ［宋］刘克庄：《刘克庄诗话》，见吴文治主编《宋诗话全编》第八册，第 8468 页。
② 萧涤非主编：《杜甫全集校注》卷五，第 1285 页。
③ ［德］黑格尔：《美学》第三卷，朱光潜译，商务印书馆，1981 年，第 107 页。

术价值的一种重要尺度。以往中国学术界或将史诗作为一种文体形式进行研究，如民俗学界和外国文学界；或将史诗性作为长篇小说的一种追求去探讨，如现当代文学界。史诗性的传统审美特征体现为民族性、整体性、英雄性、全景性等四个方面。在后现代语境下，与史诗性相关的进步叙事、宏大叙事和英雄叙事等被抵制，史诗性变异为后史诗，呈现出平民性、日常性、世俗性等特点。这与后现代的反本质主义、空间化、消费化、微媒体的兴起等不无关系。史诗性作为一种审美范畴，既是人类共享的一种审美需求，一个民族的审美记忆，也是艺术作品中一种长存的风格。①

由此可知，史诗性的传统审美特征表现为民族性、整体性、英雄性、全景性，后史诗性则表现为平民性、日常性、世俗性。无论用史诗性的传统审美特征还是用后史诗性审美的特点来分析杜甫的乐府诗，几乎都若合符节。

一、杜甫乐府诗的民族性

中华民族是一个热爱和平的民族，在中华民族的典籍里，充斥着大写的"和"字，那是中华民族对世界和平的向往，是中国"和"文化的精髓，也是中国文化民族精神的集中表达："天地感而万物化生，圣人感人心而天下和平。"②"昔者圣人之作《易》也，幽赞于神明而生蓍，参天两地而倚数，观变于阴阳而立卦，发挥于刚柔而生爻，和顺于道德而理于义，穷理尽性以至于命。"③"曰若稽古帝尧，曰放勋，钦明文思安安，允恭克让，光被四表，格于上下。克明俊德，以亲九族。九族既睦，平章百姓。百姓昭明，协和万邦。黎民于变时雍。"④"公称丕显德，以予小子扬文武烈，奉答天命，和恒四方民，居师；惇宗将礼，称秩元祀，咸秩无文。惟公德明光于上下，勤施于四方，旁作穆穆，迓衡不迷。文武勤教，予冲子夙夜毖祀。"⑤"唐虞稽古，建官惟百。内有百揆四岳，外有州牧侯伯。庶政惟和，万国咸宁。夏商官倍，亦克用乂。明王立政，不惟其官，惟其

---

① 赵彦芳：《史诗性范畴的美学意蕴及精神寻踪》，《文学评论》2017 年第 1 期，第 96 页。

② 《易经·下经》，见 [宋] 朱熹注《周易本义》，《新刊四书五经》本，中国书店，1994 年，第 61 页。

③ 《易经·说卦》，见 [宋] 朱熹注《周易本义》，《新刊四书五经》本，第 125 页。

④ 《尚书·虞书·尧典》，见 [宋] 蔡沈注《书经集传》，《新刊四书五经》本，中国书店，1994 年，第 1—2 页。

⑤ 《尚书·周书·洛诰》，见 [宋] 蔡沈注《书经集传》，《新刊四书五经》本，第 152 页。

人。"① 中华民族最伟大的民族性就是对"和"的执着的肯定和追寻，民族心态的趋"和"性很强，表现在我们民族的文化精神里，就是对和平的美好愿望。这一点在杜甫表现战争的诗歌里体现得非常充分。

杜甫生在和平年代，成长于大唐盛世，对盛世和平的记忆深入骨髓。当统治者四方征战、穷兵黩武时，他便大声谴责战争、呼唤和平，在《兵车行》《前出塞》《后出塞》中，以"君已富土境，开边一何多""杀人亦有限，列国自有疆。苟能制侵陵，岂在多杀伤"等议论，表达对大唐王朝开边战争的大胆质疑。安史之乱爆发后，他除了反映战争的罪恶，也通过笔下的人物更真切地表达对开元盛世的深情怀恋："四郊未宁静，垂老不得安。子孙阵亡尽，焉用身独完""忆昔少壮日，迟回竟长叹"。安史之乱结束后，唐王朝出现了诸侯割据、军阀混战的局面，他也是一次次呼唤社会的和平和稳定。在杜甫的人生记忆里，开元盛世的和平安宁才是理想的世间，"齐纨鲁缟车班班，男耕女桑不相失"的社会才是值得永远记忆的社会。中华民族的精神气质里对和平安宁的认知和向往，充分体现在杜甫的诗作中。故此，当国家需要的时候，他是站在国家立场上的，如安史之乱中出现的抓丁现象，他是反对的，但击败安史叛军确实需要补充军力，他又在一定程度上安慰或鼓励被抓兵丁。国家击败安史叛军需要江南的粮食作为保障，他就反对不顾国家大局的民间暴动。韩成武对此评议说：

> 安史之乱实质上是一场民族战争，而安史叛军出身于落后、野蛮的民族，虽父子之间亦相残杀，假如他们取得了天下，中华民族将堕入苦难的深渊。所以，从民族发展的角度看，无疑是以唐王朝取胜为幸事。为了平息这场叛乱，需要足够的物力以充军需，当时中原地区尚在敌手，关中地区已在战乱中贫困不堪，唐政府赖以解决军需的只有江南。如果矢去了那里的物力财力，则只能在叛军面前束手待毙。这样来看，袁晁暴动虽因官府盘剥而引发，有其合理性，但这个"理"只能是"小道理"，在关系民族存亡的大道理面前，它并不具有任何积极意义，它在客观上起着帮助叛军打击唐王朝的作用。对于这场有害于民族生存的农民暴动，杜甫表示反对，并无立场错误。这与我党在抗日战争期间，搞民族统一战线，对地主只提"减租减息"，而不支持农民打击地主，有某种一致性。总之，要分清大局与小局，

---

① 《尚书·周书·周官》，见 [宋] 蔡沈注《书经集传》，《新刊四书五经》本，第 163 页。

分清主要矛盾与次要矛盾。其实，以国家安危的大局为重，鼓励人民忍苦牺牲，而不同意民众在民族危难之际揭竿造反，这是杜甫的一贯思想，"三吏"、"三别"在表达对人民苦难深切同情的同时，也没忘劝说百姓再咬牙坚持一下。杜甫这种强烈的民族至上意识，是我们研究他的思想所不能忽视的重要课题。[①]

二、杜甫乐府诗的整体性

关于史诗性审美的整体性，我们借用胡良桂先生的话进行阐释：富有整体性审美的史诗是以"再现本民族所经历的与别的民族的不同的历史道路，来表达对本民族独有的自然现象和社会现象的特殊理解"，是"该民族特定时期的一部形象化的历史"。[②]

杜甫乐府诗以记事为主，他是以所在时代的社会生活的全部为观察点，展现自己对那一段特定历史时期的社会现象的特殊理解。他站在民族发展的视角审视暗藏的危机，故而通过《兵车行》《前出塞九首》《后出塞五首》等作品及时揭示国家尚具开疆拓土之力时的经济问题、人心所向问题。他站在历史的高度审视这个民族的悲剧，故而有《哀江头》中杨贵妃最终"血污游魂归不得"的悲剧，因为那是一个国家的悲剧写照；也有《哀王孙》中王孙流落的灾难，那是"骨肉不得同驰驱"的仓皇状况的历史写照。他站在大唐王朝的发展趋势上审视国家的走向，故而有悲壮淋漓的《悲陈陶》《悲青坂》，有虽喜还忧的《洗兵马》。他站在全体人民的角度审视邺城兵败的恶果，故而在"三吏""三别"中用各种层次的抓丁展示整个社会的灾难。

我们注意到，在杜甫的这些乐府诗中，反映某一方面的问题，总有一点打包写作的特点，也就是说，他一定会把某一问题的多个层面进行集中展现。例如，唐玄宗入蜀，标志着盛世时代的结束，杨贵妃以类国母之尊而"血污游魂归不得"，王孙以帝胄后裔之贵而流落街衢，代表着最高阶层的败落，也是国家败亡的多层面的形象写照。又如，邺城兵败带来的灾难，唐朝府兵制度的彻底败坏，波及青壮老弱病残妇幼，"三吏""三别"点滴尽现。在对待民族、国家和人民的问题上，杜甫的诗笔，详尽、生动地展示了那个时代的形象化的历史，让我们看到了那个时代由盛而衰的历史发展的必然性。这是杜甫以广阔的视野展示一个时代的悲剧。

---

① 韩成武：《诗圣——忧患世界中的杜甫》，第 169 页。
② 参见胡良桂：《史诗特性与审美观照》，湖南教育出版社，1994 年，第 8、3 页。

三、杜甫乐府诗的英雄性

杜甫的乐府诗并没有像西方的民族史诗那样以歌唱英雄为主，但在杜甫的部分乐府诗中，其史诗性审美的英雄性仍然存在，它体现在，当面对国家的灾难时，我们这个民族的不惧死亡和勇于面对死亡。《悲陈陶》《悲青坂》两诗中所展现的悲剧场景，就在一定程度上揭示了我们这个民族不惧死亡和勇于面对死亡的英雄主义精神。在《悲陈陶》中，面对安史叛军，大唐的军人虽然未能取得胜利，但他们以自己的血肉之躯勇赴国家的危难，"血作陈陶泽中水"，"四万义军同日死"，他们用壮烈的生命谱写了一曲宁死而义不负国家的慷慨悲歌。《悲青坂》写的是紧接着陈陶之败的又一次失败，"山雪河冰野萧瑟，青是烽烟白人骨"，大唐的军人面对"黄头奚儿"，又一次奉献生命，白骨累累。这些在战场上消逝的生命，都为国家安宁拼尽了最后一滴血。这"血作陈陶泽中水"，这"青是烽烟白人骨"，分明是对英雄的无声赞歌，他们用冲眼的画面展示了安史之乱时期大唐士兵的不惧死亡。《新婚别》《垂老别》则是用人民的参战表达了对平叛的支持。《新婚别》中的女子，丈夫在新婚当晚被抓，她在衡量形势之后，鼓励丈夫"努力事戎行"；《垂老别》中的老兵，深知安史之乱的糟糕形势，邺城败后，"子孙阵亡尽，焉用身独完"！他忘不了当年的开元盛世，但"迟回竟长叹"，而如今的世界，依然"四野未宁静"，所以这位老人家为追回当年的盛世，"投杖出门去"，"安敢尚盘桓"，勇敢地去面对那个身不可独完的世界！在这些普通百姓身上，我们读到了无畏和无惧。他们很希望新婚燕尔、夫妻比翼，他们很希望白首相守、彼此护持，但残酷的现实粉碎了他们对生活的渴望，同时也激发了他们身上的英雄气质，让他们勇于担当，显示出弱质雄风的豪情——这是中国传统道德认同的精神境界。

四、杜甫乐府诗的全景性

杜甫乐府诗的史诗性审美还体现在其反映历史的全景性特点。

所谓全景性，就杜甫诗而言，就是反映现实的全面性，是可以从上至下地展示社会生活的多个层面，让读者全方位了解当时的社会。这一点，用以评价杜甫的全部诗歌，完全没有问题，用以单独评价杜甫的乐府诗，也是完全适用的。战争中，统治者、官军、叛军、百姓，自上而下各色人等均出现在杜甫的诗中；战场、田园、民生、经济，诗中均有所表现。他的乐府诗有对国家灾难的全景式记录，上自皇帝出逃、帝妃赐死、王孙落难，下到官军战败、百姓逃难、妻离子散、抓丁从军，他关注了战乱中社会的上上下下。他对国家的整体策略有自己的看法，《兵车行》《前出塞》《后出塞》中对开疆拓土的质疑，《塞芦子》《潼关吏》中针对叛军提出的卡关固守思想，《留花门》对使用回纥兵平叛的后患之担忧，都能体现出其总揽全局的特点。他的乐府诗对民生的关注也是全景式的，有"汉家山东二百州，千村万落生荆杞。纵有健妇把锄犁，禾生陇亩无东西"的稼穑荒芜，有"寂寞天宝后，园庐但蒿藜。……人行见空巷，日瘦气惨凄。但对狐与狸，竖毛怒我啼。四邻何所有，一二老寡妻"（《无家别》）的田园凋敝，有夔州妇女"至老双鬟只垂颈，野花山叶银钗并。筋力登危集市门，死生射利兼盐井。面妆首饰杂啼痕，地褊衣寒困石根"（《负薪行》）的苦难生活，有"大麦干枯小麦黄，妇人行泣夫走藏。东至集壁西梁洋，问谁腰镰胡与羌"（《大麦行》）的辛苦耕种惨遭劫掠，有对"焉得铸甲作农器，一寸荒田牛得耕。牛尽耕，蚕亦成。不劳烈士泪滂沱，男谷女丝行复歌"（《蚕谷行》）的殷切期盼。

乐府诗本以纪实为主，关注自在社会，而如杜甫乐府诗这般关注社会自上而下的各色人等，涵盖自政治到经济到生存状态的方方面面，确实是比较罕见的。

五、杜甫乐府诗的平民性

杜甫乐府诗在反映大的历史背景、高层的动态变化的同时，更注重反映普通百姓的生活，包括普通百姓在战争中的遭遇、普通百姓的日常生活情态，这就使杜甫的乐府诗更接地气，更具平民化色彩。

唐玄宗天宝年间的拓边战争和天宝末年开始的安史之乱，给广大人民的生活造成了巨大的灾难。作为一名仁者，杜甫没有像储光羲和高适那样，对一些给人民造成灾难的战争视而不见，只站在高层的利益视角评价战争，甚至歌颂、赞美非正义的征南诏的战争（如储光羲《同诸公送李云南伐蛮》、高适《李云南征蛮诗》），杜甫更多关注普通百姓在战争中的遭遇，在对待同一场战争上，与储光羲、高适的视角完全不同。他更多地看到了战争带给普通百姓的灾难，那"耶娘妻子走相送，尘埃不见咸阳桥"的混乱场面，那"牵衣顿足拦道哭，哭声直上干云霄"的声声哀嚎，分明是人们不愿参战的诉说，那位老兵的"长者虽有问，役夫敢申恨"的忍气吞声，蕴含了普通人对战争的多少不满！老兵诉说中的"君不见汉家山东二百州，千村万落生荆棘。纵有健妇把锄犁，禾生陇亩无东西"，又展现了战争给平民生活带来的多少灾难！"三吏""三别"，杜甫更是把关注的目光投向最最普通的百姓。《石壕吏》写一个三子从军两子阵亡的家庭，《新安吏》写有母无母的肥男瘦儿被征丁，《新婚别》写刚刚成家的小夫妻的分离，《无家别》写孤苦伶仃的败阵老兵再次被征，《垂老别》写不得不抛弃拐杖从军的老者和其躺在沟壑的老妻，他们都是生活在社会最底层的可怜人。杜甫的伟大正在这里。一个动乱的时代的最底层生活，通过杜甫的诗笔展现给后人。一个伟大诗人对普通百姓的仁者情怀，也透过诗歌传递出来。而如此重大的历史事件，如此翻天覆地的巨变，却在其他诗人笔下轻易溜过。

我们可以通过对比彰显杜甫乐府诗的平民性。比如储光羲，涉及战争的诗歌极少，仅有一首关涉百姓，即《效古二首》其一："大军北集燕，天子西居镐。妇人役州县，丁男事征讨。老幼相别离，哭泣无昏早。稼穑既殄绝，川泽复枯槁。"而到安史乱中，他仅有的几首涉乱诗，也没有关注平民，如《登秦岭作时陷贼归国》，只是关注自己而已；《观范阳递俘》，只是关注"四履封元戎，百金酬勇夫。大邦武功爵，固与炎皇殊"；《次天元十载华阴发兵作时有郎官点发》，只说"三陌观勇夫，五饵谋长缨""神皇麒麟阁，大将不书名"，均不及百姓。从储光羲的诗作中，确实可以看出其人"本自江海人，且无寥廓志"（《赴冯翊作》）的特点，其与杜甫的精神境界相去甚远。高适不能不说是一位具有现实主义倾向的边塞诗人，他较早关注现实征战生活的《燕歌行》成为边塞诗的名篇，其中"战士军前半死生，美人帐下犹歌舞"等对士卒的关注赢得了后世多少赞叹！但这类诗作在高适的诗篇中并不多见，他更多关注功名，关注自己。如《古大梁行》："全盛须臾那可论，高台曲池无复存。遗墟但见狐狸迹，古地空馀草木根。暮天摇落伤怀抱，倚剑悲歌对秋草"，虽有战火遗迹，却无百姓生活。高适反映安史之乱时生活的作品少之又少，仅见的一两首亦无价值，如《酬河南节度使贺兰大夫见赠之作》，竟然为那个睢阳之战中不救张巡、许远的小人唱赞歌。在这样的对比中，不难看出，杜甫诗史精神中渗透着浓郁的平民意识。杜甫不只让我们看到了那个时代史书不及的平民生活，同时也展示了他个人的伟大情怀。

杜甫乐府诗的平民性审美不仅仅在于他反映了战争中的人民情状，更在于他对平民生活的多方面关注。平民的劳作，有《负薪行》；平民的蚕谷生长，有《蚕谷行》；平民的庄稼收割，有《大麦行》；平民遭遇寒冷的苦况，有前后《苦寒行》中"秦城老翁荆扬客"被"寒刮肌肤"和"蛮夷长老怨苦寒"的情形等，这些都体现了杜甫乐府战争诗以外的平民关怀。这一点，在下一节"杜甫乐府诗的日常性"中将有更多论述。

总而言之，"……从社会角色看，贯穿杜甫一生的都是平民化的角色，不仅跟地主生活不沾边，甚至很少真正进入过统治阶层的行列"①。

六、杜甫乐府诗的日常性

日常性原本是一个哲学术语，指人的日常生活对人性的潜在塑造。依据西方一些哲学家如列斐伏尔等的表述，人是生活在每日所交集的生存环境中，并在这些环境的差异和冲突中建立互相的关联，在这种日常生活的场域中确立人的品性。它具有平凡的内涵，应该不涉及重大事件，因为重大事件往往带有突发性、重要性、非常性、不确定性、不平凡性。以此审视杜甫的乐府诗，大约《贫交行》《大麦行》《光禄坂行》《冬狩行》《负薪行》《最能行》《岁晏行》《蚕谷行》等，属于日常性生活话题。

小说等叙事文学关注的是作品中的人物，能够在日常性叙事中通过一系列的事件或人物关系表现作品中人物的品性，诗歌则很难做到这一点，除非长篇叙事如《孔雀东南飞》《木兰诗》之类。诗歌因为是片段和跳跃的，很少出现人物关系，在展现作品中的人物品性方面显然不具备优势。但杜甫的乐府诗确实记录了日常性的生活，因而这些日常性话题就只能是展现某些方面的场景。这种日常性场景大约如下：人们的谋生场景，如《负薪行》《最能行》；某些堕落官吏的日常玩乐，如《冬狩行》；战乱中的田园光景，如《大麦行》《蚕谷行》；行走中的诗人所见的民生状况，如《光禄坂行》《岁晏行》；诗人贫窘状态下所见的世态人情，如《贫交行》。

以《冬狩行》中展示的梓州留后章彝的过度奢侈享乐的生活为例。韩成武分析说："但章彝其人似未把国难放在心上。冬季大举围猎，发动三千士兵围剿荒山禽兽，'东西南北百里间，仿佛蹴踏寒山空'（《冬狩行》），摆成方圆百里的包围圈，要把其间的动物统统捕获。大者青兕、熊罴，小者八哥鸟，一个不剩地捕杀掉。杜甫虽感谢章彝给自己的关照，但以为在国难当头、吐蕃猖獗之际，作为东川大将却不以国事为怀，是错误的，'喜君士卒甚整肃，为我回辔擒西戎。草中狐兔尽何益？天子不在咸阳宫'，规劝之意甚明甚切。"② 这其实就是唐王朝官员腐化堕落生活的一个侧面。

《大麦行》展示的是战乱中百姓的劳动果实被劫掠的情景。韩成武分析说："大雨解除了旱情，农民辛苦劳作，终于迎来了麦秋。可是，川陕交界的四个州，集州（今四川南江）、壁州（今四川通江）、梁州（今陕西

---

① 杨胜宽：《杜甫的平民角色与平民情怀——兼论郭沫若对杜甫的评价问题》，《杜甫研究学刊》2013年第1期，第28页。

② 韩成武：《诗圣——忧患世界中的杜甫》，第173页。

褒城镇）、洋州（今陕西洋县），又发生了胡羌前来抢收的事。百姓无力抵抗，蜀中官军又不肯涉远前去保护，眼睁睁地看着粮食被抢走。杜甫闻知，痛愤地把此事记入诗中：'大麦干枯小麦黄，妇女行泣夫走藏。东至集壁西梁洋，问谁腰镰胡与羌。岂无蜀兵三千人？部领辛苦江山长。安得如鸟有羽翅，托身白云归故乡！'（《大麦行》）"①此诗代士兵立言，当他听到故乡的庄稼遭到异族抢掠，而部队长官又不肯率兵前去救护，只好希望自己长上翅膀飞回故乡。这既是对吐蕃窃掠的控诉，也是对军队不肯护佑百姓的揭露。

如果我们一定要用以日常性审视人的品性这一规范要求杜诗，那么，可以说，杜诗的日常性叙述正是杜甫品性的一种体现。《负薪行》《最能行》有杜甫对艰辛劳作者的同情和赞美，《冬狩行》见出他对地方官不顾国难、追求享乐的不满，《大麦行》《蚕谷行》《光禄坂行》《岁晏行》见出诗人对民生疾苦的关心，《贫交行》则是诗人对世风日下、世态炎凉的社会现实的极度失望。杜甫乐府诗的日常性审美，让我们从普普通通的生活中品味出杜甫经历的酸辛和杜甫人格的伟大。

七、杜甫乐府诗的世俗性

在杜甫那些一般理解上并非重大议题的乐府诗中，能够体现后史诗审美的世俗性审美特点。

关于世俗性的含义，不同人有不同的理解。笔者理解的世俗性，应该是与神的庄严性、崇高性、神秘性等相对应（不是相反的）的普通性、凡俗性、人间性等，这些审美特性，均与杜甫乐府诗的日常性有极其密切的联系。

所谓普通性，是指这些富有日常场景的乐府诗中，没有庄严的正义与否和是非曲直，只是反映最普通、最一般的生活状态，如砍柴、打猎、游玩、种粮、求食等。所谓凡俗性，是指这些诗作中没有神的高高在上的救世姿态或崇高的道德制高点，而是关注最凡俗的聊以为生的吃喝拉撒睡。所谓人间性，是指这些诗歌追求的不是不食人间烟火的仙气，而是最能体现人间烟火气的柴米油盐。如《负薪行》：

> 夔州处女发半华，四十五十无夫家。
> 更遭丧乱嫁不售，一生抱恨长咨嗟。

---

① 韩成武：《诗圣——忧患世界中的杜甫》，第156—157页。

> 土风坐男使女立，男当门户女出入。
> 十有八九负薪归，卖薪得钱应供给。
> 至老双鬟只垂颈，野花山叶银钗并。
> 筋力登危集市门，死生射利兼盐井。
> 面妆首饰杂啼痕，地褊衣寒困石根。
> 若道巫山女粗丑，何得此有昭君村？

此诗的人间烟火，可以用韩成武的话概括之："夔州还有一种风俗是男人当门守户，女人外出劳动。她们砍柴，背盐，干着男人们的重活，却又因战乱，无夫可嫁，有许多人四五十岁还没有婆家。"[1]女子长成嫁人，是正常规律，但夔州女子却因为劳累太甚，伤害外在形象，兼且遭遇丧乱，以致将至老年仍未出嫁。杜甫很同情这里女子的悲惨命运。

生活在人间，生活在乱世，生活在困窘的状态下，怎样才能够生存必然是最现实、最值得关注的问题，这些问题虽然很世俗，却最真实地反映了当时下层人民的生存状态。杜甫以最亲近的姿态、最通俗的笔墨，关注最现实的人间生活，使其诗歌拥有了当今文学理论家们所议定的后史诗审美的世俗性。

总而言之，杜甫的乐府诗有超越以往的深刻性。杜甫的乐府诗，反对开边战争，反映百姓兵役之苦，纪录战乱及国势衰微，揭露权贵骄奢腐败，反映民俗之时代变化，全方位全视角地揭示了一个时代的生活景观。

第四节　杜甫乐府诗的叙事艺术与转型价值

杜甫的乐府诗，直接承袭了汉代乐府诗"感于哀乐，缘事而发"的特点，并直面残酷的现实人生，将叙事艺术发扬光大，形成了极具叙事特点的艺术风貌，改变了他之前乐府诗以抒情为主的写作方式，为后世乐府诗叙事性的发扬光大提供了范例。

一、杜甫乐府诗的叙事艺术

杜甫乐府诗的叙事艺术主要表现在以下四个方面。

---

[1]　韩成武:《诗圣——忧患世界中的杜甫》，第220—221页。

（一）完整的故事性

杜甫的乐府诗继承了汉魏乐府"缘事而发"的特点，记事性很强，绝大部分乐府诗都有具体的事件，而且叙事相当完整。例如，《前出塞九首》就是以一个被征入伍边塞从军的士卒的口吻，写出了他在从军路途的遭遇、自己的所思所想和对立功边塞的态度。"九首诗虽独立成章，然从离家赴边到沙场征战的经历一气呵成，'如此九首，可作一大篇转韵诗读'，连接起来俨然是一篇士兵的小传，可以说是一首初具形态的文人叙事诗了。""杜甫正是看到了士兵从家乡到边塞，随着时间和空间的变化，必定会有情感的矛盾运动和此消彼长，他抓住并极力渲染这一点，以此来展开情节，推动事件向前发展。"① 又如，《哀江头》通过杨贵妃的命运展示唐王朝的历史悲剧，从中可以清晰地看到杨贵妃当初被宠幸时唐王朝的盛世繁华，看到唐玄宗被迫入蜀以及杨贵妃死亡的悲剧结局，从而也就看到了大唐王朝走向衰落的命运。再如《哀王孙》，写一王孙在长安沦陷后流落于荆棘丛中，为饥饿所驱，竟然向同样落难的杜甫祈求为奴，落难中的杜甫无能为力，只能告诫王孙不可暴露身份，忍受饥寒，等候官军收复长安。这个故事揭示了安史乱中唐王朝皇室贵族的沉沦。

杜甫的这些叙事诗，与汉乐府的不同之处在于，汉乐府的叙事立足于生活的日常，只是具体的人和事的记述，而杜甫则将这些事件置于广阔的社会背景之下，展现时代的变迁，即使像《大麦行》这样的短歌，也是揭示边塞拉锯地区的人民的苦难。正如葛晓音先生所说，杜甫的乐府诗是"通过高度概括的场面描写，以史诗般的大手笔展现出广阔的社会背景，从而突破了汉乐府叙事方式的局限"②。这是大手笔的诗人所达到的高度。

（二）较为鲜明的人物形象

杜甫生活在以诗歌传情为主的盛唐，其时诗坛的主流写作方法是抒情，即使是乐府诗也是以抒情为主，大多数诗人并不注意对人物形象本身的刻画和描写，人物形象相对比较晦暗。当然也有人物形象比较突出的诗例，比如李白乐府诗中抒情主人公自我的形象往往比较突出，但那不是传统意义上的乐府诗叙事中的主人公，而是抒情主人公李白的形象留给读者的印象。但在杜甫的乐府诗歌中，叙事中的人物形象往往比较突出。"三吏""三别"有几篇可称这方面的代表。《石壕吏》中力护家人、善于应

---

① 陈桂华：《情义交战下的征人故事——兼论杜甫〈前出塞〉九首的叙事特点》，《杜甫研究学刊》2000 年第 1 期，第 27、29 页。

② 葛晓音：《论杜甫的新题乐府》，《社会科学战线》1996 年第 1 期，第 200 页。

对、挺身从军的老妇,《新婚别》中心思细密、娇羞无限、识得大局、忠贞节烈的新妇,《无家别》中满心凄惶、无奈上阵的败阵老兵,《垂老别》中拄杖踽踽、弯腰驼背、公忠体国的老人,都是杜甫留给后人的鲜明的人物形象。这些人物形象,从叙事的角度而言,都是诗中的人物形象,具有客观反映现实生活的特点。

(三)长于剪裁和细节描写

乐府诗歌的记事特点决定了其与歌行、律诗不一样的艺术追求,而对事件的剪裁和细节描写,是乐府诗叙事水平的重要标识。

杜甫的乐府诗讲究剪裁,是后人仿效的典范。杜甫懂得剪裁的必要,而且善于以简约的篇幅,把复杂的故事生动地叙述出来,把深刻的主题表现出来;剪枝裁蔓以突出主干,是杜甫最拿手的艺术能力之一。以《石壕吏》为例。《石壕吏》是杜甫在华州司功参军任上所作,描写的是唐王朝邺城兵败后抓丁的场面之一。韩成武在《杜诗艺谭》里对此有详细的分析,移录于此:

> 诗的开端二句,光彩就已显现出来。从时间上看,第一句写"暮",第二句就入"夜",时间有跨越。再从事件来看,第一句写的是诗人投宿,第二句写的是差吏捉人,两句在所写的事件上跨度也很大。如果从生活的原貌去考虑,由傍晚时诗人投宿,到夜间差吏前来捉人,这中间该有众多的生活琐事须由诗人去经历,比如,他来到石壕村,要寻找住处,在那个兵荒马乱的岁月,人们是不肯轻易留生人住宿的,所以他一定会吃到不少闭门羹;好不容易找到一户善心人家,得以住了下来,还要吃晚饭、洗脚、上床、入睡。这些生活琐事是必须经历的,但诗人把它们统统剪掉了。因为这些琐事与要叙述的中心故事无关,与所要表达的主题无关,如果写了它们,势必会造成累赘,喧宾夺主,乃至冲淡主题。假如让今天某些"电视连续剧"的编导去表现诗人的这段经历,就恐怕会搞成如下的模样:

> > 暮投石壕村,周身汗涔涔。
> > 挨家求住宿,十室九闭门。
> > 幸遇殷勤主,开门问苦辛。
> > 为我明蜡烛,为我洗风尘。
> > 草草晚餐罢,悠悠度梦魂。

忽闻犬声烈，有吏夜捉人。

　　清代人方东树说得好："为文之道，割爱而已。"（方东树《昭昧詹言》）之所以要强调"割爱"，就是因为一般心理认为"文章总是自己的好"，不忍痛割爱，就除不掉这些赘疣。

　　这首诗明显使用剪裁手法的地方还有很多。例如，"老翁逾墙走，老妇出看门"，字面上说的是各走一方，似乎老翁的逃走，老妇并不知道，可是当我们读到下文，发现老妇向差吏报告屋里人口时没有说出老翁来，便可明白，她是知道老翁逃走的。那么，老两口在紧急之际商量对策的情节是被作者剪掉了。剪掉了这个情节，又能在适当的地方给予交代，这就是他的高明之处。

　　最讲究处是叙述差吏和老妇在门前较量的场面，作者只写了老妇的答话，而没写差吏的逼问。对于老妇的答话也仅仅写了13句。然而诗中分明又说"夜久语声绝"，从"夜捉人"而至"夜久"，这说明门前的这番较量是历时颇长的。倘若只是老妇一人说话，说完这13句话有几分钟就足够了。实际上，作者是为了节省字面，剪掉了差吏的逼问，而采用"以答代问"的方式，通过老妇的答话去间接地表现差吏的逼问的。这从韵脚的变换来看，用意也很清楚。杜甫把老妇人的13句话分为三个内容层次。第一层讲外面儿子们的情况，第二层讲屋里人口的情况，第三层讲她个人请求服兵役。而每一个层次的讲话内容，都意味着差吏的一层逼问。差吏三层逼问的内容依次应为："你的儿子们呢？让他跟我们走！""那你家里还有什么人？老实讲！""无论如何你家得出个服役的，你看是谁去吧！"这些逼问绝不是我们凭空给差吏加上的。理由很清楚，老妇人是不愿意家中人再去服兵役的，她让老头跳墙逃跑，她在差吏面前哭泣哀求，都说明她是在想方设法躲过这场灾难。作者没有正面去写差吏的逼问，而是通过描写老妇人的三层答话，把差吏的步步进逼、毫不留情的嘴脸表现出来。这个门前较量的情节，倘若在一般作者的笔下，是一定要把双方的问答言语通通端上来的；然而，如此下笔，把一切都端给读者，把本来属于读者的想象空间，通通占满，把读者的艺术再造的途径，通通堵死，还有什么艺术可言！这样的诗，确乎"老妪能解"了，但艺术的生命却同时被扼杀了。苏辙曾批评白居易的叙事诗，说道："白乐天诗，词甚工，然拙于纪事，寸步不遗，犹恐失之。此所以望老杜之藩垣而不及也。"（苏辙《栾城集》），张戒也认为白居易的诗"其词伤于太烦，其意伤于太尽。"（张戒《岁寒堂诗话》）清人黄子云也认为白居易的叙事诗有这种缺陷，他说："事太详则语冗而势换，故香山失之浅；太简则意暗而气馁，故昌谷失之促。二者均有过、不及之弊。非有才气溢涌、手眼兼到者不能。"（黄子云《野鸿诗的》）

从《石壕吏》这首诗，我们可以看出杜甫的剪裁手法主要有两点。其一，果断地剪掉与中心故事无关的生活琐事，使故事的主干得以突出；其二，对于中心故事的某些情节，凡是能在其它情节中予以照应、填充的，则把它们剪掉，由此出现的情节断线，交由读者通过联想去作补充。作者是绝不怀疑读者的阅读能力的。①

杜甫又十分注重细节描写，在描写细节上不惜花费笔墨，用细节深化主旨，或揭示人物内心世界。如《石壕吏》中写老翁逃走用了一个"逾"字（"老翁逾墙走"），"逾"是翻越的意思，这个细节写出老翁翻墙动作的敏捷、毫不迟疑。这就说明，深夜捉人已经发生多次，是他人的不幸促成了老翁行事的果断。这样一来，就排除了此番深夜捉人的偶然性，从而深化了主旨。《新婚别》写那位与丈夫"暮婚晨告别"的新妇的内心世界，用了两个细节描写："罗襦不复施，对君洗红妆"，揭示出这位新婚女子对丈夫的忠贞。细节是有生命力的，是会说话的，它能将生活的真相表达得入木三分。

（四）善于通过人物语言传达情境

记事的作品，在事件中一定有人物的活动，人物形象的刻画也是杜诗非常成功的地方。杜甫刻画人物的一个重要方法就是让人物自己站出来说话，像《兵车行》《哀王孙》《石壕吏》《新安吏》《潼关吏》《新婚别》等，人物的语言刻画都非常成功。

《兵车行》里，杜甫以记事诗人的身份出现，与参战士卒进行了一组访谈式对话。在这里，诗人的问话已经省去，只留下了参战士卒的答语，所谓"道旁过者问行人"的道旁过者，也许正是诗人杜甫，而"行人但云点行频"之后的连续十二句话都是参战士卒对"点行频"的看法，是诉说征戍对参战士卒和对后方生活造成的灾难。所谓"长者虽有问"的长者应该正是诗人杜甫，而"役夫敢申恨"之后的话语，正是"役夫"所申之恨：兵役不断，赋税连连，人心思安，以至于连中国传统的生男生女观念都改变了。在这样的谈话中，杜甫写出了参战士卒心中的幽怨，同时，也

---

① 韩成武：《杜诗艺谭》，第4—8页。

借参战士卒之口表达了人们的反战情绪。

《新婚别》全是新婚女子与丈夫分别时的娓娓诉说：

> 兔丝附蓬麻，引蔓故不长。
> 嫁女与征夫，不如弃路旁。
> 结发为君妻，席不暖君床。
> 暮婚晨告别，无乃太匆忙。
> 君行虽不远，守边赴河阳。
> 妾身未分明，何以拜姑嫜？
> 父母养我时，日夜令我藏。
> 生女有所归，鸡狗亦得将。
> 君今往死地，沉痛迫中肠。
> 誓欲随君去，形势反苍黄。
> 勿为新婚念，努力事戎行。
> 妇人在军中，兵气恐不扬。
> 自嗟贫家女，久致罗襦裳。
> 罗襦不复施，对君洗红妆。
> 仰视百鸟飞，大小必双翔。
> 人事多错迕，与君永相望。

由"席不暖君床"的宛惜，说到"妾身未分明"的哀怨，由"君今往死地"的沉痛，说到"誓欲随君去"的壮怀，由"勿为新婚念"的劝慰，说到"对君洗红妆"的操守，可谓柔肠百曲，缠绵倾诉。王嗣奭说："一篇都是妇人语，而公揣摩以发之。有极细心语，如'妾身未分明'二句，'妇人在军中'二句是也。有极大纲常语，如'勿为新婚念'二句，'罗襦不复施'二句是也。真无愧于三百篇者。"[①]

二、杜甫乐府诗的转型价值

杜甫的乐府诗，是中国古代乐府诗发展的新阶段，它标志着一种新的乐府创作体式走入人们的视野。其转型价值主要表现在三个方面。

首先，创制新题乐府，把乐府引向了摆脱旧题、题符诗意的创作阶段。杜甫之前，唐代的乐府诗基本上是旧题乐府，而杜甫却根据时事创

① ［明］王嗣奭：《杜臆》卷三，第82页。

"新题"。由于新题"缘事而发"的特点，题目和内容融合得更加紧密，据题写作的特征更加明显，因而创作更加扣紧主题，更加自由疏放。《蔡宽夫诗话》曰："齐梁以来，文士喜为乐府辞，然沿袭之久，往往失其命题本意。"① 这是说，旧题虽然有其价值，但时间久了，就已经难以适应后来诗歌写作的需要了，与"感于哀乐，缘事而发"的初衷也产生了距离。而杜甫之创制新题乐府，打破了旧题的束缚和限制，无复依傍，随事立题，题目和内容完全准确地融合到一起。如果说，李白是把乐府旧题写到了无以复加的地步，是对旧题的终结，那么，杜甫则是用新题乐府开创了崭新的局面，开启了乐府诗的一个新时代。《蔡宽夫诗话》曰："皆因事自出己意，立题略不更蹈前人陈迹，真豪杰也。"② 胡应麟云："少陵不效四言，不仿《离骚》，不用乐府旧题，是此老胸中壁立处。然《风》《骚》、乐府遗意，杜往往深得之。"③ 这是对杜甫在乐府诗歌创出新格局方面的肯定。从此以后，乐府诗以新题为主，并逐渐摆脱音乐的束缚和限制，入乐和不入乐已经不是创作者追求的目标。杜甫新题乐府为唐代的乐府诗开辟了新的天地，也为后世乐府诗能够更好地反映生活找到了一条可以自由创作的康庄大道。

其次，改变了盛唐诗歌以抒情为主的格局。从唐诗发展史的视角看，杜甫的乐府诗具有写作手法上的转折意义。在此之前，唐朝诗歌，无论初唐和盛唐，也无论何种体式，基本都以写景抒情为主。仅以盛唐而言，孟浩然、王维、高适、岑参、李白等人的作品，均是以写景抒情见长。单就乐府诗而言，也是如此。盛唐的这些名家，也都有乐府诗题，如王维《陇头吟》《从军行》《苦热行》《少年行四首》等，李白《蜀道难》《北上行》《短歌行》《侠客行》《从军行二首》《行路难》等，虽是乐府题目，却以抒情为主，叙事的成分很少。而杜甫的乐府诗基本以记事为主，如《兵车行》、《前出塞九首》、《哀江头》、《哀王孙》、"三吏"、"三别"等，每首诗都有自己的主人公，每个主人公都有自己的故事，有自己的述说，每个故事也都有头有尾。这种以叙事为主要格局的诗歌组篇方式，将唐朝诗歌更进一步拉向现实，拉向民间，拉向社会，让唐诗在抒情之外有了另一种关注社会人生的表达方式。这之后，叙事和抒情成为唐诗的两种基本表达方式，而不是像过去那样纯以抒情为主了。

最后，思想内容的全景性拓展。杜甫的乐府诗内容深刻丰厚，为历代

① [宋] 蔡居厚：《蔡宽夫诗话》，见吴文治主编《宋诗话全编》第一册，第608页。
② [宋] 蔡居厚：《蔡宽夫诗话》，见吴文治主编《宋诗话全编》第一册，第609页。
③ [明] 胡应麟：《诗薮·内编》卷二，第38页。

诗人所不及。大凡社会生活所应该关注的，他都有所触及，而更主要的是，他的乐府诗往往放置于社会历史的大背景下，那些与国家重大决策直接相关的事件，往往关系国计民生，关系人民命运，如开边战争、国势衰微、兵役之苦、社会动乱、粮食生产、民间风习等。宋人评价其诗"无事不可写，无意不可入"，就杜甫的乐府诗而言，此语虽然有过之，但仍是同时代诗人所不及的。他的这些努力，为拓展乐府诗歌的表现范围提供了很好的范本。

第六章　杜甫歌行体诗体制研究

歌行从乐府诗脱胎而来，是一种从更为细致的视角分析唐诗的诗歌体类，它与乐府诗歌的语言外在形态的典型不同是：歌行以七言句式为主，常见三平尾。分析杜甫诗歌的体类特征，将杜甫诗歌中诗题带有"歌""行""叹""哀""吟""引""谣""曲"等字样、以七言为主体句式、常见三平尾者划为歌行，共获得杜甫歌行体诗 87 首。本章将在与律诗的对比中确认杜甫歌行的体类特征，探讨其歌行体诗歌独特的艺术境界。

第一节　歌行辨体及其在唐代的发展

在唐代歌行体诗歌里，有很多使用乐府旧题，如《春江花月夜》《燕歌行》，因此，乐府和歌行究竟怎样区别就成为一些人的困惑。为便于确认杜甫歌行，进行歌行辨体是非常必要的工作。

一、歌行辨体

在中国古代的诗歌体式里，"歌行"是似乎明确又确乎含混的一个概念。因为最初的写作者没有明确的辨体意识，古代的辨体工作做得不是很清晰，导致了人们观念上的模糊。有人说歌行来源于古诗，有人说歌行来源于古乐府，故而研究古诗者会涉及歌行体诗，研究乐府者也有人涉及歌行体诗。认真梳理前人所谈"歌行"体诗的含义，对我们解读唐代新生的"歌行体"诗歌的体式特征应该是有所帮助的。

"歌行"一词最早约是出现在汉代的文学作品中，如"怨歌行""长歌行""艳歌行"，但这是诗歌的名称，不具备诗体学的意义。"歌行"作为诗体学的名称，最早出现在《宋书·乐志》，但它是指乐府中的歌辞，不是标示一种诗体的名称。从其所列诗题来看，"歌行"是指乐府诗中名称里含有"歌""行"字眼的诗作，包括以《燕歌行》《艳歌行》《长歌行》《饮马长城窟行》等为代表的"歌辞性诗题"。这种作品，是《乐府诗集》中的"乐府歌行"。这种诗题来源于乐府，但与"感于哀乐，缘事而发"的汉乐府已经有了些许的区别。一是抒情性的增强，如曹丕的《燕歌行》，它作为文人创作的第一首七言"乐府歌行"，却不是为某一件具体事件而发，而是为广大征战戍卒的留守闺人而作，抒发了广大闺中女子对远方戍卒的无比思念之情和对无休止的征战生活的怨恨情绪。二是全用七言，为以后以七言为主的歌行体诗歌奠定了体式基础。三是句句押韵，这反映了汉、魏时期文人七言诗用韵的一般规律，但句句押韵的板滞，给后人改造歌行的押韵留下了空间。四是有些作品摆脱了齐言的格式，五、七言杂相使用，如陈琳《饮马长城窟行》，为后世文人创作以七言为主杂有其他言数的句式奠定了基础。

"歌行"的名称，在唐代并没有诗体学意义上的界定，唐人创作发达，文学理论滞后，对歌行作为一种新的诗体的形式并没有理论的规范，但在创作上却有共同的努力方向，他们在创作中称这种被后世称为"歌行"的诗体形式为"歌""行""长句""吟""叹""谣""引"等，大体都是以七言为主的诗歌体式。这种诗体与乐府的区别，除了音乐与诗歌的分离、语言体式以七言为主外，在表达感情上也与乐府有所不同。它与乐府在记事抒情方面的最典型区别就是，乐府往往一题一事，议论就事论事，融入的感情是作品中人的情感，作者的身份是客体性的。而歌行的诗歌有时有事，但不以事为主，事只是引发议论抒情的触发点；有时不是针对具体的事，而是诸多事情交错而生的万千感慨；抒发的感情往往是作者主体性的。总而言之，歌行的主体抒情色彩更浓。

宋代歌行观的代表是《文苑英华》、宋敏求、严羽。《文苑英华》是宋代的大型文学选本，它与《昭明文选》一样，按文体分类选文。在分类选文时，《文苑英华》有一个重要变化，在"赋""诗"的分类外，多了一个"歌行"，共收有 20 卷（卷 331—350）414 首作品。《文苑英华》也没有给"歌行"做概念界定，但从其所选作品有 392 首以七言为主来看，《文苑英华》的选者大体认同歌行的语言体式以七言为主。但《文苑英华》的分类并不纯粹，因为一些以七言为主的新题乐府也收录进歌行，如《兵车行》《丽人行》《老将行》等，可见其并没有将新题乐府与歌行完全分开。

宋敏求的歌行观相对《文苑英华》而言，有了更加明确的诗体区分意识。他在编订《李太白文集》时，分类里有"乐府"和"歌吟"。宋敏求将"乐府"和"歌吟"相邻排列，颇有区分文体的意图，而从诗题上看，宋敏求所选的李白"歌吟"，都是有歌词性意义的题目，这就在诗题这个层面区别了乐府和歌行。薛天伟先生说"宋敏求的观点较之《文苑英华》有所倒退"①，笔者却并不这样认为。笔者认为，这正是宋敏求的高明之处，他已经清晰地认识到了乐府和歌行的文体差别，只是还没有用清晰的语言表述出来。

宋代有文学理论著作，而生活在南宋末年的严羽，则是宋代文学理论的最后发言者，他对中国文体的发展演变进行了总结，从中我们可以看到严羽对"歌行"作为文体的认识。严羽在《沧浪诗话·诗体》中说："风雅颂既亡，一变而为《离骚》，再变而为西汉五言，三变而为歌行杂体，四变而为沈宋律诗。"②这一表述是巨大进步，他告诉我们，诗体的区分可以以语言形式为重要标志。严羽也区分"乐府"和"歌行"，他说："有歌行，有乐府。"而对于这两种体式，他认为，乐府是指汉武帝"立乐府，采齐楚赵魏之声以入乐府，以其音辞可被于弦歌也"③，似乎认为乐府必须入乐。而对歌行，他则是以诗题中有"歌"有"行"的作品进行例举："古有《鞠歌行》《放歌行》《长歌行》《短歌行》。又有单以'歌'名者，单以'行'名者，不可枚述。"④严羽与宋敏求的观点极其一致，而且，明确用语言表达出歌行的两个特点：一是以七言为主的"歌行杂体"，二是诗题中含有"歌行""歌""行"等字眼。这是诗体区分的巨大进步。

明人对歌行的诗体学认识，相对于宋人而言，不仅没有进一步明晰，反而有所退步。其时主要有两种观点。

一是以王世贞、胡应麟、胡震亨、许学夷为代表的一派，将歌行与七言古诗混同。所谓"七言古诗，概曰歌行"⑤，所谓"七言歌行，靡非乐府"⑥，"今考唐人集录，所标体名，凡效汉魏以下诗，声律未叶者，名往体……而七言古诗，于往体外另为一目，又或名歌行"⑦，其实是一种"大歌行"观，既承认有"乐府""歌行""古诗"的不同名目，又视之为一体，很显然是模糊了这些概念之间的区别。需要注意的是，胡应麟并不是坚定的大歌行观的主张者，他虽然说过"七言古诗，概曰歌行"，却也说过"自唐人以七言长短（句）为歌行，馀皆别类乐府矣"，"古诗窘于格调，近体束于声律，惟歌行大小短长，错综阖辟，素无定体，故极能发人

---

① 薛天伟：《唐代歌行论》，人民文学出版社，2006 年，第 466 页。
② [宋]严羽著，郭绍虞校释：《沧浪诗话校释》，第 48 页。
③ [宋]严羽著，郭绍虞校释：《沧浪诗话校释》，第 72 页。
④ [宋]严羽著，郭绍虞校释：《沧浪诗话校释》，第 72 页。
⑤ [明]胡应麟：《诗薮·内编》卷三，第 41 页。
⑥ [明]王世贞：《艺苑卮言》卷一，见丁福保辑《历代诗话续编》中册，第 960 页。
⑦ [明]胡震亨：《唐音癸签》卷一，第 1 页。

才思"。① 也就是说，胡应麟其实是区分古诗和歌行的，他是把以七言为主的长短句作为歌行的典型标志的。

二是以吴讷与徐师曾为代表的一派，区别歌行与七言古诗，但区别的"体派"观念并不明晰。如吴讷的《文章辨体序说》只用"放情长言"指称七言歌行，用"循守法度""句语浑雄""格调苍古"指称七言古诗，但这些概念的内涵是什么，并没有明确的解释。又如徐师曾的《文体明辨序说》，把乐府和歌行划为一类，把新题乐府归入"近体歌行"，说乐府歌行"贵抑扬顿挫"，古诗贵"优柔和平，循守法度"，但也没有对这些概念的具体解说。徐师曾也曾试图区分乐府和歌行，说："按歌行有有声有词者，乐府所载诸歌是也；有有词无声者，后人所作诸歌是也。其名多与乐府同，而曰咏，曰谣，曰哀，曰别，则乐府所未有。盖即事命篇，既不沿袭古题，而声调亦复相远，乃诗之三变也。故今不入乐府，而以近体歌行括之，使学者知其源之有自，而流之有别云。"② 吴讷与徐师曾的观点，意在区别乐府和歌行，但吴讷的概念没有明确指向，徐师曾只从诗题上稍作辨别，他们甚至没有像同时代持大歌行观者那样对言数、声律的认识，观念更加模糊，虽欲区分而不能，因而没有得到主流观念的认同。

清人对歌行并没有独特的见解，基本沿袭明代的大歌行观，代表人物主要有王夫之、王士禛、沈德潜、王闿运等，但大歌行观对辨别乐府、古诗、歌行三者的关系没有帮助。清人似乎只有冯班的歌行观值得注意，其《钝吟杂录》里的观点告诉我们区别乐府和歌行的很多路径：

> 晋、宋时所奏乐府，多是汉时歌谣，其名有《放歌行》《艳歌行》之属，又有单题某歌、某行，则歌行者，乐府之名也。魏文帝作《燕歌行》，以七字断句，七言歌行之滥觞也。

> 既谓之歌行，则自然出于乐府，但指事咏物之文，或无古题，《英华》分别，亦有旨也。

> 至唐有七言长歌，不用乐题，直自作七言，亦谓之歌行。故《文苑英华》歌行与乐府又分两类。③

这几段话可以分析出以下几个意思：一是歌行的名称来源于乐府，但从魏

---

① ［明］胡应麟：《诗薮·内编》卷三，第41、55页。
② ［明］徐师曾：《文体明辨序说》，第106页。
③ ［清］冯班：《钝吟杂录》，见王夫之等撰《清诗话》，第41、42、37页。

文帝《燕歌行》开始，它是七言歌行的滥觞。这是从言数上为歌行体诗作规范。二是歌行的主要内容是"指事咏物"，有的不用古题。这是从写作内容上将歌行与乐府分离。三是乐府和歌行是两种不同的诗歌体式，"《英华》分别，亦有旨"。

从以上材料可知，古人对"歌行"诗体学意义的概念界定，有的是在言数、声调、内容上进行区分，有的根本没有区分，说明古代歌行的诗歌辨体确实没有完成，他们确定的只是文体，而多未确定文体的具体指向，只有极少数人对歌行的写作内涵做了相对明晰的界定。

当今学界，20世纪80年代就开始了对诗体学的关注，但其很长时间里没有成为特别受重视的研究方向。直到21世纪初，相关研究才逐渐多了起来，古代文学研究大家屡屡发声，引发了人们对古代文体研究的重视。唐代诗歌的诗体学研究情况与此类似，歌行体诗的研究状况亦如是。

褚斌杰先生是当代中国古代文体学研究的奠基人，其所著《中国古代文体概论》对古代各种文体的特点有深入的辨析，是中国古代文体研究的先驱成果。褚斌杰先生总结前人的观点，认为一般而言，古体诗是相对于律诗而言的，是指"唐代以前的、没有严格格律限制的诗体"，"唐代和唐代以后，每把当时人效法古体诗写的作品称作'古风'"。褚斌杰先生认为，"古体诗的范围，一般说来是指唐代近体诗产生以前的诗歌"[1]，但并不包括古歌谣谚、楚辞和乐府，因为这些都另具特点。褚先生以此立论："所谓古、近体诗的区别，并不只是就时代的产生说的，主要还是从是否具备格律，即从格律的角度说的。"[2] 这种判断方法是很科学的。但具体到歌行体诗时他又说："其实'歌行'一体，就是汉魏乐府诗产生以后，文人按照乐府诗的风格写作的以五、七言为主，间以杂言的作品。按照后世习惯，唐以前的这类作品，仍称为'乐府'，唐代七言诗兴起以后，这类作品多出现七言句，则称之为'歌行'或'近体歌行'，而在文体分类上往往把他们归为七言古诗。""它以七言句式为主，但根据作者感情的起伏，叙事的需要，可以间用杂言句，甚至还可以应用散文句式、语气词入诗，押韵、转韵也很自由。因此，形式灵活自由，风格通俗酣畅，是歌行体作品的特色。"[3] 在这一论述里，褚斌杰先生已经指明了歌行"五、七言为主""间以杂言""多出现七言句""押韵、转韵自由""形式自由灵活""风格通俗酣畅"的特点，对笔者启发很大。但褚先生最后还是把它

---

① 褚斌杰：《中国古代文体概论》（增订本），北京大学出版社，1990年，第120页。

② 褚斌杰：《中国古代文体概论》（增订本），第121页。

③ 褚斌杰：《中国古代文体概论》（增订本），第123、145页。

们归为古诗，则在褚先生的分类概念里，古歌谣谚、楚辞和乐府可以单独列类，歌行不必单独列类。这是褚先生的观点，无可厚非，只是这样一来，清代以前的学者对歌行和古诗分别概括的一些特点就没有办法进行诗体学意义上的辨别了。

薛天纬先生持大歌行观，他在《唐代歌行论》中讲道："歌行是七言（及包含了七言句的杂言）自由体（即古体）诗歌。"其《歌行诗体论》摘要云：

> 歌行是与格律诗并重于唐代诗坛的一种诗体。但至今人们对歌行的诗体学认识在很大程度上呈现某种模糊性和不确定性。歌行诗体学概念之纷争，可归纳为"大歌行"观及四种主要的"小歌行"观。"大歌行"观即胡应麟所说"七言古诗，概曰歌行"。"小歌行"观或区分歌行与古题乐府，或区分歌行与新题乐府，或以"歌辞性诗题"为歌行的必备条件，或以"律化"来区分歌行与古诗，各从某一方面揭示了歌行的属性因而具有一定合理性，但也都有其局限性和不尽圆通之处。只有"大歌行"观才能揭示歌行最本质的诗体特征，明确歌行诗体的内涵和外延。[①]

薛先生主张把七言乐府和歌行一同考察，这恰如他自己所说，是一种"大歌行"概念。但薛先生在《李杜歌行论》中所秉持的大歌行观念稍有变化："歌行，是缘事而发的七言自由体抒情诗。"[②]"缘事而发"是借用乐府的概念，再加上"七言自由体""抒情诗"，这三个概念的界定，虽然还不能彻底揭示乐府和歌行各自的属性，却也把歌行"抒情"的某些形制方面的特质揭示出来，这是歌行与乐府本质性的区别。不过，因其持大歌行观，仍有内涵不清的嫌疑。

程毅中《中国诗体流变》把古体诗和近体诗作为相对应的概念，说"古体诗就是在近体诗成立以前的五七言诗"，"古体诗又称'古风'，也可以简称为古诗"，"而我们现在所谈的古体诗，只是相对于近体诗而说的五七言为主的作品"。[③]程毅中先生的观点，没有办法把五七言的骚体、乐府、古诗、歌行区别开来，实际是一种大古诗观，这对于细致区别诗体特征的研究没有帮助。但程毅中先生的研究方法给笔者以一定启示，他从言

---

① 薛天纬：《歌行诗体论》，《文学评论》2007年第6期，第5页。
② 薛天纬：《李杜歌行论》，《文学遗产》1999年第6期，第50页。
③ 程毅中：《中国诗体流变》，中华书局，2013年，第114页。

数、句数、押韵（含能否用邻韵、何处入韵、能否转韵）、声调、对仗等角度研究诗体的演变，这似乎是从外在形态上区分诗体类型的非常重要的方法，比用格调、风格等很难说清楚的概念去解说，有很大的优势，故笔者在进行辨体工作时往往使用这种方法。

葛晓音先生虽然没有伸张大歌行观，但其歌行观也不是纯粹的歌行体诗概念，而是把古诗和歌行视为一体。她对"歌行"一词的来源进行了探讨，认为"歌行"一词起初并非复合名词，"行"与"歌"在汉代实为两体，"歌"可入乐府也可不入乐府，入乐府的"歌"都是短歌；"行"一定属于乐府，且较长，特点是："以叙事体和人生教育式的谚语体为主"，"绝大多数在相和歌辞的平、清、瑟三调中"，"有的同一题目下有若干内容不同的作品"，"篇幅一般较长，大多是可分解分章演奏的乐诗。……考察'歌行'起源主要应从'行'诗入手"。① 葛晓音先生认为歌行缘于乐府"行"诗，顶真和排比是其最常用手法。这是从写作手法上探讨歌行与乐府的关系，说明二者联系紧密。葛晓音先生在《杜诗艺术与辨体》中有一章"七古歌行的'创体'"，这一题目就是把古诗和歌行放在同一的概念里，并把"非歌行类题目的七古短篇"作为一个内容专门在这一章里研究，可见她这是把古诗和歌行归为一类。葛晓音先生将乐府和歌行进行了部分区分，但没有解决歌行与古体诗的区别，也就是说并没有揭示歌行和古体诗在形制上的更多区别，她的歌行体诗的定义依然存在某种模糊性，而她引用的胡应麟的观点"古诗窘于格调，近体束于声律，惟歌行大小短长，纵横阖辟，素无定体，故极能发人才思"，事实上是区别古体诗和歌行的，惜未深辨。葛晓音先生在写作中也屡屡说"七言古诗""七言歌行"，说前人对它们没有分得很清，又说及"七言歌行内在的节奏感与句式、用字、章法的复沓、押韵的变化"以及歌行类题目等，说明她也在有意识地区别古诗和歌行，但所持是大歌行观，有时又把新题乐府列入歌行，难免有混淆之嫌。但我们必须承认，在谈及歌行的特点时，此文多次提及"强烈的抒情色彩""七古短歌的强烈抒情色彩""整齐句式中的自由吁叹"等，确实抓住了这种诗歌体式的典型特征。

综合以上观点，笔者在进行更为细致的分体工作时，还是希望给歌行一个更为清晰的概括。笔者认为，作为一种在唐代盛行的诗体名称，歌行应该有其特有的体制内涵。笔者最认同《文苑英华》、宋敏求、严羽、冯班等人的观念，将歌行体诗的体制特征归纳为：歌行源于古诗

---

① 葛晓音：《初盛唐七言歌行的发展——兼论歌行的形成及其与七古的分野》，《文学遗产》1997 年第 5 期，第 48 页。

和汉乐府，但歌行既不属于古诗，亦不属于乐府，它是在前两者的基础上生发出来的在唐代才真正成熟并兴盛的有独自特点的诗体形态。在辨别这种诗体时，大致确定的方向是：除归入乐府诗者，诗题中带有"歌""行""叹""哀""吟""引""谣""曲"等字，以七言为主体句式者，定为歌行。其体式的主要特点有：一是有上列诗题的标志性文字；二是七言为主的语言形式；三是声律比较自由，尾部三平调为典型特征；四是押韵可一韵到底亦可转韵，可押平声韵亦可押仄声韵；五是内容不具有公众社会事件的实事性；六是写作时作家的主体抒情性更强。

二、歌行体诗创作的演化

胡应麟有一段关于歌行创作发展史的论述，他是将七言古诗、七言歌行放在一起论述的，其中特别强调了七言形制在唐代诗人手中穷极变化、风格多样、代有新变的情况，也指出了杜甫的独特贡献。仇兆鳌《杜诗详注》引用胡氏语对唐代七言古诗、七言歌行的发展脉络进行了细致的梳理：

> 五言古至两汉，无论中才，即大匠国工，履冰袖手。……七言歌行，垂拱四子，词极藻艳，然未脱梁陈也。张、李、沈、宋，稍汰浮华，渐趋平实，唇体肇矣，然而未畅也。高、岑、王、李，音节鲜明，情致委折，浓纤修短，得衷合度，畅矣，然而未大也。太白、少陵，大而化矣，能事毕矣。降而钱刘，神情未远，气骨顿衰。元相白傅，起而振之，敷演有余，步骤不足。昌黎而下，门户竞开，卢仝之拙朴，马异之庸狠，李贺之幽奇，刘叉之狂诵，虽浅深高下，材局悬殊，要皆曲迳旁蹊，无取大雅。张籍、王建，稍为真淡，体益卑卑。庭筠之流，更事绮绘，渐入诗余，古意尽矣。又曰：初唐七言古，以才藻胜，盛唐以风神胜，李杜以气概胜，而才藻风神称之，加以变化灵异，遂为大家。又曰：李杜歌行，虽沉郁逸宕不同，然皆才大气雄，非子建、渊明判不相入者比。又曰：古诗窘于格调，近体束于声律，唯歌行大小短长，错综阖辟，素无定体，故极能发人才思。李杜之才，不尽于古诗，而尽于歌行。①

这一分析比较清晰地揭示出七言古诗和七言歌行在唐代经历了八个阶段，

---

① ［清］仇兆鳌注：《杜诗详注》卷一，第58页。

既梳理了有唐一代七言古诗、七言歌行的发展演变史，又论述了作家之间风格特征的区别，而每一阶段的诗风亦各有别，李杜才大气雄，达至七言歌行的艺术顶峰。

下面按笔者所理解的歌行的概念内涵，简单梳理一下歌行体诗歌的创作路径，从中可以看到杜甫在歌行体诗歌发展演变过程中的地位。

以笔者辨体所规范出的概念审视歌行创作的发展路径，中国最早的文人歌行体诗歌应该是汉代的《张公神碑歌》。之前班固有《灵芝歌》，句句七言，但句句有"兮"字，实为六言。《张公神碑歌》云：

> 綦水汤汤扬清波。东流□折□于河。□□□□□朝歌。县以絜静无秽瑕。公□守相驾蜚鱼。往来悠忽遂熹娱。佑此兆民宁厥居。
>
> 出自綦□□□□。松柏郁茂兰公□。□神往来乘浮云。种德收福惠斯民。家饶户富无□贫。圕界家静和睦□。
>
> 朝歌荡阴及犁阳。三女所处各殊方。三门鼎列推其乡。时携甥幼归候公。夫人□□□容□。□□□□□飧□觞。穆风屑兮起坛旁。乐吏民兮永夫央。
>
> 鹿呦呦兮□□庭。文乐乐兮□□□。饮清泉兮□□□。见□伏兮不骇惊。惟公德兮之所宁。上陵庙兮助三牲。天时和兮甘露泠。日番□兮无亏倾。
>
> □□蜚兮朱鸟栖。□□荣兮鸣喈喈。鸢鹊劗兮乳徘徊。给御卵兮献于西。惟公德兮之所怀。
>
> 池水□兮钓台粲。四角楼兮临深涧。鱼岌岌兮踊跃见。振鳞尾兮游旰旰。时钓取兮给烹献。惟公德兮之所衍。
>
> 栗萧草兮丛铺陈。新美萌兮香蕊芬。蕙草生兮满园田。竟苔茗兮给万钱。惟公德兮之所□。
>
> 门堂郁兮文耀光。公神赫兮坐东方。明暴视兮俨卬卬。夫人□女兮列在旁。陈君处北兮从官□。车骑骆驿兮交错重。乘軿韶兮驾蜚龙。骖白鹿兮从仙僮。游北岳兮与天通。
>
> 玄碑既立双阙建兮。□□□□大路畔兮。亭长阖□□扞难兮。列种槐梓方茂烂兮。天下远近□不见兮。公神日著声洞遍兮。□□乾《《传亿万兮。①

---

① 逯钦立辑校：《汉诗》卷一二，《先秦汉魏晋南北朝诗》，中华书局，1983年，第326—327页。

这首歌虽然还没有完全摆脱骚体的特点，押韵也没有形成固定态势，但语言形态、内容特征、抒情方式，都是歌行式的。汉代的《李翊夫人碑叹》虽然也没摆脱骚体的影响，但在押韵方式上有了歌行转韵的特点：

> 阴阳分兮钟律滋。星月列兮有四时。神宎设兮万姓熹。寿十二兮九九期。五三末兮衰在姬。
>
> 秋发兮春华殆。周公九兮成称灾。靡黄发兮盖天胎。世有皇兮气所裁。赴鸿渊兮逝不来。
>
> 凤延颈兮泣交颐。鹓雏悲兮涕陨零。寐耿耿兮摧伤情。彼苍天兮愬神灵。忡切剥兮年不荣。兰茝亡兮丧芝英。谁不切兮作俀声。畴匹号兮鸣莺莺。杞之至兮感动城。陟四极兮升天庭。曰司命兮致不平。飞蜂蛊兮害仁良。魂魄孤兮独茕茕。陈衿祠兮返所生。幽不见兮存厥刑。嗟日遐兮適窅窅。①

这首诗的骚体痕迹非常明显，除去"兮"字，基本也是六言，但它押韵已经具备了一定规范，如上排列，基本上三个层次三个韵部，每一个韵部内部，除个别地方，基本上是气句押韵，因此可以认定其具备了有规律转韵的特点，应视作早期的歌行。

魏晋直至刘宋时期的歌行体作品并不纯粹，一般都是乐府诗题，也归入乐府类，但考虑到歌行体诗歌诗题多是从乐府中发展而来，对那些七言为主的乐府歌词可以纳入歌行体诗发展的考察范围。这些诗歌，一韵到底者比较常见，如曹丕《燕歌行》，谢惠连《燕歌行》，汤惠休《白纻歌》三首、《秋思引》，鲍照《代白纻舞歌词四首》，吴迈远《楚朝曲》，张率《白纻歌》九首，沈君攸《薄暮动弦歌》之类。但到梁、陈时，换韵已呈现一定规律性，如梁武帝萧衍《河中之水歌》《东飞伯劳歌》、萧子显《燕歌行》、萧绎《燕歌行》、王褒《燕歌行》、徐陵《杂曲》、江总《婉转歌》、卢思道《从军行》等，往往双数句成节，平、仄韵交错，形成了齐整中有变化、圆美流转的声韵格调。这种形态，一般被视为歌行之"常调"。

初唐和盛唐早期的歌行，主要是继承魏晋南北朝时期的歌行体诗特点，以整齐中有变化、声韵圆美流转为特点，并受律诗的影响，拥有律化的节段，会在部分节段使用律句、使用粘对规则、使用对仗和平声韵，形成了"律化歌行"范式。如张若虚《春江花月夜》、刘希夷《代悲白头翁》、

---

① 逯钦立辑校：《汉诗》卷一二，《先秦汉魏晋南北朝诗》，第 328 页。

李颀《古从军行》、高适《燕歌行》《古大梁行》《封丘作》、王维《陇头吟》等，在"散漫中求整饬"，作品中律句、偶句的运用进入自由随意状态。但初唐时的歌行作品，还没有完全摆脱乐府诗的"感于哀乐，缘事而发"的特点，诗题多从古乐府来，内容也有保留，只是形式发生了重要变化。如张若虚《春江花月夜》，本是乐府旧题，但形式上已经是完整的七言转韵诗歌，律句常见，对仗也多，如"玉户帘中卷不去，捣衣砧上拂还来""鸿雁长飞光不度，鱼龙潜跃水成文""江水流春去欲尽，江潭落月复西斜"。高适的《燕歌行》也是乐府旧题，但已经是以七言为主的杂言歌行体诗，其中有些诗句，摘出来就是合律的七言律诗，如"摐金伐鼓下榆关，旌旆逶迤碣石间。校尉羽书飞瀚海，单于猎火照狼山"四句，声律、粘对、对仗，丝毫不爽；"铁衣远戍辛勤久，玉箸应啼别离后。少妇城南欲断肠，征人蓟北空回首"四句，虽押仄声韵，但都是使用律句，也都讲究对仗，形式非常整齐。但到李白、杜甫、岑参的歌行体诗，开始出现"非骈俪化"的倾向，甚至他们有意追求歌行体诗歌的自由抒写、散漫无拘。李白和杜甫都写作了大量具有个人抒情性质的"非乐府歌行"，李白侧重表现自我情怀，杜甫则侧重反映社会。中唐时新乐府歌行大盛，内容受杜甫影响，更多面向客观社会。晚唐受社会变化影响，关注社会的人写反映社会的新题乐府诗和律诗，对社会感到无可奈何的人也主要是写作律诗，以抒发作家主体情感为主的歌行体创新不多。薛天纬《唐代歌行论》虽然持大歌行观，而其所论歌行在唐代的发展和演变非常中肯，引述如下：

> 盛唐时期，歌行就形式来说仍以"律化的歌行"为常调，但与初唐相比，出现了"非骈俪化"倾向，王、李、高、岑四大家的歌行"散漫中求整饬"，使律句、偶句的运用进入自由随意的状态。就内容来说，最主要的特征是个人抒情歌行占据了主流地位。与此同时，叙事与抒情的结合亦成为诸家歌行最主要的内容特征。叙事性常常表现为诗题的酬赠性质。
>
> 李白、杜甫被论者称为"歌行之祖"。李、杜都创作了大量具有个人抒情性质的"非乐府歌行"。除此之外，李白创作了大量"古题乐府"，其"古题乐府"突破了拟作的传统，重要篇章均为个人抒情之作。杜甫则创作了大量"新题乐府"以及介于"新题乐府"与"个人抒情歌行"之间的诗章，其表现特征是以旁观的立场对所闻见的时政与社会问题作真实反映，并以旁白式来抒写因社会现象而引发的主观感情。李、杜在共同推进歌行走向成熟的同时，表现出不同的艺术

个性。在以歌行抒情的前提下，李白更侧重表现自我，杜甫更侧重反映社会。李白的自诉式和杜甫的旁白式开拓了歌行的抒情双轨并进的广阔道路。李白、杜甫、岑参均称歌行为"长句"。歌行独立的诗体学概念在盛唐诗人的创作实践中实际上已经确立起来。

中唐时期，"新题乐府"大盛，歌行的内容主要面向客观社会，表现方式也侧重于旁白式。白居易的长篇歌行《长恨歌》是以旁白式抒情的经典之作，《琵琶行》则是以自诉式抒情的经典之作。元稹、白居易是歌行创作实践与理论探讨并重的作家。元稹、白居易都以"新题乐府"为歌行。张碧、武元衡则以"非乐府歌行"为歌行。韩愈一派的歌行呈现非律化倾向，"别调"得到恣意发挥，卢仝《月蚀诗》是中唐时期歌行体式走向最大自由化的典型之作。

晚唐时期，歌行已成为唐诗的一种成熟诗体，所以不复有创新。晚唐诗人的"古题乐府"极少个人抒情之作，"新题乐府"也已失去了中唐时期那种由现实生活中获得的活力。韦庄《秦妇吟》是晚唐"新题乐府"的绝唱。晚唐歌行的形式特征出现两个极端：一是打破七言格局的变体、别调增多，这是自由体的歌行向极端自由化发展的结果。二是七言排律的作者大增，竟有普及之势。贯休、李群玉都将七言的"非乐府歌行"称为"歌行"。[①]

唐代之后的歌行体诗，也如其他古典诗歌体式那样，总体上没有突破性发展。清代钱谦益、吴伟业在歌行方面进行了很多努力，歌行的"诗史"价值得以凸显，但形制方面并没有更大的突破。

总之，在中国歌行体诗歌发展史上，杜甫的诗体学贡献是非常突出的。

第二节　杜甫歌行的体类特征

根据上节观点，我们判定杜甫歌行体诗共有87首（具体篇目见附录一表附1–6）。在律诗成熟的时代，将歌行体诗歌与律诗在体类特征（声律、韵律、对仗）上进行对比审视，其体类特征能够更明晰地显现出来。

---

① 薛天纬：《唐代歌行研究——〈唐代歌行论〉成果简介》，全国哲学社会科学规划办公室成果选介，http://cpc.people.com.cn/GB/219457/219506/219508/219525/14640129.html，2011年5月15日。

一、无声律限制，多数采用自然音节

源于古乐府的歌行体诗歌在唐代律诗的影响下发生了重要变化，那就是律句入歌行。薛天纬在《唐代歌行论》中谈及歌行在唐代的这一变化时说：

> 初唐时期，卢照邻及骆宾王的长篇歌行树立了"律化的歌行"的创作范式。"律化的歌行"的形式特征，可归纳为"句式整齐、有规律地换韵、大量使用律句或偶句"三句话，或者再加一句"常使用蝉联句"。"律化的歌行"具有圆美流转的韵律节奏，是唐代歌行的"常调"，也是初唐歌行的主要形式。卢照邻歌行为泛抒情，骆宾王歌行为个人抒情。骆宾王《畴昔篇》代表了初唐歌行的最高创作水平。初唐时期，泛抒情的歌行作品在数量上占据着优势。
>
> 盛唐时期，歌行就形式来说仍以"律化的歌行"为常调，但与初唐相比，出现了"非骈俪化"倾向，王、李、高、岑四大家的歌行"散漫中求整饬"，使律句、偶句的运用进入自由随意的状态。就内容来说，最主要的特征是个人抒情歌行占据了主流地位。与此同时，叙事与抒情的结合亦成为诸家歌行最主要的内容特征。叙事性常常表现为诗题的酬赠性质。①

"律化的歌行"成为初唐和盛唐早期的常态，薛天纬的这一论述，基本概括了初唐和盛唐歌行受律诗影响的情况。但也正如薛先生所说，盛唐已经开始出现了"非骈俪化"倾向，李白、杜甫的歌行体诗，甚至有意回避骈俪化。就杜甫歌行体诗而言，多数作品句式采用自然音节，尽量不使用具有骈俪化倾向的句子，甚至有意回避律句，常见三仄调、三平调，如《百忧集行》《戏作花卿歌》《入奏行赠西山检察使窦侍御》《楠树为风雨所拔叹》《茅屋为秋风所破歌》《观打鱼歌》《又观打鱼（歌）》《越王楼歌》《海棕行》《姜楚公画角鹰歌》《从事行赠严二别驾》等。我们不妨标识几首杜甫歌行略作体验。如《百忧集行》：

　　忆年十五心尚孩，（仄平仄仄平仄平，）

---

① 薛天纬：《唐代歌行研究——〈唐代歌行论〉成果简介》，全国哲学社会科学规划办公室成果选介，http://cpc.people.com.cn/GB/219457/219506/219508/219525/14640129.html，2011年5月15日。

健如黄犊走复来。（仄平平仄仄仄平。）
庭前八月梨枣熟，（平平仄仄平平仄，）
一日上树能千回。（仄仄仄仄平平平。）
即今倏忽已五十，（仄平平仄仄仄仄，）
坐卧只多少行立。（仄仄仄平平平仄。）
强将笑语供主人，（平平仄仄平仄平，）
悲见生涯百忧集。（平仄平平仄平仄。）
入门依旧四壁空，（仄平平仄仄仄平，）
老妻睹我颜色同。（仄平仄仄平平平。）
痴儿未知父子礼，（平平仄平仄子仄，）
叫怒索饭啼门东。（仄仄仄仄平平平。）

从《百忧集行》的声调分析可以看出，全诗没有一句标准律句，三仄声、四仄声、三平声连用也属常见。又如《海棕行》：

左绵公馆清江渍，（仄平平仄平平平，）
海棕一株高入云。（仄平仄平平仄平。）
龙鳞犀甲相错落，（平平平平平仄仄，）
苍棱白皮十抱文。（平平仄平仄仄平。）
自是众木乱纷纷，（仄仄仄仄仄平平，）
海棕焉知身出群。（仄平平平平仄平。）
移栽北辰不可得，（平平仄平仄仄仄，）
时有西域胡僧识。（平仄平仄平平仄。）

从只有 8 句的《海棕行》的声调分析可以看出，在单句的二、四位置，有六处平仄相同，三平声、四平声、三仄声、五仄声的连用现象也出现在一半多的句子中，这就是典型的不用律句的特点。再如《观打鱼歌》：

绵州江水之东津，（平平平仄平平平，）
鲂鱼鲅鲅色胜银。（平平仄仄仄仄平。）
渔人漾舟沉大网，（平平仄平平仄仄，）
截江一拥数百鳞。（仄平平仄仄仄平。）
众鱼常才尽却弃，（仄平平平仄仄仄，）
赤鲤腾出如有神。（仄仄平仄平仄平。）

潜龙无声老蛟怒，（平平平平仄平仄，）

回风飒飒吹沙尘。（平平仄仄平平平。）

饔子左右挥双刀，（平仄仄仄平平平，）

脍飞金盘白雪高。（仄平平平白雪高。）

徐州秃尾不足忆，（平平平仄仄仄仄，）

汉阴槎头远遁逃。（仄平平平仄仄平。）

舫鱼肥美知第一，（平平平平平仄仄，）

既饱欢娱亦萧瑟。（仄仄平平平仄仄。）

君不见朝来割素鬐，（平仄仄平平仄仄平，）

咫尺波涛永相失。（仄仄平平仄平仄。）

《观打鱼歌》共 16 句，只有第二句是标准律句，二、四位置不能平仄相反的句子有 8 个，四、六位置不能平仄相反的句子 7 个，尾部三平调句子 3 个，四仄调连用句子 1 个，五仄调连用句子 1 个。第十五句，除掉第一个字"君"后，倒是一个标准律句，但问题是它有"君"字，八字句不能用律句衡量。

在杜甫的少数歌行体作品中，律句相对较多。如《高都护骢马行》：

安西都护胡青骢，（平平平仄平平平，）

声价欻然来向东。（平仄欻然来向平。）

此马临阵久无敌，（仄仄平仄仄无敌，）

与人一心成大功。（仄平平平平大平。）

功成惠养随所致，（平平仄仄平仄仄，）

飘飘远自流沙至。（平平仄仄平平仄。）

雄姿未受伏枥恩，（平平仄仄仄仄平，）

猛气犹思战场利。（仄仄平平仄平仄。）

腕促蹄高如踏铁，（仄仄平平平仄仄，）

交河几蹴曾冰裂。（平平仄仄平平仄。）

五花散作云满身，（仄平仄仄平仄平，）

万里方看汗流血。（仄仄平平仄平仄。）

长安壮儿不敢骑，（平平仄平仄仄平，）

走过掣电倾城知。（仄平仄仄平平平。）

青丝络头为君老，（平平仄平平平仄，）

何由却出横门道。（平平仄仄平平仄。）

这首诗里，有两个平仄两读字，"看""过"，我们都按平声处理。符合律诗变格的句子不计，因为不是在律诗里，也没有救。则全诗 16 句，有 4 句律句。又如《楠树为风雨所拔叹》：

倚江楠树草堂前，（仄平平仄仄平平，）
故老相传二百年。（仄仄平平仄仄平。）
诛茅卜居总为此，（平平仄平仄仄仄，）
五月仿佛闻寒蝉。（仄仄仄平平平平。）
东南飘风动地至，（平平平平仄仄仄，）
江翻石走流云气。（平平仄仄平平仄。）
干排雷雨犹力争，（仄平平仄平仄平，）
根断泉源岂天意。（平仄仄平平仄仄。）
沧波老树性所爱，（平平仄仄仄仄仄，）
浦上童童一青盖。（仄仄平平仄平仄。）
野客频留惧雪霜，（仄仄平平仄仄平，）
行人不过听竽籁。（平平仄仄平平仄。）
虎倒龙颠委榛棘，（仄仄平平仄平仄，）
泪痕血点垂胸臆。（仄平平仄平平仄。）
我有新诗何处吟，（仄仄平平平仄平，）
草堂自此无颜色。（仄平仄仄平平仄。）

此诗，第 1、2、6、11、12、14、15、16 句均属于律句，18 句有 8 句律句，占比近一半。还有律句占比更大的，如《越王楼歌》：

绵州州府何磊落，（平平平仄平仄仄，）
显庆年中越王作。（仄仄平平仄平仄。）
孤城西北起高楼，（平平平仄仄平平，）
碧瓦朱甍照城郭。（仄仄平平仄平仄。）
楼下长江百丈清，（平仄平平仄仄平，）
山头落日半轮明。（平平仄仄仄平平。）
君王旧迹今人赏，（平平仄仄平平仄，）
转见千秋万古情。（仄仄平平仄仄平。）

此诗第 3、5、6、7、8 句都是规范律句，8 句诗有 5 个律句，占比 62.5%。而且律句也多是自然音节。有律句也属正常，尤其是在律诗已经成熟的时代，歌行体诗完全不受律诗的影响也不可能。但像《楠树为风雨所拔叹》《越王楼歌》这种律句占比在一半左右的歌行体诗，在杜甫歌行体诗中还是比较少见的，说明杜甫确实很注意歌行体诗歌与律诗的区别。

歌行体诗在声律上与律诗的另一大区别是，律诗不允许出现三平尾句式。尽管初唐甚至盛唐早期，律诗里有不少三平尾句式（一般是用在一联的下句，为对应一联上句出现的三仄尾），但那是律诗规范还没有完全定型时期为探索拗救而形成的一种句式形式，到上句"平平平仄仄"变为"平平仄仄仄"而对句就用"仄仄仄平平"或"平仄仄平平"，以及上句"仄仄平平仄"变为"仄仄平仄仄""仄仄仄仄仄"而对句用"◯平平仄平"的基本形式定型后，律诗就极少见到三平尾句式了，而三平尾就渐渐变成了歌行体诗歌的标志性句式。

杜甫的歌行体诗歌里，就大量出现三平尾句式。一般情况下，杜甫的歌行体诗歌里都有三平尾的句式，有时有两个、三个、四个，甚至更多，少的也有一个，只有极个别的诗歌，如《越王楼歌》，没有三平尾的句式。这是杜甫用这种句式为自己的歌行体诗标明身份。例子不用再举，看上面标出平仄的那些歌行体诗，数一数一首诗中的三平尾句式即可。

杜甫的歌行体诗歌里，常用"◯仄平平仄平仄"句式。这种句式，在律诗中是属于变格律句。杜甫在歌行体诗歌中大量使用之，以造成音节的顿挫，应该是有意为之。如上举《百忧集行》中的"悲见生涯百忧集"，《观打鱼歌》中的"既饱欢娱亦萧瑟""咫尺波涛永相失"，《高都护骢马行》中的"万里方看汗流血""猛气犹思战场利"，《楠树为风雨所拔叹》中的"根断泉源岂天意""浦上童童一青盖""虎倒龙颠委榛棘"，《越王楼歌》中"显庆年中越王作""碧瓦朱甍照城郭"，又如《丹青引》中的"是日牵来赤墀下""榻上庭前屹相向""忍使骅骝气凋丧"，《观公孙大娘舞剑器行》中的"女乐馀姿映寒日""乐极哀来月东出""足茧荒山转愁疾"，等等。

杜甫的歌行体诗里，三仄声、四仄声、五仄声、四平声、五平声连用的现象也很常见。三仄声连用，在七言律诗的句子里也是常见的，如由"◯仄平平仄仄平"演变出的"仄仄仄平平仄平"句式，由"◯平◯仄平平仄"演化出的"平平仄仄仄平仄"句式，由"◯仄◯平平仄仄"演化出的"仄仄平平仄仄仄"句式，都是可以看到三仄声连用的现象的，但它们都不是在关键部位出现，所以不影响律诗的规范。而杜甫在歌行体诗里的三仄声连用，是不顾忌其位置的，很多时候，三仄声中的两个仄声分置在二、四或四、六的位置上，在一联的上句或下句也并不固定，因此也谈不上救或不救的问题，而这是律诗里绝对不允许的。四仄声、五仄声的连用，在七言律诗里只有"平平仄仄平平仄"变化为"平平平仄仄仄仄""平平仄仄仄仄仄"两种情况，也就是说用在尾部，而且一定是在一联的上句，下句一定要用"仄仄平平平仄平"去救。但杜甫的歌行体诗里，四仄声、五仄声的连用是不管其位置的，如"一日上树能千回"用在下句，"即今倏忽已五十"用在上句，"叫怒索饭啼门东"用在下句，"拔剑或与蛟龙争"用在下句，"弟子韩幹早入室""幹惟画肉不画骨"用在上句，"截江一拥数百鳞"用在下句中间，"雄姿未受伏枥恩"用在上句中间，"沧波老树性所爱"用在上句的尾部，"一日过海收风帆"用在下句的前部，"紫极出入黄金印"用在下句的前面，位置变化不定。而四平声、五平声连用的情况，就必然会涉及关键部位的声音，这更是律诗所不能容忍的，但在杜甫的歌行体诗里也比较常见，如"海棕焉知身出群""潜龙无声老蛟怒""东南飘风动地至""开元之中常引见""凌烟功臣少颜色""千崖无人万壑静""神仙中人不易得""公卿朱门未开锁"等。还有一些很特别的，如"慎勿见水踊跃学变化为龙"中的九仄声连用，"朝廷虽无幽王祸""钧陈苍苍风玄武"中的六平声连用，都是杜甫歌行中出现的声音形式，都是语言表达的正常语序，都是顺应自然的结果，也是杜甫有意不进行语言调整的结果。联系到杜甫律诗很多时候为适应律句的声律要求而改变语序，如"香稻啄馀鹦鹉粒，碧梧栖老凤凰枝"原应是"鹦鹉啄香稻馀粒，凤凰栖碧梧老枝"，足见杜甫的语言安排是为诗体服务的。故此，我们可以判断，杜甫的歌行体诗之所以保持了目前的样貌，应该是杜甫有意为之，是杜甫对歌行体诗的语言声调的自由度的认可。

二、押韵形式多样化

与律诗一韵到底、使用平声韵的特点不同的是，歌行体诗不限定平声韵和仄声韵，也不强调一韵到底，平声韵和仄声韵还可以任意转换。杜甫歌行押韵主要有以下三种情况。

第一，通首只用一个韵部者，共计 12 首。具体如下：《饮中八仙歌》用下平一先韵，《贫交行》用上声七麌韵，《瘦马行》用下平七阳韵，《冬末以事之东都……因作醉歌》用去声七霰韵，《石笋行》用上平十三元韵，《杜鹃行》（君不见昔日蜀天子）用上声七麌韵，《入奏行赠西山检察使窦侍御》用上声七麌韵，《阆水歌》用上平五微韵，《忆昔行》用上声二十哿韵,《岳麓山道林二寺行》用上平七虞韵,《白凫行》用上平一东韵,《朱凤行》用下平"四豪"韵。可见,一韵到底者以用平声韵(8首)为主,上声韵(4首)次之,去声韵只有1首。

第二,整首采用邻韵通押者,只有2首。《病后过王倚饮赠歌》去声十七霰、十四愿通押,《阆山歌》入声十一陌、十二锡通押。

第三,多数作品使用两个及以上的韵部押韵,共计71首。这种情况有三个特点。

一是大多数作品平韵仄韵兼用,而且其中部分作品平韵仄韵互转。例如,《醉歌行》由上平十二文转入声四质再转下平九青,《玄都坛歌寄元逸人》由上平二冬转入声一屋再转上平十四寒再转上声二十二养,《高都护骢马行》由上平一东转去声四寘再转入声九屑再转上平四支再转上声十九皓。

二是转韵作品中,每个韵部称为一个押韵单元,每个押韵单元的句数不等,少则2句,或4句、6句、8句,多则10句、12句,最多者19句,灵活机动,以表意为主。例如,《乐游园歌》第一押韵单元(上声二十二养)12句,第二押韵单元(上平四支)8句;《醉时歌》第一押韵单元(上声二十三梗)2句,第二押韵单元(入声一屋、二沃通押)2句,第三押韵单元(去声二宋)4句,第四押韵单元(上平四支)8句,第五押韵单元(入声十药)6句,第六押韵单元(上平十灰)6句。杜甫歌行中以这样的作品居多,共计53首。只有部分作品的押韵单元句数相同,每单元4句者10首,8句者6首,5句者1首,12句者1首,共计18首。

三是每个单元的第一句以入韵为常例。如果使用入声韵,则往往邻韵通押,甚至混押。例如,《赤霄行》第一个押韵单元使用入声韵,一屋、二沃通押;《韦讽录事宅观曹将军画马图(歌)》第二个押韵单元使用入声韵,十一陌、十二锡通押;《徐卿二子歌》第二个押韵单元使用入声韵,九屑、六月相押;《桃竹杖引赠章留后》第一个押韵单元使用入声韵,一屋、二沃、十三职混押。极少数押韵单元也出现上声韵、去声韵通押的情况,如《古柏行》第三个押韵单元,去声一送、二宋通押;《陪王侍御同登东山最高顶宴》第二个押韵单元,上声一董、二肿通押。

总之,杜甫歌行体诗以平韵仄韵兼用为主,以平仄两韵转换用之为常,韵部句数不一,凡用入声韵则处置宽松。这种作法能摆脱拘束,有利于抒写情怀。

三、有意回避对仗

对仗,是律诗格律的要素。律诗颔联、颈联使用对仗,排律则除首尾两联不作要求，中间诸联必须对仗。再加上粘对规则的要求，律诗的操作难度可想而知，而排律之难尤甚。歌行虽没有对粘对规则、对仗的要求，但初盛唐诗人受律诗的影响，还是在歌行体诗中注入了很多律句和对仗的因素，因而有"律化歌行"之说，如张若虚的《春江花月夜》、高适的《燕歌行》。但李白和杜甫似乎有意识地改变"律化歌行"的状况，突出歌行自身的特点。杜甫是律诗写作的高手，使用律句和对仗，是其得心应手的本领，但在其歌行体诗歌里，多数未出现对仗句，这应是诗人有意识区别诗体的努力。

杜甫歌行中，有一些杂言相对较多的作品，如《今夕行》《天育骠骑歌》《醉时歌》《茅屋为秋风所破歌》《从事行赠严二别驾》《李潮八分小篆歌》《桃竹杖引赠章留后》等，基本没有对仗。即便是句式整齐的歌行作品，如《缚鸡行》《百忧集行》《短歌行送祁录事归合州因寄苏使君》《严氏溪放歌行》等，也没有出现对仗的句子。如《百忧集行》：

> 忆年十五心尚孩，健如黄犊走复来。
> 庭前八月梨枣熟，一日上树能千回。
> 即今倏忽已五十，坐卧只多少行立。
> 强将笑语供主人，悲见生涯百忧集。
> 入门依旧四壁空，老妻睹我颜色同。
> 痴儿未知父子礼，叫怒索饭啼门东。

这首诗12句，没有一组句子形成对仗。又如《丹青引赠曹将军霸》：

> 将军魏武之子孙，于今为庶为清门。
> 英雄割据虽已矣，文采风流今尚存。
> 学书初学卫夫人，但恨无过王右军。
> 丹青不知老将至，富贵于我如浮云。
> 开元之中常引见，承恩数上南熏殿。
> 凌烟功臣少颜色，将军下笔开生面。
> 良相头上进贤冠，猛将腰间大羽箭。
> 褒公鄂公毛发动，英姿飒爽犹酣战。
> 先帝御马玉花骢，画工如山貌不同。
> 是日牵来赤墀下，迥立阊阖生长风。
> 诏谓将军拂绢素，意匠惨澹经营中。

须臾九重真龙出，一洗万古凡马空。
玉花却在御榻上，榻上庭前屹相向。
至尊含笑催赐金，圉人太仆皆惆怅。
弟子韩幹早入室，亦能画马穷殊相。
幹惟画肉不画骨，忍使骅骝气凋丧。
将军画善盖有神，偶逢佳士亦写真。
即今漂泊干戈际，屡貌寻常行路人。
途穷反遭俗眼白，世上未有如公贫。
但看古来盛名下，终日坎壈缠其身。

这首诗 40 句，也算是比较长的诗歌了，拥有两两相出的整齐的句式，却没有一组完全符合对仗的规则。"良相头上进贤冠，猛将腰间大羽箭"，"相"字平仄两读，按词义应读仄声，但只有读为平声才符合对仗规则。

有些作品中只有一组对仗。如《春日戏题恼郝使君兄》中的"细马时鸣金騕褭，佳人屡出董娇饶"。但有的作品，貌似对仗，实际不是对仗，如《荆南兵马使太常卿赵公大食刀歌》中的"苍水使者扪赤绦，龙伯国人罢钓鳌"，《短歌行赠王郎司直》中的"豫章翻风白日动，鲸鱼跋浪沧溟开"，《杜鹃行》中的"苍天变化谁料得，万事反覆何所无"，都属于词性虽同，声调未反，非律句，不是对仗。

有些作品中貌似多一些对仗，但实际情况并不是。如《高都护骢马行》中的"雄姿未受伏枥恩，猛气犹思战场利""五花散作云满身，万里方看汗流血"，看似两组对仗，但两组前句均非律句，不能计入对仗。

极个别歌行作品对仗较多，如《岳麓山道林二寺行》16 联有 8 联对仗，《古柏行》12 联有 5 联对仗。仅引《古柏行》如下：

孔明庙前有老柏，柯如青铜根如石。
霜皮溜雨四十围，黛色参天二千尺。
君臣已与时际会，树木犹为人爱惜。
云来气接巫峡长，月出寒通雪山白。
忆昨路绕锦亭东，先主武侯同閟宫。
崔嵬枝干郊原古，窈窕丹青户牖空。
落落盘踞虽得地，冥冥孤高多烈风。
扶持自是神明力，正直原因造化功。
大厦如倾要梁栋，万牛回首丘山重。

不露文章世已惊，未辞翦伐谁能送。

苦心岂免容蝼蚁，香叶终经宿鸾凤。

志士幽人莫怨嗟，古来材大难为用。

这首诗共 24 句，5 联对仗，即第 2、4、6、8、10 联对仗，但在杜甫歌行中，这种情况数量极少。诗中经常出现两句词性对应相同，而声调未能完全相反的现象，因而将其排除对仗之列。这也说明杜甫是有意在歌行体诗中回避对仗。

以上对杜甫歌行诗中使用对仗的分析说明：作为对仗高手的诗人，在更多的时候追求的是歌行体诗自由的节奏、自然的句法、不受束缚的叙事和抒情，而这些特点正凸显了歌行体诗与其他诗体的区别，使得歌行体诗的特征更加明朗。

第三节　杜甫歌行体诗的题材内容

"游观闺情"是歌行的传统题材，初唐时期尤为典型，以卢照邻、骆宾王为代表。由于歌行体诗更适合放言长歌，后来的歌行体诗歌渐渐缺少了闺情的内容，而增加了游观、个人感慨、交往赠诗、送别抒情的内容。高适、岑参的歌行体诗已经很少闺情作品，而主要是游观之作，并且开始在游观中加入怀古和边塞的内容，如高适的《古大梁行》《邯郸少年行》《燕歌行》《古歌行》等，不是怀古诗就是边塞诗；岑参的《白雪歌送武判官归京》《热海行送崔侍御还京》《轮台歌奉送封大夫出师西征》《天山雪歌送萧治归京》《火山云歌送别》等，则主要是写边塞风光，即使送别，也是以写边塞风光为主。李白的歌行体诗歌以描写风景为主，并在歌行注入了很多个人人生感慨，如《襄阳歌》《江上吟》《玉壶吟》《扶风豪士歌》《梁园吟》《东山吟》《悲歌行》《梦游天姥吟留别》等，使得歌行体诗歌的描写功能更加舒展，抒情性质也大大加强。杜甫的歌行，在内容上与李白有很多相似之处，更多反映个人生活，抒发个人感慨，虽然大部分作品并不具备深广的社会内容，但其题材内容还是在一定程度上对前代歌行体诗歌有所拓展，主要包括游观议论、名士风范和节操、下层士人和个人困顿、题画和酬赠等方面的内容。

一、歌行中的风物游观诗

在杜甫的歌行体诗歌里，传统的题材内容占有相当大的比例。"奉儒守官"的家庭出身，使他保有传统知识分子雅正的精神品质，他的歌行体诗继承了传统歌行的题材内容，但有所扬弃，"闺情"内容基本没有，"风物游观"则占有相当比例。此类作品有《高都护骢马行》《乐游园歌》《渼陂行》《骢马行》《湖城东遇孟云卿复归刘颢宅宿宴饮散因为醉歌》《观打鱼歌》《又观打鱼（歌）》《越王楼歌》《海棕行》《李鄠县丈人胡马行》《石笋行》《石犀行》《楠树为风雨所拔叹》《阆山歌》《阆水歌》《古柏行》《赤霄行》《缚鸡行》《呀鹘行》《岳麓山道林二寺行》《秋雨叹三首》《杜鹃行》《瘦马行》《观公孙大娘弟子舞剑器行》《荆南兵马使太常卿赵公大食刀歌》，共计27首，都是写诗人在生活中所遇所见的动物、植物、风景、风情等。这一类作品，往往以描摹所见之物的特点为主要内容，尽力铺张笔墨，将所写之物描摹到所能达到的最高程度。如《渼陂行》：

> 岑参兄弟皆好奇，携我远来游渼陂。
> 天地黤惨忽异色，波涛万顷堆琉璃。
> 琉璃汗漫泛舟入，事殊兴极忧思集。
> 鼍作鲸吞不复知，恶风白浪何嗟及。
> 主人锦帆相为开，舟子喜甚无氛埃。
> 凫鹥散乱棹讴发，丝管啁啾空翠来。
> 沉竿续蔓深莫测，菱叶荷花静如拭。
> 宛在中流渤澥清，下归无极终南黑。
> 半陂已南纯浸山，动影袅窕冲融间。
> 船舷暝戛云际寺，水面月出蓝田关。
> 此时骊龙亦吐珠，冯夷击鼓群龙趋。
> 湘妃汉女出歌舞，金支翠旗光有无。
> 咫尺但愁雷雨至，苍茫不晓神灵意。
> 少壮几时奈老何，向来哀乐何其多。

此诗只在开首点出岑参兄弟带诗人来游览渼陂，余下诗句皆描写在渼陂所见，天色、水色、风浪、锦帆、舟子、凫鸟、水深、菱叶、山水关系，并加入想象，只在最后有两句感慨："少壮几时奈老何，向来哀乐何其多"。又如《古柏行》：

孔明庙前有老柏，柯如青铜根如石。
霜皮溜雨四十围，黛色参天二千尺。
君臣已与时际会，树木犹为人爱惜。
云来气接巫峡长，月出寒通雪山白。
忆昨路绕锦亭东，先主武侯同閟宫。
崔嵬枝干郊原古，窈窕丹青户牖空。
落落盘踞虽得地，冥冥孤高多烈风。
扶持自是神明力，正直原因造化功。
大厦如倾要梁栋，万牛回首丘山重。
不露文章世已惊，未辞翦伐谁能送。
苦心岂免容蝼蚁，香叶终经宿鸾凤。
志士幽人莫怨嗟，古来材大难为用。

诗歌以孔明庙里的古柏为描写对象，写它的根、它的皮、它的树色、它的历史、它的孤高、它的烈风，只在最后引发感慨："志士幽人莫怨嗟，古来材大难为用。"意在通过描写古柏形象暗喻诸葛亮的卓越才干，又借以自伤沦落。

这一类诗，有点类似汉赋的写法，在图貌写形方面可以做到极致，也可以展现作者词汇的富赡、联想的丰富或想象的新奇，但其他的价值和意义则参差不齐，有些作品，比如《渼陂行》之类，在引发读者的情感共鸣方面就相对较差。

然而，杜甫歌行中单纯图貌写物的作品并不多，多数作品是由物而联及人事，或忧时伤世，或寄托情志，或自伤身世，等等。如《秋雨叹》《瘦马行》《杜鹃行》，均拥有思想感情方面的独特价值。《秋雨叹》写连绵不断的秋雨给农民带来的灾难：

阑风长雨秋纷纷，四海八荒同一云。
去马来牛不复辨，浊泾清渭何当分。
禾头生耳黍穗黑，农夫田妇无消息。
城中斗米换衾裯，相许宁论两相直。

杜甫在描写淫雨纷纷、不辨牛马之后，更关注"禾头生耳黍穗黑，农夫田妇无消息"的民生灾难，这是当时天气状况的真实反映，更是诗人"民胞物与"情怀的体现。

《瘦马行》写一匹在战争中出尽力气受了伤的老马：

> 东郊瘦马使我伤，骨骼碑兀如堵墙。
> 绊之欲动转敧侧，此岂有意仍腾骧。
> 细看六印带官字，众道三军遗路旁。
> 皮干剥落杂泥滓，毛暗萧条连雪霜。
> 去岁奔波逐馀寇，骅骝不惯不得将。
> 士卒多骑内厩马，惆怅恐是病乘黄。
> 当时历块误一蹶，委弃非汝能周防。
> 见人惨澹若哀诉，失主错莫无晶光。
> 天寒远放雁为伴，日暮不收乌啄疮。
> 谁家且养愿终惠，更试明年春草长。

这匹被委弃道旁的老马，骨骼碑兀，瘦骨嶙峋，皮干剥落，毛暗杂沓，欲诉无处，真是惨不忍睹！诗中的老马的遭遇，写尽了世俗社会"用得着靠前，用不着抛后"的世态炎凉，而这匹老马，何尝不是诗人自我形象的写照！此诗蔡兴宗和仇兆鳌认为系杜甫乾元元年（758）谪官华州时所作。仇氏引语云："蔡兴宗以为乾元元年公自伤贬官而作，则诗中所谓去年者，指至德二载也。今考至德元载（756），陈陶、青坂王师尽丧，区区病马又何足云。及二载收复长安，人情安堵，故道旁瘠马亦足感伤。况诗云'去岁奔波逐馀寇'，明是追述二载事，当从蔡说。"[1] 蔡兴宗和仇兆鳌的分析颇有道理，当陈陶、青坂之败时，以诗人的个性，其目光必然锁定于国家重大事件上，一区区瘦马之遭际，何足道哉？而乾元元年，京都收复，国家大局已经稳定，当然可以关注瘦马遭际了。而恰在这一年，诗人已被贬官。诗人曾经"麻鞋见天子，衣袖露两肘"（《述怀》）的经历、为国家因细罪贬大臣所做的抗争以及如今被贬谪的经历，与经历战争的瘦马何其相似乃尔！诗歌表面全是为瘦马描形画像，不言自己被弃，但字里行间却蕴含着被弃者的满腹衷心和哀怨。

《杜鹃行》表面看是写杜鹃的传说，但似乎也是有所指的：

> 君不见昔日蜀天子，化作杜鹃似老乌。

---

① ［清］仇兆鳌注：《杜诗详注》卷六，第472页。

> 寄巢生子不自啄，群鸟至今与哺雏。
> 虽同君臣有旧礼，骨肉满眼身羁孤。
> 业工窜伏深树里，四月五月偏号呼。
> 其声哀痛口流血，所诉何事常区区。
> 尔岂摧残始发愤，羞带羽翮伤形愚。
> 苍天变化谁料得，万事反覆何所无。
> 万事反覆何所无，岂忆当殿群臣趋。

这首《杜鹃行》有一些争议，有人说不是杜甫诗而是司空曙诗；有人说，写于夔州，又有人说写于成都。笔者认为，不论此诗写于何时，都有借题生发之意，一个自然界寄巢生子的现象，完全没有必要大费周章地写这么多词句。此诗应有寄托。联想杜宇离位而不能回位之事和杜甫的"苍天变化谁料得，万事反覆何所无"的反复感叹，以及文中前前后后"虽同君臣有旧礼，骨肉满眼身羁孤""岂忆当殿群臣趋"之点示，此诗似与玄宗入蜀离位及其之后的政治命运有关。但对此诗，杜甫未有题记。蔡兴宗编在夔州诗内，仇兆鳌认为应编在成都诗内，并认为"昔日蜀天子"一章，"应是托物寓言，有感朝事而作"。[①] 我们认同仇兆鳌说，同时认为此诗传达了杜甫对唐玄宗的同情。

在这一类作品中，有两篇比较特殊，即《观公孙大娘弟子舞剑器行》和《荆南兵马使太常卿赵公大食刀歌》，前者属于观览中的"观舞"，后者属于"观器物"，都非自然界口事，而是人事，且这两篇都有一定的历史感。《观公孙大娘弟子舞剑器行》：

> 昔有佳人公孙氏，一舞剑器动四方。
> 观者如山色沮丧，天地为之久低昂。
> 㸌如羿射九日落，矫如群帝骖龙翔。
> 来如雷霆收震怒，罢如江海凝清光。
> 绛唇珠袖两寂寞，况有弟子传芬芳。
> 临颍美人在白帝，妙舞此曲神扬扬。
> 与余问答既有以，感时抚事增惋伤。
> 先帝侍女八千人，公孙剑器初第一。
> 五十年间似反掌，风尘倾动昏王室。

---

① 参见 [清] 仇兆鳌注：《杜诗详注》卷九，第 752 页。

梨园子弟散如烟，女乐馀姿映寒日。

金粟堆南木已拱，瞿唐石城草萧瑟。

玳筵急管曲复终，乐极哀来月东出。

老夫不知其所往，足茧荒山转愁疾。

这首诗常得学者关注，被认为是通过追忆盛唐之舞和描写舞者流散写盛衰变化的著名篇章。诗人以"昔有佳人公孙氏"开首，展开了对开元盛世歌舞之盛的追忆，那能够惊动四方的剑器，那观者如山的场面，那个个面容失色的效果，那震慑天地的威力，既是开元盛世歌舞的场面，也是开元盛世的写照。而今的梨园弟子四处奔散，流落人间，一切都成了衰世的写照。卢世潅曰："序与诗，俱登神品。盖因临颍美人而溯及其师，又追想圣文神武皇帝，抚时感事，凄婉伤心。念从风尘澒洞以来，女乐梨园，俱付之寒烟老木，况自身业已白首，而美人亦非盛颜，则五十年间，真如反掌。以此思悲，悲可知矣。"① 王嗣奭曰："此诗见剑器而伤往事，所谓抚事慷慨也。故咏李氏，却思公孙，却思先帝，全是为开元天宝十五年治乱兴衰而发，不然，一舞女耳，何足摇其笔端哉。"②（此段上古本《杜臆》未见）沈德潜《杜诗偶评》曰："咏李氏思及公孙，因公孙念及先帝，身世之戚，兴亡之感，交集腕下。若就题还题，有何兴会！"③

《荆南兵马使太常卿赵公大食刀歌》是诗人看到荆南兵马使所携带之大食宝刀后所写，全诗意气昂扬，为国家英雄唱出了一曲高亢的赞歌：

太常楼船声嗷嘈，问兵刮寇趋下牢。

牧出令奔飞百艘，猛蛟突兽纷腾逃。

白帝寒城驻锦袍，玄冬示我胡国刀。

壮士短衣头虎毛，凭轩拔鞘天为高。

翻风转日木怒号，冰翼雪澹伤哀猱。

镌错碧罂鸊鹈膏，铓锷已莹虚秋涛。

鬼物撇捩辞坑壕，苍水使者扪赤绦，

龙伯国人罢钓鳌。

芮公回首颜色劳，分闾救世用贤豪。

赵公玉立高歌起，揽环结佩相终始。

---

① 萧涤非主编：《杜甫全集校注》卷一八，第5315页。

② [清] 仇兆鳌注：《杜诗详注》卷二〇，第1818页。

③ 萧涤非主编：《杜甫全集校注》卷一八，第5316页。

万岁持之护天子，得君乱丝与君理。

蜀江如线如针水，荆岑弹丸心未已。

贼臣恶子休干纪，魑魅魍魉徒为耳，

妖腰乱领敢欣喜。

用之不高亦不庳，不似长剑须天倚。

吁嗟光禄英雄弭，大食宝刀聊可比。

丹青宛转麒麟里，光芒六合无泥滓。①

这首诗以描写太常楼船的气势开首，正如王维的《观猎》，是战斗力的一种展现。接着亮出大食宝刀，赞美它的锋利无比，也是战斗力的写照。在造势之后，才推出赵姓太常卿，并交代他为护持天子、协助国君所作出的贡献。这是一种衬托的写法。且在赵姓太常卿的功业里，我们也能感受到国家曾经遭遇的灾难，所谓"世乱识忠良""英雄出乱世"也。

二、歌行中的题画诗

杜甫有不少题画诗，这是杜甫对文学史的贡献。胡应麟说："题画自杜诸篇外，唐无继者。"② 其艺术光芒之耀眼，甚至使沈德潜误以为"唐以前未见题画诗，开此体者，老杜也"③。杜甫的题画诗，有律诗、古体诗，也有歌行体诗。用歌行体写作题画诗，或是对画作图面的解读，或是对画家技法的揭示，因为不受格律束缚和限制，也无须优柔有度，更能充分自由地进行描写，可以酣畅淋漓。如《奉先刘少府新画山水障歌》《戏题王宰画山水图歌》《天育骠图歌》《题李尊师松树障子歌》《戏为韦偃双松图歌》《韦讽录事宅观曹将军画马图（歌）》《丹青引赠曹将军霸》《李潮八分小篆歌》等；也可以简约不繁，如《题壁上韦偃画马歌》《姜楚公画角鹰歌》《醉歌行赠公安颜少府请顾八题壁》等。杜甫不是画家，完全凭自己当时的感受和认识，拓展画作空间，申发自己对画家和画作的认识，又每每联系时局，有话则长，无话则短。杜甫所题之画作、书法作品，由于时代久远，基本都已失传，但我们今天仍能够通过杜甫的描述想象这些作品的风神，这是杜甫题画诗对文化史的贡献。

---

① 萧涤非主编：《杜甫全集校注》卷一五，第4318—4319页。

② [明]胡应麟：《诗薮·内编》卷三，第54页。

③ [清]沈德潜：《说诗晬语》卷下，第245页。

三、歌行中的名士风范诗

在杜甫的歌行体诗歌里，有描写士人的贞白操守、名人的特殊风范的诗歌，笔者统一把它们归入名士风范诗里。这一类诗，诗人往往以赞赏的笔墨，对诗中人物所拥有的行为特点或个性特点进行描写，以突出他们不同世俗的风范，如《白丝行》《饮中八仙歌》《入奏行赠西山检察使窦侍御》《莫相疑行》《魏将军歌》《白凫行》《朱凤行》等。

《白丝行》是为贞白自守之人所作，实际是为诗人自己所作，诗人面对复杂的社会现实而担心"素质随时染"，同时又担心有才能者不被重用："君不见才士汲引难，恐惧弃捐忍羁旅"。《饮中八仙歌》为诗人所欣赏的八位饮酒名士贺知章、李琎、李适之、崔宗之、苏源明、李白、张旭、焦遂画像写生，他们行为潇洒不羁，饮酒自由无度，不拘小节，不为朝廷制度所拘，甚至不把至尊天子放在眼中，是盛唐时期自由自在的风度的体现，是盛唐浪漫精神的写照。《入奏行赠西山检察使窦侍御》中的窦侍御，蕙质兰心，冰清玉洁，为国竭忠尽力。《魏将军歌》中的魏将军，英风飒飒，披坚执锐，为国立功。《莫相疑行》展示了诗人自己在长安时期献赋蓬莱、名声辉赫、文采动主的往昔风采。《白凫行》以黄鹄化作的老翁为喻，赞美那些不为小利所诱、宁肯忍饥挨饿也绝不丧失节操的人："鳞介腥膻素不食，终日忍饥西复东"。《朱凤行》则是借身在高山的高士处高望远、不缨网罗的幸运，揭示了高者自高的名士风范。

在这一类诗歌里，诗人所写，或是不愿被时代污染的贞士，或是追求自由的潇洒名士，或是为国尽心尽力的忠臣，让我们看到的是诗人自己的风采和诗人认同的风范，是诗人为所写之人塑形，也是诗人为自己呐喊。

四、歌行中的寒士困顿诗

杜甫一生穷愁困顿，也结交了一些贫寒之士，在他的歌行体作品里，有描写自己贫寒困苦生活的诗作，也有写朋友穷困潦倒的诗篇，主要有《贫交行》《醉时歌》《醉歌行》《苏端薛复筵简薛华醉歌》《逼仄行赠毕曜》《病后遇王倚饮赠歌》《乾元中寓居同谷县作歌七首》《百忧集行》《茅屋为秋风所破歌》《严氏溪放歌行》等，它们在一定程度上揭示了开元、天宝之际并不是"天下晏然"的现实，反映了诗人所遇到的艰难困苦的生活状况。

《贫交行》是对社会现实中鄙弃管鲍之交的世风的申斥，是对现实的不满。《醉时歌》写广文馆博士郑虔有才而受困窘，写自己贫寒到靠吃国家救济才能生活的境况。《醉歌行》写送别从侄杜勤落第回乡，在诗人的眼里，从侄杜勤才华出众，本是"射策君门期第一"，却一无所获，只能和诗人在贫贱中作别，"吞声踯躅涕泪零"。《逼仄行赠毕曜》写诗人与毕曜皆处贫贱的状况，没有足力，行路艰难，遭人白眼，酒价苦贵，有了一点点小钱，赶紧叫朋友一起喝上一杯，不然，这点小钱很快就没，恐怕连暂时的消遣也得不到。《病后遇王倚饮赠歌》写王倚招待自己一顿饭，表达感激之情，一饭之恩而成诗，透露出诗人贫病交加的生活境况。《百忧集行》写自己年至五十，却一无所成，甚至连家庭都照顾不好："强将笑语供主人，悲见生涯百忧集。入门依旧四壁空，老妻睹我颜色同。痴儿未知父子礼，叫怒索饭啼门东"。这些诗句，透露出学士文人无力改变家庭状况的无奈。《茅屋为秋风所破歌》写自己在成都，生活虽然比流离岁月稍好，却依然困窘："布衾多年冷似铁，骄儿恶卧踏里裂。床床屋漏无干处，雨脚如麻未断绝"。而诗人在这样的境况里，并不仅仅是哀叹自己的命运，更希望"安得广厦千万间，大庇天下寒士俱欢颜，风雨不动安如山"，这是诗人仁者爱人的大爱精神的光辉。《严氏溪放歌行》写诗人晚年飘转无定所、戚戚忍羁旅的生活。《苏端薛复筵简薛华醉歌》是写文章之交，兼谈贫贱。在诸吟咏贫贱的诗作中，最令人动容的是《乾元中寓居同谷县作歌七首》，其一：

> 有客有客字子美，白头乱发垂过耳。
> 岁拾橡栗随狙公，天寒日暮山谷里。
> 中原无书归不得，手脚冻皴皮肉死。
> 呜呼一歌兮歌已哀，悲风为我从天来。

其二：

> 长镵长镵白木柄，我生托子以为命。
> 黄精无苗山雪盛，短衣数挽不掩胫。
> 此时与子空归来，男呻女吟四壁静。
> 呜呼二歌兮歌始放，邻里为我色惆怅。

其三：

> 有弟有弟在远方，三人各瘦何人强。
> 生别展转不相见，胡尘暗天道路长。
> 东飞鸳鹅后鹙鸧，安得送我置汝旁。

呜呼三歌兮歌三发，汝归何处收兄骨。

其四：

> 有妹有妹在钟离，良人早殁诸孤痴。
> 长淮浪高蛟龙怒，十年不见来何时。
> 扁舟欲往箭满眼，杳杳南国多旌旗。
> 呜呼四歌兮歌四奏，林猿为我啼清昼。

其五：

> 四山多风溪水急，寒雨飒飒枯树湿。
> 黄蒿古城云不开，白狐跳梁黄狐立。
> 我生何为在穷谷，中夜起坐万感集。
> 呜呼五歌兮歌正长，魂招不来归故乡。

其六：

> 南有龙兮在山湫，古木巄嵷枝相樛。
> 木叶黄落龙正蛰，蝮蛇东来水上游。
> 我行怪此安敢出，拔剑欲斩且复休。
> 呜呼六歌兮歌思迟，溪壑为我回春姿。

其七：

> 男儿生不成名身已老，三年饥走荒山道。
> 长安卿相多少年，富贵应须致身早。
> 山中儒生旧相识，但话宿昔伤怀抱。
> 呜呼七歌兮悄终曲，仰视皇天白日速。

这七首诗，是诗人绝境中的哀吟。这组诗写在乾元二年（759），诗人受房琯事件牵连，被贬官华州司功参军。安史之乱未平，唐肃宗不听谏言，排挤玄宗旧臣，与杜甫所期望的中兴之主距离越来越大，又适逢关内大饥，生计艰难，杜甫辞去了华州司功参军的职务，远赴秦州，未得安居，又赴同谷，未曾想竟陷绝境。组诗第一首，写自己白头乱发，跟猿猴竞抢食物，手脚冻烂，无家可归；第二首，写自己肩扛长镵，衣不蔽体，还要寒冬入山，采集黄独，一无所获，只得空手归家，却只见家徒四壁，男呻女吟；第三首，写战乱之年，胡尘暗天，自己与兄弟四处分散，不得相聚；第四首，写钟离寡妹，不得音信；第五首，面对寒雨飒飒，白狐跳梁，雨雾不开，感慨不得归乡；第六首，写蝮蛇现身，见环境艰难，又为春天来临而欣慰；第七首，感叹自己老不成名，生活困顿，相遇儒生，各伤怀抱。一组诗，写尽了诗人在同谷的辛酸，浦起龙曰："七首皆身世乱离之感。"①《唐宋诗醇》御评曰："慷慨悲歌，足以裂山石而立海水，殆所谓自铸《离骚》者。史迁云：人劳苦倦极，未尝不呼天也；疾痛惨怛，未尝不呼父母也。甫之遇，为何如哉！流离困顿，转徙山谷，仰天一呼，万感交集。而笔之奇，气之豪，又足以发其所感。淋漓顿挫，自成音节，自古及今，不可有二。"②

五、歌行中的宴饮酬赠诗

杜甫的歌行体诗歌中，有多篇酬赠诗，如《玄都坛歌寄元逸人》《戏赠阌乡秦少公短歌》《阌乡姜七少府设脍戏赠长歌》《徐卿二子歌》《戏作花卿歌》《短歌行赠王郎司直》《短歌行送祁录事归合州因寄苏使君》《桃竹杖引赠章留后》《丹青引赠曹将军霸》《惜别行送向卿进奉端午御衣之上都》《醉歌行赠公安颜少府请顾八题壁》《狂歌行赠四兄》《惜别行送刘仆射判官》等。这一类诗歌，是诗人参加聚会宴饮、为朋友送行、受人恩惠或观舞观刀时所作，是人际交往的需要，诗人都能信手拈来。

这一类诗歌，体现出诗人待人的真诚。《戏赠阌乡秦少公短歌》记诗人曾经的同舍客人，两人在两京收复后重见，人情虽好，饮酒虽乐，却也都是潦倒之人，可以见出惺惺相惜的感慨。《短歌行赠王郎司直》表达了对王司直磊落奇才的欣赏，作者为王直像王粲一样的命运而感慨，以青眼视王郎，但可惜的是，诗人此时已经老了，对王郎的命运也只能是感慨而已。《桃竹杖引赠章留后》是诗人接受了蜀州留后章彝赠送的桃竹手杖后写下的记恩诗，诗中把桃竹手杖夸得跟花一般，意在感恩章彝"怜我老病"。《丹青引赠曹将军霸》写画家曹霸气骨不凡，画艺高超，所培养的弟子韩幹都已经在天子那里登堂入室，而他却"即今漂泊干戈际，屡貌寻常行路人。途穷反遭俗眼白，世上未有如公贫。但看古来盛名下，终日坎壈缠其身"，这是在为画家曹霸叫屈。《惜别行送向卿进奉端午御衣之上都》送别进京供奉端午御衣的向其，诗中赞美向某随同皇帝平定安史之乱时的功业，希望他入朝时能够提及自己如今江湖飘零的情况。《醉歌行赠公安颜少府请顾八题壁》为诗人在公安时所写赠给颜少府的诗歌，诗歌夸赞颜少府是"神仙中人"，有"孤标"之才，本领大到"天马长鸣待驾驭，秋鹰整翮当云霄",并请八分书法家顾戒奢题壁,可见其赞美之真诚。《狂歌行赠四兄》是酬赠诗歌,但也属于叹悲嗟穷之作,诗中回忆自己和毕曜在长安的困苦生活,感慨今日"幅巾鞶带不挂身,头脂足垢何曾洗"的流离颠沛,剩下的只有"日斜枕肘""啾啾唧唧"的彼此慰藉。

《惜别行送刘仆射判官》是这些宴饮酬赠诗歌中最有诗史价值的作品。诗歌以刘仆射买马为由头展开描写,先写刘仆射到湘潭买马的原因,后述买马的艰难,再赞美襄阳的主将,最后再以惜别作结:

> 闻道南行市骏马,不限匹数军中须。
> 襄阳幕府天下异,主将俭省忧艰虞。
> 只收壮健胜铁甲,岂因格斗求龙驹。
> 而今西北自反胡,骐驎荡尽一匹无。
> 龙媒真种在帝都,子孙永落西南隅。
> 向非戎事备征伐,君肯辛苦越江湖。
> 江湖凡马多憔悴,衣冠往往乘蹇驴。
> 梁公富贵于身疏,号令明白人安居。
> 俸钱时散士子尽,府库不为骄豪虚。
> 以兹报主寸心赤,气却西戎回北狄。
> 罗网群马籍马多,气在驱驰出金帛。
> 刘侯奉使光推择,滔滔才略沧溟窄。
> 杜陵老翁秋系船,扶病相识长沙驿。
> 强梳白发提胡卢,手把菊花路旁摘。
> 九州兵革浩茫茫,三叹聚散临重阳。
> 当杯对客忍流涕,君不觉老夫神内伤。

诗中写襄阳府主刘崇义忧虞时艰,买健马备战,从中透露出吐蕃作乱、安史余孽未尽扫平、帝王子孙尚有流落边陲的情况,而"江湖凡马多憔悴,衣冠往往乘蹇驴"说明,由于战乱频仍,好马已经征收殆尽,连衣冠士人都只能蹇驴出行,可以想见国家的物力已经被战争耗竭到何种程度!透过诗人面对九州兵革未息的反复叹息,我们能够感受到那个时代人们内心深处对战争的感伤。

除以上几类外,杜甫歌行体诗歌还有一些不好归类的作品,如《去矣行》是表达对官场趋炎附势风气的厌恶,《忆昔行》是诗人晚年对曾经的道教信仰破灭的追忆,类似主题的作品只有一两首,故不单独列类。

第四节　杜甫歌行体诗的艺术境界

如果要对杜甫各体诗歌进行评价，笔者以为杜甫的五律最好，乐府诗次之，七律又次之，古体诗随后，然后是歌行体诗和绝句。杜甫的歌行体诗虽不是他的诗歌里写得最好的，但在唐代诗人里，他的歌行也只是仅次于李白而已，不仅形成了自己的独特风格，而且有《楠树为风雨所拔叹》《观公孙大娘弟子舞剑器行》《白丝行》《饮中八仙歌》《茅屋为秋风所破歌》《乾元中寓居同谷县作歌七首》等传唱佳品。杜甫的歌行体诗歌形成了自己的独特艺术境界：一是"以气概盛"的情感力量；二是开合自由的结体方式；三是全面周到的关注视角；四是潇洒俊逸的审美特质。其歌行长篇，亦诗亦史，着力于全篇的回旋往复，标志着我国歌行艺术的高度。

一、"以气概盛"的情感力量

李之仪在《姑溪居士文集》卷十六《谢人寄诗并问诗中格目小纸》一文中谈及歌行体诗时说："方其意有所可，浩然发之于句之长短、声之高下，则为歌；欲有所达而意未能见，必遵而引之以致其所欲达，则为行。"[1] 李之仪是北宋时期的诗人，他对歌行的解释给我们很多启示。笔者认为，从李之仪的论诗话语里，歌行应该有浩然之气和其他诗体表意所达不到的力量，这就是歌行体诗歌"以气概盛"的情感力量。歌行之所以能达到这样的效果，与它不受声律和语体影响有关。惠洪《天厨禁脔》曰：

> 律诗拘于声律，古诗拘于句语，以是词不能达。夫谓之行者，达其词而已，如古文而有韵者耳。自陈子昂一变江左之体，而歌行暴于世，作者皆能守其法，不失为文之旨，唯杜子美、李长吉，今专指二人之词以为证。夫谓之歌者，哀而不怨之词，有丰功盛德则歌之，诡异稀奇之事则歌之，其词与古诗无以异，但无铺叙之语，奔腾之气。其遣语也，舒徐而不迫，峻特而愈工，吟讽之而味有余，追绎之而情不尽。叙端发词，许为雄夸跌荡之语；及其终也，许置讽刺伤悼之意，此大凡如此尔。[2]

联系惠洪之语，比对杜甫歌行体诗，大体相合。杜甫的歌行体诗歌，

---

[1]　陈伯海主编，张寅彭、黄刚编撰：《唐诗论评类编》（增订本）上册，第321页。
[2]　陈伯海主编，张寅彭、黄刚编撰：《唐诗论评类编》（增订本）上册，第321页。

在其体类特征一节，我们已经分析了其不受声律束缚的特点，而其内容多是"丰功盛德则歌之，诡异稀奇之事则歌之"，虽然在写法上不追求铺叙排比，但也是尽情描写，有较多"雄夸跌荡之语"，因而在诗中容易形成"以气概盛"的情感力量。如前文所举的《瘦马行》，先是交代瘦马被三军遗弃的情况，再写其"皮干剥落杂泥滓，毛暗萧条连雪霜"的可怜情状，回过头来交代瘦马以往为国家征战的经历以及现在因病被弃的状况，一股抑郁不平之气吞吐其间。我们先不论其是否为房琯而作，也不论其是否为诗人自己哀伤，仅以瘦马本身而论，此诗亦如刘辰翁所言："辗转沉着，忠厚恻怛，感动千古。"① 吴瞻泰亦云："'雁为伴'，无知己也。'乌啄疮'，伤凌辱也。英雄失路，楚楚可怜。"② 又如《丹青引赠曹将军霸》：

> 将军魏武之子孙，于今为庶为清门。
> 英雄割据虽已矣，文采风流今尚存。
> 学书初学卫夫人，但恨无过王右军。
> 丹青不知老将至，富贵于我如浮云。
> 开元之中常引见，承恩数上南熏殿。
> 凌烟功臣少颜色，将军下笔开生面。
> 良相头上进贤冠，猛将腰间大羽箭。
> 褒公鄂公毛发动，英姿飒爽犹酣战。
> 先帝御马玉花骢，画工如山貌不同。
> 是日牵来赤墀下，迥立阊阖生长风。
> 诏谓将军拂绢素，意匠惨澹经营中。
> 须臾九重真龙出，一洗万古凡马空。
> 玉花却在御榻上，榻上庭前屹相向。
> 至尊含笑催赐金，圉人太仆皆惆怅。
> 弟子韩幹早入室，亦能画马穷殊相。
> 幹惟画肉不画骨，忍使骅骝气凋丧。
> 将军画善盖有神，偶逢佳士亦写真。
> 即今漂泊干戈际，屡貌寻常行路人。
> 途穷反遭俗眼白，世上未有如公贫。
> 但看古来盛名下，终日坎壈缠其身。

---

① 萧涤非主编：《杜甫全集校注》卷五，第 1193 页。
② [清] 吴瞻泰：《杜诗提要》卷五，陈道贵、谢桂芳校点，黄山书社，2015 年，第 109 页。

此诗为一代鞍马画家曹霸晚年的清贫境遇鸣不平，激昂愤慨之气，跃动于字里行间。诗人使用对比手法，将曹霸在开元年间的荣宠与安史乱后的漂泊生涯构成强烈反差。诗中以大量篇幅歌颂曹霸的艺术造诣，首先言其祖上文采风流之泽被，接着叙述其潜心于画艺，及其开元年间的两件惊世作品，用"一洗万古凡马空"概括其巅峰造诣，这就为慨叹其晚年的遭遇备下了充分的缘由，增强了批判社会世俗的力度。结尾处由曹霸身世推及古来盛名才士皆遭坎坷，更更批判的波澜激昂浑厚。刘辰翁曰："起语激昂慷慨，少有及此"，"首尾悲壮动荡"。① 翁方纲称："如此气势充盛之大篇，古今七言诗第一压卷之作，岂复可以寻常粘调目之？"② 可见此篇的情感力量。又如《韦讽录事宅观曹将军画马图（歌）》：

> 国初已来画鞍马，神妙独数江都王。
> 将军得名三十载，人间又见真乘黄。
> 曾貌先帝照夜白，龙池十日飞霹雳。
> 内府殷红玛瑙盘，婕好传诏才人索。
> 盘赐将军拜舞归，轻纨细绮相追飞。
> 贵戚权门得笔迹，始觉屏障生光辉。
> 昔日太宗拳毛騧，近时郭家狮子花。
> 今之新图有二马，复令识者久叹嗟。
> 此皆骑战一敌万，缟素漠漠开风沙。
> 其余七匹亦殊绝，迥若寒空动烟雪。
> 霜蹄蹴踏长楸间，马官厮养森成列。
> 可怜九马争神骏，顾视清高气深稳。
> 借问苦心爱者谁，后有韦讽前支遁。
> 忆昔巡幸新丰宫，翠华拂天来向东。
> 腾骧磊落三万匹，皆与此图筋骨同。
> 自从献宝朝河宗，无复射蛟江水中。
> 君不见金粟堆前松柏里，龙媒去尽鸟呼风。

此诗正面描写曹霸鞍马画艺之高超，起笔便从大处落墨，站在绘画史的高度评价曹霸，说唐朝开国以来，江都王李绪之后，最有名的鞍马画家就是曹霸。他曾为太宗的骏马"照夜白"画像，导致龙池雷震十日，所画《九

---

① 萧涤非主编：《杜甫全集校注》卷一一，第 3205 页。
② [清] 翁方纲：《王文简古诗干仄论》，见王夫之等撰《清诗话》，第 237 页。

骏图》，那骏马雄健的跃势使人觉得洁白的画绢上卷起漠漠的风沙，有如远处寒空飘动的烟雪，它们个个顾视清高，神气沉雄！此诗绘形生动，笔墨雄健，行文大气包举，气势磅礴，将曹霸的鞍马绘画艺术推向极致。

杜甫的歌行大都有这样壮盛的气势。再举一例。《入奏行赠西山检察使窦侍御》的开头部分："窦侍御，骥之子，凤之雏。年未三十忠义俱，骨鲠绝代无。炯如一段清冰出万壑，置在迎风寒露之玉壶。蔗浆归厨金碗冻，洗涤烦热足以宁君躯。"王嗣奭评议道："此篇起来八句（实际九句），如雷轰电闪，风雨骤至，长短错杂，似无条理，而所着意在'骨鲠绝代无''足以宁君躯'；而衬语则形容其清冷。"[①]

杜甫的歌行体诗，皆为个人抒情之作，无论所写为他为己，都具有很强的个体性，具有"浩然发之于句之长短、声之高下"的特征，充分将叙事、议论、抒情的功能融汇到一起，达到了尽情抒写的艺术境地。

二、开合自由的结体方式

"结体"一词，较早出现在刘勰《文心雕龙·明诗》中，其文曰："观其结体散文，直而不野，婉转附物，怊怅切情，实五言之冠冕也。"周振甫注曰："结体：组织结构。散文：敷文，运用文辞。"[②]结体就是诗歌的组织结构，各种诗体都有自己的结构方式。歌行体诗歌的结体方式，从一开始就是以自由流畅、变化无拘为特点的，宋人谓之"体如行书"，可能就是指其这一特点，而钟秀对歌行体诗特点的概括也是"大约皆浑浩条畅，牢笼万象"[③]。唐代的歌行中，初唐的律化歌行在结体方式上比较讲究，盛唐以后则向更加自由的方向发展，尤其是李白、杜甫的歌行，"纵横变化，较之汉魏，虽去古稍远，然究不失汉魏遗意"[④]。

杜甫作为唐代歌行体诗的大家，在歌行体诗的结体方式上与李白各有特点。李白在天上，天马行空，恣肆纵横，任意往还，云里雾里，神而又奇；杜甫在人间，自由抒写，开合任情，牢笼诸象，开合跌荡，潇洒自然。比如《茅屋为秋风所破歌》：

> 八月秋高风怒号，卷我屋上三重茅。
> 茅飞渡江洒江郊，高者挂罥长林梢，

① [明]王嗣奭：《杜臆》卷四，第146页。
② [梁]刘勰著，周振甫注：《文心雕龙注释》，第49、56页。
③ 陈伯海主编，张寅彭、黄刚编撰：《唐诗论评类编》（增订本）上册，第324页。
④ 陈伯海主编，张寅彭、黄刚编撰：《唐诗论评类编》（增订本）上册，第324页。

下者飘转沉塘坳。
南村群童欺我老无力，忍能对面为盗贼，
公然抱茅入竹去。
唇焦口燥呼不得，归来倚仗自叹息。
俄顷风定云墨色，秋天漠漠向昏黑。
布衾多年冷似铁，娇儿恶卧踏里裂。
床头屋漏无干处，雨脚如麻未断绝。
自经丧乱少睡眠，长夜沾湿何由彻！
安得广厦千万间，大庇天下寒士俱欢颜，
风雨不动安如山！
呜呼，何时眼前突兀见此屋，
吾庐独破受冻死亦足！

此诗可分为四个意段，仇兆鳌分析此诗的结体曰：起首五句"记风狂而屋破也"，接着的五句"叹恶少菱（凌）侮之状"，接着的八句"伤夜雨侵迫之苦。在第三句换韵"，最后五句"从安居推及人情，大有民胞物与之意。此亦两韵转换"。[1] 汉语诗歌以偶数句为一个意段和押韵单元，这首歌行却打破了这个常规，四个意段分别由五句、五句、八句、五句构成，而且出现了在意段内换韵的现象。作者以表意为主，不再追求句数的骈偶，不再束缚于换韵的常规，我们可以感受到诗歌结体的自由和诗人心态的洒脱。又如《天育骠图歌》：

吾闻天子之马走千里，今之画图无乃是。
是何意态雄且杰，骏尾萧梢朔风起。
毛为绿缥两耳黄，眼有紫焰双瞳方。
矫矫龙性合变化，卓立天骨森开张。
伊昔太仆张景顺，监牧攻驹阅清峻。
遂令大奴守天育，别养骥子怜神俊。
当时四十万匹马，张公叹其材尽下。
故独写真传世人，见之座右久更新。
年多物化空形影，呜呼健步无由骋。
如今岂无騕褭与骅骝，时无王良伯乐死即休。

① 参见 [清] 仇兆鳌注：《杜诗详注》卷一〇，第831—833页。

天育是马厩名称，是国家养马的地方。当年，太仆卿张景顺派遣得力人手驯养出几匹骏马，请画家把它们画出来以传世人。杜甫看到了这幅画，写了这首诗。诗的开端以惊叹的口吻称赞骏马为天子的千里马，属于大笔开端，有如雷贯耳之势。然后穷极笔力铺写它们伟岸的身姿和雄杰的意态，甚至连马尾卷起朔风的感觉都产生了。这些都是题中应有之意。如果诗的结尾就停留在赞美骏马上面，那就难免跌入俗套。作者没有这样做，而是由张景顺以画马见之座右的做法引发议论：难道今天就再也没有神奇骏马了吗？不！只是没有王良伯乐那样的御马人、相马师，神骏埋没于草野，毫无意义地结束了生命。这种结尾大大超越了题目本身，犹如一缕新奇的钟声发人深省：马是如此，人亦如此啊！此诗开得恢宏，结得奇异，开合随意，结体自由。

《入奏行赠西山检察使窦侍御》更是杜甫歌行体诗歌结体自由的代表：

> 窦侍御，骥之子，凤之雏。
> 年未三十忠义俱，骨鲠绝代无。
> 炯如一段清冰出万壑，置在迎风寒露之玉壶。
> 蔗浆归厨金碗冻，洗涤烦热足以宁君躯。
> 政用疏通合典则，戚联豪贵耽文儒。
> 兵革未息人未苏，天子亦念西南隅。
> 吐蕃凭陵气颇粗，窦氏检察应时须。
> 运粮绳桥壮士喜，斩木火井穷猿呼。
> 八州刺史思一战，三城守边却可图。
> 此行入奏计未小，密奉圣旨恩宜殊。
> 绣衣春当霄汉立，彩服日向庭闱趋。
> 省郎京尹必俯拾，江花未落还成都。
> 江花未落还成都，肯访浣花老翁无。
> 为君酤酒满眼酤，与奴白饭马青刍。

仅从诗歌的形态上看，就非常自由，前九句，三个三言句，接一个七言句、一个五言句，又接两个九言句，再接一个七言句加一个九言句，极其散漫，而接下来的二十句，则全为七言句，也就是说，在语言节奏的使用上，诗人完全任性而为，想自由时自由，想整齐时整齐，完全是李白式的语言使用方式，以至于申涵光说："《入奏行》是集中变体。长短纵横，太白所长，正尔不必效之，失其故步。"① 但陈祚却认为：此诗"若求之字句长短，诚以变体，试细寻其脉络针线，起伏照应，仍是公诗本色，未见失其故步也"②。

杜甫之歌行语言错落者开合自由，语言整齐者依然开合自由，自成条理。如《苏端薛复筵简薛华醉歌》是一首整齐的七言歌行，从其韵律的安排看，前二十句都用一个韵部，上声十九皓，后面却是一组押十灰韵的七句诗句，这七句里，最后三句为一组，结尾两句连用押韵句。双数、单数，押韵句数的多和少，完全不顾忌，这即是自由结体的特点。仇兆鳌《杜诗详注》云："杜诗格局整严，脉络流贯，不特律体为然，即歌行布置，各有条理。如此篇首提端复，是主，再提薛华，是宾，又拈少年诸生，则兼及一时座客。其云悲笑忧乐，腰尾又互相照应，熟此可悟作法矣。"③ 此诗，"格局整严"说不上，但确实"脉络流贯"，题目即云"苏端薛复筵简薛华醉歌"，则诗中自然不能不提及诗题中的几位，故诗人完全是顺势而为，虽谈不上讲究，却各有条理，有其顾及诗题的存在价值。

又如，《楠树为风雨所拔叹》以四句一换韵的方式出现，使用一先、五未（四置通押）、九泰、十三职四个韵部，平仄互相转换，每次换韵均首句入韵。而在内容的安排上，则是前四句写楠树倚江为卜居之由，接四句写楠树被风雨连根拔起，但却不接写楠树被拔之后的境况，而突然插回去，叙述楠树在时树映江波佳景堪玩的可爱，之后再突转回来，写楠树被拔之后的旅况凄凉，这是通过叙述方式呈现的结体自由。

再如，《丹青引赠曹将军霸》也是一首整齐的七言，且每八句一转韵，仇兆鳌将全诗分为五个段落，开首八句"叙曹霸家世及书画能事"，"开元"八句"记其善于写真"，"先帝"八句"记其画马神骏"，"玉花"八句"申言画马贵重，名手无能及者"，最后八句"又言随地写真，慨将军之不遇"④。从文字多寡而言，似乎比较拘束，但从内容上分析，则显得开合自由，开首即把笔触拉向遥远的三国时代，交代曹霸的身世，显其贵重，还把他的学书学画与卫夫人、王右军相连，见其艺术功底之非同凡响，是为其不当被冷落张目，这就拉得很开。接着拉拉杂杂的，全是曹霸的绘画本领，中间还拉出了曹霸弟子画马水平不及曹霸却被重用，最后交代其在干戈扰攘的时代漂泊僻壤、形同常人的悲剧结局，也是高开低走、大起大落的文势。故张谦宜评

---

① 萧涤非主编：《杜甫全集校注》卷八，第 2467 页。
② 萧涤非主编：《杜甫全集校注》卷八，第 2468 页。
③ [清] 仇兆鳌注：《杜诗详注》卷四，第 295 页。
④ 参见 [清] 仇兆鳌注：《杜诗详注》卷一三，第 1148—1151 页。

曰:"《丹青引》与《画马图》一样做法,细按之,彼如神龙在天,此如狮子跳踯,有平涉飞腾之分。此在手法上论,所以古人文章贵于超忽变化也。"[1]

三、全面周到的关注视角

杜甫的歌行体诗歌,或长或短,任性而为。短歌,因其短,故一般只有一个视角,无所谓周到与否。本文所指,主要是杜甫十句以上的长篇歌行。杜甫的歌行体诗写作的方向与乐府体诗歌大不相同,他的乐府诗关注社会现实,是深刻的史诗性的存在,有其全面周到的关注视角是非常好理解的。杜甫的歌行体诗虽然主要是倾向于个人方向的,但是仍然具有全面周到的关注视角,他在歌行体诗中对于所描写的人或事,也是从尽可能全面的角度去关注。如《醉时歌》:

> 诸公衮衮登台省,广文先生官独冷。
> 甲第纷纷厌粱肉,广文先生饭不足。
> 先生有道出羲皇,先生有才过屈宋。
> 德尊一代常轗轲,名垂万古知何用。
> 杜陵野客人更嗤,被褐短窄鬓如丝。
> 日籴太仓五升米,时赴郑老同襟期。
> 得钱即相觅,沽酒不复疑。
> 忘形到尔汝,痛饮真吾师。
> 清夜沈沈动春酌,灯前细雨檐花落。
> 但觉高歌有鬼神,焉知饿死填沟壑。
> 相如逸才亲涤器,子云识字终投阁。
> 先生早赋归去来,石田茅屋荒苍苔。
> 儒术于我何有哉,孔丘盗跖俱尘埃。
> 不须闻此意惨怆,生前相遇且衔杯。

这是一首流传千古、同时也让郑虔永留形象的歌行体诗。全诗以描写广文馆主人郑虔的落拓人生为主旨,替郑虔的遭遇鸣不平。诗中的郑虔,被时人称为诗书画三绝,唐玄宗专门为郑虔设置广文馆,说是令天下人都知道,广文馆专为郑虔而设,给予他的荣耀令人羡慕,但却只是个名头而已,郑虔并没有实权,也没有丰厚的俸禄,仍然属于人生失意的落拓之

人。诗歌关注了广文馆"门前冷落鞍马稀"的官衙，描写了号称广文先生的郑虔饭都吃不饱的生活情况，写及郑虔超过屈原、宋玉的杰出才华，写到了诗人自己和郑虔忘形尔汝地饮酒，又赞美郑虔高歌时诗思泉涌似有鬼神相助，最后以劝郑虔早赋归去来和落拓衔杯作结。诗歌从各个不同的角度关注了郑虔所受的与名声极不相符的待遇，抒发了对才子不遇的满腔郁愤和不平。从写作角度看，这就是铺陈，铺陈使本诗具有关注视角全面周到的特点。再如《石犀行》：

> 君不见秦时蜀太守，刻石立作三犀牛。
> 自古虽有厌胜法，天生江水向东流。
> 蜀人矜夸一千载，泛溢不近张仪楼。
> 今年灌口损户口，此事或恐为神羞。
> 终藉堤防出众力，高拥木石当清秋。
> 先王作法皆正道，鬼怪何得参人谋。
> 嗟尔三犀不经济，缺讹只与长川逝。
> 但见元气常调和，自免洪涛恣凋瘵。
> 安得壮士提天纲，再平水土犀奔茫。

这首诗记述并议论治水事。石犀牛，是秦人立下的镇水之宝。诗人不信厌胜之法，而以自然为宗，却也交代了蜀人矜夸的江水千年不溢的情况。接着描写今年灌口给百姓带来的危害，用"今年灌口损户口，此事或恐为神羞"，否定所谓的神的作用。又写众人用木石阻挡洪水以证石犀牛厌胜不效，又议论先王之法，直接点出石犀牛"不经济"，最后的结语还是希望壮士平定水土。无论否定厌胜之法，还是写灌口之灾，还是论先王之道，都意在表达杜甫在治水问题上对人力的肯定。吴瞻泰曰："抑扬反覆，一唱三叹，悠然有馀，而不见议论之迹。驳邪归正，可以羽翼六经。"[1]

又如《韦讽录事宅观曹将军画马图（歌）》。这首诗写著名画家曹霸所画之《九骏图》，但诗人却从曹霸画马得名写起，林林总总地历数了三十年来曹霸给皇上、内府、婕妤、才人、将军、贵戚、权门等所画之各类名马图，铺垫之全面，罕有所见。然后才转到在韦讽录事宅所见的这一幅图画。描写这幅《九骏图》，也是按照画面层次，有主有次，先两马，再七马，分别写其气质神态。然后以"忆昔"展开联想，遂露今昔之感。此诗

① ［清］吴瞻泰：《杜诗提要》卷六，第121—122页。

的写法，尤其开篇之法，用了牢笼万物之手段，吴农祥"竭力写鞍马乎"的问话，虽意在牵出他所认为的此诗的主题"写英雄将相耳"，而"竭力"二字正点出了此诗的周到之处，恐怕这也就是张溍所说的"风格之老，神韵之豪，针线之密"① 了。

再如《丹青引赠曹将军霸》，先用两句交代曹霸家世及现状，然后就开始了对曹霸书画本领的记述和描写，学于何人、学画精神（"富贵于我如浮云"）、承恩盛事、画作水平（贤冠、羽箭、毛发、英姿）、画马境界、现今处境。张甄陶评论此诗记事曰："此太史公列传也。多少事实，多少议论，多少顿挫，俱在尺幅中。章法跌宕纵横，如神龙在霄，变化不可方物。"② 前所引《观公孙大娘弟子舞剑器行》一诗，名为公孙大娘弟子而作，实为公孙大娘而作，诗写公孙大娘之剑舞，连写八句，分别从影响力、观者反应、雄矫舞姿、起收动作、唇妆衣饰、成名弟子等角度写公孙大娘剑舞的魅力，交代可谓详尽，而这一切均为后文抒发感慨作铺垫。吴瞻泰曰："叙事以详略为参差，亦以详略为宾主，主宜详而宾宜略，一定之法也。然又有宾详而主反略者。如此诗公孙大娘，宾也；弟子，主也。乃叙公孙舞则八句，而天地日龙，雷霆江海，凡舞之高低起止，无所不具，是何其详！叙弟子则四句，而言舞则'神扬扬'三字，抑何其略！究之诗意，非为弟子也，为公孙大娘也。则公孙大娘固为主，而弟子又为宾，仍是主详宾略云耳。"③ 这就指出了此诗以公孙大娘为主角且多角度写其舞姿的写作手法的价值。我们再进一步说，这样写公孙大娘当年的盛况，正是为了凸显开元年间歌舞盛世的升平景象，则其弟子的流落山川草野，正可引发诗人今昔对比、今不如昔的时代悲慨。

从所举这些相对较长的诗例可以看出，杜甫在歌行体诗的写作上，在一定程度上采用了赋笔的写法，也就是胡震亨所说的歌行体"要铺叙"，从而将笔墨挥向相对更全面更周到的方向，使得他的大部分歌行体诗作都拥有铺叙淋漓、关注周到、牢笼众象的气度。

四、潇洒俊逸的审美特质

胡应麟、胡震亨等人是大歌行观的主张者，他们所言及的古诗包含歌行体诗。在谈及古诗时，胡震亨认为古诗的审美有如下特点："七言古诗要铺叙，要有开合，有风度，迢递险怪，雄峻铿锵，忌庸俗软腐。须是波

---

① 萧涤非主编：《杜甫全集校注》卷一一，第 3212 页。
② 萧涤非主编：《杜甫全集校注》卷一一，第 3205 页。
③ [清] 吴瞻泰：《杜诗提要》卷六，第 138 页。

澜开合，如江海之波，一波未平，一波复起。又如兵家之阵，方以为正，又复为奇；方以为奇，忽复是正：出入变化，不可纪极。备此法者，唯李、杜也。开合灿然，音韵铿然，法度森然，神思悠然，学问充然，议论超然。"[1] 而杜甫的歌行体正是出入变化，开合灿然，"迢递险怪，雄峻铿锵"，其审美特质可概括为潇洒俊逸四字。

杜甫是一个典型的受儒家思想影响的士人，他的情感表达方式很少李白式的狂呼呐喊，而往往相对柔和。歌行体诗歌结体自由、抒情任性的特质决定其具有潇洒自由的美质，而多角度、多侧面、全方位展示的描述或抒情方式，则容易形成歌行体诗歌雍容俊逸的审美特质，尤其是长篇，尽管杜甫的歌行体诗作也有急管繁弦的抒情作品（如《贫交行》《逼仄行赠毕曜》），以及悲切淋漓的作品（如《同谷七歌》）。歌行体作为唐世之新歌，其文体表征主要以七言为标记，而七言在表意上繁复转折，易多修饰，再加上杜甫不甚外露的个性特征，也就形成了杜甫歌行体诗歌潇洒俊逸的审美特质。如《醉歌行》：

> 陆机二十作文赋，汝更小年能缀文。
> 总角草书又神速，世上儿子徒纷纷。
> 骅骝作驹已汗血，鸷鸟举翮连青云。
> 词源倒流三峡水，笔阵独扫千人军。
> 只今年才十六七，射策君门期第一。
> 旧穿杨叶真自知，暂蹶霜蹄未为失。
> 偶然擢秀非难取，会是排风有毛质。
> 汝身已见唾成珠，汝伯何由发如漆。
> 春光潭沱秦东亭，渚蒲牙白水荇青。
> 风吹客衣日杲杲，树搅离思花冥冥。
> 酒尽沙头双玉瓶，众宾皆醉我独醒。
> 乃知贫贱别更苦，吞声踯躅涕泪零。

这首诗是诗人送别从侄杜勤落第时所作。诗人以陆机作《文赋》为比喻起笔，连写八句赞从侄本领，可谓赞语不惜美词。接着八句用心抚慰从侄落第受伤的心灵。最后八句写别亭周边风景，衬托离别之情。浦起龙曰：此诗"凡三转韵，层次分明。首赞其才，中慰其意，后惜其别。以半老人

---

① ［明］胡震亨：《唐音癸签》卷三，第18页。

送少年，以落魄人送下第，情绪自尔缠绵"①。其自由俊逸的风神还体现在"写送别光景，使前半叙述处皆灵，忽句句用韵，忽夹句用韵，亦以音节动人"②。又如《观打鱼歌》：

> 绵州江水之东津，鲂鱼鲅鲅色胜银。
> 渔人漾舟沉大网，截江一拥数百鳞。
> 众鱼常才尽却弃，赤鲤腾出如有神。
> 潜龙无声老蛟怒，回风飒飒吹沙尘。
> 饔子左右挥双刀，脍飞金盘白雪高。
> 徐州秃尾不足忆，汉阴槎头远遁逃。
> 鲂鱼肥美知第一，既饱欢娱亦萧瑟。
> 君不见朝来割素鬐，咫尺波涛永相失。

这首诗规谏暴殄天物者，并没有太多的讽喻之意。诗写鱼之色、鱼之怒、鱼之脍，"将鱼之死生、强弱、力量、精神一一写出，令读者之意中又惊又喜，又惨淡又畏惧"（李长祥《杜诗编年》语）③。下笔时均依据诗人观察和思考想象的次第，并不刻意调动曲折、回环、转换等手段，一任情之所至，议论亦随性而发，体物既精，命意复远，自是一种俊逸风神。再如《桃竹杖引赠章留后》：

> 江心蟠石生桃竹，苍波喷浸尺度足。
> 斩根削皮如紫玉，江妃水仙惜不得。
> 梓潼使君开一束，满堂宾客皆叹息。
> 怜我老病赠两茎，出入爪甲铿有声。
> 老夫复欲东南征，乘涛鼓枻白帝城。
> 路幽必为鬼神夺，拔剑或与蛟龙争。
> 重为告曰：杖兮杖兮，尔之生也甚正直，
> 慎勿见水踊跃学变化为龙。
> 使我不得尔之扶持，灭迹于君山湖上之青峰。
> 噫，风尘颯洞兮豺虎咬人，忽失双杖兮吾将曷从。

① ［清］浦起龙：《读杜心解》卷二，第236页。
② ［清］施补华：《岘佣说诗》，见王夫之等撰《清诗话》，第986页。
③ 萧涤非主编：《杜甫全集校注》卷九，第2627页。

这首诗所写，不过是梓州留后章彝赠给诗人的桃竹杖而已，但诗人却动用如许笔墨描绘其形象，使其颜色鲜明，形状诡奇，作用非凡。其语言节奏的恣肆变化，语气中的不吝赞美，给全诗带来了潇洒不羁的神韵。钟惺在《唐诗归》中称其"调奇、运奇、语奇，而无泼撒之病，由其气，故奥也"①。吴瞻泰《杜诗提要》曰："一杖耳，忽而蟠石苍波，忽而江妃水仙，忽而宾客叹息，忽而鬼神欲夺、蛟龙欲争，忽而踊跃化龙，忽而风尘豺虎，写得神奇变化，不可端倪。"②

杜甫歌行的这种特质，几乎得到历代评论家的一致认可，在他们评价杜甫的歌行体诗所用的语言中，往往能概括出洒脱俊逸之意。如梁运昌评《魏将军歌》曰："此诗直起直落，不装头尾，谷苍而格老，其雄奇卓荦处，太白无以过之。……前缓后急，叠句叠韵，与《醉时歌》相反而正相似，铜丸挝鼓，音节豪壮而紧捷，那不动人！"③乔亿评《李潮八分小篆歌》曰："洞悉八法源流，信手落笔，不事张皇，而清古之气左萦右拂，空行不窒，亦歌行之上格也。"④李因笃评《观公孙大娘弟子舞剑器行》曰："绝妙好辞！序以错落妙，诗以整妙。错落中有悠扬之致；整中有跌宕之风。"⑤

杜甫歌行虽没有像其乐府诗那么深刻的诗史价值，没有像其律诗那么广泛的内容和精美的形式，没有如其古体诗那般沉郁顿挫，却也有一种天赋异禀的洒脱俊逸的风神，使其成为与李白并称的唐代歌行体诗歌大家。

① 萧涤非主编：《杜甫全集校注》卷一〇，第 3004 页。
② [清] 吴瞻泰：《杜诗提要》卷六，第 125 页。
③ [清] 梁运昌：《杜园说杜》卷七，第 406 页。
④ [清] 乔亿：《杜诗义法》卷下，见《四库未收书辑刊》第 10 辑第 28 册，第 738 页。
⑤ 萧涤非主编：《杜甫全集校注》卷一八，第 5316 页。

第七章　杜甫绝句体制研究

　　杜甫绝句包括五绝和七绝，题材内容广阔、深厚，具有重大的开拓性，表现为记录时事、发表诗论、表达政见等。其风神面貌与绝句含蓄蕴藉之主流风格不同，别开异径，自成一家，表现为以议论入诗，语言直率，使用典故，不以入乐演唱为意，实为绝句之变体。其五绝皆为声律严整的律绝，对仗整肃；七绝声律则显得复杂，约有三分之一的作品不是律绝。

第一节　绝句在唐代的变化

　　绝句作为一种诗歌体式，其格式是每首四句，每句五言的称为五言绝句，每句七言的称为七言绝句；偶数句押韵（首句也可押韵）；对仗可有可无。

　　关于这种诗歌体式的生成，古人有两种不同看法，缘于对"绝"字的不同认识。徐师曾《文体明辨序说》认为"绝"的意思是"截"，绝句是截取律诗而成："'绝'之为言'截'也，即律诗而截之也。故凡后两句对者是截前四句，前两句对者是截后四句，全篇皆对者是截中四句，皆不对者是截首尾四句。"[①] 胡应麟《诗薮》则对这种说法加以驳斥："绝句之义，迄无定说。谓截近体首尾或中二联者，恐不足凭。五言绝起两京，其时未有五言律，七言绝起四杰，其时未有七言律也。"[②] 王夫之《姜斋诗话》也持此说："五言绝句自五言古诗来，七言绝句自歌行来，此二体本在律诗之前；律诗从此出。"[③] 胡应麟和王夫之是以绝句产生的年代先于律诗为据，驳正"截律诗"说，理由充足。

　　但据我们考察，"绝句"的含义可能与上述两说均有不同。

---

① ［明］徐师曾：《文体明辨序说》，第108页。
② ［明］胡应麟：《诗薮·内编》卷六，第105页。
③ ［清］王夫之：《姜斋诗话》卷下，见王夫之等撰《清诗话》，第19页。

　　绝句的名称确实在唐前就已经出现了，徐陵《玉台新咏》收录的诗中就有《古绝句四首》，其一云："藁砧今何在？山上复有山。何当大刀头？破镜飞上天。"考察这四句，是依次暗含"夫""出""归还""半月"之义，每一句独立成义，不与他句相联属。以此来考察"绝句"之义，"绝"就是"隔断""断绝"的意思。杨慎即持此种认识，他在《升庵诗话》中说："绝句者，一句一绝也。起于《四时咏》'春水满四泽，夏云多奇峰。秋月扬明辉，冬岭秀孤松'是也。……杜诗'两个黄鹂鸣翠柳'实祖之。"① 诗中分别描写四季景物，每句一景，各不相关。杨慎所举证的《四时咏》，见于逯钦立所编《两汉魏晋南北朝诗》陶渊明卷，是否为陶氏所作尚存争议，但它属于先唐之诗是无疑的。

　　综上所述可以得出以下结论：一是"绝句"之名出自先唐；二是"绝句"之作早于律诗；三是"绝句"之意是"隔绝""断绝"之意。但那时候的绝句在字声上还处于自然状态，没有人工痕迹。

　　入唐以后，由于受律诗发展的影响，部分绝句格律化，这样，绝句在声律上就形成了两种类型：古绝和律绝。胡应麟《诗薮》曰："五七言绝句，盖五言短古、七言短歌之变也。五言短古，杂见汉魏诗中，不可胜数，唐人绝体，实所从来。七言短歌，始于《垓下》，梁、陈以降，作者坌然。第四句之中，二韵互叶，转换既迫，音调未舒。至唐诸子，一变而律吕铿锵，句格稳顺，语半于近体，而意味深长过之，节促于歌行，而咏叹悠永倍之，遂为百代不易之体。"② 胡应麟道出了绝句在唐代律化的过程。

　　律绝形成的时间在初唐。入唐以后，在杨炯等"四杰"、沈宋、杜审言等"文章四友"的相继努力下，将四声二元化，终于在初唐后期使五言律诗得以定型。这是一场主要表现为声律的重大变革，通过协调字声平仄及确立粘对规则，强化了诗歌的音乐美。其影响所及，带动了绝句的律化进程，五言律绝逐渐形成。

　　到杜甫生活的时代，五言律绝已经占到五言绝句的主流，自然声态的五言绝句虽然还有不少（如王维的辋川绝句），但已不居主流地位。七言律绝则是在七言律诗定型的带动下完成的，不过，七言律绝在王维、李白的手中还没有那么严格，杜甫之后，尤其到晚唐，七言律绝在七言绝句中的比例就非常高了。

---

① ［明］杨慎：《升庵诗话》卷一一，见丁福保辑《历代诗话续编》中册，第852—853页。
② ［明］胡应麟：《诗薮·内编》卷六，第105页。

第二节　杜甫绝句的体类特征

杜甫一生留诗 1457 首，其中绝句 135 首，含五绝 31 首，七绝 104 首，数量不是很多，体类上却很有特色。

一、声律特征

（一）五言绝句皆为声律严整的五言律绝

杜甫 31 首五言绝句皆为声律严整的五言律绝。杜甫的五言律绝，全部为首句仄收式，从而确定了五言律绝的常用格式。其中，使用首句仄起仄收式的有 25 首，其篇目是:《即事》（百宝装腰带），《绝句二首》其一（迟日江山丽）、其二（江碧鸟逾白），《绝句六首》其一（日出篱东水）、其二（蔼蔼花蕊乱）、其三（凿井交棕叶）、其四（急雨捎溪足）、其五（舍下笋穿壁）、其六（江动月移石），《绝句三首》其一（闻到巴山里）、其二（水槛温江口）、其三（漫道春来好），《答郑十七郎一绝》（雨后过畦润），《武侯庙》（遗庙丹青落），《八阵图》（功盖三分国），《复愁十二首》其二（钓艇收缗尽）、其三（万国尚戎马）、其四（身觉省郎在）、其六（胡虏何曾盛）、其七（贞观铜牙弩）、其八（今日翔麟马）、其九（任转江淮粟）、其十（江上亦秋色）、其十一（每恨陶彭泽）、其十二（病减诗仍拙）。例如《即事》:

> 百宝装腰带，真珠络臂鞲。
> 笑时花近眼，舞罢锦缠头。

使用首句平起仄收式的有 6 首，其篇目是:《归雁》（东来千里客），《因崔五侍御寄高彭州一绝》（百年已过半），《绝句》（江边踏青罢），《王录事许修草堂资不到聊小诘》（为嗔王录事），《复愁十二首》其一（人烟生处僻）、其五（金丝镂箭镞）。例如《归雁》:

> 东来千里客，乱定几年归?
> 肠断江城雁，高高向北飞。

五言律绝有两种首句入韵的格式:首句仄起平收式，首句平起平收式。

这两种平仄格式，唐代诗人也有使用，杜甫却一概不用，这与他写五言律诗使用平仄格式的情况一样。他的五言律诗共计 625 首，绝大多数作品使用首句不入韵的两种格式，使用首句入韵格式者仅有 40 首，仅占 6%。这反映出他的诗歌主张：五言近体诗以首句不入韵格式为正格。王力先生主编《古代汉语》在谈到这个问题时说："五言绝句以首句不入韵的仄起式为最常见"，"五言律诗以首句不入韵为正轨，而且以仄起式为较常见"。① 此说与杜甫的创作实践相吻合。在其 31 首五言绝句中，有 25 首是仄起式，占 81%，这足可说明杜甫在确定五言律绝的常用格式上起到了相当重要的作用。

（二）七言绝句声律复杂

与五言绝句相比较，杜甫的七言绝句在声律的运用上显得复杂。在所作 104 首七言绝句中，完全合乎声律者 71 首，半合律和完全不合声律者有 33 首，也就是说，有 32% 的作品不是七言律绝。试举几例，半合律者如《奉和严郑公军城早秋》：

> 秋风袅袅动高旌，（平平仄仄仄平平，）
> 玉帐分弓射虏营。（仄仄平平仄仄平。）
> 已收滴博云间戍，（仄平仄仄平平仄，）
> 欲夺蓬婆雪外城。（仄仄平平仄仄平。）

此诗虽用律句写成，一联中出句与对句声调也能对立，但两联之间明显失粘。完全不合声律者如《绝句漫兴九首》其三、其八：

> 熟知茅斋绝低小，（仄平平平仄平仄，）
> 江上燕子故来频。（平仄仄仄仄平平。）
> 衔泥点污琴书内，（平平仄仄平平仄，）
> 更接飞虫打着人。（仄仄平平仄仄平。）
>
> 舍西柔桑叶可拈，（仄平平平仄仄平，）
> 江畔细麦复纤纤。（平仄仄仄仄平平。）
> 人生几何春已夏，（平平仄平平仄仄，）
> 不放香醪如蜜甜。（仄仄平平平仄平。）

① 王力主编：《古代汉语》（校订重排本）第四册，第 1532、1525 页。

这两首绝句句子多数为非律句，而且失对、失粘。

那么，如何来解释这种现象呢？笔者认为，其原因是七言诗入律比五言诗来得晚。不妨以七言律诗声律的定型迟滞状况作为参照。当初唐末期五言律诗的声律已经定型的时候，七言律诗的声律斟酌才刚刚起步，到盛唐后期杜甫生活的时代，七言律诗也没有最后定型，表现为使用非律句、失对、失粘等情况。笔者对盛唐几位主要诗人所写的七言八行体诗做了调查，发现他们这类作品数量既少，而不完全合律的情况也普遍存在。例如，王维，9 首合律，11 首不完全合律；李白，2 首合律，5 首不完全合律；高适，5 首合律，2 首不完全合律；岑参，4 首合律，7 首不完全合律；杜甫，116 首合律，35 首不完全合律。七言律诗是中晚唐时期定型并繁荣的。施子愉先生曾对《全唐诗》中存诗一卷以上的诗人作品进行统计，结果显示：初盛唐的七律仅有 372 首，而中晚唐的七律竟多达 5531 首。[①] 金朝元好问编选《唐诗鼓吹》，只选唐人七律，以中晚唐七律为主（初盛唐仅选 15 首，中晚唐则选 582 首），也反映了这种情况。既然在杜甫生活的时代七言律诗的声律尚未能定型，连带所及，七言绝句出现不合声律的现象就可以理解了。

二、韵律体制

杜甫绝句用韵完全符合《平水韵》，仅有一首首句用邻韵，开创了后人首句用邻韵之先河。

鉴于《唐韵》和《平水韵》已经失传，我们以《广韵》《集韵》和按照金人刘渊编著的能够反映唐宋两代诗人用韵情况的《平水韵》（即《壬子新刊礼部韵略》）体系编辑的《诗韵合璧》为依据，考察杜甫绝句用韵情况（韵部名称依《诗韵合璧》），得出如下结论。

（一）用韵严格

在杜甫 135 首绝句中，只有一首使用了两个韵部的韵字，其他都是一韵到底的。这首就是《投简梓州幕府兼简韦十郎官》：

> 幕下郎官安隐无？从来不奉一行书。
> 固知贫病人须弃，能使韦郎迹也疏。

---

① 参见施子愉：《唐代科举制度与五言诗的关系》，《东方杂志》第 40 卷第 8 号，1944 年 4 月，第 39 页。

首句韵字"无"属于上平声七虞韵，二、四句的韵字"书""疏"属于上平声六鱼韵。杜甫此诗首句使用了邻韵。这种作法，实开中晚唐诗人首句使用邻韵风气之先河。王力先生在《汉语诗律学》中指出："首句使用邻韵的近体诗（包括律诗、绝句与排律）……此风始于盛唐，到中晚唐逐渐成为风气，到宋代更是变本加厉了。"[①]

（二）择韵广阔

下面是杜甫135首绝句使用韵部情况的统计结果：上平声一东韵者6首，上平声四支韵者11首，上平声五微韵者5首，上平声六鱼韵者3首，上平声七虞韵者4首，上平声八齐韵者5首，上平声十灰韵者6首，上平声十一真韵者8首，二平声十二文韵者9首，上平声十三元韵者8首，上平声十四寒韵者5首，上平声十五删韵者1首；下平声一先韵者9首，下平声二萧韵者5首，下平声四豪韵者2首，下平声五歌韵者4首，下平声六麻韵者6首，下平声七阳韵者9首，下平声八庚韵者10首，下平声九青韵者2首，下平声十蒸韵者1首，下平声十一尤韵者9首，下平声十二侵韵者2首，下平声十四盐韵者2首；上声四纸韵者1首；入声一屋韵者1首，入声二沃韵者1首。

《诗韵合璧》继承了《平水韵》体系设置的30个平声韵部，杜甫使用了其中的24个韵部。

（三）重用宽韵，少用窄韵，弃绝险韵

杜甫选择韵部，尽量使用宽韵，因为宽韵的韵字多，便于抒情表意。上平声四支韵和下平声一先韵、七阳韵、八庚韵、十一尤韵是宽韵，杜甫绝句使用这四个韵部最多。而平水韵上平声三江韵、下平声十五咸韵这些险韵，字数极少，杜甫未予使用。由此可见，杜甫作诗押韵是以有利于抒情言志为目的，与那些使用窄韵甚至险韵以炫耀"才能"的人大相径庭。

（四）以平声韵为正格

由上面统计可知，杜甫绝句用韵以押平声韵为正格，在135首作品中，有132首押平声韵，占总数98%；押仄声韵只有3首，仅占2%。

（五）五七言绝句首句用韵与否有别

对于首句是否入韵的问题，杜甫把五言绝句与七言绝句区别对待，五

---

① 王力：《汉语诗律学》，第73页。

言绝句的首句一概不入韵，七言绝句的首句多数入韵，在 104 首七言绝句中，首句入韵者 76 首。这与他处理五言律诗和七言律诗的首句用韵问题是同一个思路。至于七言绝句首句入韵所使用的格式，王力先生在《古代汉语》中说"七言绝句以首句入韵的平起式最为常见"[①]，但这似乎并不完全符合杜甫七言绝句的创作情况。经调查确认，在杜甫首句入韵的 76 首绝句中，平起式为 35 首，占 46%，与王力先生的说法稍有距离。

三、对仗体制

经笔者逐篇辨析可以确定，在杜甫 135 首绝句中，一联使用对仗者 65 首，两联使用对仗者 24 首，完全不用对仗者 46 首。其中五言绝句完全不用对仗者只有 4 首，七言绝句则多达 42 首。这反映出杜甫在对仗一事上对五言绝句与七言绝句的要求是有区别的。

杜甫绝句中的对仗体现出严格的规矩。具有参考价值的主要有四点：一联中出句与对句相对应的字其词性相同；出句与对句相对应的节奏点位置的字其声调相反；没有出现合掌问题；没有出现违背自然规律和生活常识的问题。

杜甫绝句对仗的种类多样，而以工对最为突出，例如：

泥融飞燕子，沙暖睡鸳鸯。(《绝句二首》其一)

江碧鸟逾白，山青花欲燃。(《绝句二首》其二)

日出篱东水，云生舍北泥。(《绝句六首》其一)

蔼蔼花蕊乱，飞飞蜂蝶多。(《绝句六首》其二)

月生初学扇，云细不成衣。(《复愁十二首》其二)

两个黄鹂鸣翠柳，一行白鹭上青天。(《绝句四首》其三)

背飞鹤子遗琼蕊，相趁凫雏入蒋牙。(《夔州歌十绝句》其五)

这些对仗皆工丽自然，词采鲜明，具有很高的审美价值。

综上所述，杜甫绝句在声律、韵律、对仗三个方面，为绝句建立了严格的体制，使绝句这种诗体的格律得以定型。

---

① 王力主编：《古代汉语》(校订重排本)第四册，第 1532 页。

第三节　杜甫绝句的题材内容

初盛唐诗人的绝句题材内容主要是写景、怀乡、送别、边塞、闺怨等，与先唐的绝句相比，领域有所扩展。其优秀篇什有卢照邻《曲池荷》："浮香绕曲岸，圆影覆华池。常恐秋风早，飘零君不知"，苏颋《汾上惊秋》："北风吹白云，万里渡河汾。心绪逢摇落，秋声不可闻"，王勃《山中》："长江悲已滞，万里念将归。况属高风晚，山山黄叶飞"，王维《送元二使安西》："渭城朝雨浥轻尘，客舍青青柳色新。劝君更尽一杯酒，西出阳关无故人"，王翰《凉州词》："葡萄美酒夜光杯，欲饮琵琶马上催。醉卧沙场君莫笑，古来征战几人回"，王昌龄《闺怨》："闺中少妇不知愁，春日凝妆上翠楼。忽见陌头杨柳色，悔教夫婿觅封侯"等。然而，若与杜甫绝句的题材内容相比较，初盛唐绝句则显得狭窄许多。

杜甫绝句数量并不多，但题材内容却广阔而且深厚，凡纪实、怀古、诗论、政论、羁旅、山水、田园、边塞、讽喻、民俗、友情、求助等，皆入诗中。杜甫开拓诗境的意识十分明显。

一、记录时事

绝句非常短小，习惯上人们只用它来记录细小景物、瞬间感受，而杜甫却可以用绝句记录他所在时代发生的一些重要的事件。如《三绝句》其一：

> 前年渝州杀刺史，今年开州杀刺史。
> 群盗相随剧虎狼，食人更肯留妻子！

渝州和开州两州刺史被杀，未见史书记载，此诗发挥了史诗的作用，可补史书之缺。其二：

> 二十一家同入蜀，惟残一人出骆谷。
> 自说二女啮臂时，回头却向秦云哭。

此诗记录战乱岁月百姓大批逃亡、大量死亡的现实，写出了面对这种惨状的人们内心深处的痛苦。其三：

> 殿前兵马虽骁雄，纵暴略与羌浑同。
> 问道杀人汉水上，妇女多在官军中。

此诗记录官军虽骁勇能战，却与羌浑一样残害百姓，竟然做出了随意杀人、掳掠妇女的暴虐之事。这些绝句，皆史家眼光，具有史家所不能及处，更是其他诗人笔墨难到之处。

又如，唐代宗广德二年（764）秋季，杜甫受剑南节度使严武的邀请，到幕府中任参谋，作《奉和严郑公军城早秋》诗：

> 秋风袅袅动高旌，玉帐分弓射虏营。
> 已收滴博云间戍，欲夺蓬婆雪外城。

此诗记录了严武大战吐蕃取得胜利的事迹。滴博，即滴博岭，在维州；蓬婆，即大雪山。《旧唐书·严武传》载："广德二年，破吐蕃七万馀众，拔当狗城，十月，取盐川城。"[①] 杜甫诗中所记与史书所载相互印证。

再如，唐代宗大历三年（768）春天，杜甫客居夔州，听到吐蕃全线溃退的喜讯，作《喜闻盗贼总退口号五首》，记录这一胜利，为之欢呼。其五：

> 今春喜气满乾坤，南北东西拱至尊。
> 大历三年调玉烛，玄元皇帝圣云孙。

据《资治通鉴》卷二百二十四载，唐代宗大历二年"冬，十月，戊寅，朔方节度使路嗣恭破吐蕃于灵州城下，斩首二千余级，吐蕃引去"[②]。清代学者仇兆鳌赞赏这组诗是"另辟手眼"："诗以绝句记事，原委详明，此唐绝句中，另辟手眼者。"[③]

杜甫用绝句记录时事，实开绝句题材之新领域。

二、发表诗论

杜甫开创了以诗论诗的新方式。例如，他在组诗《戏为六绝句》中，提出了诗歌创作的若干主张："庾信文章老更成，凌云健笔意纵横"（其

---

① [后晋]刘昫等：《旧唐书》卷一一七《严武传》，第3396页。
② [宋]司马光编著，[元]胡三省音注：《资治通鉴》卷二二四，第1827页。
③ [清]仇兆鳌注：《杜诗详注》卷二一，第1860页。

一），提倡"凌云健笔"，反对纤弱浮靡；"或看翡翠兰苕上，未掣鲸鱼碧海中"（其四），提倡"碧海掣鲸"的诗歌力度，对当时的诗风提出批评；"不薄今人爱古人，清词丽句必为邻"（其五），主张对前代诗歌艺术要兼收并蓄，博采众长，对六朝诗歌不能全盘否定，纠正了陈子昂、李白等人在矫枉中出现的偏颇。这些主张对盛唐诗风的形成无疑会产生积极的作用。关于杜甫《戏为六绝句》诗论的问题，学界已经讨论很多，故不赘言。

又如，在组诗《解闷十二首》中，有五首论及前代和同时代的诗人。"李陵苏武是吾师，孟子论文更不疑。一饭未曾留俗客，数篇今见古人诗。"（其五）有一种观点认为，李陵、苏武是汉代五言诗的开山之祖，诗风朴实刚劲；"孟子"指的是杜甫诗友孟云卿，此人以李陵、苏武为师，杜甫对其作出肯定，意在倡导朴实刚劲的诗风。"复忆襄阳孟浩然，清诗句句尽堪传。"（其六）孟浩然是当时著名田园山水诗人，其诗古朴自然，杜甫对他深为赏识，表明杜甫对古朴自然诗风的推扬。"不见高人王右丞，蓝田丘壑漫寒藤。最传秀句寰区满，未绝风流相国能。"（其八）蓝田丘壑，是指王维的蓝田山中别墅，环境幽僻。王维晚年半官半隐，长期生活在这里，写了很多山水诗，诗中多秀句，杜甫赞扬其秀句传遍天下，这反映出杜甫审美的另一个方面。组诗中还有一首是杜甫写自己作诗之刻苦的："陶冶性灵存底物？新诗改罢自长吟。熟知二谢将能事，颇学阴何苦用心。"（其七）诗歌能陶冶人的性灵，作诗要态度严肃认真，修改诗句后要反复吟咏，以检查字音是否和谐，修正拗口的句子。二谢，是指南朝著名诗人谢灵运、谢朓，杜甫表示要好好学习他们的作诗技巧，还要努力学习南朝著名诗人阴铿、何逊的良苦用心。这四句诗可以看作杜甫对自己一生诗歌创作经验的总结，对后代诗人具有启迪意义。

以绝句形式来论诗，对后代文论家产生了深远的影响。金朝元好问《论诗三十首》就继承了这种形式，明清时期更是产生了大量以绝句论诗的论诗诗。

三、表达政见

在短小的篇幅里表达政治见解，是颇不容易的事，需要作者具有真知灼见和高度驾驭语言的能力。杜甫在这方面有精彩的表现。

他用绝句表达邻国之间应和睦相处，反对诉诸武力的主张。其《喜闻盗贼总退口号五首》其二曰："赞普多教使入秦，数通和好止烟尘。朝廷忽用哥舒将，杀伐虚悲公主亲。"赞普，即吐蕃王；哥舒，指唐朝大将哥舒翰。杜甫回忆唐王朝与吐蕃交往的历史，早期采用和亲策略，两国之间和睦相处。但是到了玄宗晚年，这位好大喜功的天子频繁发动开边战争，派遣大将哥舒翰征讨吐蕃，天宝七载（748），哥舒翰攻夺石堡城，从此两国结下怨仇，以致在安史之乱结束后，吐蕃乘唐王朝国力衰微，一举攻下长安，京都惨遭践踏。组诗第四首写道："勃律天西采玉河，坚昆碧碗最来多。旧虽汉使千堆宝，少答胡王万匹罗。"勃律是唐王朝西面邻国，盛产玉石。坚昆也在唐王朝西部，与今吉尔吉斯斯坦国的吉尔吉斯民族同根同源，当时出产碧碗。杜甫回忆说：早年，唐王朝与这两个国家友好交往，异国的美玉、碧碗等千堆宝物跟随使者源源不绝地送给朝廷，唐朝天子也以万匹绫罗作为回报。然而这已经是过去的事了，今非昔比，一个"旧"字表达了沉重感慨。

在组诗《解闷十二首》中，杜甫围绕进贡荔枝之事写了四首，批判唐朝统治者劳民伤财、失去民心的愚蠢行径。"先帝贵妃今寂寞，荔枝还复入长安。炎方每续朱樱献，玉座应悲白露团。"（其九）朱樱，即樱桃；玉座，指玄宗的牌位，代指玄宗；白露团，指荔枝。史载，杨贵妃爱吃荔枝，玄宗便命令地方驰马急送，致使伤害人马无数，而不以为虑，导致民怨沸腾。如今他们虽已死去，而继任者仍不以为训，不但要求继续进贡荔枝，还要进贡樱桃，则国家之危实可忧虑。浦起龙《读杜心解》说："此章志旧贡未除也。诗情悠远，含有两意。荔枝为先朝所嗜，当兹续献，得无对'露团'而凄然乎？荔枝又祸乱所因，至此还来，得无抚'玉座'而惕然乎？盖两讽云。"[1]本诗对招致祸乱的玄宗和不知引以为鉴的代宗双双加以讽刺，浦氏所言极是。

四、概括唐王朝由盛转衰的剧烈变化

杜甫善于从自身或人物的身世变迁来反映国势的沉沦。例如《存殁口号二首》其二："郑公粉绘随长夜，曹霸丹青已白头。天下何曾有山水，人间不解重骅骝。"郑虔是盛唐著名山水画家，其诗、书、画曾被玄宗御笔题为"郑虔三绝"，他在安史之乱后遭到远贬，死在台州，他的绘画也就从此灭绝；曹霸是盛唐著名鞍马画家，曾经给玄宗画过骏马，安史之乱后流落到成都，生活困顿，遭人白眼。他们的身世变化寓示着唐王朝的衰落。杜甫晚年流落湖南，在长沙遇到了盛唐时名震京都的歌手李龟年，抚今追昔，感慨万端，作诗言道："岐王宅里寻常见，崔九堂前几度闻。正

---

① [清] 浦起龙：《读杜心解》卷六，第854页。

是江南好风景，落花时节又逢君。"（《江南逢李龟年》）"落花时节"蕴意深长，既暗示着个人年老困顿，也暗示着王朝的衰落。谁说短小的绝句不能表现重大的主题呢？

五、写山水田园之趣

杜甫的绝句，更多的是用来描写山水田园之趣。这是唐人熟稔的形式和表达方式，杜甫在这一方面并不逊于任何人。这方面的优秀作品有《绝句漫兴九首》《江畔独步寻花七绝句》《绝句二首》《绝句四首》等。

组诗《绝句六首》从六个侧面表现农村风光和农事劳动，笔触细致平和，如"凿井交棕叶，开渠断竹根。扁舟轻袅缆，小径曲通村"（其三）。他还用绝句描绘夔州江峡的险要："中巴之东巴东山，江水开辟流其间。白帝高为三峡镇，瞿塘险过虎牢关。"（《夔州歌十绝》其一）高山深峡，读来令人震撼。他还用绝句代替书信，向友人索要树苗和生活用品。落脚成都草堂以后，为了美化生活环境，杜甫向附近的萧实县令索要桃树苗，向韦续县令索要绵竹苗，向何邕县尉索要桤树苗，向韦班县尉索要松树苗，还向韦班索要大邑县出产的瓷碗。这些绝句写得情致深长，对方读后当欣然应允。从杜甫后来所写的草堂周围景物来看，他的要求都得到了满足。

总之，绝句在杜甫手中已完全摆脱题材内容的限制，大可批评君主，小可当作借条，既可议论时政，又可谈论诗歌，更多则是描写山水田园景色，几乎达到无事不可写、无意不可入的地步。杜甫在绝句题材内容上的开拓，为后代诗人打开一片广阔的天地，对后代诗人具有一定程度的影响。正如清人叶燮《原诗》中所说："杜七绝轮囷奇矫，不可名状，在杜集中，另是一格，宋人大概学之。宋人七绝，大约学杜者什六七，学李商隐者什三四。"①

第四节　杜甫绝句的创新与文学史意义

在唐代诗坛上，杜甫的绝句风貌别具一格，显得十分"不合群"。后人评论他的绝句，除了《绝句》（两个黄鹂鸣翠柳）、《虢国夫人》、《赠花卿》、《江南逢李龟年》几首外，多数不予认可。宋人严羽评曰："五言绝句：众唐人是一样，少陵是一样……"②明代王世贞《艺苑卮言》说："太

---

① ［清］叶燮：《原诗》卷四，见三夫之等撰《清诗话》，第610页。
② ［宋］严羽著，郭绍虞校释：《沧浪诗话校释》，第141页。

白之七言律，子美之七言绝，皆变体，间为之可耳，不足多法也。"① 许学夷《诗源辩体》也认为杜甫绝句是"变体"。② 清代管世铭更是严苛，云："少陵绝句，《逢龟年》一首而外，皆不能工，正不必曲为之说。"③

那么，人们对于绝句的审美标准是什么？杜甫绝句的风貌与诸家所写到底有何不同？清人沈德潜《说诗晬语》中对写七绝的两大名家李白和王昌龄作品风格进行概括："七言绝句，以语近情遥，含吐不露为主。只眼前景口头语，而有弦外音味外味，使人神远，太白有焉。""王龙标绝句，深情幽怨，意旨微茫。"④ 强调的是绝句作品的含蓄蕴藉。被人们所激赏的王昌龄的《长信秋词》（奉帚平明金殿开）、《出塞》（秦时明月汉时关），李白的《早发白帝城》（朝辞白帝彩云间）、《送孟浩然之广陵》（故人西辞黄鹤楼）等，确实具有这种弦外音、味外味。用这个审美标准来衡量杜甫绝句，可以看出他的大多数作品是有一定差距的，除了《虢国夫人》《赠花卿》《江南逢李龟年》之外，其他作品的主旨是直露不隐的。而这与他所写的题材内容有直接关系，倘若他把那些政论、诗论也写得"含吐不露""意旨微茫"，那就不可能把观点说清楚，也就达不到写作的目的。

唐人绝句多被乐师谱曲，"被之管弦"，用于演唱。清人方成培《香研居词麈》中说："唐人所歌，多五言七言绝句，必杂以散声，然后可被之管弦。如《阳关》诗必至三叠而后成音，此自然之理。"⑤ 王维《送元二使安西》是被谱曲传唱的，又名《渭城曲》，中唐诗人刘禹锡遭到贬谪，其友人何戡就曾唱这首歌为之送行："旧人唯有何戡在，更与殷勤唱渭城"（刘禹锡《与歌者》）。薛用弱《集异记》所载"旗亭画壁"的故事，记载王昌龄的《芙蓉楼送辛渐》《长信秋词》、高适的《哭单父梁九少府》、王之涣的《凉州词》，被歌妓们演唱。这几首绝句能被谱曲，由歌妓向社会大众演唱，说明它们在题材内容上适应了民众的心理需求。而杜甫许多绝句的题材内容不适合在大庭广众中演唱。卢世㴶《紫房馀论》评论杜甫绝句云："子美恰与两公（王昌龄、李白）同时，又与太白同游，乃恣其倔强之性，颓然自放，独成一家……"⑥ 此说颇有见地。杜甫并非不清楚自己的绝句不入时调，他的倔强性格使他宁可作品不"被之管弦"，宁可不

---

① [明] 王世贞：《艺苑卮言》卷四，见丁福保辑《历代诗话续编》中册，第 1006 页。
② 参见 [明] 许学夷：《诗源辩体》卷一九，第 220 页。
③ [清] 管世铭：《读雪山房唐诗序例》，见郭绍虞编选《清诗话续编》第三册，第 1562 页。
④ [清] 方成培：《香研居词麈》，《丛书集成初编》本，中华书局，1985 年，第 1 页。
⑤ [清] 方成培：《香研居词麈》，《丛书集成初编》本，第 1 页。
⑥ [明] 卢世㴶：《紫房馀论》，见 [清] 王琦注《李太白全集》卷三四，中华书局，1977年，第 1550 页。

付与歌妓之喉，也要坚守自家风貌。笔者曾经总结过杜甫在诗坛上十个创新之举，诸如在诗歌的内容上他敢于变他人的歌唱理想而转为表现社会人生；敢于逆时代重视"丰腴"的审美思潮，提出"瘦硬"为美；敢于抛弃乐府旧题，创作新题乐府；敢于用诗歌书写断代国史和人物传记；首次提出"创作心态自由论"等，都表现出他是个旧框子框不住的诗人，唯其如此，才能够成为诗坛领袖，继往开来，推动中国诗歌发生新变。

杜甫绝句未能合于时调，除了上述题材内容上的原因，还有表达形式上的原因。胡震亨《唐音癸签》引杨慎语云："少陵虽号大家，不能兼善，以拘于对偶，且泥于典故，乏性情尔。"① 他认为杜甫绝句多用对仗，多用典故，以致成为另类。这是把杜甫绝句与其他诗人绝句对比之后得出的观点。考察李白、王昌龄等人的名篇，如《长信秋词》《出塞》《闺怨》《早发白帝城》《送孟浩然之广陵》《凉州词》等，两联均为散行，没有对仗，而且很少使用典故。而杜甫135首绝句中，一联使用对仗者65首，两联使用对仗者24首，完全不用对仗者仅46首，用典之处也属多见。他们的区别的确是明显的。杨慎如此批评杜甫绝句的表达形式，也是把绝句作为"被之管弦"的音乐文学看待的。音乐是时间艺术，作为音乐文学的歌词，诉诸听众时会有时间的限制，如果语言不够畅达，用典过多，会影响听众对歌词的理解。但是，如果不把绝句看作音乐文学，而是作为案头文学来看待的话，这个问题是不存在的。即如我们今天阅读杜甫的绝句，并没有因为它使用了对仗和典故而觉得有什么不好。

胡应麟在《诗薮》中批评杜甫用写律诗的语言写绝句："杜以律为绝，如'窗含西岭千秋雪，门泊东吴万里船'等句，本七言律壮语，而以为绝句，则断锦裂缯类也。"② 他认为绝句是短小诗体，不该使用壮语，这显然失之偏颇。试问：被人们激赏的王之涣《凉州词》"黄河远上白云间，一片孤城万仞山"何尝不是壮语？还有王昌龄的边塞之作《从军行七首》，诸如"青海长云暗雪山，孤城遥望玉门关""大漠风尘日月昏，红旗半卷出辕门"等句，又何尝不是壮语？

后人对于杜甫绝句也不乏肯定、赞美的声音。明人许学夷认为杜甫绝句"虽是变体，然其声调实为唐人《竹枝》先倡，须溪谓'放荡自然，足洗凡陋'是也"③。清人黄子云《野鸿诗的》评论绝句时说："龙标、供奉，擅场一时，美则美矣，微嫌有窠臼"，"浣花深悉此弊，一扫而新之。……

---

① [明]胡震亨：《唐音癸签》卷一〇，第100页。
② [明]胡应麟：《诗薮·内编》卷六，第121页。
③ [明]许学夷：《诗源辩体》卷一九，第220页。

少陵七绝，实从《三百篇》来，高驾王、李诸公多矣"。① 清人李重华在
《贞一斋诗话》中说："杜老七绝欲与诸家分道扬镳，故而别开异径，独其
情怀最得诗人雅趣。"② 清人仇兆鳌对于杜甫的绝句风范给予热情赞扬，他
在《杜诗详注》中说："少陵绝句，多纵横跌宕，能以议论摅其胸臆。气
格才情，迥异常调，不徒以风韵姿致见长矣。"③ 这些古代的诗论家充分肯
定了杜甫绝句的新变之功。

今人的评论，基本持肯定的声音。蒲惠民《论杜甫绝句的创新》摘
要云："杜甫的绝句扩大了盛唐绝句的题材范围，发展了'变体'，且大量
采用议论、方言俚语、重言迭字入诗，创造出一种情思深沉、声调拗峭、
语言朴素，适宜反映乱世心声并与其沉郁风格相一致的崭新绝句。"④ 房日
晰《杜甫绝句论略》说："拙、短、粗、憨为诗艺所忌的四种短处，却成
了杜甫绝句的长处。这种对诗艺的执着与艺术表现的负面追求，使其绝句
独放异彩。他的绝句多即景书事直抒胸臆之作，这类诗虽被斥之为'别
调''别径'，对杜甫来说，则为创调，是在诗歌创作实践中闯出的新径。
在中国绝句史上，自是开派之作。它对黄庭坚等人的绝句，有较大的影
响。"⑤ 席红《试论杜甫绝句的创新及价值》摘要称："杜甫的绝句能自觉地
摆脱乐府的影响，在创新中形成了自己的特色：内容上，从抒写主观情
思到摹写客观事象，从抒发易于共鸣的普遍情感到表达触机成趣的个人意
趣；写法上，从大笔写意到工笔细描；风格上，从意境浑融流畅到似断
实连。这些特点相互影响，共同体现了杜甫绝句的创新，而这种创新对绝
句的发展有着积极的意义。"⑥ 黄震云、张英《杜甫绝句的诗学艺术》摘要
云："杜甫绝句现存 138 首，是杜诗美学艺术的重要组成部分。其绝句有
律、古、拗三体，正格得中，又能变化于法度之外，在类别、对仗、起
式、声韵等方面显示出杜诗特有的审美品格，体现了杜甫转益多师的学
习态度和善于推陈出新的探索精神，取得了突出的诗学艺术成就。"⑦ 魏耕
原《杜甫绝句变革的得失及意义》摘要云："杜诗兼备众体，唯绝句遭人
讥议。……然从另一面看，正是对盛唐风神摇曳的正格的反拨，以体物取

---

① ［清］黄子云：《野鸿诗的》，见王夫之等撰《清诗话》，第 851 页。
② ［清］李重华：《贞一斋诗说》，见王夫之等撰《清诗话》，第 925 页。
③ ［清］仇兆鳌注：《杜诗详注》卷一一，第 902 页。
④ 蒲惠民：《论杜甫绝句的创新》，《陕西师范大学学报（哲学社会科学版）》1997 年第 2
　　期，第 106 页。
⑤ 房日晰：《杜甫绝句论略》，《杜甫研究学刊》2001 年第 1 期，第 18 页。
⑥ 席红：《试论杜甫绝句的创新及价值》，《杜甫研究学刊》2000 年第 3 期，第 68 页。
⑦ 黄震云、张英：《杜甫绝句的诗学艺术》，《杜甫研究学刊》2005 年第 2 期，第 22 页。

代言情，而且成为一种模式，充其量只属于变调。在绝句组诗、题材的拓展，以及口语汲取上的创新，却有可取之处。特别是幽默的拟人化与以议论为绝句，不仅具有个性特色，而且对后世影响更为深远。"①

总体来看，今人的态度更为宽容。在此基础上认识杜甫的绝句，我们就不会吹毛求疵，而更多的是肯定其有价值有意义的一面。杜甫绝句的体制研究，今人成果较多，笔者不再多说。我们要说的是杜甫绝句在中国文学史上的价值，这更是值得肯定的。

其一，风格独树一帜。在中国文学史上，杜甫的绝句与孟浩然、王昌龄、李白、王维等盛唐绝句名家的作品相比，除少数作品外，绝大多数作品确实风格不同。但"不同"与"不好"是两个完全不一样的概念。"不同"是另类，是独特，是个性。百花园中，姹紫嫣红，花色灿烂，又加一种墨色，不是更加丰富多彩吗？！

其二，题材拓展，提升了绝句的表现功能。在多数人认为只能表现小情景、小事件、小片段的绝句短章里，杜甫竟然挖掘出了写时事、评历史、评诗歌等多种表现功能，这确实令我们对绝句的功能产生了不一样的认识，懂得了绝句尺水兴澜、小中见大的艺术功能。而这，也为后来绝句的发展开辟了新路，如杜牧、李商隐的咏史绝句、元代元好问的论诗绝句。

其三，实现了雅诗入俗、俗而能雅的艺术认知的自由转换。杜甫的绝句用了一些俗词入诗，但又最能表现生活本来的样貌，使得这些俗语词汇也成为高雅艺术的重要组成部分。如《绝句漫兴九首》其七："糁径杨花铺白毡，点溪荷叶叠青钱。笋根雉子无人见，沙上凫雏傍母眠。"

其四，促进了绝句律化的进程。杜甫的五绝全部为律绝，七绝也有68%的作品合律，他还把律诗的对仗纳入绝句的写作中，使得他的一些绝句看似截律诗而来，显得非常规整。这样一来，就使得绝句有了两种写法：古绝和律绝。这对于诗体的丰富是很有价值的。

总而言之，我们大体可以这样认识杜甫绝句的独特风貌及其文学史价值：改变了风韵姿致的常调，气格恣肆；不屑于委婉含蓄的正声，直抒胸臆。将广阔的题材内容引入绝句，使其身份尊贵；将律诗的格律和语言度入绝句，使其面貌持重。多数作品表意直率，使用律诗壮语、典故，与绝句"兴象玲珑、句意深婉""语近情遥，含吐不露"之审美标准不合，故多遭后人诟病。但从另一意义上说，杜甫绝句独树诗林之异帜，实开一代之新风，可视为杜甫对绝句风貌的有意探索。

---

① 魏耕原：《杜甫绝句变革的得失及意义》，《杜甫研究学刊》2015年第2期，第41页。

结语　杜甫对中国古典诗体学的贡献

　　胡应麟《诗薮》说："才超一代者李也，体兼一代者杜也。"杜甫诗歌确有"体兼一代"的价值，他的诗歌，囊括了有唐一代所有的诗歌体式，古体诗、乐府、歌行、五律、七律、排律、绝句，无所不及，且都取得了很高的成就，对后代诗人影响巨大。

　　律诗是杜甫诗歌艺术水平最高的诗体样式，其五言律诗和七言律诗被称为中国近体诗歌的典范创制。

　　杜甫的五言律诗成就非凡，继续稳定了初唐的声律体制，并在内容的涵盖面之广和艺术的精绝方面达到了盛唐的极致。其声律体制是：严守声律三项规则，即全诗由律句（正格律句或变格律句）构成、一联中两句声调对立、邻联声调相粘；其五律完全由正格律句组成者共计 283 首，占总数的 45%，其余则由正格律句和变格律句混合组成；其变格律句有三种类型，在创作中起到重要作用；使用四种平仄格式，而以首句仄起仄收式（458 首）为主。其韵律体制是：押韵严格依照平水韵，总计 625 首作品中仅有 1 首出韵；使用韵部广泛，覆盖了平水韵 28 个平声韵部；大量使用宽韵，以便于表意抒情，拒绝在押韵上争奇斗险。其对仗体制是：对仗规则的严密化；对仗数量的富态化；对仗种类的多样化。杜甫五言律诗的题材多样，内容深广，感情浓重，主要包括：感时伤乱、济世之志、亲属深情、思乡忆故、漂泊之慨、交游酬赠、咏物寄意、山林田园、异地民俗、游寺寻僧。其诗艺体制是：风格以沉郁顿挫为主，兼具雄浑、豪健、清奇、自然之美；章法以起承转合为主，即"点题—写景—言事—收结"；句法包括句式错综、词语省略、词序倒置，表意灵活，诗句劲健；字法上则求真、求浅、求活。

　　杜甫的七言律诗，标志着中国七言律诗的真正成熟，这种成熟包含声律体制上的基本稳定、内容上对初唐宴饮唱和诗的突破以及在艺术上的多项新创。杜甫在七律的声律使用上的成就，一是正体七律的纯熟（全诗由正格律句、或由正格律句加变格律句构成，且粘对无误），共计 116 首，占总数（151 首）的 77%；二是确立四种正格律句和三种变格律句，并首创了对后世影响深远的丁卯句法；三是尝试了拗体七律的作法，共 35 首拗体七律，有四种类型：局部失粘，首联或首句非律句，对仗使用非律句，全诗多用拗句仅保留中间两联词性相对，皆事出有因；四是失律度很低，仅为 23%，低于初唐的 39%，盛唐的 27%，为七律声律定型于大历时期起到重要作用。杜甫七律的韵律特点，一是严格依照《唐韵》押韵，仅有 1 首出韵；二是限押平声韵，以首句入韵为主要格式，共 115 首，首句入韵占总数的 76%；三是使用韵部覆盖面大，而以使用宽韵为主，亦有所偏好。杜甫七律的对仗非常讲究：一是对仗规则严密，杜绝一联中重复用字；二是对仗数量超出额度，常有三联对仗、四联皆对的诗歌，但绝无矫情造作之嫌，皆自然工稳；三是对仗种类多样，追求整饬完美，是最先将"狭义当句对"引入七律的诗人。杜甫七律在题材内容方面突破了宫体诗的束缚和限制，其 151 首七律，反映了广阔的社会生活和真实的内心体验，包括忧国之思、恤民之情、漂泊之叹、田园之趣、交游酬赠以及少量的宫廷篇什。七言律诗的艺术水平达到了相当的高度：一是形成了沉郁顿挫、慷慨悲壮、老成稳健、萧散自然的风格特点；二是章法颇为讲究，主要有钩锁连环式、起承转合式（含两种情况：其一，四联依次为起承转合；其二，首联起，颔联颈联承，第七句转，第八句合）；三是讲究起法与结法，工于发端，高格响调而入，结法以收束本题为主；四是特别善于属对，有自然天成、特殊对仗俱臻妙境、时空并驭、踵事增华的特点；五是句法丰富多彩，有句式错综、词语省略（省略介词、无谓语句、紧缩句、互文句）、词序倒置（宾语的主语部分提到谓语前面、状语移到动词后面、主谓倒置）等；六是字法锤炼到位，状物精准，常字生辉，深化情感；七是成就了以七律联章组诗这种传达复杂、丰富、沉厚的社会内容和思想情感的诗体形式。

　　杜甫共有排律 129 首，其中五排 125 首，七排 4 首。杜甫的排律作品被后人视为排律的艺术巅峰，尤其是他的五言排律，"五言排律，至杜集观止"①，后代诗人不能企及。杜甫以其卓越的创作实践，为此体在声律、韵律、对仗、结构诸方面确立了体制，在文学史上具有重要的意义。一是在声律上的工稳：入蜀之前偶有以三平尾对三仄尾，入蜀之后则不复出现；重视拗救，一联中如果出句拗，则于对句救之；存在大量三仄尾句；严守粘对规则。二是在韵律上，严格使用平声韵：在总计 1708 韵中仅有

---

　　① ［清］李重华：《贞一斋诗说》，见王夫之等撰《清诗话》，第 925 页。

5个韵字出韵、1个韵字重韵；使用韵部覆盖面广而又有所偏重；有相对稳定的韵字群；韵数皆为偶数。三是在对仗上非常讲究：五排首句对仗较为常见，七排则无；对仗种类、句式节奏、句法结构多样化；邻联间的对仗种类、句式节奏、句法结构绝少雷同。四是在结构上苦心安排，思路清晰：长篇排律段落分明，情思主线贯通首尾；在两段之间安排具有过渡功能的联语，使前后内容平稳转换。这种特别讲究艺术功力的形制，非常难以驾驭，很多人在写作排律时往往会感到开始尚可，后续无力。这种诗歌体制，古人说，不可无一，不可有二，杜甫则成为那个不可无一的人，被认为是中国古代诗歌史上排律写得最好的诗人。但我们也不能因此而对杜甫排律存在的问题视而不见。事实上，杜甫排律存在繁复和芜杂之病。仇兆鳌就指出过杜甫排律的"繁冗混杂"和"铺陈芜碎"，但这并不能淹没他唐代排律第一人的地位。

杜甫创作了大量的古体诗。我们所说的古体诗，是指排除乐府诗和歌行体诗在外的古体诗。杜甫有古体诗277首，其中五言古诗245首，七言古诗32首。其体制特征基本可以概括为：无声律规范，多用非律句；以不转韵为常例，但仄声韵尤其是入声韵诗歌转韵较多；有意回避对仗，只偶有对仗。作为唐代律诗的大家，杜甫回避律诗规范的写作追求说明，他的诗体意识是非常清晰的，是有意向汉魏古体诗回归。杜甫的古体诗歌（不含其乐府诗），主要用来记录个人的行踪、遭际和交游，是相对私人化的内容。但杜甫是一个胸怀人民、胸怀天下的士人，遭遇又非同寻常地富有时代性特征，故其相对私人化的内容中仍然包含了丰富的社会信息。由于古体诗没有声律束缚，押韵也较为宽松，亦无对仗要求，行文非常自由，杜甫的古诗与魏晋南北朝、初唐、盛唐早期的古体诗相比，诗歌题材更加广阔、内容更加深刻，主要包括纪时变、述志向、讽时政、哀民生、赞英良等，这是杜甫古诗对前代古体诗的重要突破。杜甫的古体诗，语体风貌质朴高古，雍容温厚，质朴自然，不饰奢华，真诚四溢，意气豪迈，古直沉郁，内蕴深刻。其古体诗在写作上与以前的古体诗相比有重要变化，主要是从简易叙写转向大笔铺叙，从单纯叙事或抒情转向叙议结合，改变了以往山水诗的风范。

杜甫的乐府诗是他的诗歌体式里最具史诗价值的诗体。他的乐府诗对之前的乐府有很大突破，如果说李白是旧题乐府的峰巅，那么，杜甫就是新题乐府的新峰。他的乐府诗在音乐体制上，沿用乐府旧题者较少，使用新题者较多。旧题多尽可能发挥其原题之本意，并深入开掘。新题则完全扣题，就事论事，把反映现实生活的本来面目作为追求的目标，成为杜甫诗歌中最具史诗意义的传世佳篇。其乐府诗的语言则是追求更加自由的语法修辞，尽力回避近体诗的平仄、押韵、对仗等规范，以突显乐府诗自由灵活的语体特征。杜甫还创造性地使用了连章组诗的乐府诗形式，为扩张乐府诗的表现力作出了重要贡献。与之前的唐人乐府诗相比，杜甫的乐府诗有很多有价值的努力：完整的故事性，较为鲜明的人物形象，长于剪裁和细节描写，善于通过人物语言传达情境，叙事视角的多样化和场面的客体化。这成就了杜甫以叙事为特长的乐府诗写作，改变了他之前的唐人乐府诗以抒情为主基调的写作风貌。而其内容上的全方位拓展，则极大拓展了乐府诗的写作范围和反映现实生活的深度，唐王朝由盛转衰的历史、社会生活的深刻变化都非常形象地呈现在杜甫的乐府诗中，他的乐府诗拥有深刻的史诗性审美的艺术魅力。杜甫的"诗史"之名，基本得自他的乐府诗。用当今的文学批评学者将史诗的审美分解为传统审美和后史诗审美的观点审视杜甫的乐府诗，则史诗传统审美特征中的民族性、整体性、英雄性、全景性和后史诗性审美的平民性、日常性、世俗性恰能体现杜甫乐府诗史诗性审美的全部特征。

杜甫的歌行体诗。我们依据《文苑英华》、宋敏求、严羽、冯班等的观念，进行了更为细致的辨体工作，认为歌行体诗源于古歌和汉乐府，但歌行既不属于古诗，亦不属于乐府，它是在前两者的基础上生发出来的在唐代才真正成熟并兴盛的有独自特点的诗体形态。我们大致确定：除归入乐府诗者，诗题中带有"歌""行""叹""哀""吟""引""谣""曲"等字，以七言为主体句式者，定为歌行；极少数以七言为主，诗题中没有"歌""行""叹""哀""吟""引""谣""曲"等字，但有三平尾、转韵的诗歌，划入歌行。杜甫共有歌行体诗87首。其体式的主要特点有：一是有上列诗题的标志性文字；二是七言为主的语言形式；三是声律比较自由，尾部三平调为典型特征；四是押韵可一韵到底亦可转韵，可押平声韵亦可押仄声韵；五是内容的不具有公众社会事件的实事性；六是写作时作家的主体抒情性更强。以此考察出杜甫的歌行体诗的体类特征是：无声律限制，多数采用自然音节；押韵形式多样化；有意回避对仗。题材内容上，杜甫歌行与李白有很多相似之处，更多反映个人生活和感慨，对前人题材又有超越。虽然大部分作品并不具备深广的社会内容，但其题材内容还是在一定程度上对前代歌行体诗歌有所丰富，如游观议论、名士风范和节操、下层士人和个人困顿、题画诗和酬赠诗篇等，在一定程度上拓展了歌行体诗的题材内容。杜甫的歌行体诗歌形成了自己的独特艺术境界：一是"以气概盛"的情感力量；二是开合自由的结体方式；三是全面周到的关注视角；四是潇洒俊逸的审美特质。其歌行长篇，亦诗亦史，着力于全篇的回旋往复，标志着我国歌行艺术的高度。杜甫的歌行体诗虽没有像乐府诗那么深刻的诗史价值，没有像律诗那么广泛的内容和精美的形式，没有像古体诗那么沉郁顿挫，但其艺术成就依然使杜甫成为与李白并称的唐代歌行体诗歌大家。

相比之下，杜甫的绝句成就不是很高，但也付出了独到的探索。他写出了一些与李白、王昌龄、王维等相媲美的风华流丽的绝句作品，但也有一些不为后人认可的作品。杜甫共 135 首绝句，五言绝句 31 首，七言绝句 104 首。就其体制特点而言，杜甫的五言绝句皆为声律严整的五言律绝，全部为首句仄收式，在确定五言律绝的常用格式上起到了相当重要的作用。七言绝句在声律的运用上显得复杂，有 32% 的作品不是七言律绝，这与七言诗入律比五言诗来得晚有直接关系。杜甫绝句的用韵严格依照平水韵，使用韵部广阔，多用宽韵，以押平声韵为正格。杜甫绝句的多数作品使用对仗，五言绝句尤甚，对仗规则整肃。这些作法为绝句格律的形成奠定了基础。杜甫绝句的题材内容广阔深厚，且具有重大的开拓性，表现为记录时事、发表诗论、表达政见等。杜甫绝句的风貌与李白、王昌龄、王维绝句一路者，风华流丽，气象高朗，语言自然，声情流畅。其绝句之变体，别开异径，自成一家，表现为以议论入诗，语言直率，变散行为对偶，使用典故、壮语，不以入乐演唱为意。杜甫绝句之变体，当是杜甫对绝句写作进行的有意识的尝试，尽管这种尝试并不一定成功。但以今人更为宽容的态度审视杜甫的绝句，杜甫的诗体努力有其值得肯定的层面：其一，杜甫绝句风格独树一帜，彰显了其与唐代绝句众名家相比的另类个性，使得唐代绝句姹紫嫣红的百花园中多了一种墨色，更加丰富多彩；其二，在多数人认为绝句只能表现小情景、小事件、小片段的短章里，杜甫竟然挖掘出了写时事、评历史、评诗歌等多种表现功能，这就拓展了绝句的题材，提升了绝句的表现功能，使绝句拥有了尺水兴澜、小中见大的艺术功能，并为后来绝句的发展开辟了新路，如杜牧、李商隐的咏史绝句、元代元好问的论诗绝句；其三，杜甫的绝句用了一些俗词入诗，实现了雅诗入俗、俗而能雅的艺术认知的自由转换；其四，杜甫的五绝全部为律绝，七绝也有 68% 的作品合律，他还把律诗的对仗纳入绝句的写作中，使得他的一些绝句看似截律诗而来，显得非常规整，这在很大程度上促进了绝句律化的进程，使得绝句有了两种写法：古绝和律绝。这对于诗体的丰富还是很有价值的。

总而言之，杜甫"别裁伪体亲风雅""不与齐梁作后尘"的创作努力，也体现在他对各种诗歌体式的努力探索中，他不愧于后人给他"体兼一代"的定评，在古典诗歌创作的各个领域，都达到了相当高的高度。在杜甫之前，没有哪一位诗人在各类古典诗体的创作上都达到了像他这样的高度。在杜甫之后，中国古典诗歌的体式，基本没有出现什么新的变化，尽管有不少人进行过诸多尝试，但最终也并没有取得真正的突破。而杜甫诗歌的典范意义在于，无论哪一种诗歌体式，都有不朽作品传世，都有可供人们学习仿效的范本。而这，正是我们从诗体学视野研究杜诗的价值之所在。

杜甫诗歌的后世影响深远绵长，光照后世诗坛一千余年，影响最大者，在其思想情操和诗歌体式两方面。

首先，杜诗所表现出来的热忱的爱国思想、强烈的民族意识，对后代诗人产生巨大的感召，尤其是在民族危亡之际。例如，宋室南渡初期，出现了以陆游为代表的爱国诗人群和以辛弃疾为代表的爱国词人群。陆游在《东屯高斋记》中说："少陵非区区于仕进者，不胜爱君忧国之心。"① 辛弃疾词多处引用或化用杜甫诗句，词风亦深受杜诗的影响。蔡嵩云《乐府指迷笺释》说："稼轩词沉郁顿挫，气足神完，于诗似少陵。"② 南宋末年，出现了以文天祥为代表的爱国诗人群，文天祥在燕京监狱里集杜句成诗，表达了对杜甫的深深怀念和追随。清代初期，出现了以顾炎武等为代表的遗民诗人群，"顾炎武在创作上能踵武少陵的'诗史'精神，并能在艺术上主动效法杜甫，风格沉郁顿挫"③，其他诗人也不同程度地接受杜甫爱国思想的感召。

杜诗诗体艺术对后人的影响更是普遍和深远，且以时间先后述之。最先产生影响的是他自创新题乐府，直接开启了中唐元白新乐府运动。元稹还盛赞杜甫的排律，并且在诗中仿效杜诗句法。葛立方说："杜子美《曹将军丹青引》云：'将军魏武之子孙，于今为庶为清门。'元微之去《杭州诗》亦云：'房杜王魏之子孙，虽及百代为清门。'则知老杜于当时已为诗人所钦服如此。残膏剩馥，沾丐后代，宜哉！"④ 孙仅从诗歌风格角度总结杜诗对中晚唐诗人的影响，他说："公之诗，支而为六家：孟郊得其气焰，张籍得其简俪，姚合得其清雅，贾岛得其奇僻，杜牧、薛能得其豪健，陆

① ［宋］陆游：《渭南文集》卷一七，《陆放翁全集》上册，中国书店，1986年，第100页。
② ［宋］沈义父著，蔡嵩云笺释：《乐府指迷笺释》，人民文学出版社，1963年，第77—78页。
③ 孙微：《清代杜诗学史》，齐鲁书社，2004年，第220页。
④ ［宋］葛立方：《韵语阳秋》卷一，见［清］何文焕辑《历代诗话》下册，第484页。

龟蒙得其赡博，皆出公之奇偏尔，尚轩轩然自号一家，爀世烜俗。"① 古今论者大多认为晚唐著名诗人李商隐学杜成就最高。

两宋时期形成研杜的第一次高潮，集杜、注杜、学杜之风高涨。欧阳修、宋祁《新唐书·杜甫传》称："至甫，浑涵汪茫，千汇万状，兼古今而有之。他人不足，甫乃厌馀，残膏剩馥，沾丐后人多矣！"② 杜诗被奉为典范，当作学习的样板，原因之一是其在声律、韵律、对仗以及章法、句法、字法等方面有法度可循。仅举数例如下。宋人陈师道说："学诗当以子美为师，有规矩故可学。"③ 宋代影响最大的江西诗派以杜甫为祖，首领黄庭坚赞扬陈师道，称"其作诗渊源，得老杜句法"④。他本人亦称得益于杜诗句法："但熟观杜子美到夔州后古律，便得句法，简易而大巧出焉。"⑤ 叶梦得《石林诗话》记载："高荷，荆南人，学杜子美作五言，颇得句法。黄鲁直自戎州归，荷以五十韵见，鲁直极爱赏之。"⑥ 叶梦得认为："诗下双字极难，须使七言、五言之间除去五字、三字外，精神兴致，全见于两言，方为工妙。……老杜'无边落木萧萧下，不尽长江滚滚来'与'江天漠漠鸟双去，风雨时时龙一吟'等，乃为超绝。"⑦ 两宋时期，学诗以杜甫为宗成为共识。叶适说："庆历、嘉祐以来，天下以杜甫为师。"⑧ 蔡居厚说："三十年来学诗者，非子美不道，虽武夫女子皆知尊异之，李太白而下殆莫与抗。"⑨ 蔡梦弼说："少陵先生……自唐迄今，馀五百年，为诗学之宗师，家传而人诵之。"⑩ 胡仔说："苕溪渔隐曰：余纂集《丛话》，盖以子美之诗为宗……"⑪ 谢榛说："杜子美《七歌》，本于《十八拍》，文天祥《六歌》，与杜异世同悲。"⑫ 文天祥《六歌》从体式到情感皆同杜甫《乾元中寓居同谷县作歌七首》。总之，两宋时期，诗坛多以杜甫为宗师，众多诗人、

① [宋] 孙仅：《读杜工部诗集序》，见 [清] 仇兆鳌注《杜诗详注》附编，第 2238 页。
② [宋] 欧阳修、宋祁：《新唐书》卷二〇一，中华书局，1975 年，第 5738 页。
③ [宋] 陈师道：《后山诗话》，见 [清] 何文焕辑《历代诗话》上册，第 304 页。
④ [宋] 黄庭坚：《答王子飞书》，《宋黄文节公全集·正集》卷一八，《黄庭坚全集》第二册，刘琳、李勇先、王蓉贵校点，四川大学出版社，2001 年，第 467 页。
⑤ [宋] 黄庭坚：《与王观复书》，《宋黄文节公全集·正集》卷一八，《黄庭坚全集》第二册，第 471 页。
⑥ [宋] 叶梦得：《石林诗话》卷中，见 [清] 何文焕辑《历代诗话》上册，第 419 页。
⑦ [宋] 叶梦得：《石林诗话》卷上，见 [清] 何文焕辑《历代诗话》上册，第 411 页。
⑧ [宋] 叶适：《徐期远文集序》，《水心文集》卷一二，《叶适集》上册，刘公纯、王孝鱼、李哲夫点校，中华书局，2010 年，第 214 页。
⑨ [宋] 蔡居厚：《蔡宽夫诗话》，见吴文治主编《宋诗话全编》第一册，第 622 页。
⑩ [宋] 蔡梦弼：《杜工部草堂诗笺跋》，见 [清] 仇兆鳌注《杜诗详注》附编，第 2249 页。
⑪ [宋] 胡仔纂集：《苕溪渔隐丛话前集》卷一四，《苕溪渔隐丛话》，廖德明校点，人民文学出版社，1962 年，第 93 页。
⑫ [明] 谢榛：《四溟诗话》卷二，见丁福保辑《历代诗话续编》下册，第 1165 页。

学者研讨杜甫诗艺取得了丰硕成果，推动了诗歌创作热潮。

　　金元明时期，诗坛不如两宋繁荣，而学杜之声仍多继响。金代诗人元好问，生逢乱世，同杜甫相似，写了大量纪乱诗，其七律深受杜甫七律影响，格调沉郁顿挫。清人赵翼说："唐以来律诗之可歌可泣者，少陵数十联外，绝无嗣响，遗山则往往有之。"①元好问《论诗绝句》称"少陵自有连城璧"，又撰写一书，名曰《杜诗学》，可见他对杜诗的看重。金人王若虚称其舅周德卿亦学杜诗句法有成："史舜元作吾舅诗集序，以为有老杜句法，盖得之矣。……吾舅儿时，便学工部。"②元代杨载《诗法家数》，每以杜诗为例讲授诗法，例如，"诗要炼字，字者，眼也，如老杜诗'飞星过水白，落月动檐虚'，炼中间一字"③。范德机《木天禁语》讲授各体诗法，所举诗例，多为杜诗。至明代，诗人大多以杜甫为宗。吴讷在《文章辨体序说》中称："大抵律诗拘于定体，固弗若古体之高远；然对偶音律，亦文辞之不可废者，故学之者当以子美为宗。"并且认为排律当以杜甫《赠韦左丞》诗为法度。④杨慎《升庵诗话》亦透露出"近日士夫争学杜诗"⑤的消息。明代诗坛"后七子"领袖王世贞在《艺苑卮言》中列出学杜有成的几位诗人："国朝习杜者凡数家，华容孙宜得杜肉，东郡谢榛得杜貌，华州王维桢得杜一支，闽州郑善夫得杜骨，然就其所得，亦近似耳。唯梦阳具体而微。"⑥李梦阳是明代"前七子"领袖，王世贞认为他的七律出"自少陵"，明朝前期的七律"至献吉（梦阳字）而大"。

　　明末清初出现研杜、学杜第二次高潮。首先是一批特色鲜明、成果显著的杜诗注本相继问世，其中有些注本加强了对杜诗章法、句法、字法等艺术层面的研究，如张笃行《杜律注例》、陈醇儒《书巢笺注杜工部七言律诗》、仇兆鳌《杜诗详注》等。其次是出现了一批诗话著作，充分肯定杜诗诗体艺术，高扬学杜旗帜。清初杰出诗人王士禛说："为诗须有章法、句法、字法。……句法老杜最妙。"⑦卢世㴶盛赞杜甫五律，他说："五言律，至盛唐诸家而极矣，然未有富似子美者也，又富矣又有用也。"⑧方世举认为杜甫律诗"法度整严而又宽舒，音容郁丽而又大雅，律之全体大

---

①　[清] 赵翼：《瓯北诗话》卷八，第 117 页。

②　[金] 王若虚：《滹南诗话》卷一，见丁福保辑《历代诗话续编》上册，第 507 页。

③　[元] 杨载：《诗法家数》，见 [清] 何文焕辑《历代诗话》下册，第 737 页。

④　参见 [明] 吴讷：《文章辨体序说》，第 56 页。

⑤　[明] 杨慎：《升庵诗话》卷一四，见丁福保辑《历代诗话续编》中册，第 932 页。

⑥　[明] 王世贞：《艺苑卮言》卷六，见丁福保辑《历代诗话续编》中册，第 1050 页。

⑦　[清] 王士禛口授，何世璂述：《然灯记闻》，见王夫之等撰《清诗话》，第 119 页。

⑧　[清] 吴乔：《围炉诗话》卷二，见郭绍虞编选《清诗话续编》第一册，第 814 页。

用，金科玉律也。"① 钱木庵称杜甫五排、七律为诗家圭臬，他说："五言长韵、七言四韵律诗，断以少陵为宗。"② 张谦宜也认为"五言排律，当以少陵为法"③。沈德潜赞许杜甫五言排律，他说："五言长篇，固须节次分明，一气连属。……千古以来，且让少陵独步。"④ 施补华说："少陵七律，无才不有，无法不备。"⑤ 他还盛赞杜甫七古："少陵七古，学问才力性情，俱臻绝顶，为自有七古以来之极盛。七古以少陵为正宗。"⑥ 赵翼说："杜诗又有独创句法，为前人所无者。如《何将军园》之'绿垂风折笋，红绽雨肥梅'……"⑦ 薛雪赞美杜诗炼字艺术，他说："杜浣花炼字蕴藉，用事天然，若不经意，粗心读之，了不可得，所以独超千古。"⑧ 李调元说："作诗须用活字，使天地人物，一入笔下，俱活泼泼如蠕动，方妙。杜诗'客睡何曾着，秋天不肯明'，'肯'字是也。"⑨ 同时，学杜之声亦响彻诗坛。方世举以杜甫为师，他说："今日学诗，惟有学唐。唐诗亦有变，今日学唐，惟当学杜"，"余家传诗法多宗老杜"。⑩ 沈德潜认为明代"前七子"两位领袖李梦阳、何景明都是学杜有成而所得各异："李献吉雄浑悲壮，鼓荡飞扬；何仲默秀朗俊逸，回翔驰骤。同是宪章少陵，而所造各异，骎骎乎一代之盛矣。"⑪ 吴乔《围炉诗话》引冯定远之说云："元和、长庆以后，元、白、韩、孟嗣出，杜诗始大行，后无出其范围者矣。今之论诗者，但当祖述子建，宪章少陵，古今之变，于斯尽矣。《诗》《骚》以前，可勿问也。"⑫ 赵翼称："北宋诸公皆奉杜为正宗，而杜之名遂独有千古。然杜虽独有千古，而李之名终不因此稍减。读者但觉杜可学而李不敢学，则天才不可及也。"⑬ 张谦宜提出学习杜诗的方法："杜诗猝学不得，只是熟读细思，久久自有效验。读杜诗，须看其血脉灌注，筋骨相缠，虚字实字无一不照顾者。"⑭ 此类言论浩繁，限于篇幅，不能尽引。

---

① [清]方世举：《兰丛诗话》，见郭绍虞编选《清诗话续编》第二册，第 773 页。
② [清]钱木庵：《唐音审体》，见王夫之等撰《清诗话》，第 782 页。
③ [清]张谦宜：《絸斋诗谈》卷二，见郭绍虞编选《清诗话续编》第二册，第 807 页。
④ [清]沈德潜：《说诗晬语》卷上，第 206—207 页。
⑤ [清]施补华：《岘佣说诗》，见王夫之等撰《清诗话》，第 991 页。
⑥ [清]施补华：《岘佣说诗》，见王夫之等撰《清诗话》，第 985 页。
⑦ [清]赵翼：《瓯北诗话》卷二，第 19 页。
⑧ [清]薛雪：《一瓢诗话》，杜维沫校注，人民文学出版社，1979 年，第 137 页。
⑨ [清]李调元：《雨村诗话》卷下，见郭绍虞编选《清诗话续编》第三册，第 1528 页。
⑩ [清]方世举：《兰丛诗话》，见郭绍虞编选《清诗话续编》第二册，第 771—772 页。
⑪ [清]沈德潜：《说诗晬语》卷下，第 238 页。
⑫ [清]吴乔：《围炉诗话》卷一，见郭绍虞编选《清诗话续编》第一册，第 492 页。
⑬ [清]赵翼：《瓯北诗话》卷二，第 20 页。
⑭ [清]张谦宜：《絸斋诗谈》卷三，见郭绍虞编选《清诗话续编》第二册，第 814 页。

总之，千余年间，在历史的回音壁上，崇杜之声不绝嗣响，一直到现代。胡适称："杜甫是我们的诗人，而李白终于是'天上谪仙人'而已。"[1]闻一多称杜甫为"四千年文化中最庄严，最瑰丽，最永久的一道光彩"，是"中国有史以来第一个大诗人"[2]。鲁迅晚年与郁达夫、刘大杰讨论中国文学史，以为陶潜、李白、杜甫皆为第一流诗人，继而又说："我总觉得陶潜站得稍稍远一点，李白站得稍稍高一点，这也是时代使然。杜甫似乎不是古人，就好像今天还活在我们堆里似的。"[3]陈寅恪也认为"少陵为中国第一诗人"[4]。时至今日，崇杜之风仍未稍减，杜甫在中国诗歌史上的崇高地位稳如泰山。

在中国诗歌史上，杜甫与李白，一个是现实主义巅峰，一个是浪漫主义巅峰。从鉴赏角度看，双峰并峙，雄姿各具。如果从创作角度看、从学习角度看，则杜甫占据宗主地位。人们普遍认识到，李白诗以天才入，故不可学；杜甫诗以学力入，故可学。何况，杜诗众体兼备，每种诗体都有经典之作，内容上有扩展，可引导人们多方面反映社会生活；艺术上有创新，给后人留下诸多可供学习的法门。这就是后人崇杜、学杜的主要原因。

---

[1] 胡适：《白话文学史》，中国和平出版社，2014年，第231页。
[2] 闻一多：《唐诗杂论》，上海古籍出版社，1998年，第135页。
[3] 刘大杰：《鲁迅谈古典文学》，《文艺报》1956年20号。
[4] 陈寅恪：《书杜少陵哀王孙诗后》，见氏著《金明馆丛稿二编》，生活·读书·新知三联书店，2001年，第64页。

附录一　杜甫诗歌各体篇目 *

一、杜甫五言律诗篇目（625 首）

表附 1-1　杜甫五言律诗篇目表（625 首）

序　号	篇　目	序　号	篇　目
1	登兖州城楼	2	题张氏隐居二首（其一）
3	刘九法曹郑瑕丘石门宴集	4	与任城许主簿游南池
5	对雨书怀走邀许主簿	6	巳上人茅斋
7	房兵曹胡马	8	画鹰
9	过宋员外之问旧庄	10	夜宴左氏庄
11	假山	12	龙门
13—14	李监宅二首	15	送韦书记赴安西
16	重题郑氏东亭	17	暂如临邑
18	冬日有怀李白	19	春日忆李白
20—22	故武卫将军挽词三首	23	杜位宅守岁
24—33	陪郑广文游何将军山林十首	34	九日曲江
35—36	奉陪郑驸马韦曲二首	37—41	重过何氏五首
42—43	陪诸公子丈八沟携妓纳凉二首	44	与鄠县源大少府宴渼陂
45	寄高三十五书记	46	送张十二参军赴蜀州
47	赠陈二补阙	48	送裴二虬尉永嘉
49	崔驸马山亭宴集	50	陪李金吾花下饮
51	官定后戏赠	52	白水明府舅宅喜雨
53	九日杨奉先会崔明府	54	月夜
55	避地	56	对雪

---

* 统计工作依据的版本是仇兆鳌《杜诗详注》。仇注在列卷目录"逸诗目录"之前总括所收杜诗数目是 1439 首，这个数字并不准确。经反复统计，准确数字应是 1457 首。

续表

57	元日寄韦氏妹	58	春望
59—60	得舍弟消息二首	61	忆幼子
62	一百五日夜对月	63—65	自京窜至凤翔喜达行在所三首
66	送灵州李判官	67	哭长孙侍御
68	奉送严八阁老	69	月
70	留别贾严二阁老两院补阙	71	晚行口号
72	独酌成诗	73—75	收京三首
76	春宿左省	77	晚出左掖
78	送贾阁老出汝州	79	送翰林张司马南海勒碑
80	奉答岑参补阙见赠	81	奉赠王中允维
82	赠毕四曜	83	端午日赐衣
84	酬孟云卿	85	至德二载甫自京金光门出
86	寄高三十五詹事	87	赠高式颜
88—89	观安西兵过赴关中待命二首	90	独立
91	路逢襄阳杨少府	92	观兵
93—94	忆弟二首	95	得舍弟消息
96	不归	97—116	秦州杂诗二十首
117	月夜忆舍弟	118	天末怀李白
119	宿赞公房	120	东楼
121	雨晴	122	寓目
123	山寺	124	即事
125	遣怀	126	天河
127	初月	128	捣衣
129	归雁	130	促织
131	萤火	132	蒹葭
133	苦竹	134	除架
135	废畦	136	夕烽
137	秋笛	138	日暮
139	野望	140	空囊
141	病马	142	蕃剑
143	铜瓶	144	送远
145	送人从军	146	示侄佐
147—149	佐还山后寄三首	150	从人觅小胡孙许寄
151	秋日阮隐居致薤三十束	152	所思

153	酬高使君相赠	154	王十五司马弟出郭相访遗营草堂资
155	梅雨	156	为农
157	有客	158	田舍
159	江涨	160	云山
161	遣兴	162	遣愁
163	北邻	164	过南邻朱山人水亭
165	奉简高三十五使君	166	和裴迪登新津寺寄王侍郎
167	出郭	168—169	散愁二首
170	村夜	171	寄杨五桂州谭
172	西郊	173	奉酬李都督表丈早春作
174	题新津北桥楼	175	游修觉寺
176	后游	177—178	遣意二首
179—180	漫成二首	181	春夜喜雨
182	春水	183	江亭
184	早起	185	落日
186	可惜	187	独酌
188	徐步	189	寒食
190	石镜	191	琴台
192—193	水槛遣心二首	194	江涨
195	朝雨	196	晚晴
197	高楠	198	恶树
199	一室	200	闻斛斯六官未归
201	赴青城县出成都寄陶王二少尹	202	野望因过常少仙
203	送裴五赴东川	204	逢唐兴刘主簿弟
205	敬简王明府	206	重简王明府
207	不见	208	草堂即事
209	徐九少尹见过	210	范二员外邈吴十侍郎郁特枉驾阙展待聊寄此作
211	王竞携酒高亦同过	212	观作桥成月夜舟中有述还呈李司马
213	得广州张判官叔卿书使还以诗代意	214	魏十四侍御就敝庐相别
215	赠别何邕	216	赠别郑炼赴襄阳

续表

217—219	江头五咏·栀子/鸂鶒/花鸭	220	畏人
221—222	屏迹三首（其二、其三）	223	严公厅宴同咏蜀道图画
224	奉济驿重送严公四韵	225	东津送韦讽摄阆州录事
226	广州段功曹到得杨五长史谭书	227	送段功曹归广州
228	题玄武禅师屋壁	229	悲秋
230	客夜	231	客亭
232	九日登梓州城	233	九日奉寄严大夫
234—236	戏题寄上汉中王三首	237	玩月呈汉中王
238	赠韦赞善别	239	寄高适
240	陪王侍御宴通泉东山野亭	241	花底
242	柳边	243	远游
244—245	春日梓州登楼二首	246—250	有感五首
251	题郪原郭明府茅屋壁	252	奉送崔都水翁下峡
253	郪城西原送李判官判武官赴成都府	254	涪江泛舟送韦班归京
255	泛舟送卫仓曹还京	256	泛江送客
257	双燕	258	百舌
259	上牛头寺	260	望牛头寺
261	登牛头山亭子	262	上兜率寺
263	望兜率寺	264	甘园
265	陪李王苏李四使君登惠义寺	266—267	数陪李梓州泛江戏为艳曲二首
268	送何侍御归朝	269	江亭送眉州辛别驾升之
270	行次盐亭县聊题四韵	271	倚杖
272	惠义寺送王少尹赴成都	273—274	巴西驿亭观江涨呈窦使君二首
275	又呈窦使君	276	陪王汉州留杜绵州泛房公西湖
277	舟前小鹅儿	278	汉川王录事宅作
279	送韦郎司直归成都	280	台上
281	送窦九归成都	282	章梓州水亭
283	随章留后新亭会送诸君	284	客旧馆
285	送元二适江左	286	对雨
287	薄暮	288	阆州送二十四舅
289	放船	290	薄游
291	警急	292	王命

293	征夫	294—296	西山三首
297	巴山	298	早花
299	愁坐	300	遣忧
301	舍弟占归草堂检校聊示此诗	302	岁暮
303	送李卿晔	304	江亭王阆州筵钱萧遂州
305—306	陪王使君晦日泛江就黄家亭子二首	307	泛江
308	收京	309—310	巴西闻收京阙二首
311	城上	312	暮寒
313	游子	314	滕王亭子二首（其二）
315	玉台观二首（其二）	316	渡江
317—319	自阆州领妻子却赴蜀山行三首	320	别房太尉墓
321	归来	322	寄邛州崔录事
323	军中醉歌寄沈八刘叟	324	村雨
325	独坐	326	倦夜
327—329	送舍弟颖赴齐州三首	330	严郑公阶下新松
331	严郑公宅同咏竹	332	晚秋陪严郑公摩訶池泛舟
333—334	过故斛斯校书庄二首	335	怀旧
336	初冬	337—339	观李固请司马弟山水图三首
340	寄贺兰铦	341	送王侍御往东川放生池祖席
342	正月三日归溪上有作简院内诸公	343—347	春日江村五首
348	长吟	349	春远
350	闻高常侍亡	351	去蜀
352	喜雨	353	宴戎州杨使君东楼
354	渝州候严六侍御不到先下峡	355	宴忠州使君侄宅
356	禹庙	357	题忠州龙兴寺所居院壁
358	哭严仆射归榇	359	旅夜书怀
360	放船	361	云安九日郑十八携酒陪诸公宴
362	别常徵君	363—364	长江二首
365—366	承闻故房相公灵榇归葬东都二首	367—368	将晓二首
369—370	怀锦水居止二首	371	遣愤
372	又雪	373	雨

374	南楚	375	子规
376	移居夔州作	377	船下夔州郭宿别王十二判官
378	上白帝城	379	晓望白帝城盐山
380	滟滪堆	381	老病
382	忆郑南	383—384	奉寄李十五秘书文嶷二首
385—387	热三首	388	江上
389	雨晴	390	晚晴
391	雨	392—393	晴二首
394	雨	395	白盐山
396	中夜	397	垂白
398	中宵	399	不寐
400	送十五弟侍御使蜀	401	江月
402	月圆	403	草阁
404	宿江边阁	405	西阁雨望
406	西阁三度期大昌严明府同宿不到	407	西阁夜
408	月	409—410	第五弟丰独在江左觅使寄此二首
411	九日诸人集于林	412	洞房
413	宿昔	414	能画
415	斗鸡	416	历历
417	洛阳	418	骊山
419	提封	420	鹦鹉
421	孤雁	422	鸥
423	猿	424	麂
425	鸡	426	黄鱼
427	白小	428—429	峡口二首
430	瞿唐两崖	431	瞿唐怀古
432	夜宿西阁晓呈二十一曹长	433	西阁口号呈元二十一
434	瀼西寒望	435—436	不离西阁二首
437	览镜呈柏中丞	438—439	陪柏中丞观宴将士二首
440	送鲜于万州迁巴州	441	奉送十七舅下邵桂
442	玉腕骝	443—444	覆舟二首
445	送李功曹之荆州	446	送王十六判官
447	别崔潩因寄薛据孟云卿	448	寄杜位

449	江梅	450	庭草
451	王十五前阁会	452	怀灞上游
453—455	入宅三首	456	卜居
457—461	暮春题瀼西新赁草屋五首	462	熟食日示宗文宗武
463	又示两儿	464	得舍弟观书
465—466	喜观即到复题短篇二首	467	送惠二归故居
468—470	月三首	471	晨雨
472	过客相寻	473	竖子至
474	园	475	归
476	溪上	477	树间
478	白露	479	夜雨（目录为雨夜）
480	更题	481—482	舍弟观归蓝田迎新妇送示二首
483	巫峡敝庐奉赠侍御四舅别之澧朗	484	孟氏
485	吾宗	486	秋清
487	秋峡	488	摇落
489	峡隘	490—492	秋日寄题郑监湖亭上三首
493—497	秋野五首	498—500	课小竖锄斫舍北果林三首
501	返照	502	向夕
503—506	自瀼西荆扉且移居东屯茅屋四首	507—508	社日两篇
509—510	八月十五夜月二首	511	十六夜玩月
512	十七夜对月	513	晓望
514	日暮	515	暝
516	晚	517	夜
518	九月一日过孟一二仓曹十四主簿兄弟	519	孟仓曹步趾领新酒酱二物见遗
520	送孟十二仓曹赴东京选	521	凭孟仓曹将书觅土娄旧庄
522	晚晴吴郎见过北舍	523—524	九日五首（阙一首，其二、其三）
525	东屯北崦	526—527	从驿次草堂复至东屯茅屋二首
528	暂往白帝复至东屯	529—530	茅堂检校收稻二首
531	刘稻了咏怀	532—534	季秋苏五弟缨江楼夜宴三首
535	戏寄崔评事苏五表弟韦大少府诸侄	536	季秋江村
537	小园	538	耳聋

539—540	独坐二首	541	云
542	大历二年九月十三	543	十月一日
544	孟冬	545	雷
546	闷	547—548	夜二首
549—550	朝二首	551—552	戏作俳谐体遣闷二首
553—556	雨四首	557	谒真谛寺禅师
558	奉送卿二翁统节度镇军还江陵	559	送田四弟将军
560—561	题柏大兄弟山居屋壁二首	562	白帝楼
563	白帝城楼	564	有叹
565	人日二首（其一）	566	巫山县汾山唐使君十八弟宴别
567	春夜峡州田侍御长史津亭留宴	568	柏松滋江亭
569	乘雨入行军六弟宅	570	上巳日徐司录林园宴集
571	宴胡侍御书堂	572	和江陵宋大少府暮春雨后宴书斋
573	暮春陪李尚书李中丞过郑监湖亭泛舟	574	归雁
575	夏日杨长宁宅送崔侍御常正字入京	576—577	江边星月二首
578	舟月对驿近寺	579	舟中
580	重题	581—582	哭李常侍峄二首
583	移居公安山馆	584	官亭夕坐戏简颜十少府
585	公安县怀古	586—587	宴王使君宅题二首
588	公安送李二十九弟晋肃入蜀余下沔鄂	589	久客
590	冬深	591	衡州送李大夫七丈赴广州
592	泊岳阳城下	593	缆船苦风戏题四韵奉简郑十三判官
594	登岳阳楼	595	陪裴使君登岳阳楼
596	南征	597	归梦
598	宿青草湖	599	宿白沙驿
600	湘夫人祠	601	祠南夕望
602	发潭州	603	发白马潭
604	野望	605	入乔口
606	铜官渚守风	607	双枫浦
608	奉送韦中丞之晋赴湖南	609	江阁卧病走笔寄呈崔卢两侍御

610	潭州送韦员外迢牧韶州	611	酬韦韶州见寄
612	楼上	613	远游
614	晚秋长沙蔡五侍御饮宴送殷六参军	615	江汉
616	地隅	617	舟中夜雪有怀卢十四侍御弟
618	对雪	619	送赵十七明府之县
620—621	归雁二首	622	奉酬寇十侍御锡见寄四韵复寄寇
623	江阁对雨有怀行营裴二端公	624	过洞庭湖
625	暮秋将归秦留别湖南幕府亲友		

二、杜甫七律篇目（151首）

表附1-2-1　杜甫正体七律篇目表（116首）

序号	篇目	序号	篇目
1	题张氏隐居（其一）	2	赠田九判官梁丘
3	赠献纳使起居田舍人澄	4	送郑十八虔贬台州司户
5	腊日	6	奉和贾至舍人早朝大明宫
7	紫宸殿退朝口号	8	曲江陪郑八丈南史饮
9—10	曲江二首	11	曲江对酒
12	曲江对雨	13	因许八奉寄江宁旻上人
14	题郑县亭子	15	九日蓝田崔氏庄
16—17	至日遣兴奉寄北省旧阁老两院故人二首	18	堂成
19	蜀相	20	宾至
21	狂夫	22	江村
23	野老	24	南邻
25	恨别	26	和裴迪登蜀州东亭送客
27	暮登四安寺钟楼寄裴十迪	28	客至
29	江上值水如海势聊短述	30	进艇
31	寄杜位	32	送韩十四江东觐省
33	王十七侍御抡许携酒至	34	陪李七司马皂江上观造竹桥
35	野望（西山白雪三城戍）	36	奉酬严公寄题野亭之作
37	严中丞枉驾见过	38	野人送朱樱

39	秋尽	40	野望（金华山北涪水西）
41	闻官军收河南河北	42	送路六侍御入朝
43	涪城县香积寺官阁	44	又送
45	送王十五判官扶侍还黔中	46	章梓州橘亭饯成都窦少尹
47	滕王亭子二首（其一）	48	玉台观二首（其一）
49	将赴荆南寄别李剑州	50	奉寄别马巴州
51	奉待严大夫	52—55	将赴成都草堂途中有作先寄严郑公五首（其一、其二、其三、其四）
56	题桃树	57	奉寄高常侍
58	登楼	59	院中晚晴怀西郭茅舍
60	宿府	61	十二月一日三首（其三）
62	寄常徵君	63	示獠奴阿段
64	峡中览物	65	返照
66	白帝	67	雨不绝
68	黄草	69—73	诸将五首
74	夜	75	吹笛
76—83	秋兴八首	84—87	咏怀古迹五首（其一、其三、其四、其五）
88	阁夜	89	小至
90	奉送蜀州柏二别驾将中丞命赴江陵	91—92	见王监兵马使说近山有白黑二鹰二首
93	遣闷戏呈路十九曹长	94	崔评事弟许相迎不到走笔戏简
95	七月一日题终明府水楼二首（其一）	96	送李八秘书赴杜相公幕简吴郎司法
97	又呈吴郎	98	九日五首（阙一首，其一）
99	登高	100	即事
101	冬至	102—104	舍弟观赴蓝田取妻子到江陵喜寄三首
105	人日二首（其二）	106	宇文晁崔彧重泛郑监前湖
107	多病执热奉怀李尚书	108	江陵节度使阳城郡王新楼成
109	又作此奉卫王	110	公安送韦二少府匡赞
111	留别公安大易沙门	112	酬郭十五判官受
113	小寒食舟中作	114	燕子来舟作
115	赠韦七赞善	116	长沙送李十一

表附 1-2-2 杜甫拗体七律篇目表（35 首）

序号	篇 目	序号	篇 目
1	郑驸马宅宴洞中	2	城西陂泛舟
3	宣政殿退朝晚出左掖	4	题省中壁
5	望岳	6	早秋苦热堆案相仍
7	崔氏东山草堂	8	卜居
9	所思	10	严公仲夏枉驾草堂兼携酒馔
11	九日	12	奉寄章十侍御
13	将赴成都草堂途中有作先寄严郑公五首（其五）	14	至后
15	拨闷	16—17	十二月一日三首（其一、其二）
18	白帝城最高楼	19	立春
20	愁	21	昼梦
22	暮春	23	即事（暮春三月）
24	赤甲	25	江雨有怀郑典设
26	季夏送乡弟韶陪黄门从叔朝谒	27	滟滪
28	七月一日题终明府水楼二首（其二）	29	简吴郎司法
30	见萤火	31	题柏学士茅屋
32	咏怀古迹五首（其二）	33	覃山人隐居
34	暮归	35	晓发公安

三、杜甫排律篇目（129 首）

表附 1-3-1 杜甫五排篇目表（125 首）

序号	篇 目	序号	篇 目
1	临邑舍弟书至苦雨黄河泛溢堤防之患簿领所忧因寄此诗用宽其意	2	与李十二白同寻范十隐居
3	赠特进汝阳王二十韵	4	赠比部萧郎中十兄
5	奉寄河南韦尹丈人	6	赠韦左丞丈济
7	冬日洛城北谒玄元皇帝庙	8	赠翰林张四学士垍
9	敬赠郑谏议十韵	10	奉留赠集贤院崔于二学士
11	奉赠鲜于京兆二十韵	12	投赠哥舒开府翰二十韵
13	承沈八丈东美除膳部员外郎	14	奉赠太常张卿垍二十韵

续表

15	上韦左相二十韵	16	桥陵诗三十韵因呈县内诸官
17	送蔡希鲁都尉还陇右因寄高三十五书记	18	遣兴
19	郑驸马池台喜遇郑广文同饮	20	得家书
21	奉送郭中丞兼太仆卿充陇右节度使三十韵	22	送杨六判官使西蕃
23	行次昭陵	24	重经昭陵
25	喜闻官军已临贼境二十韵	26	送许八拾遗归江宁觐省甫昔时尝客游此县于许生处乞瓦棺寺维摩图样志诸篇末
27	秦州见敕目薛三璩授司议郎毕四曜除监察与二子有故远喜迁官兼述索居凡三十韵	28	寄彭州高三十五使君适虢州岑二十七长史参三十韵
29	寄岳州贾司马六丈巴州严八使君两阁老五十韵	30	寄张十二山人彪三十韵
31	寄李十二白二十韵	32	建都十二韵
33	赠十五虞司马	34	奉和严中丞西城晚眺十韵
35	奉送严公入朝十韵	36	送严侍郎到绵州同登杜使君江楼
37	送梓州李使君之任	38	陪章留后侍御宴南楼得风字
39	送陵州路使君赴任	40	王阆州筵奉酬十一舅惜别之作
41	与严二郎奉礼别	42	赠韦南部
43	江陵望幸	44—48	伤春五首
49	春归	50	赠王二十四侍御契四十韵
51	寄司马山人十二韵	52	寄李十四员外布十二韵
53	寄董卿嘉荣十韵	54	立秋雨院中有作
55	到村	56	陪严郑公秋晚北池临眺
57	遣闷奉呈严公二十韵	58	奉观严郑公厅事岷山沱江画图十韵
59	哭台州郑司户苏少监	60	敝庐遣兴奉寄严公
61—62	上白帝城二首	63	陪诸公上白帝城宴越公堂之作
64	寄韦有夏郎中	65	赠崔十三评事公辅
66	奉汉中王手札	67	谒先主庙
68	夔府书怀四十韵	69	奉汉中王手札报韦侍御萧尊师亡
70	赠李八秘书别三十韵	71—72	西阁二首

73	宗武生日	74	哭王彭州抡
75	偶题	76	别苏徯
77	南极	78	奉送王信州崟北归
79	诸葛庙	80	秋日夔府咏怀奉寄郑监审李宾客之芳李宾客一百韵
81	寄刘峡州伯华使君四十韵	82	天池
83	九日五首（其四）	84	东屯月夜
85	伤秋	86	柳司马至
87	奉贺阳城郡王太夫人恩命加邓国太夫人	88	元日示宗武
89	又示宗武	90	远怀舍弟颖观等
91	续得观书迎就当阳居止正月中旬定出三峡	92	太岁日
93	送大理封主簿王郎亲事不合却赴通州主簿前阆州贤子余与主簿平章郑氏女子垂欲纳郑氏伯父京书至女子已许他族亲事遂停	94	将别巫峡赠南卿兄瀼西果园四十亩
95	大历三年春白帝城放船出瞿塘峡久居夔府将适江陵漂泊有诗凡四十韵	96	行次古城店泛江作不揆鄙拙奉呈江陵幕府诸公
97	奉送苏州李二十五长史丈之任	98	暮春江陵送马大卿公恩命追赴阙下
99	夏夜李尚书筵送宇文石首赴县联句（此为杜甫等人联句）	100	水宿遣兴奉呈群公
101	遣闷	102	秋日荆南述怀三十韵
103	秋日荆南送石首薛明府辞满告别奉寄薛尚书颂德叙怀斐然之作三十韵	104	哭李尚书之芳
105	舟出江陵南浦奉寄郑少尹	106	移居公安敬赠卫大郎钧
107	送覃二判官	108	过南岳入洞庭湖
109	北风（春生南国瘴）	110	哭韦大夫之晋
111—112	千秋节有感二首	113	奉赠卢五丈参谋琚
114	重送刘十弟判官	115	湖中送敬十使君适广陵
116	送卢十四弟侍御护韦尚书灵榇归上都二十韵	117	冬晚送长孙渐舍人归州
118	暮冬送苏四郎徯兵曹适桂州	119	奉赠萧十二使君

120	奉送二十三舅录事崔伟之摄郴州	121	送魏二十四司直充岭南掌选崔郎中判官兼寄韦韶
122	同豆卢峰知字韵	123	回棹
124	登舟将适汉阳	125	风疾舟中伏枕书怀三十六韵奉呈湖南亲友

表附 1-3-2　杜甫七排篇目表（4 首）

序 号	篇 目	序 号	篇 目
1	题郑十八著作丈	2—3	清明二首
4	寒雨朝行视园树		

四、杜甫古体诗篇目（277 首）

杜甫五言古体诗篇目（245 首）见表 4-1（第 138—144 页），七言古体诗（32 首）篇目见表 4-2（第 145 页）。

五、杜甫乐府诗篇目（53 首）

表附 1-5-1　杜甫旧题乐府篇目表（22 首）

序 号	篇 目	序 号	篇 目
1—9	前出塞九首	10—14	后出塞五首
15—16	前苦寒行二首	17—18	后苦寒行二首
19—20	少年行二首	21	少年行
22	大麦行		

表附 1-5-2　杜甫新题乐府篇目表（31 首）

序 号	篇 目	序 号	篇 目
1	兵车行	2	贫交行
3	沙苑行	4	丽人行
5	悲陈陶	6	悲青坂
7	塞芦子	8	哀江头
9	哀王孙	10	洗兵行
11	新安吏	12	石壕吏

13	潼关吏	14	新婚别
15	无家别	16	垂老别
17	留花门	18	光禄坂行
19	苦战行	20	去秋行
21	冬狩行	22	负薪行
23	最能行	24	折槛行
25	虎牙行	26	锦树行
27	岁晏行	28	客从
29	蚕谷行	30	白马
31	天边行		

六、杜甫歌行体诗篇目（87首）

表附1-6 杜甫歌行体诗篇目表（87首）

序号	篇目	序号	篇目
1	今夕行	2	饮中八仙歌
3	高都护骢马行	4	乐游园歌
5	玄都坛歌寄元逸人	6—8	曲江三章章五句
9	白丝行	10	醉时歌
11	渼陂行	12	病后遇王倚饮赠歌
13	叹庭前甘菊花	14—16	秋雨叹三首
17	醉歌行	18	去矣行
19	天育骠骑歌	20	骢马行
21	魏将军歌	22	奉先刘少府新画山水障歌
23	徒步归行	24	苏端薛复筵简薛华醉歌
25	题李尊师松树障子歌	26	逼仄行赠毕曜
27	瘦马行	28	冬末以事之东都湖城东遇孟云卿复归刘颢宅宿宴饮散因为醉歌
29	阌乡姜七少府设脍戏赠长歌	30	戏赠阌乡秦少公短歌
31	李鄠县丈人胡马行	32—38	乾元中寓居同谷县作歌七首
39	杜鹃行（古时杜宇称望帝）	40	题壁上韦偃画马歌
41	戏题王宰画山水图歌	42	戏为韦偃双松图歌

续表

43	楠树为风雨所拔叹	44	茅屋为秋风所破歌
45	石笋行	46	石犀行
47	杜鹃行（君不见昔日蜀天子）	48	百忧集行
49	徐卿二子歌	50	戏作花卿歌
51	入奏行赠西山检察使窦侍御	52	观打鱼歌
53	又观打鱼（歌）	54	越王楼歌
55	海棕行	56	姜楚公画角鹰歌
57	从事行赠严二别驾	58	陪王侍御同登东山最高顶宴姚通泉晚携酒泛江
59	春日戏题恼郝使君兄	60	短歌行送祁录事归合州因寄苏使君
61	严氏溪放歌行	62	桃竹杖引赠章留后
63	阆山歌	64	阆水歌
65	丹青引	66	古柏行
67	韦讽录事宅观曹将军画马图（歌）	68	莫相疑行
69	赤霄行	70	狂歌行赠四兄
71	李潮八分小篆歌	72	缚鸡行
73	荆南兵马使太常卿赵公大食刀歌	74	王兵马使二角鹰（歌）
75	惜别行送向卿进奉端午御衣之上都	76	久雨期王将军不至
77	观公孙大娘弟子舞剑器行	78	晚晴（高唐暮冬雪壮哉）
79	短歌行赠王郎司直	80	忆昔行
81	醉歌行赠公安颜少府请顾八题	82	呀鹘行
83	岳麓山道林二寺行	84	惜别行送刘仆射判官
85	白凫行	86	朱凤行
87	风雨看舟前落花戏为新句		

说明：有些题目没有定体定义所规定的因素，如《曲江三章章五句》，因是七言，因诗中有"长歌"一语，是歌行标志，故归入歌行；《晚晴》（高唐暮冬雪壮哉）用韵方式同于《曲江三章章五句》，七言，故亦列入歌行。

七、杜甫绝句篇目（135首）

表附 1-7-1 杜甫五绝篇目表（31 首）

序 号	篇 目	序 号	篇 目
1	因崔五侍御寄高彭州一绝	2	绝句（江边踏青罢）
3	即事	4	王录事许修草堂资不到聊小诘
5	归雁	6—7	绝句二首（迟日）
8—13	绝句六首（日出）	14—16	绝句三首（闻道）
17	答郑十七郎一绝	18	武侯庙
19	八阵图	20—31	复愁十二首

表附 1-7-2 杜甫七绝篇目表（104 首）

序 号	篇 目	序 号	篇 目
1	赠李白	2	虢国夫人
3	萧八明府实处觅桃栽	4	从韦二明府续处觅绵竹
5	凭何十一少府邕觅桤木栽	6	凭韦少府班觅松树子栽
7	又于韦处乞大邑瓷碗	8	诣徐卿觅果栽
9—17	绝句漫兴九首	18—19	春水生二绝
21—26	江畔独步寻花七绝句	27	赠花卿
28	李司马桥成承高使君自成都回	29	重赠郑炼绝句
30—31	中丞严公雨中垂寄见忆一绝 奉答二绝	32	谢严中丞送青城山道士 乳酒一瓶
33—35	三绝句	36—41	戏为六绝句
42	惠义寺园送辛员外	43	得房公池鹅
44	答杨梓州	45—46	官池春雁二首
47	投简梓州幕府兼简韦十郎官	48—49	戏作寄上汉中王二首
50—51	黄河二首	52—55	绝句四首（堂西）
56	奉和严郑公军城早秋	57—59	三绝句（前年）
60	漫成一首	61—70	夔州歌十绝句
71—72	存殁口号二首	73—84	解闷十二首
85—96	承闻河北诸道节度入朝十二首	97—101	喜闻盗贼总退口号五首
102	书堂饮既月下赋绝句	103	江南逢李龟年
104	上卿翁请修武侯庙		

附录二 杜甫近体诗平仄两读字、古代音义分用字与古今平仄异读字读音表 *

序号	诗 句	古代平仄 两读字	古代音义 分用字	古今平仄 异读字
1	不贪夜识金银气，远害朝看麋鹿游（《题张氏隐居二首》其一）	看，上平十四寒，去声十五翰。此处读平声		识，入声十三职
2	晚来横吹好，泓下亦龙吟（《刘九法曹郑瑕丘石门宴集》）	吹，上平四支，去声四寘。动词读平声，名词读去声。此处是名词，横吹即横笛		
3	晚凉看洗马，森木乱鸣蝉（《与任城许主簿游南池》）	看，上平十四寒，去声十五翰。此处读平声		
4	柱道祇从人，吟诗许更过（《过宋员外之问旧庄》）	过，下平五歌，去声二十一个。此处读平声		
5	诗罢闻吴咏，扁舟意不忘（《夜宴左氏庄》）	忘，下平七阳，去声二十三漾。此处读平声		
6	尚觉王孙贵，豪家意颇浓（《李监宅二首》其一）	颇，下平五歌，上声二十哿。此处读上声		觉，入声三觉

---

* 本表依凭的韵书为《广韵》《集韵》《韵略》《诗韵合璧》。凡未标明的韵书，皆为《诗韵合璧》。

7	且食双鱼美，谁看异味重（《李监宅二首》其一）	看，上平十四寒，去声十五翰。此处读平声。重，上平二冬，去声二宋。此处读平声（chóng）		食，入声十三职
8	鼋吼风奔浪，隼跳日映山（《暂如临沂至㟙山湖亭》）			跳，《广韵》下平三萧，《集韵》下平三萧，《诗韵合璧》下平二萧，今读去声。此处读平声
9	何时一樽酒，重与细论文（《春日忆李白》）	论，上平十三元，去声十四愿。动词读平声，名词读去声。此处读平声		一，入声四质
10	招要恩屡至，崇重力难胜（《赠特进汝阳王二十二韵》）	要，下平二萧，去声十八啸。此处读平声。胜，下平十蒸，去声二十五径。此处读平声		
11	相宅荣姻戚，儿童惠讨论（《赠比部萧郎中十兄》）	论，上平十三元，去声十四愿。动词读平声，名词读去声。此处读平声		宅，入声十一陌
12	时议归前烈，天伦恨莫俱（《赠韦左丞丈济》）			俱，上平七虞，今读去声。此处读平声
13	骅骝开道路，雕鹗离风尘（《奉赠鲜于京兆二十韵》）		离，上平四支，去声八霁。义从平声，读用去声	
14	学诗犹孺子，乡赋忝嘉宾（《奉赠鲜于京兆二十韵》）			孺，去声七遇，今读平声。此处读去声
15	酒醒思卧簟，衣冷欲装绵（《陪郑广文游何将军山林十首》其六）	醒，下平九青，上声二十四迥。此处读平声		
16	忆过杨柳渚，走马定昆池（《陪郑广文游何将军山林十首》其八）	过，下平五歌，去声二十一个。此处读平声		

17	坐对秦山晚，江湖兴颇随（《陪郑广文游何将军山林十首》其八）	颇，下平五歌，上声二十哿。此处读上声		
18	祇应与朋好，风雨亦来过（《陪郑广文游何将军山林十首》其十）	过，下平五歌，去声二十一个。此处读平声		
19	落日平台上，春风啜茗时（《重过何氏五首》其三）			茗，上声二十四迥，今读平声。此处读上声
20	献纳开东观，君王问长卿（《赠陈二补阙》）	观，上平十四寒，去声十五翰。此处名词，读去声。长，下平七阳，上声二十二养，去声二十三漾。此处应读上声。可知司马相如字长卿之"长"，应读为上声（zhǎng）		
21	空梁簇画戟，阴井敲铜瓶（《桥陵诗三十韵因呈县内诸官》）	敲，下平三肴，去声十九效。此处读去声		
22	吾舅政如此，古人谁复过（《白水明府舅宅喜雨》）	过，下平五歌，去声二十一个。此处读平声		
23	今夜鄜州月，闺中只独看（《月夜》）	看，上平十四寒，去声十五翰。此处读平声		独，入声一屋
24	白头搔更短，浑欲不胜簪（《春望》）	胜，下平十蒸，去声二十五径。此处读平声		白，入声十一陌。簪，下平十二侵，下平十三覃。此处读下平十二侵
25	别离惊节换，聪慧与谁论（《忆幼子》）	论，上平十三元，去声十四愿。动词读平声，名词读去声。此处读平声		节，入声九屑

续表

26	无家对寒食，有泪如金波（《一百五日夜对月》）	如，上平六鱼，去声六御。此处读去声		食，入声十三职
27	重对秦箫发，俱过阮宅来（《郑驸马池台喜遇郑广文同饮》）	过，下平五歌，去声二十一个。此处读平声		俱，上平七虞，今读去声。此处读平声。发，入声六月。宅，入声十一陌
28	愁思胡笳夕，凄凉汉苑春（《自京窜至凤翔喜达行在所三首》其二）	思，上平四支，去声四寘。动词读平声，名词读去声。此处读去声		夕，入声十一陌
29	中原何惨黩，遗孽尚纵横（《奉送郭中丞兼太仆卿充陇右节度使三十韵》）	纵，上平二冬，去声二宋。当与横字组词时读平声		黩，入声一屋
30	径欲依刘表，还疑厌祢衡（《奉送郭中丞兼太仆卿充陇右节度使三十韵》）			祢，上声八荠，今读阳平。此处读上声
31	安边仍扈从，莫作后功名（《奉送郭中丞兼太仆卿充陇右节度使三十韵》）	从，上平二冬，去声二宋。此处读去声（zòng）		
32	儒衣山鸟怪，汉节野童看（《送杨六判官使西蕃》）	看，上平十四寒，去声十五翰。此处读平声		节，入声九屑
33	直词宁戮辱，贤路不崎岖（《行次昭陵》）	宁，下平九青，下平八庚，去声二十五径（用于姓氏）。此处读平声		直，入声十三职
34	松柏瞻虚设，尘沙立暝途（《行次昭陵》）	暝，下平九青，去声二十五径。此处读去声		
35	宫殿青门隔，云山紫逻深（《送贾阁老出汝州》）			逻，去声二十一个，今读平声。此处读去声。隔，入声十一陌
36	万里伤心严谴日，百年垂死中兴时（《送郑十八虔贬台州司户》）		中，上平一东，去声一送。此处义从平声，读用去声	

37	纵饮久判人共弃，懒朝真与世相违（《曲江对酒》）			判,《汉语大字典》:"同'拌（拚）'（旧读 pān）。"《诗韵合璧》:拌,上平十四寒。此处读平声
38	十年过父老，几日赛城隍（《送许八拾遗归江宁觐省》）	过,下平五歌,去声二十一个。此处读平声		十,入声十四缉
39	虎头金粟影，神妙独难忘（《送许八拾遗归江宁觐省》）	忘,下平七阳,去声二十三漾。此处读平声		独,入声一屋
40	相看过半百，不寄一行书（《寄高三十五詹事》）	看,上平十四寒,去声十五翰。此处读平声。过,下平五歌,去声二十一个。此处读平声		一,入声四质
41	明年此会知谁健?醉把茱萸仔细看（《九日蓝田崔氏庄》）	看,上平十四寒,去声十五翰。此处读平声		
42	寄语杨员外，天寒少茯苓（《路逢襄阳杨少府入城戏呈杨四员外绾》）			茯,入声一屋,今读平声。此处读入声
43	归来稍暄暖，当为斸青冥（《路逢襄阳杨少府入城戏呈杨四员外绾》）	稍,下平三肴,去声十九效。此处读去声		斸,入声二沃
44	文章憎命达，魑魅喜人过（《天末怀李白》）	过,下平五歌,去声二十一个。此处读平声		达,入声七曷
45	放逐宁违性?虚空不离禅（《宿赞公房》）	宁,下平九青,下平八庚,去声二十五径（用于姓氏）。此处读平声。离,上平四支,去声八霁。此处读去声		逐,入声一屋
46	自伤迟暮眼，丧乱饱经过（《寓目》）	过,下平五歌,去声二十一个。此处读平声		

续表

47	秋思抛云髻，腰支剩宝衣（《即事》）	思，上平四支，去声四寘。动词读平声，名词读去声。此处读去声		
48	秋蔬拥霜露，岂敢惜凋残（《废畦》）			拥，上声二肿，今读平声。此处读上声。惜，入声十一陌
49	闻道蓬莱殿，千门立马看（《夕烽》）	看，上平十四寒，去声十五翰。此处读平声		
50	不见秋云动，悲风稍稍飞（《秋笛》）	稍，下平三肴，去声十九效。此处读去声		
51	将军别换马，夜出拥雕戈（《日暮》）			别，入声九屑。拥，上声二肿，今读平声。此处读上声
52	囊空恐羞涩，留得一钱看（《空囊》）	看，上平十四寒，去声十五翰。此处读平声		得，入声十三职。一，入声四质
53	好武宁论命？封侯不计年（《送人从军》）	宁，下平九青，下平八庚，去声二十五径（用于姓氏）。此处读平声。论，上平十三元，去声十四愿。动词读平声，名词读去声。此处读平声		
54	喧卑方避俗，疏快颇宜人（《有客》）	颇，下平五歌，上声二十哿。此处读上声		俗，入声二沃
55	幽栖地僻经过少，老病人扶再拜难（《宾至》）	过，下平五歌，去声二十一个。此处读平声		
56	惯看宾客儿童喜，得食阶除鸟雀驯（《南邻》）	看，上平十四寒，去声十五翰。此处读平声		得，入声十三职。食，入声十三职。驯，上平十一真，今读去声。此处读平声
57	相近竹参差，相过人不知（《过南邻朱山人水亭》）	过，下平五歌，去声二十一个。此处读平声		竹，入声一屋

58	闻道并州镇，尚书训士齐（《散愁二首》其二）	并，下平八庚，去声二十四敬。此处读平声。尚，《广韵》下平十阳（尚字下释文曰：尚书，官名），又去声四十一漾。《集韵》下平十阳（尚字下释文曰：主也，汉官也），又去声四十一漾。《诗韵合璧》只有去声二十三漾。此处读平声		
59	知君苦思缘诗瘦，太向交游万事慵（《暮登思安寺钟楼寄裴十迪》）		思，上平四支，去声四寘。动词本应读平声，此处读去声。义从平声，读用去声，杜诗此法多见	
60	仰面贪看鸟，回头错应人（《漫成二首》）	看，上平十四寒，去声十五翰。此处读平声		
61	野径云俱黑，江船火独明（《春夜喜雨》）			俱，上平七虞，今读去声。此处读平声。黑，入声十三职。独，入声一屋
62	晓看红湿处，花重锦官城（《春夜喜雨》）	看，上平十四寒，去声十五翰。此处读平声		湿，入声十四缉
63	接缕垂芳饵，连筒灌小园（《春水》）			接，入声十六叶。筒，上平一东，今读上声。此处读平声
64	水流心不竞，云在意俱迟（《江亭》）			俱，上平七虞，今读去声。此处读平声
65	春来常早起，幽事颇相关（《早起》）	颇，下平五歌，上声二十哿。此处读上声		

续表

66	童仆来城市，瓶中得酒还（《早起》）			仆，去声七遇，今读平声。此处读去声。得，入声十三职
67	宽心应是酒，遣兴莫过诗（《可惜》）	过，下平五歌，去声二十一个。此处读平声		
68	地偏相识尽，鸡犬亦忘归（《寒食》）	忘，下平七阳，去声二十三漾。此处读平声		识，入声十三职
69	寻常绝醉困，卧此片时醒（《高楠》）	醒，下平九青，上声二十四迥。此处读平声		绝，入声九屑
70	本卖文为活，翻令室倒悬（《闻斛斯六官未归》）	令，下平八庚，去声二一四敬。动词为平声，名词为去声。此处读平声		活，入声七曷
71	入村樵径引，尝果栗皱开（《野望因过常少仙》）	皱，《广韵》去声四十九宥，《诗韵合璧》去声二十六宥，《集韵》下平十八尤。此处读平声		
72	近闻宽法离新州，想见怀归尚百忧（《寄杜位》）	离，上平四支，去声八霁。此处读去声	，	
73	何日通燕塞，相看老蜀门（《送裴五赴东川》）	看，上平十四寒，去声十五翰。此处读平声		
74	凛凛悲秋意，非君谁与论（《送裴五赴东川》）	论，上平十三元，去声十四愿。此处读平声		
75	剑外官人冷，关中驿骑疏（《逢唐兴刘主簿弟》）	骑，上平四支，去声四寘，此处读去声（jì）		
76	绿樽须尽日，白发好禁春（《奉陪郑驸马韦曲二首》其一）	禁，下平十二侵，去声二一七沁。此处读平声		白，入声十一陌
77	绣衣屡许携家酝，皂盖能忘折野梅（《王十七侍御抡携酒至草堂》）	忘，下平七阳，去声二十三漾。此处读平声		折，入声九屑

78	故人能领客,携酒重相看(《王竟携酒高亦同过共用寒字》)	看,上平十四寒,去声十五翰。此处读平声	重,上平二冬,去声二宋。此处义从平声,读用去声(zhòng)	
79	枉沐旌麾出城府,茅茨无径欲教锄(《奉酬严公寄题野亭之作》)	教,下平三肴,去声十九效。此处读平声		出,入声四质
80	旆尾蛟龙会,楼头燕雀驯(《奉和严中丞西城晚眺十韵》)			驯,上平十一真,今读去声。此处读平声
81	庾信文章老更成,凌云健笔意纵横(《戏为六绝句》)	纵,上平二冬,去声二宋。与横组词时读平声		
82	尔曹身与名俱灭,不废江河万古流(《戏为六绝句》)			俱,上平七虞,今读去声。此处读平声
83	龙文虎脊皆君驭,历块过都见尔曹(《戏为六绝句》)	过,下平五歌,去声二十一个。此处读平声		
84	稍稍烟集渚,微微风动襟(《送严侍郎到绵州同登杜使君江楼》)	稍,下平三肴,去声十九效。此处读去声		集,入声十四缉
85	几时杯重把?昨夜月同行(《奉济驿重送严公四韵》)		重,上平二冬,去声二宋。此处读去声。义从平声,音从去声(zhòng)	昨,入声十药
86	凉风动万里,群盗尚纵横(《悲秋》)	纵,上平二冬,去声二宋。与横组词时读平声		
87	九日应愁思,经时冒险艰(《九日奉寄严大夫》)	思,上平四支,去声四寘。此处读去声		
88	雪岭独看西日落,剑门犹阻北人来(《秋尽》)	看,上平十四寒,去声十五翰。此处读平声		独,入声一屋

续表

89	竹风连野色，江沫拥春沙（《远游》）			拥，上声二肿，今读阴平。此处读上声。竹，入声一屋
90	似闻胡骑走，失喜问京华（《远游》）	骑，上平四支，去声四寘。此处读去声（jì）		失，入声四质
91	却看妻子愁何在，漫卷诗书喜欲狂（《闻官军收河南河北》）	看，上平十四寒，去声十五翰。此处读平声		
92	所过凭问讯，到日自题诗（《奉送崔都水翁下峡》）	过，下平五歌，去声二十一个。此处读平声		
93	别筵花欲暮，春日鬓俱苍（《送韦郎司直归成都》）			俱，上平七虞，今读去声。此处读平声。别，入声九屑
94	庾信哀虽久，周颙好不忘（《上兜率寺》）	忘，下平七阳，去声二十三漾。此处读平声		
95	马首见盐亭，高山拥县青（《行次盐亭县聊题四韵》）			拥，上声二肿，今读阴平。此处读上声
96	孤亭凌喷薄，万井逼春容（《巴西驿亭观江涨呈窦十五使君二首》其一）	喷，上平十三元，去声十四愿。此处读去声		薄，入声十药。逼，入声十三职
97	日兼春有暮，愁与醉无醒（《又呈窦使君》）	醒，下平九青，去声二十五径。此处读平声		
98	相看万里外，同是一浮萍（《又呈窦使君》）	看，上平十四寒，去声十五翰。此处读平声		一，入声四质
99	青春易尽急还乡，紫塞宁论尚有霜（《官池春雁二首》其二）	宁，下平九青，下平八庚，去声二十五径（用于姓氏）。此处读平声。论，上平十三元，去声十四愿。此处读平声		急，入声十四缉

续表

100	经过自爱惜，取次莫论兵（《送元二适江左》）	过，下平五歌，去声二十一个。此处读平声。论，上平十三元，去声十四愿。此处读平声		惜，入声十一陌
101	才名旧楚将，妙略拥兵机（《警急》）			拥，上声二肿，今读平声。此处读上声
102	终日忧奔走，归期未敢论（《愁坐》）	论，上平十三元，去声十四愿。此处读平声		
103	独醒时所嫉，群小谤能深（《赠裴南部》）	醒，下平九青，上声二十四迥。此处读平声		嫉，入声四质
104	衣冠却扈从，车驾已还宫（《收京》）	从，上平二冬，去声二宋。此处读去声（zòng）		
105	莫令回首地，恸哭起悲风（《收京》）	令，下平八庚，去声二十四敬。动词为平声，名词为去声。此处读平声		哭，入声一屋
106	倾都看黄屋，正殿引朱衣（《巴西闻收京阙送班司马入京二首》其一）	看，上平十四寒，去声十五翰。此处读去声		屋，入声一屋
107	群盗至今日，先朝忝从臣（《巴西闻收京阙送班司马入京二首》其二）	从，上平二冬，去声二宋。此处读去声（zòng）		
108	诸侯春不贡，使者日相望（《有感五首》其二）	望，下平七阳，去声二十三漾。此处读平声		
109	莫取金汤固，长令宇宙新（《有感五首》其三）	令，下平八庚，去声二十四敬。动词为平声，名词为去声。此处读平声		
110	不过行俭德，盗贼本王臣（《有感五首》其三）	过，下平五歌，去声二十一个。此处读平声		德，入声十三职。贼，入声十三职
111	终依古封建，岂独听箫韶（《有感五首》其四）	听，下平九青，去声二十五径。此处读去声		独，入声一屋

续表

112	川路烽烟接，俱宜下凤凰（《江亭王阆州筵饯萧遂州》）		接，入声十六叶。俱，上平七虞，今读去声。此处读平声
113	尚思歌吹入，千骑拥霓旌（《滕王亭子二首》其二）	吹，上平四支，去声四寘。动词读平声，名词读去声。此处是名词，读去声。骑，上平四支，去声四寘。此处读去声（jì）		拥，上声二肿，今读平声。此处读上声
114	但使闾阎还揖让，敢论松竹久荒芜（《将赴成都草堂途中有作先寄严郑公五首》其一）	论，上平十三元，去声十四愿。此处读平声		揖，入声十四缉。竹，入声一屋
115	鱼知丙穴由来美，酒忆郫筒不用酤（《将赴成都草堂途中有作先寄严郑公五首》其一）			穴，入声九屑。筒，上平一东，今读上声。此处读平声
116	休怪儿童延俗客，不教鹅鸭恼比邻（《将赴成都草堂途中有作先寄严郑公五首》其二）	教，下平三肴，去声十九效。此处读平声。比，上平四支，上声四纸，去声四寘。此处读平声（pí）		俗，入声二沃。鸭，入声十七洽
117	隔巢黄鸟并，翻藻白鱼跳（《绝句六首》其四）	跳，下平二萧，去声十八啸。此处读平声		隔、白，入声十一陌
118	梅熟许同朱老吃，松高拟对阮生论（《绝句四首》其一）	论，上平十三元，去声十四愿。此处读平声		熟，入声一屋。吃，入声五物
119	会取干戈利，无令斥候骄（《寄董卿嘉荣十韵》）	令，下平八庚，去声二十四敬。此处读平声		
120	永夜角声悲自语，中天月色好谁看（《宿府》）	看，上平十四寒，去声十五翰。此处读平声		
121	积蓄思江汉，疏顽惑町畦（《到村》）	町，下平九青，上声二十四迥。此处读上声（tǐng）		

122	世情只益睡，盗贼敢忘忧（《村雨》）	只，上声四纸，入声十一陌，上平四支。此处读平声。忘，下平七阳，去声二十三漾。此处读平声		贼，入声十三职
123	何当一百丈，欹盖拥高檐（《严郑公阶下新松》）			一，入声四质。拥，上声二肿，今读平声。此处读上声
124	但令无剪伐，会见拂云长（《严郑公宅同咏竹》）	令，下平八庚，去声二十四敬。此处读平声		伐，入声六月。拂，入声五物
125	自从失辞伯，不复更论文（《怀旧》）	论，上平十三元，去声十四愿。此处读平声		失，入声四质。伯，入声十一陌
126	群仙不愁思，冉冉下蓬壶（《观李固请司马弟山水图三首》其一）	思，上平四支，去声四寘。此处读去声		
127	勿云俱异域，饮啄几回同（《寄贺兰铦》）			俱，上平七虞，今读去声。此处读平声。啄，入声一屋
128	把酒宜深酌，题诗好细论（《敝庐遣兴奉寄严公》）	论，上平十三元，去声十四愿。此处读平声		酌，入声十药
129	府中瞻暇日，江上忆词源（《敝庐遣兴奉寄严公》）			暇，去声二十二祃，今读平声。此处读去声
130	藩篱颇无限，恣意向江天（《春日江村五首》其二）	颇，下平五歌，上声二十哿。此处读上声		
131	胜绝惊身老，情忘发兴奇（《宴戎州杨使君东楼》）	忘，下平七阳，去声二十三漾。此处读平声		绝，入声九屑。发，入声六月
132	楼高欲愁思，横笛未休吹（《宴戎州杨使君东楼》）	思，上平四支，去声四寘。此处读去声		笛，入声十二锡

133	昔曾如意舞，牵率强为看（《宴忠州使君侄宅》）	强，下平七阳，上声二十二养。此处读上声。看，上平十四寒，去声十五翰。此处读平声		昔，入声十一陌
134	地偏初衣袷，山拥更登危（《云安九日郑十八携酒陪诸公宴》）	衣，上平五微，去声五未。此处读去声		袷，入声十七洽。拥，上声二肿，今读平声。此处读上声
135	故人忧见及，此别泪相望（《别常征君》）	望，下平七阳，去声二十三漾。此处读平声		及，入声十四缉。别，入声九屑
136	天险终难立，柴门岂重过（《怀锦水居止二首》）		重，上平二冬，去声二宋。此处义从平声，读用去声（zhòng）	
137	莫令鞭血地，再湿汉臣衣（《遣愤》）	令，下平八庚，去声二十四敬。此处读平声		湿，入声十四缉
138	兵戈犹拥蜀，赋敛强输秦（《上白帝城二首》其一）	强，下平七阳，上声二十二养。此处读上声		拥，上声二肿，今读平声。此处读上声
139	鸣雨既过渐细微，映空摇飏如丝飞（《雨不绝》）	过，下平五歌，去声二十一个。此处读平声。渐，下平十四盐，上声二十八琰。此处读平声。飏，下平七阳，去声二十三漾。此处读去声。如，上平六鱼，去声六御。此处读去声		
140	朝廷衮职虽多预，天下军储不自供（《诸将五首》其三）			职，入声十三职。储，上平六鱼，今读上声。此处读平声。
141	结舌防谗柄，探肠有祸胎（《秋日荆南述怀三十韵》）	探，下平十三覃，去声二十八勘。此处读平声		结，入声九屑。舌，入声九屑

续表

142	勾陈摧缴道,枪櫐失储胥(《秋日荆南送石首薛明府》)			櫐,《广韵》上声五旨。失,入声四质。储,上平六鱼,今读上声。此处读平声
143	对敭抚士卒,干没费仓储(《赠李八秘书别三十韵》)			卒,入声六月。没,入声六月。储,上平六鱼,今读上声。此处读平声
144	经过凋碧柳,萧瑟倚朱楼(《西阁二首》其二)	过,下平五歌,去声二十一个。此处读平声		
145	漫看年少乐,忍泪已沾衣(《九日诸人集于林》)	看,上平十四寒,去声十五翰。此处读平声		
146	请看石上藤萝月,已映洲前芦荻花(《秋兴八首》其二)	看,上平十四寒,去声十五翰。此处读平声		石,入声十一陌。荻,入声十二锡
147	匡衡抗疏功名薄,刘向传经心事违(《秋兴八首》其三)	疏,上平六鱼,去声六御。此处读去声		薄,入声十药
148	最是楚宫俱泯灭,舟人指点到今疑(《咏怀古迹五首》其二)	泯,上平十一真,上声十一轸。此处读上声		俱,上平七虞,今读去声。此处读平声
149	鸚鹉含愁思,聪明忆别离(《鸚鹉》)	思,上平四支,去声四寘。此处读去声		别,入声九屑
150	永与清溪别,蒙将玉馔俱(《麂》)			别,入声九屑。俱,上平七虞,今读去声。此处读平声
151	前筹自多暇,隐几接终朝(《哭王彭州抡》)			暇,去声二十二祃,今读平声。此处读去声。接,入声十六叶。几,上声四纸。《广韵》上声旨韵。今读平声,此处读上声

续表

152	在野只教心力破,于人何事网罗求(《见王监兵马使说近山有黑白二鹰》)	教,下平三肴,去声十九效。此处读平声		
153	荆州遇薛孟,为报欲论诗(《别崔潩因寄薛据孟云卿》)	论,上平十三元,去声十四愿。此处读平声		
154	闻说荆南马,尚书玉腕骝(《玉腕骝》)	尚,《广韵》下平十阳(尚字下释文曰:尚书,官名),又去声四十一漾。《集韵》下平十阳(尚字下释文曰:主也,汉官也),又去声四十一漾。《诗韵合璧》只有去声二十三漾。此处读平声		说,入声九屑
155	骖骦飘赤汗,跼蹐顾长楸(《玉腕骝》)	骦,《广韵》上声五十一忝,《集韵》平声二十二覃,《诗韵合璧》下平十三覃。此处读平声		跼,入声二沃。蹐,入声十一陌
156	唯君最爱清狂客,百遍相过意未阑(《遣闷戏赠路十九曹长》)	过,下平五歌,去声二十一个。此处读平声		
157	离别人谁在? 经过老自休(《怀灞上游》)	过,下平五歌,去声二十一个。此处读平声		别,入声九屑
158	半顶梳头白,过眉拄杖斑(《入宅三首》其二)	过,下平五歌,去声二十一个。此处读平声		白,入声十一陌
159	相看多使者,一一问函关(《入宅三首》其二)	看,上平十四寒,去声十五翰。此处读平声		一,入声四质
160	哀歌时自惜,醉舞为谁醒(《暮春题瀼西新赁草屋五首》其三)	醒,下平九青,上声二十四迥。此处读平声		惜,入声十一陌
161	汝曹摧我老,回首泪纵横(《熟食日示宗文宗武》)	纵,上平二冬,去声二宋。与横组词时读平声		

162	长葛书难得，江州涕不禁（《又示两儿》）	禁，下平十二侵，去声二十七沁。此处读平声		葛，入声七曷。得，入声十三职
163	应论十年事，愁绝始惺惺（《喜观即到复题短篇二首》其二）	论，上平十三元，去声十四愿。此处读平声		十，入声十四缉。绝，入声九屑
164	汹汹人寰犹不定，时时战斗欲何须（《承闻河北诸道节度入朝欢喜口号绝句十二首》其一）	汹，上平二冬，上声二肿。此处读上声		
165	自是乾坤王室正，却教江汉客魂销（《承闻河北诸道节度入朝欢喜口号绝句十二首》其三）	教，下平三肴，去声十九效。此处读平声		
166	兴王会静妖氛气，圣寿宜过一万春（《承闻河北诸道节度入朝欢喜口号绝句十二首》其五）	过，下平五歌，去声二十一个。此处读平声		一，入声四质
167	雾交才洒地，风折旋随云（《晨雨》）	旋，下平一先，去声十七霰。此处读去声		折，入声九屑
168	奴仆何知礼，恩荣错与权（《秋日夔府咏怀奉寄郑监李宾客一百韵》）			仆，去声七遇，今读平声。此处读去声
169	侧听中兴主，长吟不世贤（《秋日夔府咏怀奉寄郑监李宾客一百韵》）	听，下平九青，去声二十五径。此处读去声		
170	风流俱善价，恓当久忘筌（《秋日夔府咏怀奉寄郑监李宾客一百韵》）	当，下平七阳，去声二十三漾。此处读去声。忘，下平七阳，去声二十三漾。此处读平声		俱，上平七虞，今读去声。此处读平声
171	不过输鲠直，会是正陶甄（《秋日夔府咏怀奉寄郑监李宾客一百韵》）	过，下平五歌，去声二十一个。此处读平声		直，入声十三职

续表

172	家声同令闻，时论以儒称（《寄刘峡州伯华使君四十韵》）	闻，上平十二文，去声十三问。作"听闻"义读平声，作"名誉"义读去声，此处读去声		
173	白鱼如切玉，朱橘不论钱（《峡隘》）	论，上平十三元，去声十四愿。此处读平声		白，入声十一陌。切，入声九屑。橘，入声四质
174	吟诗重回首，随意葛巾低（《课小竖锄斫舍北果林枝蔓荒秽净讫移床三首》其二）		重，上平二冬，去声二宋。此处义从平声，读用去声	葛，入声七曷
175	天涯稍曛黑，倚杖独徘徊（《课小竖锄斫舍北果林枝蔓荒秽净讫移床三首》其三）	稍，下平三肴，去声十九效。此处读去声		黑，入声十三职。独，入声一屋
176	牛羊识僮仆，既夕应传呼（《返照》）	应，下平十蒸，去声二十五径。此处读去声		仆，去声七遇，今读平声。此处读去声。识，入声十三职。夕，入声十一陌
177	贞观铜牙弩，开元锦兽张（《复愁十二首》其七）	观，上平十四寒，去声十五翰。此处读去声		
178	若访衰翁语，须令隐客迷（《自瀼西荆扉且移居东屯茅屋四首》）	令，下平八庚，去声二十四敬。此处读平声		
179	清谈见滋味，尔辈可忘年（《九月一日过孟十二仓曹十四主簿兄弟》）	忘，下平七阳，去声二十三漾。此处读平声		
180	籍糟分汁滓，瓮酱落提携（《孟仓曹步趾领新酒酱二物满器见遗老夫》）			籍，去声二十四祃，入声十一陌，今读平声。汁，入声十四缉，今读平声。此处读入声
181	不为困穷宁有此，只缘恐惧转须亲（《又呈吴郎》）	宁，下平九青，下平八庚，去声二十五径（用于姓氏）。此处读平声		

182	重阳独酌杯中酒，抱病起登江上台（《九日四首》其一）			独，入声一屋。酌，入声十药。两字今读平声，此处读入声
183	佳辰对群盗，愁绝更堪论（《九日四首》其四）	论，上平十三元，去声十四愿。此处读平声		绝，入声九屑
184	风急天高猿啸哀，渚清沙白鸟飞回（《登高》）			急，入声十四缉。白，入声十一陌。两字今读平声，此处读入声
185	谁云滑易饱，老藉软俱匀（《茅堂检校收稻二首》其二）			滑，入声六月。藉，入声十一陌。俱，上平七虞，今读去声。此处读平声
186	素琴将暇日，白首望霜天（《季秋江村》）			暇，去声二十二祃，今读平声。此处读去声。白，入声十一陌
187	水花寒落岸，山鸟暮过庭（《独坐二首》其一）	过，下平五歌，去声二十一个。此处读平声		
188	草敌虚岚翠，花禁冷叶红（《大历二年九月三十日》）	禁，下平五歌，去声二十一个。此处读平声		敌，入声十二锡
189	浦帆晨初发，郊扉冷未开（《朝二首》其二）	帆，下平十五咸，去声三十陷。此处读去声		发，入声六月
190	武德开元际，苍生岂重攀（《有叹》）		重，上平二冬，去声二宋。此处义从平声，读用去声	德，入声十三职
191	巡檐索共梅花笑，冷蕊疏枝半不禁（《舍弟观赴蓝田取妻子到江陵喜寄三首》其二）	禁，下平十二侵，去声二十七沁。此处读平声		
192	荣光悬日月，赐予出金银（《太岁日》）	予，上平六鱼，上声六语。此处读上声		出，入声四质

续表

编号	诗句		
193	赞普多教使入秦，数通和好止烟尘（《喜闻盗贼总退口号五首》其二）	教，下平三肴，去声十九效。此处读平声	
194	崆峒西极过昆仑，驼马由来拥国门（《喜闻盗贼总退口号五首》其三）		极，入声十三职。拥，上声二肿，今读平声。此处读上声。国，入声十三职
195	郑庄宾客地，衰白远来过（《暮春陪李尚书李中丞过郑监湖亭泛舟》）	过，下平五歌，去声二十一个。此处读平声	白，入声十一陌
196	耳聋须画字，发短不胜篦（《水宿遣兴》）	胜，下平十蒸，去声二十五径。此处读平声	发，入声六月。篦，上平八齐，今读去声。此处读平声
197	爱客尚书重，之官宅相贤（《夏夜李尚书筵送宇文石首赴县联句》）	尚，《广韵》下平十阳（尚字下释文曰：尚书，官名），又去声四十一漾。《集韵》下平十阳（尚字下释文曰：主也，汉官也），又去声四十一漾。《诗韵合璧》只有去声二十三漾。此处读平声	宅，入声十一陌
198	哀筝犹凭几，鸣笛竟沾裳（《遣闷》）	凭，《广韵》下平十六蒸，去声四十七证。《集韵》下平十六蒸，去声四十七证。《诗韵合璧》下平十蒸，去声二十五径。今读平声。此处读去声	笛，入声十二锡。几，上声四纸。《广韵》上声旨韵。今读平声。此处读上声
199	气冲看剑匣，颍脱抚锥囊（《遣闷》）	看，上平十四寒，去声十五翰。此处读平声	匣，入声十七洽。脱，入声七曷
200	自公多暇延参佐，江汉风流万古情（《江陵节度使阳城郡王新楼成》）		暇，去声二十二祃，今读平声。此处读去声

续表

201	狐狸何足道？豺虎正纵横（《久客》）	纵，上平二冬，去声二宋。与横组词时读平声		足，入声二沃
202	礼加徐孺子，诗接谢宣城（《陪裴使君登岳阳楼》）			孺，去声七遇，今读平声。此处读去声。接，入声十六叶
203	十年蹴鞠将雏远，万里秋千习俗同（《清明二首》其二）			鞠，入声一屋，今读平声。此处读入声。习，入声十四缉。俗，入声二沃
204	王孙丈人行，垂老见飘零（《衡州送李大夫七丈勉赴广州》）	行，下平七阳，下平八庚，去声二十三漾。此处读去声		
205	洞庭无过雁，书疏莫相忘（《潭州送韦员外迢牧韶州》）	疏，上平六鱼，去声六御。此处读去声。忘，下平七阳，去声二十三漾。此处读平声		
206	恋阙劳肝肺，论材愧杞楠（《楼上》）	论，上平十三元，去声十四愿。此处读平声		
207	先朝常宴会，壮观已尘埃（《千秋节有感二首》其一）	观，上平十四寒，去声十五翰。此处读去声		
208	经过辨丰剑，意气逐吴钩（《重送刘十弟判官》）	过，下平五歌，去声二十一个。此处读平声		逐，入声一屋
209	形容吾较老，胆力尔谁过（《湖中送敬十使君适广陵》）	过，下平五歌，去声二十一个。此处读平声		
210	反朴时难遇，忘机陆易沉（《风疾舟中伏枕书怀三十六韵奉呈湖南亲友》）	忘，下平七阳，去声二十三漾。此处读平声		

参考文献

一、古典文献

[宋] 赵次公注，林继中辑校：《杜诗赵次公先后解辑校》，上海古籍出版社，1994年。

[明] 王嗣奭：《杜臆》，上海古籍出版社，1983年。

[清] 边连宝：《杜律启蒙》，韩成武等点校，齐鲁书社，2005年。

[清] 浦起龙：《读杜心解》，中华书局，1961年。

[清] 金圣叹：《杜诗解》，钟来因整理，上海古籍出版社，1984年。

[清] 黄生：《杜诗说》，徐定祥点校，贾文昭审订，黄山书社，1994年。

[清] 梁运昌：《杜园说杜》，书目文献出版社，1995年。

[清] 刘浚辑：《杜诗集评》，台湾大通书局，1974年。

[清] 钱谦益笺注：《钱注杜诗》，上海古籍出版社，1979年。

[清] 乔亿：《杜诗义法》，《四库未收书辑刊》第10辑第28册，北京出版社，1998年。

[清] 仇兆鳌注：《杜诗详注》，中华书局，1979年。

[清] 吴瞻泰：《杜诗提要》，陈道贵、谢桂芳校点，黄山书社，2015年。

[清] 杨伦笺注：《杜诗镜铨》，上海古籍出版社，1998年。

萧涤非主编：《杜甫全集校注》，人民文学出版社，2014年。

张忠纲编注：《杜甫诗话六种校注》，齐鲁书社，2002年。

《诸子集成》，上海书店出版社，1986年。

[汉] 司马迁：《史记》，中华书局，1959年。

[汉] 班固：《汉书》，中华书局，1962年。

[梁] 萧统编，[唐] 李善注：《文选》，上海古籍出版社，1986年。

[梁] 萧统编选，[唐] 李善等注：《六臣注文选》，浙江古籍出版社，1999年。

[唐] 元稹：《元稹集》，冀勤点校，中华书局，2010年。

[后晋]刘昫等：《旧唐书》，中华书局，1975 年。

[宋]陈彭年编：《宋本广韵》，中国书店，1982 年。

[宋]陈振孙：《直斋书录解题》，徐小蛮、顾美华点校，上海古籍出版社，1987 年。

[宋]丁度等编：《集韵》，上海古籍出版社，2017 年。

[宋]郭茂倩编：《乐府诗集》，中华书局，1979 年。

[宋]司马光编著，[元]胡三省音注：《资治通鉴》，中华书局，1997 年。

[宋]魏庆之：《诗人玉屑》，王仲闻点校，中华书局，2007 年。

[宋]严羽著，郭绍虞校释：《沧浪诗话校释》，人民文学出版社，1983 年。

[宋]朱熹等：《新刊四书五经》，中国书店，1994 年。

[元]方回选评，李庆甲集评校点：《瀛奎律髓汇评》，上海古籍出版社，1986 年。

[明]高棅编纂：《唐诗品汇》，汪宗尼校订，葛景明、胡永杰点校，中华书局，2015 年。

[明]胡应麟：《诗薮》，上海古籍出版社，1979 年。

[明]胡震亨：《唐音癸签》，上海古籍出版社，1981 年。

[明]陆时雍选评：《诗镜》，任文京、赵东岚点校，河北大学出版社，2010 年。

[明]吴讷，[明]徐师曾：《文章辨体序说 文体明辨序说》，于北山，罗根泽校点，人民文学出版社，1962 年。

[明]许学夷：《诗源辨体》，杜维沫校点，人民文学出版社，1987 年。

[清]方东树：《昭昧詹言》，汪绍楹校点，人民文学出版社，1961 年。

[清]何文焕辑：《历代诗话》，中华书局，1981 年。

[清]金雍集：《金圣叹选批唐诗六百首》，施建中、隋淑芬整理校订，北京出版社，1989 年。

[清]王士禛著，[清]张宗柟纂集：《带经堂诗话》，戴鸿森校点，人民文学出版社，1963 年。

[清]乾隆御定，艾荫范等注：《唐宋诗醇》，春风文艺出版社，1995 年。

[清]刘熙载：《艺概》，上海古籍出版社，1978 年。

[清]沈德潜：《说诗晬语》，霍松林校注，人民文学出版社，1979 年。

[清]沈德潜选注：《唐诗别裁集》，上海古籍出版社，1979 年。

[清]汤文璐编：《诗韵合璧》，上海书店出版社，1982 年。

[清]胡履亨读，[清]汪灏辑：《树人堂读杜诗》，道光十二年刻本。

[清]王夫之等：《清诗话》，上海古籍出版社，1999 年。

[清] 王琦注：《李太白全集》，中华书局，1977 年。

[清] 王尧衢注：《古唐诗合解》，光绪五年扫叶山房刻本。

[清] 袁枚：《随园诗话》，顾学颉校点，人民文学出版社，1982 年。

[清] 赵翼：《瓯北诗话》，霍松林、胡主佑校点，人民文学出版社，1963 年。

[清] 赵翼：《陔余丛考》，栾保群、吕宗力校点，河北人民出版社，1990 年。

陈伯海主编：《唐诗汇评》，浙江教育出版社，1995 年。

陈伯海主编，张寅彭、黄刚编撰：《唐诗论评类编》（增订本），上海古籍
　　出版社，2015 年。

丁福保辑：《历代诗话续编》，中华书局，1983 年。

郭绍虞编选：《清诗话续编》，富寿荪校点，上海古籍出版社，1983 年。

刘毓盘：《词史》，上海书店出版社，1985 年。

逯钦立辑校：《先秦汉魏晋南北朝诗》，中华书局，1983 年。

唐圭璋编：《词话丛编》，中华书局，1986 年。

吴文治主编：《宋诗话全编》，江苏古籍出版社，1998 年。

吴文治主编：《明诗话全编》，江苏古籍出版社，2000 年。

余廼永校注：《新校互注宋本广韵》（增订本），上海辞书出版社，2000 年。

俞陛云：《诗境浅说》，北京出版社，2003 年。

张寅彭主编：《民国诗话丛编》，上海书店出版社，2002 年。

[日] 遍照金刚撰，卢盛江校考：《文镜秘府论汇校汇考》（修订本），中华
　　书局，2015 年。

[日] 遍照金刚撰，王利器校注：《文镜秘府论校注》，中国社会科学出版
　　社，1983 年。

二、研究专著

曹慕樊：《杜诗杂说》，四川人民出版社，1981 年。

曹慕樊：《杜诗杂说续编》，巴蜀书社，1989 年。

陈贻焮：《唐诗论丛》，湖南人民出版社，1980 年。

陈寅恪：《金明馆丛稿二编》，生活·读书·新知三联书店，2001 年。

程毅中：《中国诗体流变》，中华书局，2013 年。

褚斌杰：《中国古代文体概论》（增订本），北京大学出版社，1990 年。

崔炼农：《乐府歌辞述论》，人民文学出版社，2017 年。

杜晓勤：《齐梁诗歌向盛唐诗歌的嬗变》，北京大学出版社，2009 年。

杜晓勤：《六朝声律与唐诗体格》，北京大学出版社，2017 年。

傅璇琮：《唐诗论学丛稿》，黑龙江人民出版社，1992 年。

葛晓音：《先秦汉魏六朝诗歌体式研究》，北京大学出版社，2012 年。

郭英德：《中国古代文体学论稿》，北京大学出版社，2005 年。

韩成武：《诗圣——忧患世界中的杜甫》，河北大学出版社，2000 年。

韩成武：《杜诗艺谭》，河北教育出版社，2002 年。

韩成武：《杜甫新论》，河北大学出版社，2007 年。

贺严：《清代唐诗选本研究》，人民出版社，2007 年。

侯维瑞编：《文学文体学》，上海外语教育出版社，2008 年。

胡良桂：《史诗特性与审美观照》，湖南教育出版社，1994 年。

胡可先：《杜诗学引论》，安徽大学出版社，2003 年。

胡适：《白话文学史》，中国和平出版社，2014 年。

蒋绍愚：《唐诗语言研究》，中州古籍出版社，1990 年。

金启华：《杜甫诗论丛》，上海古籍出版社，1985 年。

刘冠才：《两汉韵部与声调研究》，巴蜀书社，2007 年。

李新：《宋代杜诗艺术批评研究》，花木兰文化出版社，2012 年。

刘明华：《杜诗修辞艺术》，中州古籍出版社，1991 年。

刘明华：《丛生的文体——唐宋文学五大文体的繁荣》，江苏教育出版社，
　　2000 年。

刘明华：《杜甫研究论集》，重庆出版社，2002 年。

刘世生、朱瑞青编著：《文体学概论》，北京大学出版社，2006 年。

陆侃如、冯沅君：《中国诗史》，百花文艺出版社，2008 年。

罗根泽：《乐府文学史》，东方出版社，1996 年。

莫砺锋：《杜甫诗歌讲演录》，广西师范大学出版社，2007 年。

钱锺书：《谈艺录》，生活·读书·新知三联书店，2010 年。

任中敏：《唐声诗》，张之为、戴伟华校理，凤凰出版社，2013 年。

沈文凡：《排律文献学研究（明代篇）》，吉林人民出版社，2007 年。

沈文凡：《唐代韵文研究》，现代出版社，2014 年。

孙微：《清代杜诗学史》，齐鲁书社，2004 年。

孙琴安：《唐七律诗精评》，上海社会科学院出版社，1989 年。

童庆炳：《文体与文体的创造》，云南人民出版社，1994 年。

王珂：《诗体学散论：中外诗体生成流变研究》，上海三联书店，2008 年。

闻一多：《唐诗杂论》，中华书局，2009 年。

吴承学：《中国古代文体形态研究》，中山大学出版社，2000 年。

吴承学：《中国古代文体学研究》，人民出版社，2011 年。

吴怀东：《诗史运动与作家创造——杜甫与六朝诗歌关系研究》，安徽教育

出版社，2004 年。

吴淑玲：《〈杜诗详注〉研究》，齐鲁书社，2011 年。

吴相洲：《唐代歌诗与诗歌——论歌诗传唱在唐诗创作中的地位和作用》，北京大学出版社，2000 年。

吴作奎等：《古代文体研究论稿》，武汉大学出版社，2016 年。

王昆吾：《隋唐五代燕乐杂言歌辞研究》，中华书局，1996 年。

王力主编：《古代汉语》（校订重排本），中华书局，1999 年。

王力：《汉语诗律学》，上海教育出版社，2002 年。

向长清释：《文心雕龙浅释》，吉林人民出版社，1984 年。

萧涤非：《汉魏六朝乐府文学史》，人民文学出版社，1998 年。

辛晓娟：《杜甫歌行艺术研究》，清华大学出版社，2003 年。

徐毅、陈俐：《盛唐七律研究》，人民出版社，2015 年。

许嘉璐：《古代文体常识》，中华书局，2013 年。

杨伯峻译注：《孟子译注》，中华书局，1960 年。

杨仲义、梁葆莉：《汉语诗体学》，学苑出版社，2000 年。

姚爱斌：《中国古代文体论思辨》，北京大学出版社，2012 年。

余恕成：《唐诗风貌》，安徽大学出版社，2000 年。

余恕成、吴怀东：《唐诗与其他文体之关系》，中华书局，2012 年。

曾枣庄：《中国古代文体学》，上海人民出版社、上海书店出版社，2012 年。

张伯伟编撰：《全唐五代诗格校考》，陕西人民教育出版社，1996 年。

张伯伟：《中国诗学研究》，辽沈出版社，1999 年。

张煜：《新乐府辞研究》，北京大学出版社，2009 年。

张忠纲：《杜诗纵横探》，山东大学出版社，1990 年。

张忠纲等编著：《杜集叙录》，齐鲁书社，2008 年。

赵永纪编：《古代诗话精要》，天津古籍出版社，1989 年。

钟树梁：《杜诗研究丛稿》，天地出版社，1998 年。

周振甫注：《文心雕龙注释》，人民文学出版社，1981 年。

左汉林：《唐代乐府制度与歌诗研究》，商务印书馆，2010 年。

[德] 黑格尔：《美学》，朱光潜译，商务印书馆，1981 年。

[日] 吉川幸次郎：《中国诗史》，章培恒、骆玉明等译，复旦大学出版社，2012 年。

三、期刊论文

蔡丹君：《〈河岳英灵集〉诗体观念探源》，《文艺理论研究》2010 年第 4 期。

陈桂华：《情义交战下的征人故事——兼论杜甫〈前出塞〉九首的叙事特点》，《杜甫研究学刊》2000 年第 1 期。

房日晰：《杜甫绝句论略》，《杜甫研究学刊》2001 年第 1 期。

冯胜利：《论韵律文体学的基本原理》，《当代修辞学》2010 年第 1 期。

葛晓音：《论杜甫的新题乐府》，《社会科学战线》1996 年第 1 期。

葛晓音：《初盛唐七言歌行的发展——兼论歌行的形成及其与七古的分野》，《文学遗产》1997 年第 5 期。

葛晓音：《论杜甫七律"变格"的原理和意义——从明诗论的七言律取向之争说起》，《北京大学学报（哲学社会科学版）》2011 年第 6 期。

葛晓音：《从五排的铺陈节奏看杜甫长律的转型》，《复旦学报（社会科学版）》2015 年第 4 期。

葛晓音：《杜甫五律的"独造"和"胜场"》，《文学遗产》2015 年第 4 期。

葛晓音：《杜甫长篇七言"歌""行"诗的抒情节奏与辨体》，《文学遗产》2017 年第 1 期。

韩成武、陈菁怡：《杜审言与五律、五排声律的定型——兼述初唐五律、五排声律的定型过程》，《深圳大学学报（人文社会科学版）》2003 年第 1 期。

何诗海、刘湘兰：《〈文心雕龙〉的文体学思想》，《江淮论坛》2005 年第 3 期。

黄震云、张英：《杜甫绝句的诗学艺术》，《杜甫研究学刊》2005 年第 2 期。

况倩倩：《论歌行体在武后时期的成熟与定型》，《鄂州大学学报》2014 年第 8 期。

兰小云：《杜甫律诗孤平例不只一首》，《榆林学院学报》2005 年 2 期。

刘占召：《"以古为律"与杜甫七律艺术的革新》，《安徽大学学报（哲学社会科学版）》2014 年第 1 期。

蒲惠民：《论杜甫绝句的创新》，《陕西师范大学学报（哲学社会科学版）》1997 年第 6 期。

申东城：《李白、杜甫诗体与唐诗嬗变》，《安徽大学学报（哲学社会科学版）》2012 年第 1 期。

沈文凡：《百韵五言长律嬗变考述》，《社会科学战线》2004 年第 2 期。

沈文凡、孟祥娟：《唐代诗韵之明人接受文献初缉》，《社会科学辑刊》2010 年第 3 期。

沈文凡：《杜甫五律、五排诗韵之明代接受文献初缉》，《文化与传播》2012 年第 1 期。

舒志武：《杜甫七律对仗的正与变》，《华南农业大学学报（社会科学版）》

2010 年第 4 期。

王俊：《陈情磊落，缠绵曲折》，《古典文学知识》2007 年第 2 期。

魏耕原：《杜甫绝句变革的得失及意义》，《杜甫研究学刊》2015 年第 2 期。

魏耕原：《杜甫五律的创变与特征》，《福州大学学报（哲学社会科学版）》2017 年第 5 期。

魏耕原：《杜甫歌行大篇结构论》，《齐鲁学刊》2018 年第 2 期。

魏祖钦：《论杜甫七言古诗的章法结构》，《江西师范大学学报（哲学社会科学版）》2010 年第 2 期。

席红：《试论杜甫绝句的创新及价值》，《杜甫研究学刊》2000 年第 3 期。

薛天纬：《李杜歌行论》，《文学遗产》1999 年第 6 期。

薛天纬：《歌行诗体论》，《文学评论》2007 年第 6 期。

颜家安：《论杜甫山水诗》，《海南大学学报（社会科学版）》1997 年第 1 期。

杨胜宽：《杜甫的平民角色与平民情怀：兼论郭沫若对杜甫的评价问题》，《杜甫研究学刊》2013 年第 1 期。

曾枣庄：《论古代文体学研究的基础和对象》，《清华大学学报（哲学社会科学版）》2012 年第 6 期。

张采民：《论初唐七言歌行体》，《南京师大学报（社会科学版）》1999 年第 4 期。

张英：《论杜甫的正体二律及其声律特色》，《郧阳师范高等专科学校学报》2007 年第 5 期。

赵海菱：《汉乐府与杜甫的平民化书写》，《山东师范大学学报（人文社会科学版）》2015 年第 4 期。

赵谦：《杜甫五律的艺术结构与审美功能》，《中国社会科学》1991 年第 4 期。

赵彦芳：《史诗性范畴的美学意蕴及精神寻踪》，《文学评论》2017 年第 1 期。

周立英：《摘幽撷奥 出鬼入神——论杜甫自秦入蜀纪行诗》，《学术交流》2008 年第 2 期。

左汉林：《唐代采诗制度及其与元白新乐府创作的关系》，《山东大学学报（哲学社会科学版）》2006 年 6 期。

左汉林：《唐代协律郎的任职条件和职责新论》，《河北大学学报（哲学社会科学版）》2007 年 1 期。

左汉林：《唐代音乐制度与文学的关系》，《文学评论》2010 年 3 期。

杜晓勤：《从永明体到沈宋体》，《唐研究》第二卷，北京大学出版社，1996 年。

李芳民：《简论杜甫的山水诗》，《唐代文学研究》第四辑，广西师范大学出版社，1993年。

王立增：《汉唐乐府诗中歌辞性题目的诗体意义——以"歌"体诗为中心》，《乐府学》第四辑，学苑出版社，2009年。

王维：《杜甫新题乐府论析》，《乐府学》第十二辑，社会科学文献出版社，2015年。

四、学位论文

李晓红：《中国古代诗歌文体研究》，中山大学博士学位论文，2010年。

辛晓娟：《杜甫七言歌行艺术研究》，北京大学博士学位论文，2012年。

叶汝骏：《唐代五律艺术流变研究》，上海师范大学博士学位论文，2018年。

周非非：《杜甫排律研究》，吉林大学博士学位论文，2013年。

李牧遥：《杜甫七律的诗体学研究》，陕西师范大学硕士学位论文，2010年。

梁小玲：《初唐七律格律研究》，广西师范大学硕士学位论文，2012年。

沈媛媛：《初唐歌行论稿》，吉林大学硕士学位论文，2008年。

王星：《杜甫绝句组诗研究》，海南大学硕士学位论文，2016年。

谢泉：《唐代七言绝句研究》，武汉大学硕士学位论文，2016年。

尹艳凌：《杜甫绝句研究》，辽宁师范大学硕士学位论文，2011年。

后　记

接到国家社科办成果评审合格的通知后，这个后期资助项目才算画上了句号。在书稿即将付梓之际，回顾历程，很想谈些感受。

感受最深的是这个项目的研究时间跨度之大，可谓漫长，前后竟达数十年之久。这固然与我们的智力不足有关，也是研究对象的博大渊深所决定的，没有足够的时间保证，是无法进行深入细致的杜诗诗体学研究的。其一，相关知识的储备。从诗体学的视角研究杜诗，需要三个储备：一个是对杜甫每首诗歌的内容、艺术上的把握，一个是对近体诗声律、韵律和对仗等技术层面的熟悉，一个是了解前人的相关论述。我从 1990 年起着手翻译杜诗，用了六年方告完成，于 1997 年出版了《杜甫诗全译》（与张志民合译，河北人民出版社），从而对全部杜诗有所了解。对于近体诗声律、韵律、对仗的研究起手更早，曾在《河北大学学报（哲学社会科学版）》1978 年第 2 期发表《近体诗平仄格式记忆法》，并且通过习作把格律知识巩固起来，又先后为本科生、硕士生、博士生开设"诗词格律与习作"课，长达 30 年。至于前人的相关论述，因其庞杂散碎，则不敢说掌握了全部，大体了解而已。把从诗体学角度研究杜诗取得的成果写成文章，是近十年来的事。从 2015 年发表第一篇论文《杜甫绝句体制研究》（《南都学坛》2015 年第 1 期）开始，确定以该刊物为主要阵地，陆续发表《杜甫排律体制研究》《杜甫五律体制研究》《杜甫七律体制研究》《杜甫乐府诗的体类特征》《杜甫歌行体诗的体类特征》《杜甫古体诗的体类特征》等七篇论文。前四篇由我执笔，后三篇由本项目合作者吴淑玲教授执笔。每篇初稿写出之后，做到相互审查，更正失误，弥补不足。项目获批之后，又根据评审专家的意见对书稿做出修改，至今方告完成。可以说它基本上涵盖了我大半生的思索。

其二，研究伊始我们就把用心唯细作为行事原则，结论要力争靠数据来支撑，拒绝空泛议论，拒绝无根之谈。将各体诗歌在声律、韵律、对仗的使用上做数据分析，结论才能放心。读者会从书中频繁出现的数据，悟出耗费时间的原因。举个简单的例子，我们用仇本作为研究的底本，可是当我们把各类诗体的数目相加之后，得出的数字竟然是 1457 首，与仇本目录后面写的 1439 首出现差异。出于对仇兆鳌的推崇，我们曾怀疑自己把同一首诗分别计算在不同诗体中，于是反复核对，大约消耗了一周时间，结果证明是仇氏失误，误传数百年的仇本杜诗总数到此终结。

其三，带着问题意识做深入研究，尽力着手解决问题，而不是回避。例如，杜甫七律有 35 首拗体，与五律的严格正体呈现不同风貌，我们对其成因做出分析：有的是源于初唐七律声律未严的影响，有的是出于杜甫在对仗声律方面的探索，有的是为了表达拗峭不平的心境。又如《秋风二首》，七言八句，声律未谐，清代分体注杜如《读杜心解》《杜律启蒙》把它排除在七律之外，原因何在？经过比对，发现其中间两联没用对仗，由此悟出清人区别律体与古体的重要依据。

其四，本项目工程较为浩大，是第一次以诗体学研究全部杜诗。将杜诗 1457 首归为律诗（五律、七律）、排律（五排、七排）、绝句（五绝、七绝）、古体（五古、七古）、歌行体、乐府等 10 种诗体，将各体的篇数作出明示，将各体的题材内容、艺术风格、表现手法，以及声律、韵律、对仗上的使用等，作出尽可能细致的论述。回头想来，心有所虑，如此巨大的工程或许为我们的智力所不及，存在的问题应属难免。

这个项目的完成得力于吴淑玲教授的全心投入。吴淑玲是我招收的第一个博士生，随我攻读杜诗。攻读期间，我主要开设了"杜甫研究"和"近体诗格律研究"的课程。她对杜甫诗歌内容和艺术有较为全面的掌握，对近体诗的格律知识悉心钻研，且在创作实践中加深认识，对于各种变格律句亦能熟稔于心，对《广韵》《集韵》《诗韵合璧》等韵书亦能熟练使用。在作品声律的研究上尤见功力。且举一例。我曾在《试论七律的定型与成熟》[《河北大学学报（哲学社会科学版）》1997 年第 1 期] 中，将七律声律的定型之功归于杜甫。吴淑玲认为，七律声律的定型过程也应经历由"对式律"再到"粘对混合律"到"粘式律"三个阶段，所以考察作品的"粘式律"是个关键。杜甫七律 151 首，有 12 首失粘，失粘率为 8%，虽远远低于初盛唐，但其数字仍是较高的，应该对其后诗人作品的失粘率做延伸调查。于是她对大历时期李端等 12 位诗人 281 首七律进行声律考察，得出数据：大历诗人七律失粘率为 4%，也就是说，大历时期七律的粘式律作品已达到 96%，从而得出七律定型于大历时期的结论。这无疑是个繁琐的探求过程，需要对正格律句、变格律句、古代四声有熟练的把握，尤其是那些混入普通话平声的古代入声字，北方人掌握起来是有难度的，解决的办法就是不停地查阅《广韵》《集韵》以及《诗韵合璧》等韵书。吴淑玲教授除了执笔写出杜甫古体、歌行、乐府三体体类特征的长篇论文，还对每一种诗体在杜甫之前的发展路径进行研究，作出清晰的概述。本书的前言、结语、各种表格的设计，亦由她执笔。此外，此项目原本为我与她合力申报的在她名下的河北省社科项目（项目编号HB15WX035），现转为国家社科基金后期资助项目，原项目随之取消。在这一过程中，申报与结项的诸多事务上她付出了大量的劳动。若此书有机会再版，希望体现其付出的劳动，将其署名置前。

前面说到我对本书心有所虑，是由于有些方面存在着不足。例如有关古人对杜诗诗体学的言论，还没有全面掌握。这并不是说唯古人之论是从，本书中已对古人某些失当言论予以辩驳，而是说那些尚未读到的言论中或许存有真知灼见，如此则遗珠之憾，是莫大焉！今后如有余力，当整理一部古人杜诗诗体学资料汇编，以为弥补。其他不足，恕不一一，敬请方家指正。

韩成武

于河北大学紫园寓所

2020 年 12 月 12 日